Roland Werner Tschische

Vienna's Secrets

[illegible]

[illegible]

Ich wünsche euch ein
nervenaufreibendes
Lesevergnügen mit meinem
Thriller!
Alles Liebe

Illustration (Cover): Sophie Tschische
Umschlaggestaltung: Ariane Kascha
Lektorat/Korrektorat: Mag. Nora PAUL, silbenfluss.at

Druck und Vertrieb im Auftrag des Autors: Buchschmiede von Dataform Media GmbH, Wien

www.buchschmiede.at – Folge deinem Buchgefühl!

Besuche uns online!

ISBN:
978-3-99139-425-9 (Paperback)
978-3-99139-423-5 (Hardcover)
978-3-99139-452-5 (E-Book)

PRINTED IN
AUSTRIA

Personen und Handlung sind frei erfunden. Ähnlichkeiten mit lebenden oder toten Personen sind rein zufällig und nicht beabsichtigt.

Für meinen geliebten Sohn

Timo Leon

2003–2022

Prolog

Die Schwärze, die sie umgab, war allumfassend. Sie tastete mit ihren Fingern vorsichtig umher, erkundete ihre Umgebung wie kleine Ameisen, die sich auf die Suche nach Nahrung machten, etwa einem vergossenen Tropfen Honig auf der Terrasse. Vorsichtig die Umwelt sondierend, tastend. Ihre Nahrung war das Licht. Sie hungerte nach Licht … und Luft … Das Atmen fiel ihr schwer. Die Dunkelheit lag wie ein tonnenschwerer Stein auf ihrer Brust. Die Finger ertasteten Holz. Rechts und links von ihr. Raues Holz, grob geschnitten. Ihr Hirn schickte den Befehl an ihre Zehen sich ebenfalls umzusehen. Das Ergebnis war das Gleiche. Jede Bewegung war unmöglich.

„Eine Kiste, ein Sarg, lebendig begraben“, schoss es ihr durch den Geist und sie merkte, wie eine Träne sich aus ihrem linken Auge löste und wie ein zu langsames Insekt kitzelnd an ihrer Schläfe Richtung Ohr lief. Ihre Zunge klebte an ihrem Gaumen. Durch rhythmische Kontraktionen ihrer Zungenmuskulatur versuchte sie ihre Speicheldrüsen zu aktivieren, um etwas Flüssigkeit in die Mundhöhle zu pumpen. Es gelang nicht. Nicht weil es keinen Speichel mehr gab, sondern weil jede Bewegung schmerzte, als ihre Zunge über schroffe und scharfkantige Zacken fuhr, die einst ihre Zähne gewesen sein mussten. „Achte auf deine Zähne, sie sind dein Aushängeschild!“, hatte ihre Großmutter ständig gepredigt. Sie hatte sich täglich bemüht. Ihr Atem roch sauer. Aber nicht nur, da war noch etwas anderes mit dabei, es erinnerte sie an den Geruch des alten Eisenwarenhändlers bei Regen, den sie immer passieren musste, wenn sie zur Schule ging. Blut, es musste Blut sein. Ihre Brust begann zu beben. Ihr Atem ging schnell. Panik setzte ein. Tränen quollen aus den Augen, Schweiß drang aus jeder Pore.

In seinen Mails war immer gestanden, sie solle ein fliederfarbenes Kleid tragen, es würde gut zu ihren Haaren passen. Er war so zuvorkommend gewesen, so höflich, ein wahrer Kavalier. Das leichte Hinken seines Beins hatte sie gar nicht gestört. Es hatte ihn interessant gemacht. Sie war zu höflich, um es zu bemerken, und er lächelte verschmitzt, weil er dies erkannte. Er führte sie ins Imperial am Kärntner Ring aus. Gute Gespräche, sehr eloquent und stilvoll. Der Wonnemonat Mai. Sie fühlte sich so wohl in seiner Nähe. Ganz anders als sonst in der Gegenwart von Männern. Seine Augen waren betörend, sein Lächeln charmant und ansteckend. Verlegene Blicke, mit der Hand die Haare hinters Ohr streifend, zufällige Berührungen mit den Fingerspitzen. Mit ihm wollte sie es tun, er hätte nicht erst schmeicheln und flirten, sie mit Geschenken und Blumen oder feinen Restaurants verführen müssen. Er roch gut und seine Hände waren immer fein und manikürt. Dann hatte er sie geholt. Wie ein Monster, das in der Nacht durch das offene Fenster krachte.

Ihr Geist sagte ihr, dass solche Dinge immer nur anderen passierten. Aber sie passierten. Nur nicht einem selbst. Irgendwo in ihrem Geiste lauerte eine Schwere, die sich ihrer Lider zu bemächtigen drohte. So sehr sie auch dagegen ankämpfte, sie drückte ihre Augen zu. Und ihr

Verstand zog die Notbremse. Sie glitt ab in eine dumpfe und beklemmende Ohnmacht.

Geräusche. Dumpfe Laute, Scharren, dann Gelächter. Gelächter? Die Realität öffnete sich langsam und schwerfällig wie das Bild eines alten Röhrenfernsehers. Sie sah Füße, mehrere Füße. In Schuhen. Kerzenschein. Sie sah Gesichter, mehrere Gesichter, Männer, viele Männer und das charmante Gesicht mit dem hinkenden Bein. Es kam auf sie zu, das charmante Lächeln, löste sich aus der Gruppe der grauen Schemen, klein und unnahbar stand es vor ihr, wie durch einen kilometerlangen Tunnel beobachtet. Sie versuchte sich zu bewegen. Sie hing. Sie hing wie Leonardo da Vincis vitruvianischer Mensch einem X gleich, fixiert an Ketten an einer Wand, ihre nackten Füße auf groben Holzklötzen. Überall Plastikfolie am Boden. Sie sah wie durch ein umgekehrtes Fernglas das charmante Gesicht auf sie zukommen. Worte dröhnten in ihren Ohren, die sie nicht verstehen konnte, überdeckt von ihrem rauschenden Blut, verzerrt wie ein schlecht eingestellter Radiosender.

Sie wusste, dass sie sterben würde, als er mit einem Teppichmesser ihr Kleid, jenes Kleid, das er sich so oft gewünscht hatte, von oben nach unten aufschlitzte.

10. August

„Every thing's gonna be alright boys, help is on the way
Hold your head up high now, there's no need to cry now
We're not running anymore…"

(Home of the Brave – Toto; © David Paich, Jimmy Webb, Joseph Williams, Steve Lukather, 1988)

Der Text von Totos Protestsong „Home of the brave" knallte wie jeden Tag als Weckton durch das Soundsystem im Schlafzimmer und ließ Andorian van Anders auffahren. Die Klänge des Schlagzeuges hallten von den mit Stuck verzierten Wänden der Jahrhundertwendevilla wider, die in einem mit feinstem englischem Rasen gepflegten Garten in Wiens Nobelbezirk Hietzing stand. Andorian, der achtunddreißigjährige Milliardärssohn, erhob sich aus dem Bett. Dies tat er mit einem geschmeidigen Sit-up. Jemand hatte ihm einmal gesagt, dass dies ein Anzeiger für das fortschreitende Alter sei. „Wenn du nicht mehr mit einem Sit-up von der Matratze hochkommst, bist du offiziell alt oder zu fett oder beides!" Er ließ sich fallen und begann sein morgendliches Sportprogramm abzuspulen. Liegestütze, Crunches, ein paar Klimmzüge an der extra dafür angebrachten Stange. „Mens sana in corpore sano" lautete sein Motto. Sein japanischer Privatlehrer hatte dieses wohl in jeder Kultur dieser Welt bekannte Sprichwort immer und immer wieder gepredigt. Ein gesunder Geist wohnt in einem gesunden Körper. Wer sollte da schon widersprechen. Nach der täglichen halben Stunde der körperlichen Ertüchtigung widmete sich van Anders der Körperpflege, natürlich aus zuvor genannten Gründen. Er war in Japan sozialisiert worden, dem Land der Rituale und Strukturen. Seine Füße schlurften über das Ebenholzparkett in Richtung Badezimmer. Die klare Stimme Bobby Kimballs aus den Lautsprechern begleitete ihn und sorgte noch immer für wohlige Schauer, auch in der tausendsten Wiederholung dieses Songs. Aus seinem Spiegel blickte ihm ein stattlicher junger Mann entgegen, etwa zwei Meter groß, athletisch, aber durchaus noch ausbaufähig. Andorian hatte keine Probleme mit der Selbstdisziplin. Sein natürlicher dunkler Hautton war der italienischen Urgroßmutter zu verdanken. Ebenso sein langes und lockiges Haar. Andorian van Anders war Single. Nicht überzeugter Single, aber er war von Grund auf misstrauisch. In den Anfangszeiten hier in Wien, als er als junger Mann reich und ungebunden und ohne Verantwortung aus Japan zurückgekehrt war, hatte alle Welt sein Freund sein wollen. Er hatte in seiner weltoffenen Art jedem sein Haus geöffnet und wurde dabei schamlos ausgenützt. Irgendwann, etwa ein Jahr später, besann er sich auf seine Erziehung, beendete die Ausschweifungen schlagartig und zog sich in eine Art Schildkrötenpanzer zurück. Seitdem hatte er eine Handvoll Menschen um sich, denen er bedingungslos vertraute. Er war für sie da und sie für ihn.

Andorian hatte nicht viele Schwächen, keine Drogen, kein Nikotin, Autos vielleicht, Motorräder, eventuell, na ja, noch ausgefallene Klamotten, selbst designt, und weiße Schokolade, ja, weiße Schokolade. Sonst nichts. Und vielleicht Frauen, die sich von gängigen Internetklischees abhoben, keine Hungerhaken, kräftiger gebaut, Plus Size eben. Er verstand sich auch als Plus Size. In so ziemlich jeder Lebenslage. Er schmunzelte beim Gedanken an viele Erinnerungen mit solchen Frauen und öffnete die Tür zu seiner Regendusche.

Der Eintritt in die Realität erfolgte etwa dreißig Minuten später. Dies wurde unterstützt durch eine lange Wechseldusche und einen Schuss Vetiver auf seinem Oberkörper. Dieser Duft weckte sämtliche Lebensgeister. Andorians starke feminine Persönlichkeitshälfte trieb besonders in seinem Kleiderkasten bunte Blüten. Van Anders hasste Eintönigkeit. Er hasste die beige, graue, blaue Männermode. Bevorzugte stattdessen mit Leib und Seele alles Bunte. Nicht schrill, aber bunt. Vor vielen Jahren schon hatte er es aufgegeben, Mode für seinen Geschmack in den Boutiquen finden zu wollen. Stattdessen war er dazu übergegangen alles seinem Körper und seinen Ansprüchen entsprechend maßschneidern zu lassen. Sein Schneider war ein talentierter Perser, der eine kleine Werkstatt im Stadtteil Währing betrieb. Er hatte ihn durch Zufall kennengelernt. Anfangs war Ahmad irritiert gewesen, als ein Hüne von fast zwei Metern Größe rosa Hemden mit hellblauem Paisley an Ärmeln und Kragen und Jeans in Flamingorosa von ihm haben wollte. Nach einigen Wochen schon zog er nicht mehr seine Augenbrauen hoch. So stand van Anders nun in seinem Kleiderkasten, der einem Regenbogen glich. Seine Haushaltshilfe Maria, ein Segen von einem Menschen, machte sich einen Spaß daraus, seine Hemden und Hosen nach Farben sortiert auf die Stangen zu ordnen. Links Hemden, Hosen, Wäsche, rechts die passenden Gürtel und Schuhe und Eau de Toilette, das er direkt vom Hersteller in Literflaschen bestellte. Maßgefertigt versteht sich. Er war eine Prinzessin und er wusste es. Und es war ihm egal. Er hatte keine Schwächen.

In maßgeschneiderte Jeans und ein Hemd gehüllt, das also ebenso individuell wie ausgefallen war, trabte van Anders über die geschwungene Marmortreppe seines zweiundzwanzig Zimmer umfassenden Domizils in das Erdgeschoss, wo die Küche lag. Früher war es oft vorgekommen, dass er bei dieser Gelegenheit zu Tode erschrocken war, weil dort bereits Menschen gesessen waren und sich an seinem Kühlschrank bedient hatten. Menschen, die er noch nie zuvor gesehen hatte. Die als übelriechender Wurmfortsatz einer Hausparty hier überdauerten, weil seine Vorräte an Spirituosen, vornehmlich Rum und Gin, niemals zu Ende zu gehen schienen. Sie begrüßten ihn zumeist mit „Hey, Alter, was geht!“, was in ihm meistens den Drang auslöste sich umzudrehen, zurück ins Bett zu verschwinden und am nächsten Tag nochmals wiederzukommen. Diese Hauspartys waren sein wie gesagt fast einziges Laster, aber etwas, das er gewissermaßen nicht unter Kontrolle hatte. Meist begann es im kleinen Kreis mit einer Partie Billard und endete mit einhundertfünfzig Menschen in seinem Haus, von denen er gut sieben Achtel nicht kannte. Am Tag danach hatte er sich immer gehasst dafür. Verhindern hatte er es trotzdem nicht können.

Jetzt war es aber schon seit einigen Jahren still. Welch ein Genuss! Auf der Anrichte lag sein Smartphone. Sechsunddreißig versäumte Anrufe. Wie lange hatte er geschlafen, vier Wochen? Er forschte nach. Das Lösen der Bildschirmsperre offenbarte das schlichte Wort *Büro* als Verursacher des Telefonterrors. Isa, seine Sekretärin, hatte wohl den Finger auf der Wahlwiederholung. Er schaltete die Kaffeemaschine ein und äußerte auf dem Touchdisplay den Wunsch: Latte Macchiato. Gurgelnd erwachte der elektronische Barista zum Leben und sendete Schockwellen aufregenden Kaffeeduftes an Andorians Gehirn. Er blickte sich um, warf einen Blick über die Terrasse in seinen Garten, griff versonnen nach seinem Telefon und wählte die Nummer des Büros. Nach dem zweiten Wählton meldete sich eine freundliche Stimme, die mechanisch verkündete: „Detektivbüro Andorian van Anders, derzeit sind alle unsere Leitungen besetzt und unsere Mitarbeiter mit dringenden Anfragen beschäftigt. Sofort nach Freiwerden einer Leitung ...“ Das Schnarren der Ansage wurde jäh von einer weiblichen Stimme unterbrochen.

„Wo bist du, Andorian? Du solltest längst hier sein, eine Klientin sitzt in deinem Büro und wartet. Sie will sich auch nicht abwimmeln lassen. Weißt du, wir haben Öffnungszeiten. Laut Google von neun bis achtzehn Uhr und zwar an fünf Tagen die Woche.“

„Hi, Isa, ich mache mich auf den Weg. Erzähl ihr, ich hätte einen wichtigen Notfall, irgendeine Geschichte! Ich setz mich ins Auto und komme sofort, in vierzig Minuten bin ich da. Ruf im ‚Kameel‘ an, die sollen Kaffee und Brötchen liefern!“

Isa entgegnete: „Wird gemacht! Bis gleich, Boss!“ Dann wurde eingehängt. Er nahm einen Schluck und ließ sich vom Hauslift in die Garage bringen, um in seinen rosafarbenen 1959 Cadillac 62 Convertible zu steigen. Eine Fernbedienung ließ surrend das Verdeck zurück und das Rollgitter zur Garage hochfahren. Er trank seinen Kaffee aus und stellte die Tasse auf die Werkbank in der Garage. Dort standen schon vier Tassen. Gott sei Dank kam Maria heute wieder und alles würde sauber sein, glänzen und gut duften, wenn er abends wieder heimkam. Er drehte den Zündschlüssel im Schloss, der mächtige Achtzylinder erwachte zum Leben und gurgelte langsam durch das Tor auf die Straße.

Andorian war Privatdetektiv, nicht weil er das Geld brauchte, sondern aus Leidenschaft, aus Lust und romantischen Beweggründen. Zuerst hatte er es mit der Polizeischule versucht, aber sehr schnell gemerkt, dass ihm das alles viel zu straff und militärisch organisiert war. Schließlich suchte er nicht nach einer Arbeit, sondern eine fordernde Beschäftigung, ein anspruchsvolles Hobby gewissermaßen. Seine Eltern hatten ihm so viel Geld vermacht, als sie bei einem Autounfall ums Leben gekommen waren, dass er es in sechs Leben nicht hätte ausgeben können, egal wie sehr er sich bemühte. Es schreckte ihn jedoch ab, Tag für Tag zu Hause zu sitzen, sich wie weite Teile des Jetsets im Konsum und in Partys zu ergehen und immer depressiver zu werden, weil die Aufmerksamkeit und die Zahl der Follower auf Instagram und anderen Social-Media-Plattformen dahinschmolz, wenn man nicht regelmäßig Skandale produzierte. Andorian waren diese hohlen Gestalten einfach zuwider.

So hatte er sich, motiviert durch die Geschichten von Sherlock Holmes und natürlich den aus seiner Kindheit stammenden „Drei Fragezeichen“, entschlossen ein Privatdetektivunternehmen zu gründen. Er war ein Kassettenkind. Sein Vater hatte ihm von jeder seiner Geschäftsreisen ein neues Abenteuer der jungen Detektive aus Rocky Beach mitgebracht. Alle dafür vorgesehenen Ausbildungen hatte er gemacht. In seinen Vorstellungen gestaltete sich dieses Leben romantisch, voll verzwickter Fälle und aufregender Verfolgungsjagden durch die Altstadt von Wien, oder an fernen Orten, die vor Abenteuer nur so trieften. Die Tatsache aber war, sein berufliches

Leben bestand aus Männern und Frauen, die ihre Ehepartner bespitzeln lassen wollten, im Verdacht betrogen zu werden. Ab und zu, meistens um die Weihnachtszeit, wurde er von einem größeren, sehr noblen Einkaufshaus in der Wiener Kärntner Straße gebucht, um Ladendiebstähle zu verhindern beziehungsweise aufzuklären, denn auch die eine oder andere Societyschnecke entblödete sich nicht den Versuch zu starten, eine Louis-Vuitton-Tasche in einer mitgebrachten Tasche des Konkurrenzdesigners aus dem Geschäft zu schmuggeln. Nach dem Motto „Wer nicht wagt, der nicht gewinnt". Solche Menschen widerten ihn an. Sein Vater, ein milliardenschwerer Großindustrieller, hatte ihm immer gepredigt: „Du kannst nicht Kaviar essen, wenn andere nur Brot haben. Entweder isst du auch Brot oder du sorgst dafür, dass alle Kaviar essen können." Diese Glaubenssätze, die in seiner Kindheit und Jugend tausendfach repetiert wurden, hatten sich so in Andorians Geist festgesetzt, dass ihm eine tief verwurzelte Bescheidenheit inne war, obgleich dies natürlich nach außen hin kaum sichtbar war. Wo immer er konnte, handelte er wohltätig und bot auch seine Dienste für einen sehr bescheidenen Lohn an, den er ausschließlich seiner Sekretärin Isa neben ihrem großzügigen Lohn als Bonus zur Verfügung stellte.

Die ersten zweiundzwanzig Jahre seines Lebens hatte er auf der Insel Hokkaido in Japan verbracht, quasi dem Ursprung aller Bescheidenheit. Sein Privatlehrer Kenjiro Kashida hatte, sowohl durch seinen humanistischen Unterricht als auch durch seine Unterweisung in der Kampfkunst Aikido, die einen friedfertigen Lösungsweg predigte, aus ihm das gemacht, was seine Großmutter als „guten Buben" bezeichnet hatte. Jemand, der zuerst an andere und dann erst an sich selbst dachte.

Nach der prophezeiten Fahrzeit bog er mit seiner offenen Limousine in die Tiefgarage in der Weihburggasse ein. Wenige Augenblicke später stand er vor Isa, der Vorzimmerdame, Sekretärin, Managerin, Beichtschwester, Freundin, dem Mädchen für alles. Hinter ihrer keck auf die Nasenspitze gerutschten Brille mit Goldrand hob sich die linke Augenbraue, was in ihrem Sprachcode ungefähr bedeutete: „Wir haben ein Ruf zu verlieren, jetzt aber flott ans Werk!" Dann nickte sie in Richtung seines Büros. Er lächelte gewinnend und bat sie voranzugehen. Sie öffnete die Bürotür, blieb in der Tür stehen und sagte: „Frau Bergmüller, dies ist Andorian van Anders. Ich lasse Sie nun allein und danke Ihnen für ihre Geduld!" Dann drehte sie sich um und stöckelte davon. Sein Büro war ein großer, hoher und heller Raum von etwa achtzig Quadratmetern. Drei große Fenster warfen das Licht des Tages ins Innere. Schwere Ölgemälde, die seine Eltern in unterschiedlichen Phasen ihres Lebens zeigten, hingen an den Wänden. Ein dicker Teppich vermittelte den Eindruck auf Watte zu gehen. Links seines Schreibtisches hingen verschiedene japanische Schwerter, sogenannte Katanas, Langschwerter der Samurai, und Wakizashis, die Kurzschwerter. Er war ein Aikido-Großmeister, sein Lehrer hatte ihn bis zum fünften Dan geführt.

Andorian räusperte sich, verbeugte sich leicht, wie er es in Japan gelernt hatte, und sagte: „Guten Tag, es freut mich Ihre Bekanntschaft zu machen. Bitte verzeihen Sie die Verzögerung meines Eintreffens. Manchmal erfordert mein Beruf Überstunden zu ungewöhnlichen Zeiten. Aus diesem Grunde habe ich nach einer sehr kurzen Nacht heute verschlafen. Ich hoffe, meine Assistentin hat Ihnen den Aufenthalt so angenehm wie möglich gemacht."

Christiane Bergmüller lächelte gezwungen, ein höfliches, aber unechtes Lächeln, ein „Kein-Problem-Lächeln". Andorian glitt um seinen Schreibtisch herum, wies Frau Bergmüller einen Platz auf dem schweren Lehnstuhl zu, der dem Schreibtisch gegenüberstand, und ließ sich selbst in den schweren dunkelgrünen Bürostuhl fallen, der hinter seinem schweren, aus alten Schiffsbrettern gezimmerten Schreibtisch stand. Er war ein großer Fan von Vintage- und Upcycling-Gegenständen für den Alltag.

„Wie darf ich behilflich sein, geschätzte Frau Bergmüller?", fragte er aufrichtig interessiert, in Erwartung der nächsten ins Haus stehenden Scheidung.

Sie sah betreten zu Boden, rang sichtlich um Fassung, atmete tief durch und öffnete den Reißverschluss ihrer Handtasche. Ein Foto in einem Rahmen kam zutage, ein Rahmen, der irgendwo auf einem Nachtkästchen gestanden war, in dem ein längst verloschener Moment für die Ewigkeit gebannt worden war, ein geliebter Mensch, ein Haustier, eingefangen in einem maschinell gefertigten Raum. Sie drehte den Rahmen um und sagte: „Herr Anders, es geht um meine Tochter. Sie ist fünfundzwanzig. Ihr Name ist Ariane, sie studiert hier in Wien. Ihre ganze Leidenschaft ist die Juristerei, sie steht kurz vor ihrem Abschluss in Rechtswissenschaften. Sie studiert sehr erfolgreich, bis dato ohne Zeitverlust. Wir stehen einander sehr nahe seit dem Tod ihres Vaters vor einiger Zeit. Das hat uns zusammengeschweißt. Wir haben täglich Kontakt zueinander."

Van Anders nickte und gab zustimmende Laute von sich, die ein aktives Zuhören suggerierten.

„Vor etwa sechs Monaten wurde der Kontakt weniger. Seit zwei Wochen ist er völlig weg. Kein Anruf, keine Zeile mehr. Das ist sehr untypisch für mein Kind."

Er nickte, blickte Frau Bergmüller ins Gesicht und sagte: „Wie hoch schätzen Sie die Wahrscheinlichkeit ein, dass sich Ihre Tochter, ohne Sie zu informieren, auf Reisen begeben hat? Das wäre doch ein plausibler Grund für ihre Abwesenheit."

Christiane Bergmüller schüttelte energisch den Kopf. „Nein, das hätte sie niemals getan. Es war ein stilles Abkommen, dass wir immer voneinander wussten. Sie hat es mir sogar gesagt, wenn sie bei ihrem langjährigen Freund in der Wohnung übernachtete. So ein Verhalten hat es noch nie vorher gegeben. Für mich besteht kein Zweifel, dass hier etwas nicht mit rechten Dingen zugeht. Sie würden mir sofort recht geben, glauben Sie mir, wenn Sie unser bisheriges Verhältnis kennen würden. Ich habe sie auch schon der Polizei als vermisst gemeldet, möchte aber alle Eventualitäten ausschöpfen, daher komme ich zu Ihnen! Bitte finden Sie meine Tochter!" Sie reichte mit zitternden Fingern das Bild über den breiten Tisch und seufzte dabei auf. „Ich bin mir sicher, das geht nicht mit rechten Dingen zu!"

Andorian drehte den Rahmen und blickte in das Gesicht einer sehr hübschen jungen Frau. Eine voluminöse naturrote Mähne umrahmte ebenmäßigen Züge mit hoch liegenden Wangenknochen, vollen Lippen und einer schönen, symmetrischen Nase, eingebettet in ein mit Sommersprossen übersätes, gleichmäßig dunkel pigmentiertes Gesicht. Das Highlight in diesem Gesicht allerdings waren stechend grüne Augen. Sie lächelte und entblößte dabei natürlich weiße Zähne. Die Ehrlichkeit in diesem Schnappschuss wurde bestätigt durch die unzähligen kleinen Fältchen rings um Augen und Mundwinkel. Diese junge Frau hätte definitiv auch von einer Vanity Fair oder einem Vogue-Cover lächeln können.

„Es sind die Augen!", sagte Frau Bergmüller. „Es sind immer die Augen!"

Andorian bemerkte, dass sein Mund offen stand, hüstelte und spürte, wie ihm sein unprofessionelles Verhalten eine leichte Röte ins Gesicht trieb. „Sie ist unglaublich hübsch ... und ja ... Sie haben recht, die Augen sind unglaublich!"

Frau Bergmüller nickte und lächelte traurig. „Wissen Sie, sie hat so viele Verehrer an der Uni und trotzdem war sie so standhaft, so fokussiert auf ihr Studium. Sie war nicht abgehoben oder gar arrogant. Und ..." Sie machte eine Pause. „... eine treue Seele. Bis Weihnachten letztes Jahr ist sie noch jedes zweite Wochenende nachhause gekommen, um bei mir zu sein. Wir leben in Krems an der Donau. Dann hat sie der Endspurt im Studium zu sehr in Anspruch genommen. Sie ist auch jetzt über die Sommerferien in Wien geblieben, um zu lernen, da im September gleich drei wichtige Prüfungen anstehen. Aber telefoniert haben wir jeden zweiten Tag. Oft nur ganz kurz, aber doch. Wir haben einander gehört."

Andorian hörte konzentriert zu. „Frau Bergmüller, wann hat die letzte Kontraktaufnahme stattgefunden?"

„Sie rief mich am Freitag vor zwei Wochen an. Wir hatten ein kurzes Telefonat. Sie sagte, dass sie bis über beide Ohren in Arbeit stecke, und sobald es etwas leichter gehe, komme sie wieder nachhause. Und sie sagte noch, dass sie dies hoch und heilig verspreche. Ganz nebenbei, und das erstaunte mich doch sehr, sagte sie, dass sie sich von Christof getrennt hat."

„Warum war das erstaunlich für Sie?"

„Nun, es war erstaunlich, weil sich die beiden erst im November des letzten Jahres verlobt hatten. Ich habe aber nicht weiter nachgefragt, weil mir dies als indiskret erschien. Vielleicht hätte ich es tun sollen. Wer weiß, was da dahinter steckt." Christiane Bergmüller blickte zu Boden und schluchzte. „Seitdem ist Funkstille, nichts mehr, kein Ton mehr und auch keine Reaktion auf meine Anrufe. Wenn sie nicht normalerweise funktionieren würde wie ein Uhrwerk, hätte ich mir ja gar keine Gedanken gemacht. Drei Tage hab ich's ausgehalten, dann habe ich in der WG angerufen und bei ihrem Freund Christof Neubauer. Nichts, keine Spur. Also habe ich's mit der Angst bekommen. Gestern habe ich die Polizei informiert und heute bin ich bei Ihnen."

„Gut, ich danke Ihnen für Ihr Vertrauen", sagte van Anders. „Ich würde mir gern einen Abzug des Fotos machen, wenn das okay ist. Danach habe ich noch ein paar Fragen." Er zog sein Telefon heraus, nahm das Bild aus dem Rahmen und fotografierte das Gesicht der jungen Frau. „Wer ist seitens der Polizei für den Fall verantwortlich?"

„Die Anzeige hat ein Revierinspektor Kramer im Wachzimmer Wattgasse aufgenommen, ich bin dort hingegangen, weil die Wohngemeinschaft in der Speckbachergasse gleich ums Eck liegt."

„Welche Gewohnheiten oder Tagesabläufe hat Ihre Tochter?"

Christiane Bergmüller fuhr sich mit zwei Fingern über den Nasenrücken. „Das Studium nimmt sie voll in Anspruch und zweimal die Woche ist sie in einem Fitnesscenter in der Nähe der Wohnung. Weitere Hobbys hat sie nicht. Sicher geht sie ab und zu mal aus, trifft sich mit Freunden oder übernachtet bei Christof im 15. Bezirk. Aber dies geschieht meines Wissens nicht in einer kalendarischen Regelmäßigkeit."

Andorian brummte zustimmend und nickte langsam mit dem Kopf. Dies schienen keine wirklich verwertbaren Informationen zu sein, zumal doch eine gewisse Abnabelung bereits stattgefunden hatte. Er ging davon aus, dass Ariane ihre Mutter nicht über alle Details ihres Lebens in Kenntnis gesetzt hatte.

Er atmete tief ein und, stützte seine Ellbogen auf dem Tisch ab und formte seine Hände zu einer Pyramide. Frau Bergmüller sah ihm aufrecht und kerzengerade in die Augen.

„Ich beauftrage Sie damit, das Abbleiben meiner Tochter Ariane Bergmüller zu untersuchen. Wie halten Sie es mit der Verrechnung?"

Andorian erwiderte den Blick der verzweifelten Frau und sagte nochmals: „Danke für Ihr Vertrauen. Mein Tagessatz beläuft sich auf fünfhundert Euro, dies beinhaltet Spesen und Fahrtkosten, zahlbar nach Erhalt der minutengenauen Abrechnung."

Frau Bergmüller kramte wieder in ihrer Tasche. Sie zog ein weißes Kuvert mit der Aufschrift einer Bank heraus und sagte: „Ich möchte gerne ein Depot von fünftausend Euro anlegen, damit uns die Honorarfrage nicht im Wege steht."

Van Anders griff danach und legte es, ohne hineinzusehen, in die oberste Schublade seines Tisches. „Ich werde mich umgehend an die Arbeit machen. Sie erhalten täglich zwischen zwanzig und einundzwanzig Uhr ein Update über Telefon, egal wie erkenntnisreich der Tag war." Er erhob sich und umrundete seinen Schreibtisch, bis er der mitleiderregenden Frau gegenüberstand. Sie nickte und sah ihn an. Ein Weinkrampf erstickte ihre Stimme. Er umarmte sie und beschloss im Geiste nicht eher zu ruhen, bis dieses Rätsel geklärt war. Dann geleitete er Christiane Bergmüller zur Türe.

„Alo, salut, sunt eu, un haiduc
Si te rog, iubirea mea, primeste fericirea
Alo, alo, sunt eu Picasso
Ti-am dat beep, si sunt voinic…"

(Dragostea din tei – O-Zone; © Dan Bălan, 2003)

Die Bässe und eingängigen Zeilen der Lyrics zu dem längst in die Jahre gekommenen Hit der Boyband O-Zone brachten die Partymenge zum Grölen. Es war stickig und verraucht im Golden Beach Dance Club am Strand von Warna in Bulgarien. Verschwitzte Leiber drängten sich auf der Tanzfläche aneinander und bebten gemeinsam im Rhythmus der Musik. Alkohol floss in Strömen, hier und da wurden mehr oder weniger öffentlich Drogen unterschiedlichster Natur vertickt. Die Käufer hatten das Ziel die Nacht noch ekstatischer zu gestalten, als sie durch Alkohol und Urlaubsfeeling sowieso schon gewesen wäre. Das Durchschnittsalter im Club betrug keine fünfundzwanzig Jahre.

Die Strände rund um die bulgarische Schwarzmeerstadt Warna waren in den letzten Jahren eine tragende Konkurrenz zu Ibiza oder Mallorca geworden. Der Vorteil, als junger Mensch am Schwarzen Meer seinen Urlaub zu verbringen, lag darin, dass auch der Lohn eines Ferialjobgehalts hier Luxus versprach. Wo andernorts horrende Summen alleine für den Eintritt in einen Club zu berappen waren und Cocktails zwischen fünfzehn und zwanzig Euro kosteten, konnte man hier für das gleiche Geld schon einen partytauglichen Pegel lukrieren. Keine Frage also, dass junge Menschen aus aller Welt den dreieinhalb Kilometer langen Strandabschnitt überschwemmten und die umliegenden Geschäftsleute dies als willkommene Gelegenheit sahen, ihre Taschen reichlich mit Geld zu füllen. Es war eine Win-win-Situation für alle Beteiligten. Daher hatten umliegende Gastronomen Apartments und Hotels aus dem Boden gestampft, um die anreisenden Touristen zufriedenzustellen. Junge Menschen aus aller Welt erhofften sich neben den aufregenden Besuchen in den direkt am Strand liegenden Clubs, Bars und Diskotheken auch einen Urlaubsflirt, der ihren Aufenthalt am Goldstrand zwanglos versüßen sollte. Auch die einheimischen Twens, egal ob männlich oder weiblich, spielten nur allzu gerne dieses romantische Spiel der Urlaubsbekanntschaft mit, wenn es darum ging, kostenlos durch einen Partyabend zu kommen oder vielleicht einen Mann oder eine Frau fürs Leben zu finden, was einem Ticket zu Wohlstand und Freiheit gleichkam.

Unter ihnen war auch Thomas Schmidt, ein gut aussehender Mittzwanziger mit einem Namen, der nicht unverfänglicher hätte sein können. Wie auch? Er wechselte ihn jeden Tag, heute war er Thomas Schmidt, morgen jemand ganz anderer. Er war alleine hier an die Küste gekommen, um Geschäft und Erholung miteinander zu verbinden. Thomas Schmidt, aus Wien stammend, war seit längerer Zeit hier ansässig. Er war Geschäftsmann und für diese Geschäfte suchte er Nachwuchstalente. Talente, die er weiterempfehlen konnte, die ihm viel Geld einbrachten. Sein Ziel war der Osten Europas, weil die Talente hier willig waren und die Ansprüche der Talente wesentlich niedriger als in Schweden, der Bundesrepublik oder gar in Frankreich oder Großbritannien. Die Menschen hier waren hungrig danach, den westlichen Lebensstandard, dessen Auswüchse längst visuell über die Social-Media-Plattformen dieser Welt auch bei den letzten Menschen auf diesem Planeten gelandet waren, zu erreichen. Popvideos waren das Benzin im Motor dieser Entwicklungen. Videos von kaum erwachsenen Männern und Frauen, die im Reichtum und Luxus schwammen. Er konnte all diesen Bedürfnissen gerecht werden. Geld und Macht und materielle Erfüllung. Nicht ganz ohne Kompromisse für das Talent, das er zu rekrutieren hatte, aber wenn die Person es geschickt anstellte, dann wartete ein Haufen Geld und Luxus. Zumindest für ihn selbst. Alles andere war ihm dann auch nicht so wichtig. Sein Auftrag war klar: Finde Talente für den Vertrieb eines Nischenprodukts. Ein Produkt, das sich nicht viele leisten konnten. Aber die, die es konnten, waren bereit dafür viel Geld auszugeben.

Seit Stunden tanzte er zu rasenden Housebeats mit einer rassigen Blonden, deren Namen er in all dem Lärm nicht verstanden hatte. Verführerisch rieb sie ihren Po an seiner Körpermitte und warf ihre blonde Lockenmähne in den Nacken. Er roch den Duft ihres sommerlichen Parfums. Ihre Klamotten waren billig, aber sexy: hochhackige Riemchensandalen und ein einteiliges schwarzes Minikleid, dessen Tüllapplikationen – wahrscheinlich hatte sie es von irgendeinem Erotikartikelversand – mehr zeigten, als sie verbargen. Es war bereits klar, dass sie keine Unterwäsche trug. Alles an ihrem Auftritt sagte ihm, dass er sie haben konnte, wenn er sie haben wollte. Und er wollte. Jedoch waren die Enge des Raumes und die Lautstärke der Musik hier in diesem Vorhaben sehr hinderlich. Die Lichter des Stroboskops ließen sie einem Roboter gleich vor seinem Körper tanzen. Keine Frage, dass dies heute ein erfolgreicher Abend werden würde. Sie drehte sich um, schlang ihre Arme um seinen Nacken und zog ihn an sich heran. Er spürte das weiche, aber stramme Wippen ihres festen Busens und küsste sie. Ihre schweißnasse Haut glänzte im Schein der LEDs und verlieh ihr einen magischen Touch. Sie lächelte verführerisch und nickte in Richtung Bar. Er folgte ihr durch das Gewühl und stellte erstaunt fest, dass sie mit den Sandalen beinahe so groß war wie er, etwa einen Meter und neunzig Zentimeter. Ihre Proportionen waren perfekt und er schmunzelte, als er ihr Hinterteil betrachtete, das durch die mindestens zehn Zentimeter hohen Absätze besonders zur Geltung kam. Ein erfolgreicher Abend.

An der Bar bestellten sie zwei Cubas Libres, gewissermaßen als Auftakt für einen exotischen Abend. Der Rum war billig, aber die Menge dafür dem Vorhaben entsprechend gut. Hand in Hand verließen sie den Club und steuerten auf den Strand zu. Die Plastikliegestühle, die dem müden Partyvolk tagsüber als Erholung dienten, standen in geordneten Reihen immer paarweise aufgestellt, getrennt durch etwas Abstand zu dem direkten Nachbarn und in Einheit mit einem einbetonierten Sonnenschirm.

Die Liegestühle waren aus Gründen der Diebstahlsicherung mit Ketten und Vorhängeschlössern an den Sonnenschirm gekettet. Das Mädchen, sie hatte sich als Maria vorgestellt, hatte ihre Sandalen ausgezogen und beide wateten durch die unendlichen Reihen von Plastik im weichen Sand. Auf einigen Liegestühlen hatten sich Paare niedergelassen. Manche sahen in den Himmel, um die sternenklare Nacht zu genießen. Dann gab es die, die mit offenem Mund laut schnarchend ihren Rausch ausschliefen, und jene, die sich eng umschlungen, vielleicht vom Alkohol enthemmt, innig auf dem Plastikgestühl liebten. Die Polizei, die auf diesem Strandabschnitt hin und wieder auf und ab marschierte, sah bei diesen Dingen in den Himmel, denn auch sie wusste, dass diese Menschen, die hier ein dekadentes und oft ausschweifendes Leben zelebrierten, harte Dollars und Euros in die Kassen spülten.

Sie wanderten eine Zeit lang umher, still und ohne ein Wort zu sagen. Dann wandte sie sich ihm zu und deutete auf einen Liegestuhl in der ersten Reihe. Er richtet die Lehne auf und setzte sich hin. Sie streckte ihre langen Beine durch die Lehne und war im Nu rittlings auf seinem Schoß.

„Sprichst du Englisch?“, fragte sie ihn mit erstklassiger Aussprache. Er nickte und antwortete ihr gleichzeitig. Maria überlegte sich, ob sie ihn nach dem Grund seiner Reise fragen sollte, ließ es dann aber sein, weil sie nicht aufdringlich sein wollte.

„Maria, sag mir, wie fühlt es sich an im Paradies zu leben?“, fragte er, um ihr zu schmeicheln.

„Paradies? Meinst du das hier?“, entgegnete sie, und machte dabei eine ausholende Handbewegung, die den ganzen Strand einschloss. „Das, mein Lieber, ist nicht das Paradies. Es ist noch nicht einmal sein Vorgarten. Ich studiere Politikwissenschaften und Wirtschaft. Sobald ich die Gelegenheit habe, bin ich weg hier. Leider können sich meine Eltern kein Studium im Ausland leisten, sie sind arm. Ich habe immer davon geträumt im Ausland zu studieren, in England oder Deutschland. Ich spreche perfekt Englisch und bin mir sicher, ich hätte es schaffen können. Aber lass uns nicht über die Sorgen und Träume sprechen. Lass uns den Abend genießen", sagte sie und senkte ihre Lippen langsam auf seine.

Er erwiderte ihren Kuss. Zart, sanft, fordernd. Sie hatte den Mund leicht geöffnet und er schmeckte den Rum auf ihren Lippen. Die von dem Eis im Cocktail gekühlte Zunge berührte seine Lippen. Er erschauderte und spürte auch ihre Gänsehaut auf den Armen. Die Leidenschaft wollte sich nicht zügeln lassen. Hinter ihnen das pulsierende Nachtleben, vor ihnen das rauschende Meer. Herz, was willst du mehr!

Die beiden Cubas Libres standen neben dem Liegestuhl im Sand und der Rest in den Plastikbechern würde heute wohl nicht mehr getrunken werden. Die Eiswürfel waren längst geschmolzen und einzelne Insekten hatten den Weg zu der zuckrigen Flüssigkeit gefunden, während sie mit vorsichtigen Fingern den Körper des anderen erforschten und sich leidenschaftlich und drängend küssten. Im Hintergrund wummerten noch immer die Bässe aus den Clubs und Thomas vergrub seine Finger in der blonden Mähne Marias und genoss sichtlich, im Mittelpunkt ihrer Begierde zu stehen.

Sie fragte ihn: „Wohnst du hier in der Nähe?"

Er nickte. „Keine fünf Minuten von hier. Ich habe ein Apartmenthaus gemietet. Ich bin nicht nur zum Vergnügen hier, sondern auch geschäftlich“, grummelte er. „Ich weiß nicht, ob ich das tun sollte, ich muss morgen früh raus!“

Sie löste sich von ihm und zog einen süßen Schmollmund. „Ich denke, ich habe gute Argumente gegen diesen Gedanken.“ Sie führte langsam seine rechte Hand an den Ansatz ihres Schenkels, dann schob sie mit seiner Hand den Saum ihres Kleides etwas nach oben. Er hatte recht. Keine Unterwäsche. Sie stand auf, griff in ihr Täschchen und förderte eine Handvoll Kondome zu Tage.

„Die wollen heute noch verbraucht werden. Wenn du es willst …“, flüsterte sie in sein Ohr.

Er stutzte. „Du bist aber gut vorbereitet. Aber ich weiß nicht, das fühlt sich nicht richtig an“, gab er ihr zu verstehen. Er war so ein Gentleman. Sie war verliebt, sie war so verliebt in diesen Mann, den sie gerade erst kennengelernt hatte. Oder war es der Alkohol? Nein, sie war verliebt und sie spürte es mit jeder Faser ihres bebenden Körpers. Sie hatte auf jemanden wie ihn gewartet, konnte es kaum erwarten ihn zu spüren. Und sie war aufgeregt.

„Komm schon“, sagte sie. „An die Arbeit kannst du morgen auch noch denken. Lass uns ein wenig Spaß haben, du siehst mich danach nie wieder.“

„Genau davor fürchte ich mich ja!“, sagte er schelmisch. Dann stand der auf und lächelte. „Okay, du hast völlig recht. Lass uns das Leben und die Liebe und die Leidenschaft genießen! Gehen wir!“

Arm in Arm schlenderten sie an der Diskothek vorbei. Sie bahnten sich den Weg durch einen augenscheinlich unendlichen Strom aus Menschen, der ihnen entgegenkam. Manche lachend, manche betrunken, alle fröhlich, alle in Partylaune. Er blickte Maria an und lächelte. Einen Herzschlag später spürte er, wie dieses Lächeln einen festeren Griff um seine Hüfte nach sich zog. Sie konnte seine Finger nicht von ihm lassen und er fühlte sich geschmeichelt. Er genoss die Aufmerksamkeit und ihre Vorfreude, die ihm entgegenschlug. Sie passierten die ersten Hotels, schlängelten sich durch die verwinkelten Gänge, die die Gäste zum Strand und in die Speisesäle geleiten sollten, und gelangten auf eine Straße, die von Kiosken und Verkaufsbuden gesäumt war. Dort führte Thomas Maria einen leichten Hügel hinauf, auf ein großes Haus zu. Es hatte eine moderne Fassade und war in nüchternem Weiß gehalten. Er steckte die Schlüssel ins Schloss, gab danach einen sechsstelligen Code in ein Tastenfeld ein und sie betraten das großzügig eingerichtete Apartment. Alles wirkte edel und sehr stylisch. Sie traute ihren Augen nicht, das Wohnzimmer war riesig. Eine überdimensionale weiße Couch, ihre klaren Linien passten perfekt zum Ambiente, stand mitten im Raum, ihr gegenüber ein großer Fernseher, der an der Wand montiert war, vor ihr ein hochfloriger, klassisch schöner Teppich. Er drehte sie zu sich und sagte: „Mein Haus ist dein Haus!“

Sie lächelte, küsste ihn und fragte: „Wo ist das Badezimmer, Thomas? Ich will schnell unter die Dusche!“

Er führte sie einen Gang hinunter und öffnete eine Türe. Hinter dieser verbarg sich ein geräumiges Schlafzimmer mit dem größten Bett, das Maria je gesehen hatte. Zu ihrer Linken war eine weitere Türe sichtbar.

„Hier links!", sagte Thomas. Mit wenigen Schritten öffnete er die Tür und wies ihr den Weg. „Ich bereite in der Zwischenzeit die Drinks vor. Ist Champagner okay für dich?"

Sie sah über die Schulter, hob den rechten Daumen als Zeichen des Einverständnisses, ließ ihr Kleid fallen und schlenderte mit gekonntem Hüftschwung auf die Dusche zu. Dann schloss sich die Badezimmertüre und nur Augenblicke später erfüllte ein wohliges Rauschen die Atmosphäre. Er lächelte versonnen, während er mit einem leisen Plopp den Korken des Ruinart Rosé aus der Flasche steigen ließ. Die Mädels liebten diesen Rosé. Nicht der beste Champagner, aber ein verlässlicher Helfer. Es war stets so einfach. Manchmal hatte er deswegen Gewissensbisse. Ein erfolgreicher Abend, keine Frage …

Maria kam aus dem Badezimmer. Als die Türe sich öffnete, trat etwas Dampf ins Zimmer, sie musste heiß geduscht haben. Er lag auf dem Bett. Sie sah ihm in die Augen, näherte sich ihm an und legte sich neben ihm aufs Bett. Ihre rechte Hand streichelte seine Wange und er küsste sie. Er drehte sie auf den Rücken, während sie die Knöpfe seines Hemdes öffnete. Nur Sekunden später liebten sie sich. Dann tranken sie Champagner und liebten sich wieder. Stunden später, ein neuer Morgen brach sich bereits Bahn durch die Dunkelheit der Nacht, duschte sie nochmals. Er lag im Bett und hatte die Augen geschlossen. Maria trat, mit einem Handtuch um den Körper gewickelt, auf ihn zu und lächelte. Sie legte sich zu ihm auf das Bett.

„Es tut mir leid, Thomas, dass ich deine Pläne durcheinandergebracht habe. Du wirst heute völlig übermüdet bei deinem Geschäftstermin ankommen."

Er drehte sich um, lächelte zärtlich und sagte: „Keine Sorge, Maria, wirklich durcheinander sind meine Pläne nicht!" Dann drückte er ihr das Baumwolltuch ins Gesicht, das er zuvor mit Chloroform getränkt hatte. Sie starrte ihn mit aufgerissenen Augen an, versuchte sich zu wehren. Dann erschlaffte sie.

Thomas Schmidt griff zum Telefon und wählte eine Nummer. Vier Minuten später betraten zwei Männer die Wohnung. Sie schulterten Maria und trugen sie in das Apartment einen Stock tiefer. Dort legten sie die junge Frau auf ein Bett. Ein aknenarbiger Typ mit Stiernacken griff nach Marias Tasche und durchsuchte sie. Er fand ihr Telefon, warf es auf einen Haufen anderer Smartphones, und ihren Reisepass. Diesen fotografierte er. Das Bild schickte er über das Smartphone an eine Nummer in Warna. Es folgte alles immer genau dem gleichen Schema. So waren Fehler fast unmöglich.

Im Zimmer nebenan entkleidete ein anderer Mann die junge Frau und fesselte ihre Handgelenke an ein Bettgestell. Dann zog er sein Smartphone und machte ein paar Fotos. Diese schickte er an dieselbe Nummer, an die zuvor das Bild des Reisedokuments gegangen war.

Etwa gegen neun Uhr morgens läutete es an der Türe einer Wohnung in der Petar-Raychev-Straße. Sofia Petrescu öffnete die Türe, sie war eine müde aussehende Frau Ende vierzig. Die Lockenwickler im Haar und der Bademantel am Körper ließen darauf schließen, dass sie sich fertig machte, um einer Arbeit nachzugehen. Sie lächelte den Polizisten müde an und sagte: „Was kann ich für sie tun?"

Der Mann zeigte ihr ein Foto. In Sekunden war jede Farbe aus Sofia Petrescus Gesicht gewichen. Sie trat einen Schritt zurück um Abstand zu dem Mann zu gewinnen, der ihr Leben gerade nachhaltig verändert hatte.

Er sagte: „Was Sie für mich tun können? Nun … tun Sie einfach gar nichts, dann bleiben Sie und Ihre anderen Töchter am Leben. Verständigen Sie die Polizei, sind Sie und Ihre Familie bald wieder mit Maria vereint. Im Jenseits. Haben Sie eine Vorstellung davon, wie es aussieht, wenn zehn erwachsene Männer gleichzeitig Ihre zwölfjährige Tochter vergewaltigen? Nein? Wenn Sie diese Erfahrung nicht machen wollen, dann tun Sie so, als hätte dieses Gespräch nie stattgefunden, als hätte es Ihre Tochter Maria nie gegeben. Sagen Sie den Nachbarn, sie würde im Ausland studieren. Ist das klar?!“

Sofia Petrescu lehnte an der Wand ihres Vorzimmers, die sie davor bewahrte, wie ein gefällter Baum umzufallen. Der Mann drehte sich um und ging. Er wusste, Sofia Petrescu würde nichts sagen, niemand sagte jemals etwas. Dann meldete sich das Telefon. Er hatte einen Eingang von tausend Euro auf dem Konto. Als Verwendungszweck war „Botendienst“ angegeben. Er lächelte, verließ den ärmlichen Wohnblock und stieg in seinen Dienstwagen.

Vor einiger Zeit

Ariane Bergmüller hatte ihren Kopf auf der Brust ihres Freundes liegen. Sie atmeten tief und ruhig. Der Sonntag im September war durchsetzt von einer angenehmen Kühle. Die Partynacht war hingegen heiß und aufregend gewesen. Die beiden liebten es mit ihrer Clique durch die Bars der Wiener Innenstadt zu ziehen, um dann im Palace, dem angesagtesten Danceclub der Stadt, bis in die frühen Morgenstunden zu chilligen Trancebeats abzutanzen. So war es auch gestern gewesen. Am Donnerstag zuvor hatten die beiden eine Prüfung im Studium der Rechtswissenschaften erfolgreich abgelegt und waren ihrem Ziel, das Studienabschluss hieß, wieder ein Stück nähergekommen. Die beiden waren fleißige und äußerst erfolgreiche Studenten, nicht elitär, aber bis dato ohne Verzögerung in der Studienzeit.

Wie aus einem fernen Nebel nahmen sie die Klingeltöne des Telefons wahr, das im Wohnzimmer auf dem Couchtisch lag und leise vor sich hin summte. Ariane war es, die schließlich ächzend aus dem Bett kroch und ihr Telefon aufnahm, welches auf dem Display drängend verkündete, dass Mama nach Aufmerksamkeit verlangte. Sie nahm ab.

„Hallo, Mama!“, sagte sie mit belegter Stimme.

„Hallo, mein Spätzchen!“, sagte ihre Mutter. „Es tut mir leid, dass ich dich wecke. Du weißt, dass ich es nicht tun würde, wenn es nicht dringend wäre. Es ist so weit, das Krankenhaus hat mich angerufen. Wir sollen uns von Papa verabschieden, es geht ihm sehr schlecht die letzten Tage, es geht zu Ende. Komm bitte gleich nach Sankt Pölten ins Krankenhaus."

Dass dieser Tag kommen würde, war nur eine Frage der Zeit gewesen. Ariane hatte das gewusst, sich mithilfe der Krankenhausseelsorgerin und einer befreundeten Psychologin versucht darauf vorzubereiten. Aber es war unmöglich sich auf diesen Tag vorzubereiten. Das Gehirn sagte, dass dieser Tag kommen würde. Das Herz sagte, dass morgen alles ganz anders sei, dass alle wieder glücklich und zufrieden wären.

Es war nicht viel Zeit vergangen, fünf Monate, seit ihr Vater wegen eines vermeintlichen Bandscheibenvorfalls zur Computertomographie gegangen war und eine halbe Stunde später im Hinterzimmer des Diagnosezentrums erfuhr, das der Krebs in der Lunge, der Leber, der Wirbelsäule und im Gehirn wütete.

„Es tut mir aufrichtig leid", sagte der Arzt abschließend, „aber klären Sie Ihre Angelegenheiten." Dann hatte er ihm sanft seine Hand auf die Schultern gelegt und Helmut Bergmüller, ein bis dato äußerst jung gebliebener Mittfünfziger, war wie in Watte gepackt nach Hause gefahren.

Theorie und Praxis waren zwei verschiedene Paar Schuhe. Ariane wurde von einem heftigen, stakkatoartigen Zucken erfasst und sank vor dem Sofa auf die Knie, bevor sie laut aufschluchzte. Christof Neubauer, Arianes Lebenspartner, hechtete aus dem Bett, lief ins Wohnzimmer und umarmte seine Freundin, die ihren Kopf auf die Tischplatte gestützt hatte und hemmungslos weinte.

„Mein Engel“, fragte er, „ist es jetzt so weit?“

Sie nickte nur.

„Komm, wir fahren“, sagte er. „Jetzt zählt jede Minute!“ Ariane erhob sich mit seiner Hilfe und schlurfte weinend zum Badezimmer.

Dreißig Minuten später waren sie auf dem Weg nach Sankt Pölten. Die Leichtigkeit der Nacht war einer Schwere gewichen, die mit der Kraft eines Felsbrockens auf ihr Herz und ihren Magen drückte. Der Fels in der Brandung wurde von unkontrolliert wuchernden Zellen dahingerafft. Ihr geliebter Papa starb.

11. August

„It's 'bout as bad as it could be
Seems everybody's buggin' me
Like nothing wants to go my way, yeah, it just ain't been my day
Nothin's comin' easily…"

(Up – Shania Twain; © Robert John Lange, Shania Twain, 2002)

„Es kann kein Zufall sein, dass der Sender einen Song über schlechte Tage spielt, wenn ich mich fühle, als hätte mich die U-Bahn angefahren", dachte die Kommissarin und lächelte ihr zum Weinen aussehendes Spiegelbild an, während sie sich die Zahnbürste in den Mund steckte.

Ihr Tag hatte vor einer halben Stunde mit dem penetranten Gebimmel ihres Telefons begonnen. Ein Kollege hatte sie auf ihrem privaten Smartphone angerufen, um ihr mitzuteilen, dass es einen Leichenfund gab. Verschlafen von der letzten Doppelschicht hatte sie ihm murrend mitgeteilt, dass sie ihr Möglichstes tun werde, um sofort dorthin zu kommen, hatte sich noch einmal umgedreht, ihren Mann umarmt, geküsst und gesagt: „Eine Tote am Schottenhof, ich muss los!"

Er hatte gelächelt, ihr einen Klaps auf den Po gegeben und erwidert: „Was wäre Wien ohne seine Polizei? Was wäre Wien ohne dich?"

Aber Robert Friedmann, stellvertretender Leiter des Departments für Gerichtsmedizin an der Uni Wien, kannte es selbst nur zu gut, ohne Vorwarnung von Familienfeiern, Motorradtouren und sonstigen Annehmlichkeiten auf den Boden der beruflichen Realität geholt zu werden.

„Ich liebe dich und halte mich auf dem Laufenden!", sagte er. Sie lächelte, wuschelte sich durch ihr langes braunes Haar und trollte sich schlurfend ins Badzimmer.

Daniela Friedmann war eine aparte Frau Mitte vierzig. Sie trug ihr gelocktes braunes Haar, das ihr bis über die Schulterblätter fiel, immer offen. Leger, in Jeans und Blusen, Poloshirts oder Pullover gekleidet, war es vor allem ihre Vorliebe für Doc Martens, die Aufmerksamkeit erregte. Sie hatte diese Schuhe in ungefähr zwanzig verschiedenen Ausführungen im Schrank stehen. Friedmann hatte bald nach ihrem Eintritt in die Kriminalpolizei in Wien von sich reden gemacht, als sie einen jungen Wiener dingfest hatte machen können, der in großem Stil Falschgeld und Drogen hergestellt hatte, ins benachbarte Ausland exportiert hatte und dabei rücksichtslos Kontrahenten aus dem Weg hatte räumen lassen. Der Erfolg bewirkte drei Dinge: Sie lernte ihren Mann kennen, da dieser ebenfalls mit dem Fall betraut war, allerdings aus der Sicht der Medizin. Der Fall brachte ihr eine Auszeichnung und Beförderung ein. Aber er machte die junge Kommissarin unbeliebt, da sie schon während der laufenden Ermittlungen auf die Faulheit und Ignoranz des Kollegen hinwies, dem sie damals, aufgrund seines höheren Dienstgrades, unterstand. Dieser hatte die Tragweite des Falles nicht erkannt und ebenfalls seine Komplexität unterschätzt. Es kam lediglich durch Hartnäckigkeit und die vielen Überstunden ihrerseits zu dem Ermittlungserfolg. Sie fuhr den Erfolg ein, der Kollege wurde gerügt und sie im Kreis der Kollegen als Kameradenschwein diffamiert. Kein leichtes Leben für eine junge Frau in den ersten Jahren des Dienstes. Gott sei Dank lösten sich aber dennoch viele Probleme von selbst und mit der Zeit, da diese verstockten und faulen Dinosaurier mittlerweile nahezu alle einen in ihren Augen wenig verdienten Ruhestand angetreten hatten.

Heute war sie selbst ein Dinosaurier auf diesem Gebiet, hatte allerdings nichts von ihrer Vitalität und Energie eingebüßt. Sie war bei den Vernehmungen clever, als Kollegin beliebt und konnte, wenn es hart auf hart kam, ordentlich zulangen, wovon die Narben diverser Rissquetschwunden im Gesicht und eine tiefe Stichverletzung im linken Oberarm zeugten. Daniela Friedmann war eine exzellente Polizistin, nüchtern und ohne Hang zur Dramatik.

Zwanzig Minuten später saß sie, gewandet in Jeans-Bluse und knöchelhohen Martens, in einem dunkelblauen BMW und raste mit aufgesetztem Blaulicht die Hadikgasse stadtauswärts. Die Sonne schien bereits warm und trocknete die vom nächtlichen Gewitter noch regenfeuchten Straßen. Der mäßige Verkehr teilte sich wie das rote Meer vor Moses, niemand wollte im Wege stehen.

Die Ankunft gelang in der Rekordzeit von 15 Minuten. Sie bog auf den Parkplatz des Restaurants Schottenhof ein und stutzte. Feuerwehr, ein Leichenwagen der Wiener Bestattung, vier Fahrzeuge der Funkstreife und zwei Rettungsautos. „Das volle Aufgebot!“, sagte sie zu sich selbst, stieg aus und näherte sich einem kalkweißen sehr jungen Kollegen in Uniform.

„Frau Kollegin Friedmann?“, fragte er verlegen.

„Jawohl, was gibt's? Wo bringen Sie mich hin?“, fragte sie.

„Mein Name ist Wallner, bitte folgen Sie mir. Wir gehen gleich hier rein, auf den Mountainbike-Trail, der vom Wilhelminenberg herunterführt. Wir haben etwa zweihundertfünfzig Meter Fußmarsch zurückzulegen.“

Friedmann blickte an sich herunter und lächelte ob der Wahl ihrer Schuhe. Angesichts des vom Regen in der letzten Nacht aufgeweichten Bodens waren ihre schwarzen Martens die erste Wahl gewesen. Trotz der exzellenten Entscheidung war sie nur halb so schnell wie der Kollege, der dienstbeflissen mit großen Schritten voranging.

„Machen Sie mal langsamer, Kollege! Ich habe vor einer Stunde noch gepennt und ich habe Doppelschicht gehabt. Sie rennen ja, als wäre der Teufel hinter Ihnen her!“, rief sie ihm keuchend nach. „Und warum sagt mir niemand, dass ich zu nachtschlafender Zeit den Himalaya hinaufsteigen soll?!“, fauchte sie.

Der junge Polizist errötete, sah betreten zu Boden und antwortete: „Frau Kommissarin, es tut mir leid, ich habe Sie nicht angerufen. Ich dachte mir, es wäre Eile geboten.“

„Nun … die Leiche läuft uns wohl nicht weg, oder?“

Wallner hob an etwas zu sagen, verzichtete angesichts der Spannung in der Luft darauf, drehte sich um und ging in gemäßigterem Tempo neben ihr her.

Nach der nächsten Kurve sahen sie von Weitem bereits die rot-weißen Absperrbänder, etwa dreißig Meter neben dem Trail. Vier Kollegen von der Funkstreife, drei Feuerwehrmänner und die Spurensicherung waren da. Eine Ärztin und zwei Sanitäter kümmerten sich um eine ältere Frau, die unweit der Szene auf dem Boden saß, hyperventilierte und einen schon etwas grau gewordenen Dackel streichelte.

Schwer keuchend kamen Friedmann und Wallner an, die Uniformierten traten zur Seite und gaben den Blick auf den Fundort frei. An der Rückseite einer alten Buche, mit vom Weg abgewandtem Blick, saß jemand. Die Arme nach hinten gebogen, mit grobem Hanfseil gefesselt. Vor dieser Person kniete Dr. Alma Selimovic und fotografierte den Fund aus allen Perspektiven. Die gebürtige Bosnierin, die durch die Kriegswirren der Neunzigerjahre nach Österreich gekommen war, war eine Meisterin ihres Faches. Sie hatte sich Danielas Mann Robert vor einigen Jahren durch einen exzellenten Lebenslauf und eine unglaubliche Anzahl an in- und ausländischen Reputationen empfohlen. Robert hatte keine Sekunde gezögert und die talentierte Frau eingestellt, da eine Planstelle durch Pensionierung frei geworden war. Sie war zu einer guten Freundin und einem gerne gesehenen Gast im Hause Friedmann geworden.

„Hi, Danny! Wilde Sache hier, schreck dich nicht!“, sagte sie und sah dabei sehr ernst zu ihrer Freundin und Kollegin auf.

„Ooookay …“, antwortet Friedmann halblaut mit deutlich gedehntem O und blieb in der Bewegung abrupt stehen. So etwas hatte sie aus dem Mund der erfahrenen Forensikerin noch nie zuvor gehört.

„Vielleicht kümmerst du dich zuerst um die Zeugin, Danny, dann bin ich hier fertig und wir besprechen alles. Nach meinem medizinischen Dafürhalten ist sie nicht vernehmungsfähig. Aber versuch's mal", sagte Alma.

Friedmann blickte zu Wallner, bedeutete ihm mit einem Kopfnicken mitzukommen. Sie näherten sich dem Rettungsteam.

„Guten Morgen! Verzeihen Sie bitte, mein Name ist Daniela Friedmann, ich bin die ermittelnde Beamtin in diesem Fall. Darf ich Ihnen ein paar Fragen stellen?"

Der Arzt drehte sich um, eine Blutdruckmanschette in den Händen. „Guten Morgen, das ist Frau Henriette Gruber, sie steht unter Schock. Wir werden sie ins Wilhelminenspital bringen, sie braucht dringend ärztliche Betreuung. Ich denke, Sie können sie heute Abend im Krankenhaus befragen. Wir bringen die Patientin jetzt zum Parkplatz. Ihre Tochter ist gerade gekommen und übernimmt den Hund."

Gruber bewegte sich und sah ihr aus gespenstischem Gesicht entgegen. Sie war aschfahl, die Lippen weiß von der Blutleere.

„Das arme Ding, ich hätt's nicht bemerkt, wenn's der Poldi nicht geschnüffelt hätte. Seit dreiundfünfzig Jahren geh ich hier mit dem Hund, nicht mit dem Poldi natürlich, weil die Dackel werden nicht so alt, aber überhaupt. Sowas … dass ich das auf meine alten Tage noch erleben muss. Na … das hab ich 'braucht!"

„Wallner, Sie gehen mit nach unten und nehmen die Personalien auf! Achten Sie aber darauf, dass Sie sich's von der Tochter geben lassen, die Dame scheint mir etwas zu verwirrt für genaue Angaben", sagte die Kommissarin. Wallner nickte, wandte sich um und ging den Sanitätern nach, die den Transportsessel mehr rutschend als gehend den matschigen Abhang hinuntertrugen. Dann drehte sich Friedmann um und ging zurück zum Fundort. Alma hatte den Fotoapparat weggelegt und stand neben den Männern der Bestattung. Sie winkte ihre Freundin zu sich.

Beide umrundeten den Baum und Friedmann erstarrte. Ein Bild des Grauens eröffnete sich ihr. Vor ihr saß, mit in einem leichten V ausgestreckten Beinen, ein toter Körper. Der Person fehlten Haare und Gesicht, man hatte ihr beides vom Kopf geschnitten. Ein schlaffes Unterkiefer entblößte den Blick auf eine leere Mundhöhle, alle Zähne waren ausgeschlagen, seitlich links am Schädel war eine deutliche Deformation des Scheitelbeins feststellbar. Am Oberkörper waren die Brüste entfernt worden, wovon zwei mehr als handtellergroße Wundflächen zeugten. Der Hals war in einem Schnitt, der von der Seite betrachtet beinahe bis zur Wirbelsäule führte, durchtrennt worden. Quer über den Unterbauch führte ein gerader Schnitt, ebenso ersichtlich war eine Verstümmelung des Genitalbereichs. Die Kommissarin hätte auf den ersten Blick nicht sagen können, ob es sich um einen Mann oder eine Frau handelte, da alle spezifischen Geschlechtsmerkmale entfernt worden waren. Ein zweiter Blick offenbarte eine gewisse Zartheit, speziell im Bereich der Knochen. Friedmann wankte, drehte sich um und rang mit einem starken Brechreiz. Ihre Kollegin griff ihr unter die Arme und bedeutete den Männern der Bestattung, dass sie nun ihre traurige Arbeit verrichten konnten.

„Bitte direkt in die Gerichtsmedizin mit dem Leichnam!“, sagte sie zu den Männern. Diese nickten stumm. Dann wandte sie sich an Danny. „Lass uns nach unten gehen und ich erzähle dir, was ich jetzt schon weiß. Okay?“, schlug Selimovic vor und hakte sich bei Friedmann unter. Die vier übrigen Kollegen begannen ohne Aufforderung, die Sachen der Forensikerin aufzusammeln, zu verpacken und hernach zum Auto zu transportieren.

Zehn Minuten später saßen die beiden Frauen in der nahe gelegenen Meierei bei Wasser, Kaffee und einem doppelten Cognac. In Friedmanns Gesicht war ein wenig Farbe zurückgekehrt.

Alma lächelte aufmunternd und sagte: „Keine Sorge, deine Reaktion ist verständlich. Mich hätte das auch fast umgehauen, sowas habe ich noch nie gesehen. Theoretisch schon, in den Lehrbüchern, aber live … Ich will gar nicht wissen, wie's der Gruber ergangen ist. Da gehst du nichts ahnend durch den Wald und – bbäähhmm. Eine Sekunde später ist deine Welt aus den Angeln gehoben. Die Reinkarnation von Jack the Ripper. Würde ich's nicht besser wissen …"

Daniela Friedmann nickte geistesabwesend.

„Also. Es handelt sich definitiv um eine Frauenleiche, die Struktur und der Aufbau des Körpers sowie ein Blick auf die Breite ihres Beckens lassen da keine Zweifel zu. Ich würde sie aufgrund des Hautbildes auf etwa zwanzig bis fünfundzwanzig Jahre schätzen. Wenn sie das Geld hatte, um ihre Haut regelmäßig zu pflegen, dann vielleicht auch Mitte dreißig, aber keinesfalls älter. Über ihren allgemeinen Gesundheitszustand kann ich noch nicht viel sagen, dazu muss ich sie obduzieren. Todesursache war, denke ich, entweder der Schnitt in die Kehle oder der Schlag auf den Kopf. Das Scheitelbein ist deutlich sichtbar zertrümmert, es sieht so aus, als wären Splitter in ihr Gehirn eingedrungen. Das mutmaße ich, es wird sich später noch deutlicher zeigen. Sie ist mit hundertprozentiger Wahrscheinlichkeit nicht am Fundort getötet worden. Dafür ist zu wenig Blut vorhanden. Anhand der Beschaffenheit des Leichnams ist zu sagen, dass sie keinesfalls länger als zwölf Stunden tot ist. Es gibt keine Anzeichen von Tierfraß und auch die Anzahl der Insekten hielt sich in Grenzen, was für diese warme Jahreszeit eher ungewöhnlich ist. Gut, es hat geregnet letzte Nacht, möglicherweise ist der Insektenflug deshalb reduziert gewesen. Es wird aufgrund des Fehlens der äußeren Merkmale und auch der Zähne schwierig werden, ihre Identität zu ermitteln. Ich bin mir aber sicher, dass wir noch weitere Erkenntnisse erlangen werden, wenn sie vollständig untersucht ist. Was ich dir von der psychologischen Seite aus versichern kann, ist, dass der Täter oder die Täterin das Opfer erniedrigen wollte. Das Abschneiden oder Zerschneiden der primären und sekundären Geschlechtsmerkmale deutet darauf hin. Da war viel Wut im Spiel, viel Hass, eine emotionale Eskalation. Eine Hypothese ist, dass der Täter sein Opfer für etwas bestrafen wollte. Vielleicht aus einer eigenen Unzulänglichkeit heraus, vielleicht Impotenz oder er war ein Mobbingopfer. Vielleicht ist sie der Gruppe der Mobber zuzuordnen oder es handelt sich um einen Stellvertretermord. Er hat sie als Substitut für jemand anderen so zugerichtet. Sie ist nicht offensichtlich drogensüchtig gewesen, keine Einstiche an den Knöcheln oder in der Beuge der Ellenbogen. Ihre insgesamte Erscheinung weist auf einen guten Pflegezustand und ausreichend gehaltvolle Ernährung hin. Mehr dazu dann später, nach der Obduktion."

Friedmann nickte fortwährend, machte zustimmende und zur Kenntnis nehmende Geräusche und notierte alles in einem Notizbuch. „Du meinst also, sie war eine ganz normale Frau?", murmelte die Kommissarin.

„Nun, soweit ich das beurteilen kann: Die Nägel an den Händen und Füßen waren gepflegt manikürt, das weist schon auf ein gutes Maß an Selbstachtung und Selbstwert hin, vielleicht auch Geld. Kleidung und die fehlenden Körperteile haben wir nicht gefunden“, warf die Medizinerin ein.

„Gut, ich werde die Hundestaffel anfordern, die sollen die Umgebung mit den Leichenspürhunden absuchen, irgendwo müssen die fehlenden Körperteile ja hingekommen sein. Vielleicht werden sie fündig. Ich möchte jedenfalls keine Schlagzeile erleben, in der berichtet wird, dass jemand seinen Müllkübel öffnet und Leichenteile findet“, kommentierte die Polizistin ihre Notizen. „Alma, bis wann, denkst du, kannst du …“, setzte sie an, als ein jähes Summen aus der Handtasche ihre Aufmerksamkeit erregte. Sie griff nach ihrem Smartphone, hob ab und sagte: „Hi, Andorian! Schön, dass du anrufst, aber es ist gerade sehr ungünstig, ich bin in einer Fallbesprechung. Ich rufe dich zurück, sobald ich Luft habe.“ Dann hielt sie kurz inne, hörte offensichtlich eine Erwiderung und legte auf.

Alma stutzte, schmunzelte und sagte: „Was will Andorian von dir um diese Zeit? Schläft er nicht normalerweise in dieser Tageshälfte?“ Beide lächelten.

„Sei nicht unfair, er ist ein lieber Kerl. Seltsam, aber lieb“, wies die Kommissarin ihre Freundin scherzhaft zurecht.

„Okay, also um auf deine nichtgestellte Frage zu antworten: Ich denke, ich habe die Obduktion bis heute Nachmittag um vier durch, Blut und sonstige Sekretproben bis um sieben abends. Passt das so für dich?“, bot Alma an.

Daniela nickte und winkte dem Kellner, um die Rechnung zu erbitten. „Das passt perfekt!“, gab sie zurück. „Ich fahre in der Zwischenzeit ins Büro, schreibe mal alles zusammen, rufe meinen Schatz an, um zu sagen, dass es heute wieder mal später wird, und checke, was unser James-Bond-Millionär will“, scherzte sie, während die beiden das Kaffeehaus verließen.

Die beiden Frauen umarmten einander zum Abschied, küssten sich gegenseitig die Wangen und gingen zu ihren Autos. Danny Friedmann griff zum Telefon und wählte die Nummer ihres Mannes.

„Hallo, mein Engel!“, kam es durch die Leitung.

„Robert, du musst mein Mistkübel sein, nur für eine Minute, okay?“ Es war still am anderen Ende der Leitung. „So etwas habe ich noch nie erlebt. Der Täter oder die Täterin hat dem Opfer den Schädel eingeschlagen, die Brüste und Genitalien entfernt, alle Zähne ausgeschlagen und den kompletten Kopf und die Gesichtshaut entfernt. Diese abgetrennten Teile sind derzeit nicht auffindbar“, sagte die Kommissarin.

Robert stieß lange und hörbar die Luft aus. „Eskalation!“, sagte er.

„Jop, das meint Alma auch. Der Leichnam und sie sind gerade auf dem Weg ins Institut zur Obduktion. Es ist unglaublich. Der Anblick hätte mich fast umgeworfen.“

„Ich glaube, dass wir beide in einer Zeit unseren Beruf ausüben, in der es in allen Gebieten des Lebens viele Extreme gibt, so auch im Verbrechen. Es würde mich schrecken, wenn du nicht ergriffen gewesen wärst. Auf einen derartigen Anblick kann man sich nicht vorbereiten. Und wärst du nicht berührt gewesen, wärst du innerlich tot. So sehe ich das. Also … ich bin gerne dein Mistkübel, denn wir sollen füreinander da sein, das war doch immer die Basis unserer Beziehung."

Danny konnte an seiner Stimme erkennen, wenn er lächelte. „Danke, Geliebter! Ich fahre jetzt ins Präsidium, schreibe einen ersten Bericht und bespreche die Lage mit Hoffer. Ich werde da eine SOKO brauchen, denke ich! Ich melde mich später! Ich liebe dich und … danke fürs Zuhören!" Sie wartete die Erwiderung ab und legte dann auf. Dann wählte sie Andorian van Anders' Nummer.

„If ever words were spoken
Painful and untrue
I said I loved but I lied…"

(This Love – Pantera, © Dimebag Darrell, Philip Hansen Anselmo, Rex Rocker, Vinnie Paul, 1992)

Andorian saß in seinem weich gepolsterten Bürosessel, hatte die Kippfunktion eingestellt, die Füße auf dem Fensterbrett abgelegt und lauschte dem Song von Pantera. Seine Augen waren geschlossen. Die Traurigkeit und die im Refrain so geballte Wut über das Thema Liebe steckten ihn jedes Mal an. Verletzt, belogen, ausgenützt, die Liebe an sich gutheißend, aber nicht zulassend. Ein Dilemma, in dem er sich befand.

Seine Gedanken schweiften ab. Sie drifteten zu den interessanten, unfassbar grünen Augen von Ariane Bergmüller und er spürte die Angst und Verzweiflung ihrer Mutter. Nicht zu wissen, wo das eigene Kind ist. Er kannte dieses Gefühl von der anderen Seite. Als Sechsjähriger war er seinen Eltern auf dem Fischmarkt von Otaru abhandengekommen. Er war fasziniert gewesen von den vielen Fischen, die in allen Größen auf dem Markt feilgeboten wurden. Die Haie, das Walfleisch, die Krabben und Krustentiere. Er war seinen Eltern gefolgt, ohne darauf zu achten, wohin sie gingen. Sie verließen sich ihrerseits darauf, dass er sie ständig im Blick haben würde. Als er nach einiger Zeit den Kopf hob, war er alleine. Nicht ganz alleine, denn der japanische Fischmarkt war grundsätzlich gut besucht, aber seine Eltern waren nicht mehr da. Sie waren irgendwo abgebogen, als er geradeaus gegangen war, oder umgekehrt. Das Einzige, was in diesem Moment zählte, war: Die Eltern waren weg. In Sekundenschnelle füllten sich seine Augen mit Tränen. Der Hals schnürte sich im Zug. Die Atmung beschleunigte sich und er begann hektisch links und rechts zu schauen. Dann kam die Verzweiflung. Er fing an zu rufen und zu brüllen. Eine Menge freundlicher Gesichter wendete sich ihm zu, hockten sich vor ihm hin und sprachen mit ihm in einer Sprache, die er nicht ausreichend verstand.

„Watashi o tasuketekudasai Watashinonamaeha andorianfan‘andāsudesu!“, stammelte er. „Bitte helfen Sie mir! Mein Name ist Andorian van Anders.“ Diesen Satz hatte ihm seine Mutter immer und immer wieder eingeimpft, bis er so verinnerlicht war, dass er ihn in der dunkelsten Nacht während des schlimmsten Gewitters aller Zeiten hätte richtig sagen können. Was seine Eltern nicht bedacht hatten, war, dass er all die freundlich lächelnden Menschen, die in atemberaubender Geschwindigkeit mit ihm redeten, alle leicht nach vorn gebeugt, um noch näher an dem offensichtlich europäischen Kind zu sein, das mit verweinten Kulleraugen hektisch die Umgebung scannte, selbst nicht verstand. Es war wohl nur die Idee, einen Aufruhr zu veranstalten, anhand dessen ihn seine Eltern sowieso überall wiedergefunden hätten. So war es dann auch einige Minuten später, als er mit tränennassem Gesicht und hyperventilierend seiner Mutter in die Arme fiel. Das Ereignis jedoch hatte zur Folge gehabt, dass er viele Nächte lang nur mehr im Bett seiner Eltern hatte schlafen können und keine Sekunde hatte allein bleiben wollen.

Es war bei Frau Bergmüller nicht die Frage, ob ihre Sorgen berechtigt waren, den Schmerz spürte sie so real wie einen Schnitt am Finger oder Zahnschmerzen. Sie hoffte jedoch auf ein Ende, ein Ende, in dem sie ihre Tochter wieder in die Arme schließen konnte. Heute Nachmittag würde Andorian Christof Neubauer aufsuchen und die Wohngemeinschaft. Er wollte bis abends Anhaltspunkte oder erste Hinweise haben, die der Mutter zur Beruhigung gereichen würden. Diese grünen Augen … Er wollte, dass Arianes Mutter wieder lächeln konnte. Er hatte eine sehr lebhafte Erinnerung daran, wie es sich anfühlte, Verlust zu erleiden. Der Tag, an dem die japanische Polizei ihm mitgeteilt hatte, dass er seine Eltern nie wieder in die Arme schließen würde, war nach all der Zeit so präsent, dass es ihm die Tränen in die Augen trieb. Der Tod, jede Form von Verlust, wird Gott sei Dank vom Gehirn ausgeblendet, anders wäre es wohl nicht möglich zu überleben, hätte man ständig Angst vor ihm.

Unvermittelt läutete sein Telefon. Versonnen griff er danach, hob mit geschlossenen Augen ab und sagte: „Andorian van Anders hier.“

„Hi, Justus Jonas!“, sang eine liebliche Frauenstimme am anderen Ende in die Leitung.

„Oh, Kommissarin Reynolds höchst persönlich, womit verdiene ich die Ehre deiner Aufmerksamkeit?“, neckte er Kommissarin Daniela Friedmann.

„Hi, Andorian“, sagte sie und wechselte in einen geschäftsmäßigen Ton. „Du hast mich angerufen, was brauchtest du?“

Andorian holte tief Luft. „Nun, ich habe einen Fall, einen besonderen Fall auf meinem Tisch liegen und ich hätte dir gerne eine Informationspartnerschaft angeboten. Inoffiziell wie immer natürlich. Ich wurde von einer gewissen Frau Christiane Bergmüller beauftragt ihre als vermisst gemeldete Tochter, namentlich Ariane Bergmüller, ausfindig zu machen. Sie hat mir im Rahmen der Beauftragung erzählt, dass sie im Wachzimmer Wattgasse eine Vermisstenmeldung abgegeben hat.“

„Hey, hör mal, Andorian, ich freu mich ja unglaublich, dass du mal keinen Ehebruch zu untersuchen hast, aber ich bin randvoll mit Arbeit, ich kann da jetzt für dich nicht auf die Suche gehen“, versetzte Friedmann eher abwertend.

„Kein Stress, Danny, ich wollte dich nur bitten, an mich zu denken, sollte dir der Name unterkommen. Mehr wollte ich nicht. Ich kann mir denken, dass die Einsparungen in der Exekutive die Anzahl deiner zu bearbeitenden Fälle ebenso in die Höhe schießen lassen wie deine Überstunden! Nur falls dir der Name unterkommt. Weißt du, die Mutter ist so verzweifelt. Es geht um ihre Tochter, sie ist Studentin. Und seit einer Woche spurlos verschwunden. Ich hab das Foto von ihr hier vor mir liegen. Und ich dachte mir, ich sag dir einfach Bescheid. Bloß weil ihr andere Möglichkeiten habt als ich und ich alle Kanäle ansteuern will, die mir eventuell zu mehr Klarheit verhelfen …", stammelte er, sichtlich um Deeskalation bemüht, eine Erklärung finden wollend.

„Ist schon gut. Falls ich zu schroff geklungen habe, tut es mir leid. Weißt du, sie haben mich heute nach 24 Stunden Dienst viel zu früh aus dem Bett geholt. Ich hätte heute frei und nun habe ich einen ungeklärten Todesfall an der Backe. Ich gelobe: Sollte ich was hören, bist du der Erste, der davon erfährt! Wann sehen wir uns mal wieder? Bei einem guten Glas Wein auf dem Balkon? Du, Robert, ich und Alma und Isa, die, genau wie du, etwas mehr Geborgenheit in ihrem Leben brauchen könnte?"

Andorian schmunzelte innerlich bei Friedmanns zweihundertsechsunddreißigstem Versuch, ihn mit seiner in höchstem Maße anziehenden Sekretärin zu verkuppeln.

„Machen wir das! Ist eine gute Idee! Sagen wir heute, neunzehn Uhr dreißig, bei mir?", sagte er.

Friedmann bejahte und versprach die anderen beiden darüber zu informieren.

Dann noch: „Danke, dass du deine Ohren offen hältst. Ich sage dir, die Mutter tut mir wirklich leid, ich will mich da dahinterklemmen wie noch nie zuvor. Auch weil mich ihr Bild ständig anlächelt, hier, vor mir. Danny, diese Augen lassen mich nicht mehr los! Unglaublich, ich habe noch nie solche Augen gesehen!"

„Kein Problem! Ich tue, was ich kann, und halte meine Augen und Ohren offen, ich verspreche es. Aber mein Lieber, ich rate dir, lass dich da nicht emotional hineinziehen. Halte Abstand! Von wegen Augen und so weiter, hörst du … halte Abstand!", beschwor sie ihren Freund, vernünftig und professionell zu bleiben. Er gelobte es und dann wurde eingehängt. Ein Ruck ging durch Andorian, er erhob sich, nahm seine Autoschlüssel und ging zielstrebig auf die Bürotür zu.

Im Vorzimmer blieb er vor Isas Tisch stehen. Isa, die gute Isa, die fürsorgliche, organisierte, koordinierte, tüchtige, liebenswerte, ermahnende Isa. Er lächelte sie an und sagte: „Geh heim für heute, wir machen dicht, stell den Anrufbeantworter an, mach dir einen schönen Tag und komm um halb acht zu mir. Natürlich nur wenn du willst, die anderen werden auch da sein. Gutes Essen und so weiter. Ich mache mich auf den Weg zu Arianes Wohngemeinschaft und versuche da was rauszubekommen." Er umarmte sie und küsste ihre Wange. Sie lächelte ihn aus ihren braunen Augen an und nickte. Er bemerkte nicht, dass er etwas zu lange an ihrer Wange verharrte, zu lange für eine Verabschiedung. Lange genug, um ihr L'eau d'issey wahrzunehmen. Und er bemerkte nicht, wie sie hauchzart unter ihrem dezenten Make-up errötete. Sie sahen einander an und nach einer Sekunde Stille drehte er sich um und ging.

„Keep your foot hard on the pedal
Son, never mind them brakes
Let it all hang out 'cause we got a run to make…"

(East Bound and Down – Jerry Reed; © Deena Rose, Jerry Reed, 1977)

Diesen Song mochte Andorian, seit er in den Achtzigern das erste Mal „Ein ausgekochtes Schlitzohr" mit Burt Reynolds gesehen hatte. Bandit war danach für viele Jahre sein Held gewesen. Jerry Reed aus dem Soundsystem seines Straßenkreuzers und den linken Ellbogen locker auf dem heißen Blech. So blubberte Andorian durch die Neustiftgasse im siebenten Wiener Gemeindebezirk. Zuvor hatte er sich bei einer nahen Bäckerei ein spätes Frühstück einpacken lassen. Sein Ziel war die Speckbachergasse, jene Adresse unweit einer Süßwarenfabrik, welche die Luft im Umkreis von mehreren Quadratkilometern nach Kakao riechen ließ.

Er fuhr die Wilhelminenstraße hoch, bog in die Speckbachergasse ein und stand wenige Augenblicke später vor einem Jahrhundertwendehaus. Einem Zinshaus mit ungefähr fünfundzwanzig Wohneinheiten. Über den Klingeln wies ein Schild auf die Betreuung des Hauses durch eine Hausverwaltung hin, die diesen Job angeblich exzellent und einzigartig erledigte. Auf den ersten Blick sah van Anders nicht, dass sie ihr Geld wert war. Geld, das sich nachteilig in der Bilanz der Mieter niederschlug und mit den Erhaltungskosten verrechnet wurde. Er drückte den Knopf zu Top 18. Ein Summen ertönte. Kurz darauf vernahm er eine Stimme. Weiblich.

„Ja, bitte!“, knarzte es aus dem Lautsprecher, unter dessen Aluverkleidung eine krakelige Schrift aus schwarzem Marker prangte, die Sandys liebste sexuelle Praktik und einen äußerst niedrigen Preis inklusive Telefonnummer angab.

„Ich bin Andorian van Anders, Privatdetektiv. Spreche ich mit Laura Pöllinger?“, brüllte er in das unsichtbare Mikrofon.

„Ich mach Ihnen auf, bitte kommen Sie in den dritten Stock!“, vernahm er. Kurz darauf war ein weiteres Summen und ein kurzes Knacken zu hören, was ein Entriegeln der Türe verhieß. Er trat ein und fragte sich, ganz in Gedanken versunken, ob Sandy von der Werbung hier an der Türe wusste oder gar hier im Haus wohnen würde. Nachdem er zu keinem zufriedenstellenden Schluss kam, verwarf er den belanglosen Gedanken und strebte, immer zwei Stufen nehmend, dem dritten Stockwerk zu.

Am Eingang zur Wohnung stand eine junge Frau. Sie sah ihn an, streckte ihm die Hand entgegen und öffnete mit einer einladenden Bewegung die Tür. Sie warf einen Blick auf das Papiersackerl, sagte aber nur: „Bitte kommen Sie weiter ins Wohnzimmer“, und deutete mit der linken Hand geradeaus, auf ein langes und geräumiges Vorzimmer. Die Wohnung wirkte sehr ordentlich, aufgeräumt und strukturiert. Alles war irgendwie in Reih und Glied. Auf dem Boden waren keine Staubmäuse zu sehen und es roch angenehm nach Kakao, ein Duft, der von der Fabrik herüberwehte.

„Ich habe ein spätes Frühstück mitgebracht!“, sagte er. „Nichts Aufwändiges, aber ich wollte nicht mit leeren Händen kommen!“ Dabei reichte er ihr den Sack und sah, wie sie verstohlen einen Blick hineinwarf.

„Darf ich Ihnen etwas anbieten?“, fragte Pöllinger.

„Ich hätte gerne ein Glas Wasser“, gab er zurück und betrat das Wohnzimmer. Die junge Frau drehte sich um und verschwand in einem Zimmer rechts. Das Wohnzimmer war geschmackvoll eingerichtet. Keine aufwändigen teuren Möbel, die Handschrift des Kataloges eines Möbeldiskonters hätte nicht deutlicher sein können. Aber es war gemütlich. Das Zentrum bildete ein riesiges Sofa, dessen Schenkelmaße beidseits wohl jenseits der vier Meter liegen mussten. Mit rauem Textil überzogene Zierkissen lagen darauf und verhießen Gemütlichkeit, ebenso wie der flache Tisch in afrikanischem Stil, der davorstand. Der Vorteil von Altbauwohnungen lag darin, dass die Zimmer geräumig und hoch waren. So auch hier. Der Raum war so perfekt proportioniert, dass neben der riesigen Wohnlandschaft auch ein rechteckiger Esstisch mit dem Fassungsvermögen für acht Personen Platz hatte. Das Zimmer wirkte dadurch keineswegs vollgepackt. Es war ausreichend Platz, um sich darin zu bewegen. Eine große Wohnwand mit Büchern, CDs und DVDs lag drei hohen Fenstern gegenüber. Altes Eichenparkett, in den Zimmern verlegt, knarrte bei jeder Bewegung und kündete von den festen Schritten, mit denen sich seine Gesprächspartnerin annäherte. Er war beeindruckt. Die beiden Studentinnen hatten sich hier ein sehr schönes Zuhause geschaffen. Die junge Frau betrat das Zimmer mit zwei hohen Wassergläsern, jedes in einer Hand.

„Bitte nehmen Sie Platz!", sagte Pöllinger und deutete ihrerseits auf das Sofa. Andorian setzte sich.

„Frau Pöllinger", hob er an, „darf ich davon ausgehen, dass Sie über meine Rolle in dieser Situation informiert wurden?" Sie nickte stumm. „Ich kann mir vorstellen, dass die Situation auch für Sie sehr belastend ist. Ich bin hier, um einen anderen Blickwinkel auf Ariane zu bekommen, einen nicht mütterlichen gewissermaßen, wenn Sie verstehen, was ich meine. Alles ist wichtig, jedes noch so kleine Detail aus dem Verhalten, dem Lebensstil, den Angewohnheiten Ihrer Mitbewohnerin ist relevant in dem Prozess, mehr über ihren Aufenthaltsort zu erfahren."

Sie nickte, nahm einen Schluck Wasser, sah unverwandt zum Fenster hinaus und sagte: „Ariane ist schwer okay. Hilfsbereit, pünktlich und voller Leben. Wir haben in den letzten vier Jahren quasi jede Minute während des Studienjahres miteinander verbracht. Streit hat es nie gegeben. Wir denken die gleichen Sachen, tun die gleichen Dinge, lernen gemeinsam und machen zur gleichen Zeit die gleichen Prüfungen. Das hat auch nicht aufgehört, als sie vor etwa drei Jahren Christof kennengelernt hat. Die beiden geben mir nicht das Gefühl, das fünfte Rad am Wagen zu sein. Ariane ist wunderschön, ihre Augen sind der Hammer. Wenn wir ausgehen, kann sie sich vor Angeboten kaum retten. Trotzdem ist sie nicht arrogant! Sie hat eine extreme soziale Ader." Andorian nickte. „Ab und zu gehen wir shoppen, und ins Fitnesscenter. Ein Angebot für Studenten, niedrigerer Preis und so weiter, Sie verstehen …" Er nickte wieder. „Unser Tagesablauf besteht aus Seminaren, Repetitorien und Lernen. Wir wollen schnell fertig sein, abschließen, nein, sehr gut abschließen und dann eigenes Geld verdienen. Das ist unser Plan, bald auf eigenen Beinen stehen. Wir harmonierten einfach großartig." Andorian stutzte. Laura hatte ins Präteritum gewechselt.

„Was hat sich verändert, Frau Pöllinger?", fragte er.

„Wieso verändert?", gab sie zurück.

„Nun, Sie haben in Ihrem letzten Satz die Vergangenheitsform gewählt, so als würden diese Ziele heute nicht mehr existieren", erklärte er. „Was hat sich also verändert?"

Laura starrte in ihr Wasserglas. Eine Träne löste sich aus ihrem rechten Auge und kullerte Richtung Kinn. Verstohlen wischte sie sie weg. Bingo, die nichtmütterliche Sichtweise … er war auf etwas gestoßen.

Laura hüstelte und sagte: „Sie hat sich verändert."

„Inwiefern?"

„Nun, sie war jedes zweite Wochenende daheim, diese Zeit mit ihrer Mutter war ihr heilig seit dem Tod des Vaters! Ab Anfang Dezember plötzlich nicht mehr. Ich hatte das Gefühl, sie hatte Geheimnisse. Ich kann es nicht konkretisieren. Wissen Sie, wir sind so eng, dass sich unsere Menstruationszyklen angeglichen haben im Laufe der Jahre. Tja, wann begann es …? Sie hatte auf einmal ein neues Telefon. Ein sehr exklusives Telefon, das sie ständig bei sich trug. Es lag nie irgendwo herum. Wir haben früher unsere Telefone gegenseitig abgenommen, wenn es geläutet hat, das war normal. Und plötzlich ging sie zum Telefonieren hinaus!? Sie fing an allein wegzugehen. Sie hat gelogen!"

„Gelogen?", fragte er nach.

„Ja! Eines Abends im April rief Christof hier an und fragte mich, ob ich wisse, was mit Ariane los sei? Sie habe in den letzten Wochen und Monaten dutzende Verabredungen mit ihm wenige Stunden vorher abgesagt. Er machte sich Sorgen, dass sie einen anderen Mann haben könnte. Sie war irgendwie verschlossen. Diese Theorie wurde durch einen Vorfall bestärkt. Eines Morgens stand er hier, Christof, und wollte sie sehen. Ich war aus allen Wolken. Mir sagte sie, sie würde bei ihm übernachten. Wir, Chris und ich, saßen auf dem Sofa wie Vollidioten, da wurde draußen der Schlüssel angesteckt und Ariane stolzierte herein. Im kleinen Schwarzen mit High Heels, als würde sie gerade von einer Cocktailparty beim Millionär Krösus kommen. Wir saßen da und verstanden die Welt nicht mehr. Darauf angesprochen sagte sie, dass sie gerade eine schwierige Phase durchlebe und nicht darüber sprechen wolle. Sie hat uns einfach ausgeschlossen. Chris hat die Tür zugeknallt und ist gegangen. Ich habe sie daraufhin sofort zur Rede gestellt. Sie hat mich angebrüllt und mir die Zimmertür vor der Nase zugeschlagen, dann schlief sie den ganzen Tag. Ihr Atem roch nach Alkohol, Wein oder sowas, vielleicht Sekt. Nein, Champagner.“ Das Wort Champagner sprach sie sehr nasal aus, warf ihren Kopf in den Nacken, winkelte dazu ihre rechte Hand und spreizte den kleinen Finger ab. Die Geste wirkte, als würde sie eine sehr filigrane Sektflöte mit feinstem Champagner in der Hand halten und sich dabei in wohlbetuchter Gesellschaft befinden. So verharrte sie einige Sekunden, um dann abschätzig zu sagen: „Sie schien etwas Besseres zu sein. Ich kannte meine Freundin, meine Schwester nicht mehr.“

„Wie war Ihr Verhältnis seitdem?“, fragte Andorian.

„Nun, sie hat sich am Abend desselben Tages tränenreich entschuldigt. Bei Chris und mir. Nähere Erklärungen hat es aber trotzdem nicht gegeben. Wir haben sie beschworen, uns zu verraten, in welcher Klemme sie steckte. Ohne Ergebnis. Sowas macht man doch nicht, wenn alles in Ordnung ist, oder? Danach war es Dutzende Male so. Anfang Juni hat Chris dann die Beziehung mit ihr beendet. Das hat auch nichts verändert. Er und ich, wir sind stundenlang zusammen hier gesessen, haben auf sie gewartet und uns den Kopf zerbrochen. Wenn wir alleine waren, sprachen wir höflich miteinander, belangloses Zeug. Wir waren ganz normal an der Uni, gemeinsam wie beste Freundinnen, wie Schwestern, aber etwas stand zwischen uns. Sie hat sich auch optisch verändert.“

Sie schluchzte und wurde von einem heftigen Weinkrampf geschüttelt. Einer Trauer, die sich nach vielen Monaten des Schweigens nun Bahn brach.

„Sie trug plötzlich teure Schuhe, Markenklamotten, teure Parfums und Make-up. Zu meinem Geburtstag, Ende Mai, hat sie mir eine Halskette geschenkt. Ich habe sie im Onlineshop des Designers für eintausendachthundert Euro gefunden! So viel Geld haben wir früher in drei Monaten nicht zur Verfügung gehabt." Sie hielt inne. Der Redefluss wurde von Trauer, Wut, Ratlosigkeit und Resignation überdeckt. Sie hatte sich in eine traurige Rage geredet. Stumme Tränen der Wut liefen ihr übers Gesicht und sammelten sich als dunkle Punkte auf dem Sofastoff. Ihre Hände ballten sich so sehr zu Fäusten, dass die Knöchel weiß hervortraten. Andorian ließ der jungen Frau Zeit sich wieder zu fassen. Irgendetwas war hier im Gange. Er konnte sich noch keinen Reim darauf machen. Laura Pöllinger hatte definitiv eine ausgezeichnete Intuition.

Nach einer Weile fragte er: „Laura, wissen Sie, ob Ariane einen Kalender, ein Tagebuch oder Ähnliches geführt hat? Hatte sie einen Computer oder ein Tablet, das mehr Aufschluss geben könnte?"

„Ja, das hatte sie, ist alles in ihrem Zimmer", schniefte sie und sah ihn aus blutunterlaufenen, verweinten Augen an.

Andorian griff zum Telefon und wählte eine Nummer. „Guten Tag, Frau Bergmüller, van Anders hier. Ich befinde mich gerade in der Speckbachergasse und wollte mir die Erlaubnis holen, die privaten Räumlichkeiten Ihrer Tochter zu betreten. Ich werde, sollte ich dort fündig werden, Telefone, Computer, Kalender oder Tagebücher mit

Ihrer geschätzten Erlaubnis an mich nehmen und weiteren Untersuchungen unterziehen. Spricht aus Ihrer Sicht etwas dagegen?“ Er verharrte einige Momente stumm am Telefon, wohl eine Antwort abwartend, hörend, bedankte sich einige Augenblicke später, sprach eine Grußformel und legte auf. Laura saß noch immer unbewegt am Sofa.

„Auf in ihr Zimmer!“, sagte er und erhob sich vom Sofa.

„Who can say where the road goes?
Where the day flows? Only time
And who can say if your love grows
As your heart chose? Only time…“

(Only Time – Enya; © Eith Ni Bhraonain, Enya, Nicholas Ryan, Roma Ryan, 2000)

Doktor Alma Selimovic war Bosnierin, aufgewachsen in Sarajevo. Ihre Familie hatte auch ein Wochenendhaus in Mostar, wo sie als Kind glückliche Zeiten hatte verbringen dürfen. Sie hatte das Glück in einer Familie groß zu werden, die es ihr ermöglichte, immer wieder einen Blick über den Tellerrand des kommunistischen Jugoslawien zu werfen. Ihre Winterferien verbrachte sie beim Schifahren in Bad Kleinkirchheim, später am Arlberg, in der Schweiz oder in Frankreich. Ein Privileg, das nicht vielen Menschen damals zufiel. Dann änderte sich das Leben schlagartig. Alma war zwölf. Der Krieg begann 1992. Serbische Milizen verschleppten ihren Vater und ihre drei Brüder, halbe Kinder. Sie kamen nicht wieder, wurden ermordet. Ein Trauma, das bis heute unbewältigt in ihr schlummerte. Sie kompensierte den Schmerz des Verlustes mit Ehrgeiz und Fleiß, schloss die Schule mit Bestnoten ab. Im Oktober 1998 begann Alma Medizin zu studieren. Ihre Mutter, stets um freies Denken und Weltoffenheit bemüht, schickte Alma und ihre zwei Schwestern, beide älter als sie und ebenfalls Studentinnen, nach Heidelberg zu Bekannten, damit sie dort das Studium fortsetzten. Dies waren keineswegs Endstationen. Die Familie hatte viele Freunde unter den im Krieg der Neunzigerjahre in alle Welt emigrierten bosnischen Akademikern. Dies erwies sich nun als unschätzbarer Vorteil für Alma und ihre Schwestern. Die weiteren Stationen umfassten Oxford und Harvard. Der erste Doktortitel war erreicht. Dann die Vertiefung in die forensische Pathologie und die Psychologie. Drei Doktorate bereicherten am Ende von zwölf Studienjahren ihren persönlichen Lebenslauf.

Alma war eine bescheidene Frau mit einem enormen Selbstbewusstsein. Sie war knapp über einen Meter und achtzig Zentimeter groß, hatte volles Haar, das der Farbe von reifen Kastanien entsprach, und treue, sehr attraktive Augen. Ihr Körperbau war weiblich mit dem einen oder anderen Hinweis darauf, dass sie gutem Essen und anderen leiblichen Genüssen ebenso zusprach, wie sie es mit ihrem Intellekt mit den bildenden Künsten oder der Literatur tat. Ein messerscharfer Geist, extrem hohe fachliche Kompetenz, unglaublich ansteckender Humor und sehr hohe soziale Kompetenz hatten sie in die Gruppe der Top-Ten-Gerichtsmediziner weltweit gebracht und sie liebte ihren Beruf. Sie war einfach gut.

2016 hatte es sie nach mehreren Lehrjahren in aller Welt nach Wien verschlagen. Sie hatte die Kulturreisen, die sie in ihrer Kindheit nach Wien unternommen hatte, noch in guter Erinnerung und liebte diese Stadt. Also war sie hierher zurückgekehrt, saß allein in einem Café am Graben, ließ sich die Sonne ins Gesicht scheinen und beschloss spontan, von ihrem Tablet aus eine Bewerbung abzugeben. Sie schrieb das Department für Gerichtsmedizin an. Robert Friedmann, der stellvertretende Leiter dieses Instituts, der die Mail öffnete, glaubte zuerst an einen Scherz. Kein Mensch konnte in so kurzer Zeit wie hier angegeben so viele Empfehlungsschreiben international renommierter Kolleginnen und Kollegen sammeln. Doktor Alma Selimovic wiederum war erstaunt, als sie keine vierzig Minuten später zu einem Gespräch eingeladen wurde. Und so ergab eins das andere. Friedmann wusste, dass er einen Lottotreffer gemacht hatte und einen Jackpot dazu knackte, denn diese Frau wollte für das bescheidene Honorar arbeiten, das der österreichische Staat seinen hellsten Köpfen zur Verfügung stellte. Anderswo hätte sie ihr österreichisches Jahresgehalt im Monat verdienen können. Aber sie war geblieben. Und sie waren gute Freunde geworden. Daniela, Alma, Andorian und er.

Ihr Telefon brummte und kündigte so den Eingang einer Textnachricht an. Sie nahm es auf und las: „19.30 Abendessen bei Andorian. Ich kann dich vom Institut mitnehmen, dann können wir im Auto den Fall besprechen! Bin um 19 Uhr vor der Türe! xxx Danny."

Sie lächelte in sich hinein, antwortete mit einem Daumen-hoch-Emoji und legte ihr Telefon weg, zog sich um und verließ die Garderobe des Instituts.

Eine Minute später stand Alma in einem Obduktionssaal der Gerichtsmedizin und hatte ihre Playlist auf einem bekannten Streamingdienst abgerufen, hauptsächlich Filmmusik, die sie in höchste Konzentration versetzte. Musik war ein Teil ihres Lebens und nun wurde diese über kleine Kopfhörer, die sich die Ärztin in die Ohrmuscheln gesteckt hatte, eingespielt. „Only time“, der Song der irischen New-Age-Künstlerin Enya, war dabei stets der Eröffnungssong zu einer Arbeitssession.

Vor ihr, auf dem Arbeitstisch aus poliertem Edelstahl, lagen die sterblichen Überreste der Person, die wenige Stunden zuvor im Wald um den Schottenhof gefunden worden waren.

Der Zerfall des menschlichen Körpers und seine Vorgänge sind für die Aufklärung von Verbrechen von relevanter Natur. Wie schnell ein menschlicher Körper verwest, hängt von verschiedenen Faktoren und Umweltbedingungen ab. Auch das Gewicht des Leichnams ist relevant, ebenso die Temperatur der Umgebung und der Ort, an dem der tote Körper liegt. Befindet sich der Leichnam unbedeckt an der Luft, zerfällt er in etwa der halben Zeit, die ein Körper benötigt, um sich unter Wasser zu zersetzen. Wird ein Leichnam begraben, dauert dies etwa achtmal länger als an der Luft.

Diese Prozesse der Verwesung laufen teilweise parallel ab. Der Stillstand des Herzens beendet die Zirkulation des Blutes, was wiederum dazu führt, dass das Blut von der Schwerkraft in die unteren Regionen, je nach Lage des Körpers, absinkt. Daraus resultieren die rötlich-violetten Totenflecken, die sich aber wiederum nicht an Stellen bilden, an denen der Körper Bodenkontakt hat. Sein Gewicht verhindert das Einsacken des Blutes in die aufliegenden Zellen. Auch die Temperatur des Körpers sinkt ab, weil es keine Muskelkontraktionen mehr gibt, die aus kinetischer Energie Wärme erzeugen könnten. Natürlich in Relation zur Umgebungstemperatur. Dann setzt Rigor

Mortis, die Leichenstarre, ein. Sie beginnt bei den Augenlidern und setzt sich körperabwärts fort. Ihren vollen Umfang erreicht sie nach etwa sechs Stunden. Keine Intervention von außen kann sie aufhalten, damit ist sie ein sehr wichtiger Faktor bei der Ermittlung von Ablebenszeitpunkten.

Nach etwa ein bis zwei Tagen setzt die Autolyse ein, die Muskeln erschlaffen und die Leichenstarre löst sich langsam auf. Wie die Bezeichnung Autolyse schon klarlegt, zersetzt sich der menschliche Körper von innen nach außen. Das Weichgewebe, Hohlorgane wie Herz, Lunge, Magen und Darm, beginnen sich zu verflüssigen. Dieser Prozess dauert wenige Tage und erzeugt den für den Tod so typischen süßlichen Geruch. Dann setzt die Fäulnis ein. Die körpereigenen Mikroorganismen, die in großartiger Symbiose mit dem Menschen leben, beginnen damit, das verbleibende Zellmaterial für ihren Stoffwechsel zu nützen. Einfach gesagt, sie fressen den Körper von innen nach außen auf. Dies führt zu Fäulnisgasen, da diese Prozesse immer unter Ausschluss von Sauerstoff stattfinden. Dabei entsteht die weithin bekannte grünliche Verfärbung des Körpers. Festes Gewebe wie Hirn oder Muskulatur ist erst nach und nach davon betroffen. Diese Vorgänge führen zu einer vollständigen Entwässerung des Körpers und können etwa neun Monate andauern. Im letzten Stadium kommt es durch Mikroorganismen, Bakterien und Pilze zur eigentlichen Verwesung, die damit abgeschlossen ist, dass nur mehr das knöcherne Skelett übrig bleibt.

Hier war nichts dergleichen der Fall. Vor Doktor Selimovic lag eine tote Frau, deren Körpertemperatur unter Beachtung der Tatsache, dass im August recht hohe Temperaturen herrschten, den Schluss zuließe, dass der Tod etwa gegen zwei Uhr morgens eingetreten sein musste, plus minus einer Stunde. Der Körper wies deutliche Totenflecken auf, die vollständig wegdrückbar waren. Aufgrund der sitzenden Position, in der die Person gefunden wurde, zeichneten sich diese besonders im Bereich der Lendenwirbelsäule, der Unterarme und Oberschenkel ab.

Alma hatte den Körper zuvor gewaschen. Eine visuelle Begutachtung ergab multiple Hämatome im Bereich des Bauches, des Brustkorbes und der Wirbelsäule sowie am Hals, wo sich auch Würgemale zeigten, sowie einen Leberfleck auf der Außenseite des linken Oberschenkels, etwa in der Größe einer Zwei-Euro-Münze. Der Art der Würgemale nach zu urteilen, stammten diese von einem Seil oder einer Kordel. Die Person hatte eine schwere Verletzung am linken Scheitelbein. Aufgrund der Form und der Tiefe vermutete Alma, dass es sich bei dem Tatwerkzeug um einen Hammer gehandelt haben könnte. Das Opfer hatte sonst keine visuell wahrnehmbaren Stichverletzungen.

Nach der Waschung wurde es offensichtlich, dass der Mörder der Frau sowohl die äußeren Schamlippen als auch die Klitoris mit einem scharfen Gegenstand abgeschnitten hatte. Die Schnitte waren nicht mit medizinischen Werkzeugen erfolgt. Auch der Schnitt über den Bauch war nicht mit medizinischem Instrumentarium erfolgt. Es war nicht scharf genug gewesen, um die gesamte Bauchdecke zu durchdringen. Gezackte und ausgefranste Schnittränder waren auch bei den Amputationsnarben rund um die Brüste sichtbar. Die Forensikerin schloss dabei auf ein scharfes Küchenmesser, ein Teppichmesser oder einen Papercutter. Durch den Schnitt über den Bauch und die Verletzung seitlich am Schädel war erwiesen, dass es sich beim Täter oder der Täterin um eine rechtshändig agierende Person handeln musste. Ein tiefer Schnitt führte vom Nacken unter den Ohren sowie unter dem Unterkiefer entlang, einmal rund um den ganzen Kopf. Es war ein fast perfekter Kreis. Alma stellte sich vor, wie der Täter diesen Schnitt ausführte, danach noch einen vertikal am Hinterhaupt ansetzte, um dem Opfer die komplette Kopfhaut wie eine Faschingsmaske von hinten nach vorne vom Kopf zu reißen. Ein enormer Kraftaufwand musste dafür notwendig gewesen sein, fast nicht möglich. Sie war sich sicher, noch mehr Schnittkerben am Schädelknochen zu finden, wenn sie diesen speziell untersuchte. Das Unterkiefer war mehrfach gebrochen. Dies musste geschehen sein, als der armen Frau die Zähne eingeschlagen worden waren, was wohl mit dem gleichen Werkzeug geschehen war, mit dem ihr auch die Kopfverletzung beigebracht wurde.

Alma sah mit Erstaunen, dass sie am Morgen, als sie die Tote am Fundort das erste Mal untersucht hatte, vollkommen übersehen hatte, dass das Opfer keine Zunge hatte. Auch diese war ihr herausgeschnitten worden. „Raserei, Kontrollverlust, Bestrafung, Statement, Exempel", notierte die Medizinerin geistig. So eine enorme Verstümmelung war keinesfalls eine planvolle, kalkulierte Handlung. Jemand hatte sich im Laufe der Tat gesteigert, sich seiner Wut hingegeben.

Alma trat einen Schritt zurück und betrachtete den Leichnam. Ja, sie hatte so etwas noch nie erlebt. Sie durfte um des Opfers willen keine Fehler machen. Dann griff sie zum Skalpell und machte sich daran, den Körper zu öffnen.

Sie schnitt in einem leichten Bogen vom äußeren Ende des rechten Schlüsselbeins zum äußeren Ende des linken Schlüsselbeins. Hernach führte sie einen zentral gehaltenen, vertikalen Schnitt in Richtung des Schambeins durch. Auf diese Art und Weise ließ es sich bewerkstelligen, dass alle inneren Organe freigelegt werden konnten. Sie diagnostizierte mehrere Rippenbrüche, die vom Auftreffen eines stumpfen Gegenstandes auf relativ kleiner Fläche ausgelöst worden waren, wie etwa der stumpfen Seite eines Hammers. Sie konnte feststellen, dass das Opfer einen deutlichen Riss in der Milz hatte und starke Einblutungen in Magen und Leber. Auf sie wurde also eingeprügelt. Dabei sah es nicht so aus, als wäre es der armen Frau möglich gewesen, eine Schutzhaltung einzunehmen. Sie hatte keinerlei Abwehrverletzungen an Armen und Beinen. Es war also im Bereich des Möglichen, dass die Person aufrecht stehend, vielleicht gefesselt ihrem Folterknecht ausgesetzt gewesen war. Die Wucht der Einschläge und die Heftigkeit der Frakturen und Einblutungen überzeugten Alma davon, dass nur ein männlicher Täter in Frage kommen konnte. In der Lunge des Opfers fanden sich Zahnsplitter und Blut. Alma schauderte. Die Frau hatte gelebt, als sie die brutalen Misshandlungen hatte ertragen müssen. Sie hatte also die Teile ihrer Zähne und das Blutes aus den Verletzungen in der Mundhöhle aspiriert. Davon zeugten auch die für Erstickungen typischen Einblutungen in den Augen und am Herzen. Ebenso gab es Anzeichen auf eine starke Schwellung der Luftröhre, die aufgrund der Strangulation mit dem Seil herbeigeführt worden war, aber nicht zum Tod geführt hatte. Die Rechtsmedizinerin war sich sicher, dass der Schlag auf das linke Scheitelbein, der einen großen Knochensplitter in das Gehirn der jungen Frau getrieben hatte, letztlich letal war. Die fehlenden

Einblutungen in die Wundränder an Schambereich und Brust machten klar, dass diese post mortem durchgeführt worden waren. Ein symbolischer Akt gewissermaßen. Alles in allem war es erschreckend, was das Opfer für einen Leidensweg hinter sich hatte.

Dann nahm sie Nadel und Faden und begann die Leiche für die Bestattung vorzubereiten. Sie nähte mit groben Stichen ihre Obduktionsöffnungen wieder zu.

Alma sah auf die Uhr. Es war knapp achtzehn Uhr dreißig. Noch eine Stunde bis zu dem Treffen in Andorians Haus. Hinter ihr ging die Türe auf und ein Institutsassistent kam auf sie zu. In der Hand hielt er ein Blatt Papier, es mussten wohl die Ergebnisse der Vaginal- und Oralabstriche sein. Sie bedankte sich. Der junge Mann wünschte ihr einen angenehmen Abend, drehte sich um und verließ den Saal. Der erste Blick auf den Ergebnisbogen führte dazu, dass sich ihre Stirn in Falten legte. Sie verließ den Saal, begab sich in die Umkleide, um zu duschen und sich für den Dienstschluss fertig zu machen.

„…you run, never stop
Gotta win, gotta run 'til you drop
Keep the pace, hold the race
The mind is getting clearer
You're over halfway there
But the miles, they never seem to end…“

(The Loneliness of the Long Distance Runner – Iron Maiden; © Steve Harris, 1986)

Andorian hatte seine Arbeitsgeschwindigkeit in einem Song gefunden. Die britische Band Iron Maiden hatte diese in konstantem Rhythmus gespielte Nummer auf Basis eines 1959 veröffentlichten Buches von Alan Sillitoe geschrieben. Der Beat trieb ihn zur Konzentration.

Er stand in Ariane Bergmüllers geräumigem Zimmer. Alles war genauso ordentlich wie im Rest der Wohnung und ebenso geschmackvoll, aber günstig eingerichtet. Zwei hohe Fenster, vor denen ein breiter Schreibtisch stand, links davon, vor einer mit weinroter Farbe gestrichenen Wand, ein breites Bett. Über dem Bett eine Art Fischernetz mit etwa zwei Mal zwei Metern, auf dem allerhand Schnappschüsse aus dem Leben von Ariane angebracht waren. Sie lächelte und lachte auf allen Fotos. Daneben, auf einem kunstvoll angebrachten Brett, ein Zauberstab aus den Verfilmungen des Romans „Harry Potter". Sie hatte sich den Stab eines Totessers, also eines Anhängers des bösen Widersachers der Hauptfigur, ausgesucht. Andorian lächelte über diese Entscheidung und murmelte: „Tief im Inneren lehnt sie sich auf, äußerlich ist sie angepasst." Aber auch selbst gemalte Bilder verzierten diese Ausstellungsfläche. Am Kopfende des Bettes erhob sich ein Bücherregal, das mit allerlei Literatur vollgestellt war. Sowohl Fachliteratur als auch Fantasybücher, aber auch die Titel von Thrillern konnten auf den Buchrücken entziffert werden. Dem Bett gegenüber ein riesiger Kleiderkasten, vierteilig. Das unterste Brett des Regals schloss als eine Art Nachtkästchen bündig mit dem Bett ab. Darauf standen Bilderrahmen. Insgesamt drei Stück. Das mittlere Bild zeigte Ariane mit ihrem Vater vor einem tropischen Hintergrund, sie musste damals etwa elf gewesen sein. Links davon ein Familienbild, auf dem sie wohl noch im Volksschulalter war, und rechts davon ein Foto, auf dem sie mit Laura Pöllinger abgebildet war. Es handelte sich um die Abbildung einer Feierlichkeit, etwa des

Oktoberfests, da beide jungen Frauen Dirndlkleider und Gretchenzöpfe trugen. Der Schreibtisch war aufgeräumt und alle Linien waren parallel zueinander ausgerichtet. In der rechten Ecke lag ein recht neues Notebook. Zu beiden Seiten des Tisches liefen Ladensäulen nach unten. Andorian drehte sich nach rechts und öffnete die Schiebetür einer Kastenhälfte. Jede Menge Jeans und Stoffhosen waren säuberlich nach Farben geordnet aufgehängt. Rechts davon Kleider in unterschiedlichen Längen und in unterschiedlichen Stilen, von elegant bis sommerlichem Strandspaziergang. Bei den eleganten Kleidern waren Schwarz und Grau die dominierenden Farben. Links, in einer vertikalen Anordnung von Fächern, waren Schuhe gestapelt. Immer zwei Paar pro Fach, insgesamt bestimmt an die zwanzig Paare, von alltäglichen Modellen bis zu den Exemplaren, wo Andorian sich immer darüber wunderte, wie Frauen sie tragen und mit ihnen gehen konnten. Wo er sich auch immer fragte, was daran sexy sein sollte, wenn die Zehen der Frauen vor lauter Belastung nach wenigen Schritten die Farben von reifen Tomaten hatten. Diese Art von hochhackigen Schuhen wurde bereits von Marylin Monroe und Shelley Winters als nur brauchbar für eine einzige Aktivität deklariert. Daher waren sie allgemein als „fuck-me shoes“ bekannt. Er schob die Kleidungsstücke zur Seite, tastete die Rückwand ab. Er wusste eigentlich gar nicht, wonach er Ausschau halten sollte, wollte aber dennoch nichts übersehen. Er nahm jedes Paar Schuhe aus dem Kleiderkasten. Manche ganz einfach im Diskonter gekauft, andere mit Namen versehen, die er schon in diversen Reportagen über die High Society von Hollywood gehört hatte. Nichts auffällig, außer dass in diesem Kasten Tausende von Euros hingen oder standen. Dann streifte er weiter zur rechten Kastenhälfte, schob die Schiebetüren auf. Wie schon in der linken Hälfte war auch dieser Kasten in zwei Bereiche aufgegliedert. Im rechten Bereich hingen, farblich sortiert, Hemden und Blusen. Sowohl mit langen als auch mit kurzen Ärmeln, sauber gebügelt und regelmäßig an Kleiderbügeln aus Holz aufgehängt. Im linken Bereich des Kastens waren Strümpfe, Socken, Unterwäsche fein säuberlich aufeinandergestapelt und in kleinen Boxen aus Stoff abgelegt. Darüber befanden sich Bügel und zusammengelegte T-Shirts. Andorian nahm alle Boxen aus dem Kasten, steckte seine Finger vorsichtig tastend hinein und versuchte Fremdkörper zu ertasten. Er konnte nichts Verdächtiges finden. Ratlos stand er in der Mitte des Zimmers. Wonach sollte er Ausschau halten? Er ging zum Bett, setzte sich auf die geblümte Tagesdecke. Sollte er die physische Suche aufgeben, sich einfach den Computer nehmen und gehen? Ihre Dateien und Ordner, ihre Bilder checken, ihre Social-Media-Accounts und ihren Mailverkehr? Er beugte sich nach unten und sah unters Bett. Nichts auf der linken Seite, kein Staubkrümel. Dann der Blick nach rechts. Das Kopfende des Bettes bildete mit dem Bücherregal einen oberhalb des Bettes deutlich sichtbaren bündigen Abschluss. Ariane verwendete diese Konstruktion als Nachtkästchen. Unter dem Bett waren die Beine des Bettes etwa zehn Zentimeter länger als das Kopfteil des Bettes. Dies führte dazu, das Andorian der Blick auf einen Hohlraum gewährt wurde, an den er bei der Erstbetrachtung des Kopfendes nicht gedacht hätte. Etwas lag dort. Nahezu verborgen vor den Blicken. Er richtete sich auf, räumte das Nachtkästchen ab und steckte seine Finger mit etwas Druck in die kleine Spalte zwischen dem gepolsterten Kopfende und dem Regalbrett. Dann hob er es an. Das Brett ließ sich ohne Widerstand kippen und aus der Vertiefung nehmen. Darunter kam ein kleiner Raum zum Vorschein, der in etwa den Maßen eines gängigen Flugkoffers entsprach, der in der Kabine des Flugzeugs mitgeführt werden durfte.

„Laura!", rief van Anders zur Türe hinaus. Wenige Augenblicke später stand die junge Frau im Türrahmen. Ein fragender Blick zeichnete sich auf ihrem Gesicht ab. Andorian winkte sie stumm herbei und sagte dann: „Sie müssen den Fund bezeugen. Schalten Sie bitte die Kamera Ihres Handys ein und filmen Sie das!" Andorian schaltete selbst das Licht seines Telefons ein, leuchtete in den Hohlraum hinein und kommentierte seine Handlungen: „Am Kopfende des Bettes wurde ich auf einen Hohlraum aufmerksam, als ich unter das Bett blickte. Darin befinden sich eine Schachtel, eine Verpackung einer bekannten Schuhmarke, und ein Filofax, also ein Terminplaner aus Papier. Ich werde diese nun herausholen und in Ihrem Beisein öffnen!" Dann griff er in die Vertiefung und holte zwei Schuhschachteln und den soeben beschriebenen, in Leder gebundenen Taschenkalender heraus. Er legte alles zwischen sich und Laura auf das Bett. Es lag eine körperlich spürbare Anspannung im Zimmer. Er griff nach dem ersten Deckel und hob ihn ab. Kaum geöffnet, gab er den Blick frei auf jede Menge Banknoten. Es waren ausschließlich Fünfhundert-Euro-Noten. Es mussten Hunderte sein. Sie waren mit Gummiringen zu Stapeln gebündelt.

Laura Pöllinger schnappte nach Luft. Andorian fuhr sich mit der Hand über das Gesicht, Schweißtropfen benetzten nun seine Finger. Was war das? Woher kam es? Wieso lag es in einem Versteck? Wieso in einem Schuhkarton? Welche Rolle spielte es beim Verschwinden der jungen Frau? Wo war sie da hineingeraten?

„Frau Pöllinger, ich bitte Sie, zählen Sie das Geld, ich will mir in der Zwischenzeit den Kalender ansehen“, raunte er mit staubtrockener Kehle. Dreißig Minuten später war klar, dass knapp fünfhunderttausend Euro den Schuhkarton füllten. Laura und van Anders saßen wie vom Donner gerührt vor dem Berg aus Banknoten.

Andorian konnte sich als Erster fassen. „Okay, ich werde fürs Erste diese Schachtel und das Filofax sowie ihren Computer mitnehmen und einer näheren Untersuchung unterziehen“, sagte er. „Zuvor werde ich in Ihrem Beisein Arianes Mutter anrufen und sie über den Fund unterrichten.“ Laura Pöllinger starrte wie hypnotisiert auf das Geld in der Schuhschachtel. Ihre Lippen bewegten sich, als wollte sie etwas sagen, vermochten aber die Worte nicht zu bilden.

Andorian stand indes auf, griff nach seinem Telefon und wählte unter ständigem Kopfschütteln die Nummer von Christiane Bergmüller. Kurze Zeit später wurde abgehoben. Frau Bergmüller schien zu sprechen, denn van Anders sagte nichts. Dann sprach er: „Sagen Sie, hat Ariane nach dem Tod ihres Vaters eine größere Erbschaft gemacht? Wenn ja, in welcher Höhe?“ Er lauschte. Die Stille und Anspannung im Zimmer hätte man mit einem Messer schneiden können. Dann erwiderte er: „Also sie hätte keine Chance direkt und in Bargeld an das Erbe heranzukommen, da Sie die Zugangsberechtigung haben, da das Geld zweckgebunden ist?“ Wieder eine Antwort, nur sehr kurz. „Warum ich frage? Nun, Frau Bergmüller, Ariane hat in einem Hohlraum am Kopfende ihres Bettes eine Schuhschachtel mit etwas über fünfhunderttausend Euro liegen. Wir stehen nun vor der Frage, woher das Geld stammt und welche Rolle es beim Verschwinden Ihrer Tochter spielt.“

Er hörte, wie Arianes Mutter nach Luft schnappte und dann verstummte. Es vergingen einige Sekunden, in denen van Anders ihr die Gelegenheit gab sich zu sammeln.

Seine Gesprächspartnerin sprach wieder, deutlich angeschlagen, was das Zittern in ihrer Stimme verdeutlichte: „Bitte, tun Sie alles, was nötig ist, um mein Mädchen zu finden!“ Dann eine kurze Verabschiedung und Andorian legte auf.

„Gut“, sagte er, „ich nehme nun den Fund und ebenfalls den Computer mit. Das Geld werde ich bei meiner Hausbank in einem Schließfach hinterlegen. Laptop und Kalender bleiben bei mir. Mal sehen, was ich herausfinden kann! Danke, Frau Pöllinger, danke für Ihre Hilfe und die Infos. Wir bleiben in Kontakt. Ich werde morgen im Laufe des Tages Herrn Neubauer aufsuchen und mit ihm ebenfalls sprechen.“ Er verharrte im Vorzimmer, und blickte Laura Pöllinger an, die noch immer bleich wie ein Gespenst vor ihm stand.

„Kann ich Sie allein lassen?“ Sie nickte nur stumm und öffnete die Türe. Er lächelte sie an, drehte sich um und ging.

„Sweet child in time
You'll see the line
The line that's drawn between
Good and bad…“

(Child in Time – Deep Purple, © Ian Gillan, Ian Paice, Jon Lord, Ritchie Blackmore, Roger Glover, 1970)

Andorian hatte nicht viele Menschen, die er als Freunde bezeichnen würde. Viele Menschen glaubten, dass die Partys, die er häufig gab, auf denen sie zu Gast waren, sie zu seinen Freunden machten. Aber da täuschten sie sich. Er bewegte sich in dem Spannungsfeld zwischen Einsamkeit und Misstrauen. Wer wollte nur in seiner Nähe sein, weil er Milliardär war, und wer, weil er ihm wirklich nahe sein wollte? Die einen widerten ihn an, obwohl er sie irgendwie brauchte, um nicht einsam zu sein, die anderen saßen gerade eben auf seiner Terrasse, essend, schwatzend, lachend. Er lächelte wehmütig. Sie waren so ein bunter Haufen, so herrlich humorvoll und für jede Schandtat bereit. So viele Jahre war er der Gaijin gewesen, der sich hatte anpassen müssen. Anpassen an die Wünsche der Eltern, anpassen an die Wünsche der japanischen Gesellschaft, anpassen an seine Lehrer. Die Ablehnung der Gleichaltrigen kompensierte er mit roher Gewalt. Er war immer einen Kopf größer als alle anderen gewesen, vom Beginn der ersten Schule weg. Gleich am ersten Tag in der Hokkaido International School, er war sechs Jahre alt gewesen, war er mit einem Mitschüler aneinandergeraten. Er nannte ihn einen Gaijin, ein Schimpfwort für Menschen, die nicht aus Japan kamen. Er wollte sich zur Wehr setzen, was gründlich misslang. Der Junge verpasste ihm ein blaues Auge. Am nächsten Tag war er vorbereitet. Als die Gruppe der Burschen ihm auf der Toilette auflauerten, setzte er sich mit einem Holzprügel zur Wehr. Sie belästigten ihn nie mehr wieder. Alle vier Jungen mussten ärztlich versorgt werden. Aber auch außerhalb, beim Spielen im Park oder im Grünen, geschah es von Zeit zu Zeit, dass andere Kinder, die ihn erniedrigten, Blessuren oder ausgeschlagene Zähne davontrugen. Er wurde aus der Schule entlassen, galt als schwer erziehbar. Sein Vater musste seinen Unterricht privat organisieren lassen. Der Lehrer bot seinem Vater auch an, ihn in der Kunst des Aikido zu unterweisen. Seine Eltern waren dagegen, nun auch noch die Kampfkünste des ohnehin renitenten Jünglings zu schulen, in der Erwartung, dass dies dazu führen würde, dass früher oder später jemand dabei ernsthaft zu Schaden kommen würde. Das Gegenteil war der Fall. Kenjiro Kashida, sein Meister und Lehrer, hatte ihn gelehrt, anderen Menschen keine Macht über ihn zu geben. Er lehrte ihn Selbstachtung und Wertschätzung allen Lebewesen gegenüber. Andorian lernte schnell, mit achtzehn war er bereits Träger des dritten schwarzen Gürtels in der eleganten Kriegskunst der Samurai, konnte mit seinem Körper ebenso umgehen wie mit dem Schwert, dem Stock, der Lanze und dem Messer. Kashida holte eigens die Erlaubnis der Verantwortlichen ein, um seinen Schützling, der nahezu Tag und Nacht trainierte, so früh zum Meister und dann zum Großmeister zu machen. Sie wurde ihm verweigert, dennoch unterwies er auch weiterhin den wissbegierigen Jungen in den hohen Künsten des Aikido. Einsam war Andorian trotzdem. Er konnte nur besser damit umgehen. Bezog seine Energie aus den Erfolgen im Training.

Dann wurde sein Leben auf den Kopf gestellt. Er war gerade einundzwanzig, als er sich von seinen Eltern verabschiedete, die auf einem Empfang in der österreichischen Botschaft eingeladen waren. Der Mercedes seines Vaters kam auf regennasser Fahrbahn ins Schleudern. Das Fahrzeug stürzte dreiundsechzig Meter tief Richtung Meer, um auf einem vorgelagerten Felsen zu zerschellen. Nun war er Alleinerbe eines milliardenschweren Schwerindustrieunternehmens, Waise und misstrauisch. Untersuchungen am Fahrzeug ergaben, dass die Bremsleitungen manipuliert worden waren. Er hatte keine Freunde, wusste nicht, was er davon halten sollte. Also entschloss er sich, die Firma seines Vaters für eine horrende Summe abzustoßen, die sein durch das Erbe ohnehin gut gefülltes Vermögen in astronomische Höhen steigen ließ. Drei Tage vor seinem zweiundzwanzigsten Geburtstag umarmte er Kashida am Flughafen in Sapporo und kehrte Japan den Rücken, schwer reich, einsam und misstrauisch. Tief in seinem Herzen hegte er den Verdacht, dass das Ableben seiner Eltern vielen Menschen sehr gelegen kam. Dieser Gedanke nährte sich auch aus der Tatsache, dass das erste Kaufangebot etwa 12 Stunden nach dem Tod seiner Eltern kam, noch bevor dies irgendwo veröffentlicht war.

In Wien bezog er eine Zweizimmerwohnung in der Traungasse im dritten Bezirk, da er nicht in seine elterliche Villa in Hietzing einziehen wollte. Zu groß war noch die Irritation über seinen Verlust. Die neue Wohnung lag unweit der Marokkanerkaserne, jenem Ort, an dem die österreichische Polizei ihre Schüler ausbildete. Dies brachte ihn auf die Idee sich zu bewerben. Aufgrund seiner kognitiven und körperlichen Fähigkeiten wurde er aufgenommen und er begann die Ausbildung zum Polizisten in Wien. Dort lernte er Daniela Hausmannsberger kennen, mit der ihn sofort eine innige, aber platonische Freundschaft verband, die auch nicht zerbrach, als Andorian nur acht Monate nach Beginn der Ausbildung alles hinschmiss. Zu stressig und strukturiert war der Alltag für den verwirrten jungen Mann. Sie zerbrach auch nicht, als er offenbarte, dass er Milliardär sei, und auch nicht, als sich Daniela nach ihrer Fachausbildung zur Kriminalbeamtin in Robert Friedmann verliebte und beschloss, das Leben mit ihm zu verbringen. So war nach und nach die Gruppe der engen Vertrauten vergrößert worden, bis sie die Zahl Vier angenommen hatte.

Danny, Robert, Alma und Isa, sie waren nun seine Familie. Jene Menschen, für die er alles getan hätte, ohne zu überlegen. Dies bedeutete keineswegs, dass sie immer einer Meinung waren. Speziell Danny, die älter war als Andorian, nahm die Position des critical friends ein. Andorian nannte sie manchmal scherzhaft „Mutter der Kompanie".

Nun saßen sie also alle auf Andorians Terrasse, aßen Risotto mit Meeresfrüchten und tranken einen lieblichen Riesling aus der Wachau. Es war verhältnismäßig still bei Tisch. Die Erlebnisse des Tages hatten ihre Spuren hinterlassen und jeder hing seinen Gedanken nach.

Robert sagte: „Danny sagte, du bist aus deiner Betrugsvorwurfsbeschattungsbranche kurzzeitig ausgeschieden und suchst eine Studentin?"

Andorian legte seine Gabel zur Seite, blickte in die Runde und erklärte: „Ja, ich suche eine Studierende mit Namen Ariane Bergmüller. Ihre Mutter hat mich damit beauftragt. Sie ist seit einer Woche abgängig, war eine fleißige Jusstudentin mit völlig unauffälligem Lebenslauf. Bis letztes Jahr zu Weihnachten, da sind die Dinge aus dem Ruder gelaufen. Also … irgendwie … Wie, weiß ich noch nicht. Jedenfalls hat sie lieb gewonnene Routinen plötzlich vernachlässigt, ihre Mutter nicht mehr besucht, sich von ihrem Freund getrennt und sich in der WG geheimnisvoll gegeben. Seltsam ist, dass sie trotz alledem sehr erfolgreich weiterstudierte, also keinen Verzug in der Studiendauer feststellbar war. Bei der Durchsuchung ihres Zimmers habe ich heute etwa fünfhunderttausend Euro gefunden. In einem Schuhkarton im Nachtkästchen!" Alle starrten Andorian entgeistert an.

„Niemand kann sich erklären, wo das Geld herkam. Weder ihre Mutter noch ihre Mitbewohnerin Laura."

„Könnte sie durchgebrannt sein?", fragte Alma. „Du weißt schon, neue Liebe und so?"

„Wieso sollte sie dann das Geld hierlassen?", erwiderte Robert. Alle brummten zustimmend. „Vielleicht ist da noch viel mehr Geld und das war nur eine Hinterlassenschaft für ihre Mitbewohnerin. In der Art von: Ich bin verliebt, ich hau ab, komme nie mehr wieder, schau mal in mein Nachtkästchen, da ist eine Entschädigung für dich drin. Reicher Lover vielleicht?" Alle am Tisch wiegten ihre Köpfe hin und her, schienen darüber nachzudenken, brummten wieder zustimmend.

„Möglich wär's! Dies würde auch die vielen nächtlichen Ausflüge erklären, jene Zeit, in der sie nicht daheim war", meinte Andorian. „Aber irgendetwas sagt mir, dass da etwas nicht stimmt. Sie waren alle zu überzeugt davon, dass Ariane so was nicht tun würde. Ich meine, sie war der Typ, der dir die Einkaufstaschen hochträgt, wenn man ihrer Mutter und ihrer Freundin Laura glauben darf. Ihren Ex-Freund nehme ich mir erst morgen vor."

„Also aus der Lotterie stammt das Geld bestimmt nicht. Bekommt man da nicht immer so einen Großgewinnbetreuer zur Seite gestellt? Hab ich mal gelesen", sagte Isa.

„Du hast recht, Isa, da liegt ja dann das Geld auch auf der Bank, nicht im Nachtkästchen", entgegnete Danny.

„Du hast recht, Andorian, irgendwas ist da faul! Niemand ändert seine Routinen ohne Grund! Entweder man trifft den Entschluss selbst, oder man wird durch äußere

Umstände dazu gezwungen. In beiden Fällen ist es ein Hinweis auf eine tiefgreifende Veränderung im Leben der Person. Und jetzt ist sie weg?" Dabei blickte Isa ihn an.

„Sind Drogen im Spiel? Ich meine, es ist kein Kinofilm, aber Geld und das Geheimhalten! Das klingt für mich nach Drogen oder einem anderen Kapitalverbrechen!", sagte Alma.

In der Tasche der Kommissarin brummte es. Ihr Telefon meldete sich. Sie blickte auf das Display, formte mit stummen Lippen das Wort DIENSTLICH und stand auf, um sich ein paar Schritte zu entfernen. Die anderen setzten ihr Gespräch fort.

Danny hob ab. „Friedmann!"

„Revierinspektor Dähler, Hundestaffel Strebersdorf!", kam es zurück. „Frau Kommissarin, ich wollte Ihnen zunächst mündlich vom Einsatz berichten!"

„Schießen Sie los!"

„Wir haben unseren Suchroutinen gemäß dem den Fund umgebenden Gelände abgesucht. Weitere einhundertfünfzig Meter vom Fundort der Leiche entfernt hat Indira, meine Hündin, angezeigt. Wir fanden Haare, an denen großflächige Gewebe und Hautteile hingen. Ebenso undefinierbare Hautteile und etwas, das aussieht wie abgetrennte Brüste. Wir haben die Suche danach nicht beendet und wurden noch einmal fündig. Eine Damenhandtasche. Darin enthalten waren zwei Telefone und eine Geldbörse ohne Ausweis und Inhalt. Ich habe alles in die Gerichtsmedizin überstellen lassen! Einen schriftlichen Bericht lasse ich Ihnen im Laufe des morgigen Vormittags zukommen!" Damit beendete der Revierinspektor seine Ausführungen. Danny dankte ihm, wünschte ihm einen schönen Abend und eine gute Nacht, dann hängte sie ein.

Ihre Stirn lag in tiefen Falten, als sie sich wieder setzte. Robert bemerkte es als Erster, ergriff ihre Hand und drückte sie. „Schlimm?“, flüsterte er.

Sie nickte, sah dann Alma an und sagte: „Hey, Doc, die Hunde sind fündig geworden. Arbeit wartet auf dich im Institut!“

Alma lächelte und erwiderte: „Heute nicht mehr! Ich bin ohnehin morgen um halb acht wieder vor Ort. Dann mache ich weiter.“

Dann ergriff Isa das Wort: „Weißt du, Andorian, Danny hat recht, hier wird etwas verheimlicht und die Idee mit dem Krimi finde ich nicht so abwegig. Drogen meine ich … Wenn die Girls gerne gefeiert haben, hatten sie unter Garantie damit schon Kontakt, wenn ich mir vorstelle, was mir meine Nichte erzählt. Sie ist achtzehn und meint, kein einziger Wiener Tanzclub sei drogenfrei.“ Sie blickte um Zustimmung bittend in die Runde. „Bloß für mich kommt da noch etwas dazu. Prostitution oder Porno.“ Sie ließ das so im Raum stehen. Dann sagte sie: „Schnelles Geld vor einer Webcam, dann ein paar Treffen mit Usern … Das Netz ist voll mit solchen Seiten. Da machst du ordentlich Kohle, wenn du nach was aussiehst! Wer kann schon der Versuchung des schnellen Geldes widerstehen? Und wenn's in zehn Jahren rauskommt, sagst du, dass du jung warst und das Geld gebraucht hast. Drei Wochen später interessiert das keinen Menschen mehr! Denk an die ganzen Promis, die mit solchen Filmen ihre lahmen Karrieren in Schwung gebracht haben. Jene talentfreien Weiber, die nur ihren Namen hatten und gemachte Titten!" Dabei formte sie mit ihren Händen gigantische Brüste.

Alle nickten zustimmend. Andorian griff nach seinem Telefon, das neben seinem Teller auf dem Tisch lag. Er öffnete die Galerie und zeigte das Foto Ariane Bergmüllers in die Runde.

„Was für eine Schönheit", konstatierte Robert. „Rote Haare mit dunklem Hautton und Sommersprossen sind eher selten! Sie hätte Model werden können! Die suchen doch immer so individuelle Typen, die aus der Norm fallen."

„Ja", sagte Andorian, „dies ist Ariane Bergmüller, die ich zu finden beauftragt wurde. Also bitte, wenn sich polizeilich was tut, dann gebt es mir weiter. Ihre Mutter hat letzte Woche im Wachzimmer Wattgasse Anzeige erstattet."

Danny nickte und meinte: „Ich checke morgen mal die aufgenommene Anzeige, dann melde ich mich bei dir!" Dann gähnte sie, wandte sich Robert zu und sagte: „Schatz! Heimwärts!"

Er sprang auf und salutierte scherzhaft vor ihr. Dies nahmen auch die anderen Anwesenden zur Kenntnis und zum Anlass den Abend zu beenden. Alle erhoben sich, umarmten und küssten Andorian. Sie fuhren mit dem Aufzug in die Garage, wo ihre Autos parkten.

„Isa, bleibst du hier oder soll ich dich heimfahren?", fragte Andorian und wandte sich dabei seiner Sekretärin zu. Von Zeit zu Zeit kam es vor, dass die fünf es sich in den Gästezimmern bequem machten. Meist an den Wochenenden.

„Bitte, fahr mich, wenn es keine Umstände macht!“, sagte sie gähnend.

Wenig später saßen sie im Cadillac und glitten mit leisem Blubbern die Speisinger Straße stadteinwärts. Isa lebte in Rudolfsheim-Fünfhaus. Sie hatte dort eine kleine Dreizimmerwohnung gemietet. Sie sagte immer, ihr gefalle der dörfliche Charakter des Bezirks, speziell rund um den Meiselmarkt. Der Cadillac schob sich mit mächtigem Grollen seines Motors die Johnstraße hinauf und Andorian fühlte stilles Glück. Er hatte großartige Freunde, nein, eigentlich Familie. Er atmete tief ein und warf einen Blick auf Isa. Sie war mit einem Lächeln auf den Lippen eingeschlafen. Ihr wallendes braunes Haar wurde vom Fahrtwind durchgewirbelt. Ihre vollen Lippen hatte sie zum Atmen leicht geöffnet. Er hatte sich lange schuldig dafür gefühlt und sich gefragt, ob er ein Chauvinist sei, weil er sie nach ihrem Äußeren eingestellt hatte. Plus Size eben. Dass sie sehr intelligent und eloquent war und eine Persönlichkeit und ein Herz aus Gold besaß, war hier nur der Bonus zu einem Äußeren, das er jeden Tag gerne sah.

Dann bogen sie in die Hütteldorfer Straße ein. Er hielt rechts vor dem Wohnhaus und weckte sie sanft. Er öffnete ihr die Tür, sie umarmten sich flüchtig, sie küsste ihm zart die Wange und er sah ihr nach, wie sie im Haus verschwand. Er lächelte und fühlte, wie ein wohliger Schauer des Glücks entlang seiner Wirbelsäule nach oben krabbelte. Auf dem Heimweg fuhr er ein Stück weit die Linzer Straße hinauf und erinnerte sich an die Zeit vor einigen Jahren, als hier jede Nacht Dutzende von Prostituierten gestanden waren, die vorbeifahrende Autofahrer hatten animieren wollen, mit ihnen ein Geschäft abzuschließen. „Drogen oder Prostitution oder Porno“, hallte es in seinem Kopf wider.

Vor einiger Zeit

Ariane Bergmüller, Christof Neubauer und Laura Pöllinger schlenderten langsam die Rotenturmstraße hinunter, um zum Wiener Bermudadreieck zu kommen.

Die Beisetzung ihres Vaters war nun etwa sechs Wochen her. Seitdem war Ariane ein wenig nachdenklicher geworden, was ihr Leben und ihre Lebensplanung anging. Das Testament war eröffnet worden und sie erfuhr, dass ihr Vater vorgesorgt hatte. Sie erbte eine Lebensversicherung in der Höhe von knapp einhundertfünfzigtausend Euro. Ein Vermögen für eine Studentin. Verwaltet werden sollte dieses Geld von ihrer Mutter und es war auch zweckgebunden. Sie sollte damit ihren Lebensunterhalt in der Studienzeit bestreiten. Reisen und ein eigenes Auto waren explizit nicht in der Widmung enthalten.

Der Schmerz wollte Ariane nicht so richtig loslassen. Immer wieder schweiften ihre Gedanken ab. Keine Umarmungen mehr, kein Necken, keine Abende auf der Terrasse mit einem Glas Wein, kein Philosophieren mehr. Ihr Vater fehlte nun in ihrem Leben und natürlich wusste sie, dass alles, was sie empfand, zum größten Teil Selbstmitleid war. Egal, er fehlte und sie war traurig. Daher war sie dankbar dafür, dass Christof und Laura, ihre Mitbewohnerin, sie heute Abend in das Nachtleben entführten. Ein wenig tanzen und etwas Alkohol würden zumindest zeitweilig die Stimmung heben.

Wenn das Semester nun Anfang November langsam volle Fahrt aufnahm, war sie sich sicher, schon bald keine Zeit mehr für trübe Gedanken zu haben. Vier Prüfungen waren alle drei noch vom Abschluss entfernt. Wenn alles gut ging, so hofften sie in einem Jahr ihre akademischen Grade in der Tasche zu haben.

Ariane war in der letzten Zeit kaum in Krems gewesen, Trauer und das Studium hatten sie ferngehalten. Sie hatte auch deswegen Schuldgefühle gehabt, weil sie wusste, dass ihre Mutter sie brauchen würde. Diese litt grausam an dem Verlust ihres Mannes. Natürlich. Aber Ariane war es kaum möglich ihr Elternhaus zu betreten, ohne Beklemmungsgefühle und Panikattacken zu bekommen. Ihre Mutter ahnte dies und drängte sie daher nicht, an den Wochenenden aufs Land zu fahren, sondern überließ ihr die Entscheidung.

Sie kamen im Palace an. Ihre Clubkarten ermöglichten einen Eintritt über die Fast Lane und so standen sie wenige Augenblicke später an der Garderobe und gaben ihre Mäntel ab, bevor sie sich durch das Gewühl Richtung Bar drängten. „Exploration of Space“ von Cosmic Gate, ein all time Trance-Klassiker, dröhnte durch die Lautsprecher und das Stroboskop ließ die zuckenden Körper auf der Tanzfläche aussehen wie eine organische Masse aus Händen und Köpfen. Ariane spürte, wie der Rhythmus langsam Besitz von ihrem Körper ergriff und sie einem Sog gleich auf die Tanzfläche zog. Es war knapp Mitternacht. Sie griff nach den Händen ihrer Mitbewohnerin und ihres Freundes und zog sie hinter sich her, auf das Meer aus

Körpern zu. Sie schloss die Augen und begann sich in die Melodie einzufühlen, ihren Körper zu bewegen. Ihre Hüften und Arme schlossen sich dem Geist an. Die Musik hatte die Kontrolle übernommen, die Flucht aus dem Alltag hatte begonnen und sie gab sich bereitwillig hin.

Ariane hatte keine Ahnung, wie viel Zeit vergangen war, sie öffnete die Augen, sah Christof und Laura um sich herum, sich im Rhythmus wiegen. Die Menschen auf der Tanzfläche waren mehr geworden. Plötzlich erstarb die Musik. Stille und Verwunderung griffen um sich. Alle Scheinwerfer waren auf die Tanzfläche gerichtet. Verwunderte Menschen blinzelten ins Licht.

„Ladys und Gentlemen! Heute ist eine besondere Nacht! Diese Nacht wird das Leben eines Menschen hier für immer verändern. Ich übergebe das Mic an Christof!", schallte es aus den Lautsprechern. Ariane blickte sich um. Christof? Er war nicht da.

„Geliebter Engel!" Das waren die nächsten Worte, die sie wahrnahm. Erschrocken schlug sie die Hand vor den Mund. Diese Geste zum Anlass nehmend, teilte sich die Menge der Besucher wie das rote Meer vor Moses und Ariane stand plötzlich alleine in der Mitte der Tanzfläche.

„Geliebter Engel! Vor etwas mehr als drei Jahren bist du in mein Leben getreten. Ich bin dankbar für den ersten Tag an der Universität, als das Gedränge vor der Inskriptionsstelle dich regelrecht in meine Arme geführt hat." Er kam über die Stufen des DJ-Pults herunter, mit dem Mikrophon in der Hand. Arianes Stirn legte sich in Falten. Christof lächelte. „Seitdem ist viel Zeit verflossen und wir sind durch dick und dünn gegangen. Du bist der wichtigste Teil in meinem Leben und daher …" Er kniete sich nieder und Ariane stieß einen spitzen Schrei aus. „… daher wollte ich dich heute bitten ... Ariane Bergmüller, willst du mich heiraten?"

Ein schwarzes Kästchen mit einem funkelnden Ring hielt er vor sich wie ein Ritter, der sein Schwert dem König übergibt, um seine immerwährende Loyalität zu bekunden!"

Ariane schnappte nach Luft. Es war mucksmäuschenstill im Raum. Sie sagte nur: „Ja ich will!"

Dann stand Christof auf, kam auf sie zu. Applaus brandete auf, und „Will you marry me" von Jason Derulo erklang, während Christof sie zärtlich in den Arm nahm.

„Ich liebe dich", sagte er in ihr Ohr. Der DJ ließ das Lied auslaufen und kehrte zu den gewohnten Beats zurück, während Ariane Christof zur Bar zog. Laura blieb derweil im Getümmel und tanzte leidenschaftlich mit einem groß gewachsenen jungen Mann.

Ariane und Christof bestellten zwei Cocktails und zogen sich in die Lounge zurück, wo die Musik kaum noch zu hören war.

„Das war eine große Überraschung, mein Schatz!", sagte Ariane und versetzte ihm einen liebevollen Fausthieb auf den Oberarm. „Was, wenn ich Nein gesagt hätte?", lachte sie.

Christof zuckte mit den Achseln. „No risk, no fun! Dann hätte ich darauf gewartet, dass mich ein anderes Mädel aus dem Saal aus dieser peinlichen Situation befreit." Diese Antwort brachte ihm wieder einen Fausthieb ein. Er lachte. „Autsch! Was soll das heißen? Du willst mich nicht, aber gönnst mir auch keine andere?" Beide lachten.

„Ich denke, ich habe einfach nur Glück. Glück, dich zu kennen, Glück, dass du mich liebst." Sie strich ihm zärtlich über die Wange. „Danke, Christof! Danke, dass du an meiner Seite bist!"

An der Bar trafen sie Laura wieder, die kaum von dem jungen Mann zu trennen war.

„Laura, wir fahren. Wäre das okay für dich?"

Laura nickte. „Ich bleibe noch. Das ist übrigens Matthias! Er ist an der Wirtschaftsuni!" Matthias schüttelte Ariane und Laura die Hand.

„Laura, melde dich, wenn du daheim bist, egal wann."

„Klar! Ich nehme nur noch einen Drink, dann bin ich ebenfalls weg." Sie küssten einander. Laura zog Matthias wieder auf die Tanzfläche und beide verschwanden in der Menge.

12. August

„Just give me a steel guitar and a glass of wine
And let me drink to a love I thought was mine.
A love I thought was true to me…“

(A Steel Guitar and a Glass of Wine – Paul Anka; © Paul Anka, 1972)

Maria öffnete die Augen. Rauschen und unklare Bilder. Schweiß und Schmerzen. Kein Bett. Langsame Bilder, verschobene Realität, wie auf einem schaukelnden Boot. Sie versuchte sich aufzurichten, sank zurück und musste würgen. Es kam nichts hoch. Schmerz kroch ihren Hals entlang wie ein diabolisches Insekt, dessen Beine aus spitzen Stecknadeln bestand. Schüttelfrost. Schüttelfrost und Paul Ankas Song „Steel Guitar“. Ihr Gehirn schaltete auf Überlebensmodus. Eine Kindheitserinnerung, die Wohlbefinden auslösen sollte. Geistiges Wandeln am Rande einer Ohnmacht: Sie hätte nichts dagegen gehabt zu gehen. Weg von hier, weg vom Schmerz, weg vom Schwindel und dem Insekt in ihrem Rachen. Ihr Vater hatte von einem Freund aus dem Westen während des Kommunismus diese Schallplatte bekommen. Stundenlang war sie auf seinem Schoß gesessen und er hatte sie hin- und hergewiegt.

Thomas? Eine unkoordinierte Bewegung, ein neuer Versuch die Augen zu öffnen. Braune Fliesen am Boden, ein leeres Zimmer. Paul Anka wollte nicht aufhören zu singen. Er sang so laut, dass es schmerzte. Ihre Augen wollten aus den Höhlen treten, alles drehte sich. Es knarrte.

„Die Schlampe wird munter!"

Es war nicht Paul Anka. Der Versuch den Kopf zu heben. Mit der rechten Hand versuchte sie sich abzustützen, aufzustehen. Der Ellbogen knickte ein und sie fiel halb aufgerichtet vornüber, knallte mit der rechten Stirnseite auf den Boden. Schwärze.

Der eine sagte: „Wie viel hast du ihr gegeben? Du sollst ihnen keinen Hirnschaden zufügen, sie nicht ins Koma katapultieren. Wenn die hier abkratzt, kannst du heute nochmals losziehen. Das brächte den Plan durcheinander. Der Transport muss heute starten. Spätestens um sieben Uhr abends. Es ist kühles Wetter. Wenn's zu heiß wird, verrecken sie wieder im Transporter, das können wir nicht gebrauchen. Vierzehn Stunden Fahrt ist eine lange Zeit." Es knarrte wieder. Thomas nickte.

Paul Anka war gegangen. Der Schmerz war geblieben. Was war geschehen? Es war doch alles so wunderbar gewesen gestern Abend. Gestern? Wer weiß das schon. Sie hatte das Gefühl hier seit Tagen zu liegen. Vor ihr hockte jemand. Ein Mann, breit, bullig, mit einem anzüglichen Grinsen. Ihm fehlten zwei Zähne. „Achte immer auf deine Zähne", hatte man ihr in der Familie beigebracht!

„Wasser! Wasser, bitte!", röchelte sie aus einer trockenen Kehle, aus der noch immer das Insekt zu kriechen versuchte. Sie konnte nicht schlucken, hatte das Gefühl zu ersticken. Kein Speichel und die Zunge klebte am Gaumen fest. Sie sah an sich hinunter, sie hatte nichts an. Der

Mann erhob sich. Es knarrte wieder. Die Türe ging zu. Schritte auf dem Gang, jemand rief nach Wasser. Wieder Schritte. Es knarrte wieder. Er kam herein. Sie versuchte ihre Weiblichkeit mit ihren Armen zu bedecken. Ihr Körper gehorchte ihr nur zum Teil. Er hatte Wasser mit, stellte es wortlos vor sie hin. sie griff mit zitternden Händen danach, trank gierig. Verschluckte sich. Erbrach sich.

„Mehr Wasser, bitte!", stammelte sie. Es kam mehr Wasser. „Wo bin ich?" Sie hielt ihm das leere Glas hin. Keine Antwort. Es kam mehr Wasser. Der Nebel lichtete sich. Sie sah sich um. Schwarzes Papier war vor die Fenster geklebt. Die absurde Frage nach der Uhrzeit kam ihr in den Sinn. Sie wollte irgendetwas fühlen, an dem sie sich anhalten konnte, das ihr Struktur und Erinnerung, etwas Halt gab. Sie sah ihn an, hob das Wasserglas an die Lippen, roch seinen Schweiß und seinen fauligen Atem. Trank. Dann … „Hilfe!" Es war kaum mehr als ein Flüstern. Als der letzte Luftzug dieses Wortes ihre Lippen verließ, knallte eine heftige Ohrfeige von links in ihr Gesicht. Sie kippte zur Seite, schlug mit dem Kopf an die Wand, die die kinetische Energie des Schlages jäh bremste. Blut troff warm ihre rechte Schläfe entlang und ihr linkes Ohr pfiff heftig von dem Schlag. Sie ging wieder am Rande der Ohnmacht spazieren.

„Dieses Wort vergisst du wieder, streichst es aus deinem Sprachschatz! Wenn nicht, fahren wir, meine Freunde und ich, in die Petar-Raychev-Straße nach Warna. Dort werden wir deine Familie besuchen. Deine Mutter, deine kleine Schwester und deinen Bruder. Wir werden deine Schwester vor den Augen deiner Mutter und deines Bruders nehmen, jeder von uns wird sie sich nehmen. Dann töten wir deinen Bruder und sagen deiner Mutter, dass dies geschah, weil ihre Tochter Maria, die Schlampe, nicht tat, was wir ihr sagten. Wir werden ihr sagen, dass wir dich, sollte sie sich um Hilfe umsehen, in mindestens zehn Paketen mit der Post zu ihr nachhause schicken werden. Heute deine Hand, morgen deinen Kopf. Habe ich mich klar ausgedrückt?“

Mit halb geöffneten Augen blickte sie in das Gesicht des Mannes. Das Nicken ihres Kopfes war kaum wahrnehmbar, aber von einer Deutlichkeit, die keinen Zweifel zuließ. Sie hatte verstanden. Er lächelte, strubbelte ihr durchs Haar und sagte: „Gutes Mädchen!“ Dann stand er auf und ging.

„Irgendwelche besonderen Vorkommnisse?“, fragte der Mann Thomas.

„Nein, alles lief nach Plan. Niemand hat mich gesehen oder verdächtigt, da bin ich mir sicher“, sagte Thomas, drehte sich um und ging zurück in das Apartment.

Der andere Mann, der mit den schlechten Zähnen, ging zurück in die Küche, wo die anderen saßen. Er blickte in die Runde und meinte: „Der Transport ist so gut wie fertig. Heute Abend geht die Lieferung nach Österreich!“

Es war so leicht geworden die jungen Frauen zu entführen, speziell während der Sommersaison, wo die Tanzclubs und Diskotheken voll waren. Niemandem fiel eine junge Frau auf, die mit einem jungen Mann ein Tanzlokal verließ. Derlei Vorgänge waren im Sommer tägliche Vorkommnisse auf den Stränden des Schwarzen Meeres. Keine Schreie, keine Kämpfe, alles geschah im scheinbaren Einverständnis mit den jungen Frauen. Für ihn war das leicht verdientes Geld. Er sammelte alle Dokumente und

Reisepässe, die die Frauen bei sich trugen, und steckte sie in einen Segeltuchrucksack. Dieser Rucksack würde in Wien an den dortigen Kontakt übergeben werden, damit alles für den Weitertransport in geregelten Bahnen ablaufen konnte. Genüsslich steckte er sich eine Zigarette an, inhalierte den Rauch tief in seine Lungen und lehnte sich auf dem Sofa zurück.

„So, hoch mit dir, du gehst auf eine lange Reise!" Er zog sie hoch, stülpte ihr einen schwarzen Sack über den Kopf und schob sie vor sich her. Seine Linke klatschte auf ihren Po, trieb sie an, wie ihr Großvater es früher mit den zwei Kühen getan hatte, die er morgens auf die Weide führte. „Abfahrt!", brüllte er in einen langen Korridor.

Sie stolperte, stieß sich den Fuß an einem Türstock. Die linke kleine Zehe brannte wie Feuer. Eine Tür quietschte, dann ein Windhauch, der auf ihren Körper traf. Sie waren im Freien. Vertraute Geräusche. In der Nähe des Strandes. Nicht irgendwo auf dem Land. Kein Lärm. Kein Zeitgefühl. Dann hielten Sie an.

„Heb dein rechtes Bein und steig in den Transporter!" Unbeholfen stocherte sie mit den Armen in die Luft, um zu erkennen, wo das Hindernis begann. Sie fühlte einen weichen Untergrund, Decken, Matratzen. Was auch immer. Sie hob das rechte Bein, bis sie mit dem Knie auf der Ladefläche auflag. Eine Hand fasste ihr schmerzhaft in den Schritt und hob sie nach oben. Sie war auf allen vieren. Wieder ein Schlag auf den Po. Lachen, mehrere Stimmen. Dann ein dumpfer Aufschlag. Metall auf Metall. Ein Riegel, der verschlossen wurde. Ein Motor, der startete. Es ruckte und das Fahrzeug setzte sich in Bewegung. Es holperte und hüpfte. Dunkelheit. Angst.

Eine halbe Stunde später wurde es ruhiger. Der Motor lief gleichmäßig, fast beruhigend. Früher hatte sie so gerne im Auto geschlafen. Ihre rechte Hand wanderte nach oben. Die Fingerspitzen berührten die Kordel des Sacks, der über ihren Kopf gezogen worden war. Er fühlte sich an wie ein Turnbeutel, den sie früher in der Schule gehabt hatte. Vorsichtig zog sie die Kordel auf. Sie befreite den Kopf aus dem dunklen Gefängnis. Es veränderte nichts. Nachtschwarze Dunkelheit, so absolut, dass man hätte meinen können, es gäbe kein Licht auf der Welt.

Sie hielt den Atem an. Ihre Haare stellten sich auf, Gänsehaut.

„Hallo“, flüsterte sie.

„Hallo“, kam es flüsternd zurück. Dreimal, aus unterschiedlichen Richtungen. Sie war nicht allein.

„Ich bin Maria“, flüsterte sie.

„Vera.“

„Ioana.“

„Mariana.“

Die Namen flogen durch die Dunkelheit wie hauchdünnes Spinngewebe im Herbst. Kaum hörbar, aus Angst, sie könnten ihre Sprecherinnen verraten, Strafen auslösen, die so unaussprechlich waren, dass niemand daran denken mochte.

Ein neuer Satz kam geflogen.

„Wohin fahren wir?“

Die Angst und die Dunkelheit verhinderten jede Antwort. Jede der vier Frauen hatte eigene Bilder vor Augen. Dinge, die man gehört hatte, dass sie jemandem geschehen waren, dessen Cousine man flüchtig kannte. Dinge und Orte, vor denen Eltern immer gewarnt hatten.

Wann hörte die Regel „Geh nicht mit Fremden mit!“ auf zu existieren, wann die Bitte „Achte darauf, dass du im Tanzclub dein Getränk immer bei dir hast“?

Die Gewissheit, dass die Missachtung der ewig gepredigten einfachsten elterlichen Grundsätze persönlicher Sicherheit sie in diese Lage gebracht hatte, schnürte Maria die Kehle zu. Brechreiz stieg in ihr hoch, den sie mühevoll hinunterschluckte. Dann kamen die Tränen, heiß und krampfartig. In Wellen den ganzen Körper schüttelnd.

Sie schluchzte laut: „Egal wo wir hinfahren, es wird kein guter Ort sein!“ Und die drei anderen jungen Frauen stimmten in die Melodie des Grauens mit ein. Ihr Wimmern vermischte sich mit dem Brummen des Motors, das Beben ihrer ängstlichen Körper ließ den Wagen erzittern. Die Hoffnungslosigkeit war so schwarz wie das Innere ihres Gefängnisses. „Eine lange Fahrt …!“, hallte es in ihrem Kopf wider.

In Dobritsch griff ein Mann zum Telefon und wählte eine Nummer. Es war eine Wiener Nummer. Eine dämonisch verzerrte Stimme meldete sich. Der Benutzer musste einen Stimmmodulator verwenden. Nach einer kurzen Begrüßungsformel sagte er: „Die Katzen werden morgen um die Mittagszeit zugestellt. Die Zuchtpapiere werden auf dem üblichen Wege übermittelt. Die Provisionsauszahlung und die Abrechnung der Spesen ergehen bitte an die übliche Adresse. Drei Katzen sind besonders edle Tiere. Für sie sollten besondere Preise erzielt werden können. Wir wünschen gute Erfolge bei der Weitervermittlung." Dann war die Leitung tot. Der Mann mit der dämonischen Stimme nickte leise, obwohl dies natürlich angesichts eines Telefonats eine etwas seltsame Geste war, drehte sich um und öffnete ein Notebook. Über eine Mehrfachverschlüsselung öffnete er einen Posteingang eines Mailproviders, der seinen Sitz in Kolumbien hatte. Würde jemand versuchen die IP-Adresse zu verfolgen, würde er von einem Hochsicherheitsprogramm mehrfach um die ganze Welt geschickt werden. Es war idiotensicher und unmöglich aufzuspüren. Auf dem Bildschirm erschienen Kopien von Ausweisen. Die Fotos in den Ausweisen waren mehr oder weniger geglückt, aber sie ließen den Schluss zu, dass die Frauen in natura hübsch und attraktiv anzusehen wären. Keine war älter als fünfundzwanzig. Beste Ware. Er war gespannt. Kurz darauf meldete ein einfaches „PING", dass auf seinem Konto, das er vor vielen Jahren bei einer Privatbank in der maltesischen Hauptstadt Valletta eröffnet hatte, eine Zahlung ausgegangen war. Empfänger war eine Transportfirma mit Firmensitz in der Dominikanischen Republik. Zehntausend Euro für jedes Tier dieser Lieferung. Sein Kontostand zeigte acht Millionen Euro an. Acht Millionen und Kleingeld.

13. August

Der Fahrer des Mercedes Sprinter hatte vor etwa einhundert Kilometern auf einem Rastplatz die Kennzeichen des Autos gegen Kennzeichen aus Österreich getauscht. Dies war eine Standardprozedur, die immer bei Lieferungen angewendet wurde. Die Kennzeichen waren echt, ebenso die Fahrzeugpapiere und auch sein Führerschein war über jeden Zweifel erhaben. Alles war offiziell. Im Autoradio dudelte irgendein belangloser Sommerhit. Er näherte sich mit erlaubter Geschwindigkeit dem Grenzübergang und sah schon von Weitem, dass die Polizei auf der österreichischen Seite des Grenzüberganges eine Umleitung auf eine Nebenfahrbahn organisiert hatte. Dies kam hin und wieder vor. Dabei wurden Lastwagen aus dem Ausland auf ihre Fahrtauglichkeit hin überprüft. Für viele der Fahrer war an dieser Stelle Schluss, speziell dann, wenn ihre Chefs das Geld zur Instandhaltung der Fahrzeuge lieber in teure Autos oder Häuser investiert hatten. Die bemitleidenswerten Lenker dieser oft nur mehr als Schrottmühlen zu bezeichnenden Autos wurden dann festgehalten und die Ladung wurde bis zur Instandsetzung des Fahrzeugs nicht weiter ihrem Ziel zugeführt. Dies führte sehr oft dazu, dass einzelne Lieferungen gar nicht ankamen, was nicht selten den Lenkern der Fahrzeuge negativ angerechnet wurde.

Es war nicht leicht Fernfahrer zu sein. Auch die österreichische Polizei wusste das natürlich, hatte sich aber den

Vorschriften und ihren Aufträgen gemäß zu verhalten. Er machte sich da keine Sorgen und fuhr mit gelassener Miene in die Prüfstraße ein.

Auf schrägen, aufgrund des Geländes im Burgenland leicht abschüssigen Parkplätzen standen die großen Sattelschlepper und kleineren Lieferwagen, alle durchwegs mit ungarischen, russischen, polnischen, türkischen, bulgarischen oder rumänischen Kennzeichen, aufgereiht nebeneinander. Eine Hundertschaft von Polizisten kontrollierte Reifen, Beleuchtung, Beladung und deren Fixierung auf der Ladefläche. Die Prüfstraße war etwa fünfhundert Meter lang und hatte an ihrem Ausgang einen Beschleunigungsstreifen, der wieder zurück auf die Autobahn führte.

Der weiße Mercedes Sprinter war schon fast am Ende der Prüfstraße angekommen, als plötzlich ein Polizist von rechts auf die Fahrbahn trat und mit einer grell leuchtenden, orangen Signallampe das Einfahren in einen der letzten freien Schrägparkplätze verlangte. Der Fahrer begann zu zittern. Er ließ das Fenster hinunter und verharrte auf dem Fahrersitz. Ein etwa dreißigjähriger Beamter trat an die Türe, hob seinen Blick und sagte: „Guten Tag, Fahrzeugkontrolle, Führerschein, Fahrzeug- und Frachtpapiere bitte."

„Gutes Morgen, bidde schen", sagte er und stieg dabei aus der Fahrzeugkabine aus, aber ich nix Frachtpapiere. Habe leer Auto, gehe Wien Markt holen Gemise in Inzasdorfer Markt!" Dabei klopfte er auf die Seitenwand des Mercedes, um zu verdeutlichen, dass das Auto leer war. Der Beamte ging rund um das Fahrzeug, begutachtete das Profil der Reifen, blieb auf der Beifahrerseite stehen und nickte dann.

„Danke, auf Wiedersehen und gute Fahrt noch", sagte er freundlich und reichte dem Fahrer die Papiere.

Dieser bedankte sich und ging etwa drei Schritte vor dem Polizisten hinten um das Fahrzeug herum. Der Polizist stutzte, als er an der doppelten Hecktüre vorbeikam. An der Stelle, wo die beiden Flügel der Türe aufeinandertrafen, etwa vierzig Zentimeter unter dem Türgriff, rann eine Flüssigkeit aus dem Wagen. Ein dünnes, kaum merkbares Rinnsal wie ein schlecht zugedrehter Wasserhahn. Er hörte die Fahrertüre zuknallen, machte einen Schritt zu Seite und sprach den Fahrer an.

„Entschuldigung bitte, bei Ihnen läuft eine Flüssigkeit aus dem Laderaum. Schauen Sie sich das an!", sagte er in Richtung des geöffneten Seitenfensters.

Der Fahrer öffnete die Türe halb und antwortete: „Is Wasser von Gemise nass."

Der Polizist legte die Stirn in Falten, trat auf die Türe zu und hielt einen Finger unter die tropfenden Flüssigkeit. Der Mercedes startete laut grummelnd. Er verrieb sie zwischen Daumen und Zeigefinger, sie war wässrig. Er hob die Hand zur Nase und schnupperte daran. Dann zog er seine Pistole sprang hinter dem Auto hervor und brüllte: „Nicht wegfahren lassen! Haltet ihn auf, haltet ihn auf!"

Seine drei Kollegen erschraken, waren eine Sekunde lang ganz starr. Dann zogen sie ebenfalls die Waffen. Der Fahrer des Mercedes sah dies aus dem Augenwinkel, schloss seine Augen, legte seinen Kopf in den Nacken und atmete seufzend aus, während zur gleichen Zeit, etwa achtundachtzig Kilometer entfernt, ein weißer Mercedes

Sprinter rückwärts in die Einfahrt eines uneinsehbaren, in einer Sackgasse gelegenen Grundstücks einbog.

„Hello darkness, my old friend
I've come to talk with you again…"

(The Sound of Silence; © Paul Simon, 1964)

Die Fahrt war stickig und heiß gewesen. Schweiß und Urin klebten an ihr genauso wie das Wimmern ihrer drei Mitgefangenen. Die Matratzen, die auf der Ladefläche ausgelegt waren, waren bald hart und nass. Es wurde nur ein Stopp gemacht, nicht für sie, wahrscheinlich zum Tanken. Die Ladefläche blieb immer geschlossen, kein Licht, keine Luft. Feuchtigkeit, Wimmern und Gestank. Ioana wurde übel. Sie erbrachen sich fast alle. Es waren die Nachwirkungen der Drogen, die man ihnen verabreicht hatte. Dies und der Mangel an Wasser und Sauerstoff.

„Sack aufsetzen!", schallte es durch die geschlossene Türe. Sie befolgten den Befehl. Dann konnte man eine Manipulation am Wagen hören, ein Schloss, das geöffnet, einen Riegel, der zur Seite geschoben wurde. Es war wie ein Schlag ins Gesicht, als die Tür zur Ladefläche geöffnet wurde und die kühle Luft eines regnerischen Tages ins Innere des Wagens strömte. Wie Fische, die dem Erstickungstod preisgegeben ihre Kiemen nach Luft blähten, begrüßten die vier jungen Frauen den heranströmenden Sauerstoff. Jede von ihnen wurde unter den Achseln gepackt, sie hörte jemanden würgen und fluchen.

Dann wechselten die Lichtverhältnisse im Sack. Ein kurzes Aufblitzen … Sonnenschein etwa? Sie spannte alle Sinne an. Keine Stadt, das Rauschen von Bäumen, ja. Nasse Füße, nasses Gras. Stille! Ein Vogel in der Ferne. Definitiv keine Stadt, vielleicht ein Dorf. Dann kalter Stein, vielleicht Fliesen, das Tappen nackter Füße, das Schließen einer Türe. Mit der linken Schulter an etwas gestoßen, ein Türstock vielleicht, dann kurzes Innehalten.

„Vorsicht, Stufe!“, sagte jemand rechts von ihr.

Ihre nackten Zehen tasteten … Holz … eine Stufe … eine Stiege … zwei Schritte hinab … Sie wurde eindeutig in diese Richtung gezerrt. Dann wieder ebener Boden. Links um die Ecke. Kühle Luft. Sie bekam Gänsehaut. Nicht nur von der Kälte, auch von der Angst.

Dann ein Befehl: „Stehen bleiben!“ Eine Türe, die sich schloss, hinter ihr. Ein Schlüssel, der gedreht wurde. Danach: „Sack vom Kopf nehmen!“

Sie nahm den Sack vom Klopf und blinzelte in den Raum. Unscharfe Bilder, die klarer wurden, entstanden auf ihrer Netzhaut, das Gehirn verarbeitete die Eindrücke rasch.

Sie standen nackt, wie Gott sie geschaffen hatte, in einem Zimmer. Ein Andreaskreuz war an der Wand angebracht, die Fuß- und Handfesseln waren deutlich sichtbar und hingen aus dem starken Holz heraus. Vier Männer außen herum. Alle begafften sie, sie konnten ihre Blicke spüren. Ausgestellt wie kaltes Buffet. Vor ihnen stand ein Laptop! Auf dem Bildschirm schwarze Umrisse. Eine dämonisch verzerrte Stimme drang aus dem Computer: „Umdrehen!“

Die vier Frauen bewegten sich und versuchten ihre Blöße, so gut es ging, mit Armen und Händen zu bedecken. Vergeblich.

„E-X-Z-E-L-L-E-N-T! Selbes Prozedere wie immer!“, kam es wieder aus den Lautsprechern des Computers. Alle nickten stumm. Dann wurde das Bild schwarz und die Frauen wurden aus dem Raum geführt. Über eine Stiege ging es nach unten. Ein langer Gang offenbarte sich. Acht Türen, immer vier nebeneinander und einander gegenüber. Die Türen wurden aufgeschlossen. Maria sah einen Raum dahinter, ein Kellerraum, hell beleuchtet, komfortabel eingerichtet, etwa zwei mal zwei Meter, ein Bett links, ihre Handtasche von vorgestern auf dem Bett, Unterwäsche daneben, ebenso ein T-Shirt, weiß, und Jeans, kein Fenster, ein Tisch, ein Schemel aus Holz, ein Kasten, eine Türe. Weiße glatte Wände, verfliest. Ein Abfluss in der Mitte, Fliesen auf dem Boden. Eine Türe rechts. Sie ging auf die Tür zu, öffnete sie. Ein kleines Bad mit Dusche und Toilette, Handtüchern, Seife und Shampoo, Zahnbürste und Zahnpaste. Dahinter verbarg sich ein Fenster, Bretter davor genagelt, ein schmaler lichtheller Beistrich an der Zimmerdecke, wo die Bretter nicht bündig abschlossen. Kein Griff am Rahmen.

Keine Fragen im Kopf, nur Gewissheit … Gefängnis, Zwischenstopp, was auch immer.

Maria duschte, und zwar ausgiebig, wusch sich ihr Haar, schwemmte den Gestank weg. Das Wasser war warm und schenkte ihr neue Energie. Sie zog sich an. Die Jeans waren zu groß. „Egal“, dachte sie bei sich. Dann der Blick in die Tasche. Kein Telefon mehr, kein Geld, keine Ausweise. Aber ihre Uhr. Ihre Fitnessuhr, die ihr die Familie zum letzten Geburtstag geschenkt hatte. Sie ließ sie in der Tasche. Dann legte sie sich aufs Bett. Die Augen starr an die Zimmerdecke gerichtet dachte sie nach. Wo war sie? Keinesfalls würde sie sich in ihr Schicksal ergeben.

Sie war noch nie geflohen. Schon in der Schule war sie sehr beliebt gewesen, bei Lehrern und Mitschülern. Sie war ehrlich und direkt, hatte immer irgendwelche Ämter über, war Schülervertreterin, dann, kurz vor ihrem Abschluss, sogar Schulsprecherin. Allseits beliebt, korrekt, nicht feige, vor keinem Lehrer buckelnd. Hier sicher auch nicht, das stand fest. Großes Unrecht war im Gange und sie hatte Simon and Garfunkel im Ohr, ihren Papa vor Augen und den alten Telefunken-Plattenspieler, der in einer braunen Kommode im Wohnzimmer gestanden war. „Sei stark, mein Mädchen, meine wundervolle Tochter, dir wird im Leben nichts geschenkt werden, weil du bist, was du bist!", hatte er ihr ständig gesagt. „Sei aufrecht, korrekt und kämpfe für dich und schwache Menschen!" Schulsprecherin war sie, Jurastudentin wollte sie immer sein. Jetzt war sie hier. Sie lebte noch. Was auch immer sie mit ihr vorhatten, sie würden kein leichtes Spiel mit ihr haben. Sie lebte noch und war nicht gewillt klein beizugeben.

Draußen neue Schritte, andere Schritte, dann ein Ruck und eine Klappe in der Türe ging auf. Augen starrten sie an. In dem kleinen Bildausschnitt waren nur Augen zu sehen, dunkel, unnahbar. Sie sagten nichts, diese Augen, sie waren wie tot, sie waren kalt.

Maria kroch die Kälte in die Knochen und sie hob die dünne Decke und zog sie sich über den Oberkörper, so als würde sie dadurch unsichtbar werden. Niemals klein beigeben!

„Wo bin ich?", fragte sie und fixierte den schmalen Bildausschnitt in der Türe. Keine Reaktion. Mit einem Ruck wurde die Klappe wieder geschlossen. Ihre Worte verhallten in der Stille. Sie hielt den Atem an, das Geräusch der Klappe wiederholte sich noch dreimal. Es war immer still. Niemand schrie, niemand fragte etwas, niemand atmete, gebannt von den kalten Augen.

Im Erdgeschoss des Hauses saßen sieben Männer um einen Tisch. Einer von ihnen trug eine Sturmmaske und Sonnenbrillen, eine gewaltige Pistole steckte in seinem Gürtel. Ein Halsband zog sich um seinen Nacken, daran war ein kleines schwarzes Kästchen befestigt. Er sprach auf Englisch: „Danke, meine Herren! Das war gute Arbeit! Dennoch habe ich eine betrübliche Mitteilung zu machen. Transport zwei wird nicht ankommen." Seine Stimme klang dabei wie die Stimme eines Roboters, eines dämonischen Roboters. „Sie können nun Ihre Heimreise antreten, wir übernehmen ab hier."

Die beiden Männer gegenüber erhoben sich, nickten kurz und begaben sich zu ihrem Fahrzeug. Die vier verbleibenden Männer und die Dämonenstimme sahen zu, wie sich der Lieferwagen durch das Eingangstor zwängte, dann schlossen sie die Tür mittels einer Fernbedienung. Sie waren in schwarze Overalls gekleidet, trugen schwarze Handschuhe.

Der maskierte Dämon sagte zu einem Mann: „Ich möchte, dass es den Katzen gut geht. Sie sind das Kapital unseres Erfolgs, vergessen Sie das nicht! Die Käufer werden in einigen Tagen hier eintreffen. Wir wollen uns exzellent präsentieren. Ich werde morgen nach den Katzen sehen. In der Zwischenzeit achten Sie bitte darauf, dass es ihnen an nichts fehlt. Ihre Aufgaben kennen Sie schon. Achten Sie darauf, dass es ihnen gut geht, lassen Sie die Katzen morgen gegen Abend gepflegt antreten und produzieren Sie aussagekräftiges Bildmaterial, das den möglichen Käufern online präsentiert werden kann. Ich verlasse mich auf Sie! Zwei von ihnen sind noch Jungfrauen, sagte unser Kontakt in Warna. Es handelt sich dabei um Vera und Ioana. Lassen Sie ihre Finger von diesen, da erzielen wir einen Höchstpreis. Eine der anderen dürfen Sie besuchen. Aber machen Sie es nicht zu laut. Es ist zwar höchst unwahrscheinlich, dass wir durch Lautstärke Aufsehen erregen, aber wer kann es wissen? Der Teufel schläft niemals. Ich will exzellente Arbeit, nicht mehr und nicht weniger als E-X-Z-E-L-L-E-N-T-E Arbeit!"

Die anderen Männer nickten wie die beiden zuvor. Der maskierte Dämon drehte sich um und verließ das Haus. Seine schwarze Limousine glitt nahezu ohne Geräusch aus dem Garten. Die drei anderen stiegen ebenfalls in einen großen BMW und fuhren davon. Auch jetzt schloss sich das Tor nach einem Druck auf die Fernbedienung wie von Geisterhand. Dann war alles still.

Die Sonne hatte sich bereits gesenkt und die Nacht stand bevor. Einer blieb im Haus. Er wurde Nachtportier genannt. Es war ein Schichtdienst. Seine Aufgaben waren ihm klar. Er nahm das Kuvert in die Hand, drehte es um und ließ die vier Bilder auf den Tisch in dem Wohnzimmer fallen. Die Bilder offenbarten den Blick auf vier nackte Frauen. Vier nackte Frauen, die schliefen, betäubt von Drogen, die ihnen verabreicht worden waren. Zwei von ihnen steckte er wieder ein, auf ihnen stand mit schwarzem Permanentmarker „Vera" und „Ioana". Übrig blieben Maria und Mariana. Dann erhob er sich und betrat eine kleine Kammer links des Wohnzimmers. Für Unkundige war der Eingang nicht feststellbar, da er sich hinter der Wand eines Bücherregals befand. Um dorthin zu gelangen, musste man an einem Regalbrett ziehen, das gleichzeitig Bücher trug und als Türgriff fungierte. Dahinter erschloss sich ein Raum mit einem kleinen Schreibtisch, einem bequemen Drehsessel und zwei Monitoren. Auf jeder Hälfte eines Monitors hatte der stille Betrachter die Gelegenheit vier Frauen zu beobachten. Vier Frauen, die im Keller dieses Hauses in vier der acht Kammern eingesperrt waren. Kamera eins zeigte Vera, die Blonde mit den schulterlangen Locken, Kamera zwei Ioana mit den langen glatten Haaren in der Farbe von Kastanien, die fast bis zu ihrem Po reichten. Kamera drei eröffnete den Blick auf Mariana, eine ebenfalls blonde junge Frau, die ihre Haare wohl in Dauerwellen bis weit über die Schultern trug. Zuletzt sah er sich Maria an, eine heiße Blondine, die auf ihrem Bett lag und schlief. Welche von den beiden würde er sich heute vornehmen? Diese Frage zischte durch sein Hirn.

Für gewöhnlich hatte er sie etwa drei bis vier Tage hier, bevor sie an die Käufer übergeben wurden, die mit ihren Limousinen, Hubschraubern oder Privatjets irgendwo auf die Auslieferung warteten. Es waren ultrareiche Männer, sehr selten auch Frauen, die sich Gespielinnen kauften, diese benutzten und nicht selten dann wieder wegwarfen.

Zuerst die Verpflegung, dann das Vergnügen. Er warf noch einen letzten Blick auf die vier jungen Frauen, die alle friedlich und ergeben ihrem Schicksal entgegensahen. Sie waren niemals laut, hier und da einmal rebellierte eine Katze, zeigte ihre Krallen, aber das war nichts, was man nicht durch ein paar saftige Ohrfeigen wieder hinbekam. Die Bulgaren, die die Mädchen transportfertig gemacht hatten, waren Barbaren und das wusste er. Sie waren Meister der Einschüchterungen. Keine muckte dort auf. Niemand! Hier waren sie schon weichgespült. Sie waren immer in einer Art Katatonie, wenn sie hier ankamen. Daher musste man sie quasi neu erwecken. Sich ein wenig kümmern, Vertrauen schaffen. Auf Distanz natürlich, aber mit Vertrauen. Und das war sein Job hier, also nicht sein richtiger Beruf natürlich, aber gewissermaßen ein lohnender steuerfreier Nebenerwerb mit niedrigem Anstrengungsniveau. Er stand auf und ging Richtung Küche.

Maria erwachte aus ihrer Umnachtung. Als sie ihr kleines Badezimmer wieder aufsuchte, war der Lichtstreifen verschwunden. Entweder hatte sich die Sonne verändert oder es war kein Tag mehr. Da drang ein Geräusch zu ihr herein. Die Türe wurde geöffnet. Jemand betrat das Zimmer. Maria hielt den Atem an und verbarg sich hinter der Türe.

„Abendessen!“, verkündete die Stimme auf Englisch, sie klang hart und ungewohnt. Maria war sich sicher, dass sie sie noch nie gehört hatte. Sie hatte noch drei Gelegenheiten, ihre Hypothese als wahr zu bestätigen. Auf ihrem Bett lag ein Tablett mit einer Schale. Darin war Suppe und daneben lagen drei Scheiben Brot. Vorsichtig schnupperte sie an dem Inhalt des Geschirrs und tauchte einen Finger in die warme Brühe. Es schmeckte würzig. Sie atmete auf und verschlang gierig den ganzen Inhalt.“

„Don't worry about a thing
'Cause every little thing gonna be alright…“

(Three Little Birds; © Bob Marley and the Wailers, 1977)

Sie hörten Stimmen hinter dem Blech. Man hatte ihnen in Warna gesagt, wenn das Auto angehalten würde, dann sollten sie leise sein, nicht sprechen oder flüstern, am besten nicht einmal atmen. Sie hatten sich daran gehalten. Wenn sie sich nicht daran hielten, hatten die Männer gesagt, würden sie unaussprechliche Dinge tun mit ihnen und mit ihren Familien. Sie hatten sich so bemüht. Gloria lag ganz vorne an der Türe, sie hatte das Gesicht in das Eck gepresst, versprach sich wohl bessere Luft dadurch.

Dann wurde es laut, sehr laut. Männer schrien durcheinander. Wenig später wurde die Türe geöffnet. Gloria fiel aus dem Fahrzeug direkt auf die Straße, ihre Schenkel waren nass von ihrem Urin. Ein fremder Mann sah in das Auto hinein, dann drehte er sich weg und erbrach sich gleich mehrfach. Ein anderer half ihm. Sie winkten ihnen zu, wollten, dass sie ausstiegen. Die Frauen wollten nicht, weinten und schrien, wehrten sich. Sie hatten sich so bemüht leise zu sein. Was war geschehen? Was würde nun mit ihnen und ihren Familien passieren?

Die Männer in Uniform hielten Abstand, sie sahen ratlos aus, lächelten, machten beruhigende Gesten mit den Händen. Kurze Zeit später kamen mehrere große Fahrzeuge. Anja konnte ein rotes Kreuz darauf erkennen. Aus dem Fahrzeug stiegen Frauen. Sie trugen auch Uniformen, rote Uniformen mit weißen Oberhemden. Sie hatten Decken dabei und legten diese um ihre Schultern. Sie holten sie aus dem Lieferwagen und legten sie auf fahrbare Betten.

Gloria wurde auch auf ein Bett gelegt. Die Menschen in roten Uniformen standen um die Betten herum. Eine Frau sprach englisch mit ihnen. Sie verstand ein paar Worte. Es war die Rede von Sicherheit. Der Puls wurde gemessen, der Blutdruck ebenfalls. Dann wurden Nadeln in Arme gestochen, damit Flüssigkeiten durch lange Schläuche in die Adern der Frauen tropfen konnten. Die Betten wurden in Autos geschoben, dann wurden wieder Türen geschlossen, schreckliche Türen aus Metall, aber Anja konnte nach draußen sehen.

Sie fuhren mit dem Auto auf einer Autobahn. Neben ihr saßen zwei Frauen in Uniform. Sie sprachen auf sie ein. Anja konnte „Hospital" verstehen. Dann erreichten sie eine Stadt. Sie fuhren in diese Stadt hinein. Kleine, enge Straßen. Anja schämte sich, weil sie nichts unter ihrer Decke trug. Dann verschwamm ihr Blick und sie dämmerte einer dumpfen Schwärze entgegen.

Als sie wieder zu sich kam – sie hatte jede Zeit verloren, keine Ahnung, ob es Tag oder Nacht war –, lag sie in einem Bett, das in einem großen Raum stand. Grelles, künstliches Licht blendete ihre Augen. Sie blickte an sich herab und konnte feststellen, dass sie ein einfaches grünes Gewand trug, etwas wie ein Nachthemd. Sie war mit einer leichten weißen Decke zugedeckt, ihr Kopf ruhte auf einem flachen Kissen. Ihre Augen wanderten unruhig umher, da waren noch andere Menschen, es herrschte rege Betriebsamkeit. Es roch nach Alkohol, aber nicht wie in einer jener Spelunken, die sie aus ihrem Dorf kannte, sondern scharf. Der Geruch erinnerte sie an ihren Kinderarzt. Sie war in einem Krankenhaus. Sie richtete sich auf und stützte sich auf die Ellbogen. Mit trübem Blick sah sie sich um. Aneta und Violeta waren da. Gloria nicht. Langsam konnte ihr Geist die Situation erfassen. Sie waren gerettet worden. Aber was wurde nun aus ihren Familien?

Eine Frau in einem weißen Mantel trat an sie heran. Sie sprach englisch mit ihr. Anja sagte: „Bulgarien!" Die Frau nickte und verschwand. Wenige Augenblicke später kam sie wieder. Sie hatte eine andere Frau bei sich, die deutlich älter war und ebenfalls weißes Gewand trug.

Sie sagte: „Ich bin Schwester Svetlina. Frau Doktor Bernhard hat mich gebeten zu übersetzen! Frau Doktor hat mich gebeten euch zu sagen, dass ihr über Nacht hier im Krankenhaus bleiben werdet, damit euer Gesundheitszustand genau überwacht werden kann." Schwester Svetlina sah die drei jungen Frauen eindringlich an und sagte: „Wie sind eure Namen? Habt ihr Ausweise oder Papiere bei euch?"

Alle drei jungen Frauen nannten ihre Namen. Anja starrte vor sich hin und sagte: „Wir sind entführt worden. Ich habe keine Ahnung, welcher Tag heute ist und wie lange wir schon von unseren Familien getrennt sind. Wir sind entführt worden. Ich bitte euch die Polizei nicht einzuschalten, denn die Entführer haben gedroht unsere Familien zu töten, wenn wir fliehen oder sonst Widerstand leisten bei dem, was sie mit uns vorhaben."

„Was hatten sie mit euch vor?", fragte die Schwester.

Anja hob nur ihre Schultern, was in ihrem Falle wie eine hilflose Geste wirkte. „Wir haben keine Ahnung, was alles geschehen sollte mit uns", antwortete sie. Dabei schwammen ihre Augen in Tränen.

Dann begann die Krankenschwester das soeben Gehörte an die Ärztin weiterzugeben. Diese hörte gespannt zu und Anja konnte Verwunderung, Wut und Bestürzung in ihren Gesichtsausdrücken ablesen. Sie sprach mit der Schwester, die sich dann wieder an Anja wandte und sagte: „Hier im Krankenhaus seid ihr definitiv sicher. Die

Polizei ist informiert und wird dafür sorgen, dass euch nichts geschehen kann."

„Wie geht es Gloria?", fragte Anja.

Die Krankenschwester übersetzte auch diese Frage in Richtung der Ärztin, die darauf antwortete. Nach einiger Zeit blickte sie Anja an und gab wieder, was die Ärztin ihr erzählt hatte. „Gloria ist leider noch immer nicht bei Bewusstsein. Ein Team von Ärzten versucht zurzeit herauszufinden, welche Drogen im Blut Ihrer Freundin zu finden sind. Dies ist unbedingt notwendig, um Gegenmaßnahmen einleiten zu können. Was ihr alle gemeinsam habt, ist, dass ihr dehydriert seid. Dies bedeutet, ihr habt zu wenig Flüssigkeit im Körper, was sehr ungesund für euch ist. Im Laufe dieser Nacht werden wir mit Infusionen und Medikationen diese Dehydrierung aufheben. Wenn alles nach Plan verläuft, könnt ihr morgen das Krankenhaus verlassen."

Anja machte große Augen und fragte: „Wohin sollen wir gehen?"

Schwester Svetlina lächelte, blickte die jungen Frauen an und sagte: „Ihr werdet vorerst in einem Frauenhaus untergebracht. Dies ist eine Einrichtung, die geschaffen wurde, um Frauen, denen Gewalt angetan wurde, vor neuer Gewalt zu beschützen. Dort seid ihr sicher und werdet bestimmt bald wieder bei euren Familien sein können. Ich bin mir sicher, dass die Polizei noch viele Fragen an euch haben wird, die eure Entführung und illegale Einreise nach Österreich betrifft. Jetzt aber sollt ihr schlafen und euch ausruhen und erholen. Ich habe die ganze Nacht Dienst und werde mehrfach nach euch sehen. Solltet ihr etwas benötigen oder solltet ihr Angst haben, betätigt bitte den Knopf über eurem Kopf und ich werde mit Hilfe zur Stelle sein. Ich betone noch einmal, dass euch hier nichts geschehen kann.“ Dann drehten sich die beiden Frauen um und verließen das Zimmer.

Die jungen Frauen weinten stumm in ihre Kissen. Vor Anjas Augen tanzten Bilder unvorstellbaren Ausmaßes. Sie fürchtete sich davor, dass die Männer, die sie entführt hatten, ihre kleine Schwester und ihre Mutter zuhause besuchen würden, weil Anja unfolgsam war. Wie es der Mann mit der Glatze in dem Haus nahe dem Meer ausgedrückt hatte.

Violeta stammelte nur: „Sie werden sie töten, alle töten. Sie werden wissen, dass wir hier sind, und wir werden alle zusehen, wie unsere Familien sterben.“ Niemand antwortete darauf. Alle hatten die gleichen Gedanken und Ängste. Alle. Für alle begann eine unruhige und ungewisse Zeit.

Draußen vor dem Fenster war der Tag einer Dämmerung gewichen und die Dämmerung machte der Nacht Platz. Zeit war nun bedeutungslos für Anja. Sie wollte nur leben, sonst nichts, und dass ihre Familie, ihre kleine Schwester in Sicherheit war. Sie lauschte der hektischen Betriebsamkeit am Gang. Langsam, ganz langsam glitt sie in eine traumlose Dunkelheit ab.

„I will always be with you
I'm the anchor of your sorrow
There's no end to what I'll do...“

(Love you to Death – Kamelot; © Kamelot, 2007)

Dr. Alma Selimovic betrat die Räume der Gerichtsmedizin. Sofort schaltete das Gehirn der brillanten Wissenschaftlerin auf Arbeitsmodus. Getriggert wurde diese Bewusstseinsveränderung von dem allgegenwärtigen Duft des Desinfektionsmittels. Danny hatte ihr gesagt, sie möge bitte nach den Überresten sehen, die noch in die Pathologie eingeliefert worden waren. Alma zog sich um, tauschte Jeans und Bluse gegen den Kittel und die Pantoffel, die sie schon ihr gesamtes Arbeitsleben lang begleiteten. Dann machte sie sich auf den Weg zu den Kühlräumen. Im Amtsbuch waren die Eingänge ordnungsgemäß vermerkt. Revierinspektor Dähler, 11. August, 20.12 Uhr, Anzahl: 3 Beutel mit Körperteilen und einer Handtasche. Kühlschrank Nummer 5a.

Alma machte sich auf den Weg. Es herrschte eine verschlafene Betriebsamkeit auf dem mit kaltem Licht ausgestrahlten Gängen. Hier und da eine Kollegin oder ein Kollege, der freundlich, aber verschlafen zum Gruß nickte. Manch einer verschlafen von einer langen Dienstzeit im Nachtdienst, andere vom frühen Dienstbeginn nach zu wenig Ruhezeit.

Die Zeiten waren hart, große Budgetkürzungen trafen sie alle und verlängerten die Arbeitszeiten unnatürlich, schon dadurch, dass sie ständig zu wenig Personal hatten. Aber das traf auf fast alle Berufe im Staatsdienst zu, egal ob Ärzte, Polizisten, Lehrerinnen oder Kindergartenpädagogen und sonstige Angestellte, die ihr Gehalt vom Staat bezogen.

Die Forensikerin betrat den Raum, in dem sich Kühlschrank 5a befand. Sie öffnete die Tür, warf einen Blick in das Innere des Gerätes und schreckte zurück. Sie warf den Kopf in den Nacken und nahm ihr Telefon heraus. Nur Sekunden später nahm Daniela Friedmann am anderen Ende der Leitung ab.

„Danny, Alma hier! Wir können die tote Frau vom Schottenhof eindeutig identifizieren. Es ist Ariane Bergmüller. Die sterblichen Überreste in den Asservatenbeuteln lassen keine Zweifel zu! Diese Haarfarbe vergesse ich nicht, ich sehe sie gerade vor mir“, sagte die Ärztin und griff mit der linken Hand in den Kühlschrank, um den Beutel mit der Aufschrift „Schottenhof Wald Nummer 1“ aus dem Kühlschrank zu holen, in dem ein mit Erde verschmutzter Ballen feuerroten Haares zu sehen war. Jenes Rot, das sie am Abend zuvor auf dem Display des Smartphones ihres Freundes Andorian van Anders gesehen hatte und das alle bewundert hatten.

Die Kommissarin antwortete: „Verfluchte Scheiße! Ich rufe Andorian an und teile ihm die Neuigkeiten mit. Was sind die nächsten Schritte?“

„Ich werde das Gewebe und die Handtasche auf Spuren von fremder DNA untersuchen. Bitte Andorian, dass er dir die Nummer der Mutter gibt. Sie wird wohl oder übel ihr Kind identifizieren müssen. Je schneller wir das über die Bühne bringen, desto eher kann Frau Bergmüller Abschied nehmen und alles Nötige in die Wege leiten, um eine Bestattung zu organisieren!“

„Alles klar, Alma, ich leite das alles in die Wege und rufe jetzt mal Andorian an! Danke, Alma!“, sagte die Kommissarin und legte auf.

Sie atmete zweimal tief durch und wählte die Nummer des befreundeten Detektivs. Andorian nahm ab.

„Hey, Andorian, wo bist du gerade?“, eröffnete sie das Gespräch.

„Danny, guten Morgen! Ich bin gerade auf dem Weg, um mit dem Ex-Freund von Ariane Bergmüller zu sprechen! Was gibt's?“

Friedmann schloss die Augen und sagte: „Hör mal, Alma hat mich gerade angerufen und mir zweifelsfrei mitgeteilt, dass die Tochter deiner Klientin das Opfer vom Schottenhof ist. Es tut mir leid.“

Es war still am anderen Ende der Leitung. Tausend Gedanken schossen ihm durch den Kopf. Was war da geschehen? In was war diese junge Frau verwickelt gewesen? Seine Zunge klebte am Gaumen und er brachte nur ein heiseres Krächzen hervor. „Danke, Danny, ich werde der Mutter sagen, dass sie sich mit euch in Verbindung setzen soll!“

„Nein“, sagte die Polizistin. „Ich möchte, dass du mich zur Mutter begleitest. Ich denke, sie vertraut dir, und ich möchte, dass du dabei bist, wenn wir ihr diese Nachricht überbringen! Wann können wir aufbrechen? Ich bin noch zuhause, kannst du mich abholen?“ Andorian nickte.

„Hallo … Andorian!?“, kam es aus der Freisprechanlage des mit rosa Camouflagefolie überzogenen Lamborghini Aventador, mit dem er heute unterwegs war. „Sorry, ich bin gerade voll von er Rolle. Ja, klar, ich hole dich ab. Ich gebe nur Herrn Neubauer Bescheid und bin in zwanzig Minuten bei dir.“ Danny stimmte zu und beide legten auf.

Er musste unterwegs anhalten, um wieder zu Atem zu kommen. Ariane Bergmüller war tot. Dieses Mädchen, dessen Lebensenergie sogar aus einem Foto sprang, lebte nicht mehr.

Achtzehn Minuten später stand er vor dem Einfamilienhaus in der Sagedergasse und beobachtete seine Freundin Daniela Friedmann beim Verlassen ihres Hauses. Augenblicke später saß sie bei ihm im Auto.

„Wohin geht's?“, fragte sie und bemühte sich um ein Lächeln.

„Wir fahren nach Krems an der Donau!“, antwortete er tonlos und wendete, um am Altmannsdorfer Ast Richtung Außenringautobahn zu kommen. Er trat aufs Gas und der Zwölfzylinder-Mittelmotor schrie seine 770 Pferdestärken aus dem Auspuff wie ein Formel-eins-Wagen im Fernsehen. Die erste Geschwindigkeitskontrolle blitzte. Danny schielte auf den Tacho. 190 km/h in der 80-km/h-Begrenzung.

„Hey“, sagte sie beruhigend und legte ihm besänftigend eine Hand auf den Oberschenkel. Sie blickte ihn an und sah, dass sich eine Träne aus seinem rechten Auge stahl und von der Schwerkraft nach unten befohlen wurde.

„Andorian, es bringt gar nichts, wenn du uns jetzt umbringst oder deinen Führerschein verlierst! Ich kann 234 km/h nicht schönreden! Ich weiß, dass dich das trifft, und ich kann das auch verstehen. Es ist dein erster richtiger Fall und er stellt sich nach zwei Tagen als unlösbar heraus“, sagte Danny in verständnisvollem Tonfall. Er stieg vom Gas und ließ den brüllenden Motor ausrollen, dann setzte er den Tempomaten auf 130 und begann wieder zu atmen.

Sie fuhren am Knoten Steinhäusl vorbei. Seit Minuten war kein Wort im Wagen gefallen. Danny wollte ihrem Freund Zeit geben und wünschte sich, dass er das Wort zuerst ergriff.

„Wie sagt man einer Mutter, dass ihr einziges Kind tot ist?“, fragte er mit belegter Stimme.

„Dafür, mein Freund, gibt es kein Rezept außer Sachlichkeit“, sagte sie seufzend und ging im Geiste schon das Gespräch durch. „Ich habe den sozialmedizinischen Notdienst in Krems informiert, sie schicken eine Psychologin vorbei, die die Sache hoffentlich etwas abfangen kann“, entgegnete die Kommissarin. Andorian nickte.

Eine halbe Stunde später standen sie vor dem kleinen Einfamilienhaus im Stadtteil Krems Süd. Es stand in einer unscheinbaren Straße, die links und rechts von Häuschen der gleichen Bauart gesäumt war. Schmucke Vorgärten waren zu sehen, johlende Kinder waren zu hören. Es waren Sommerferien. Sie klingelten an der Gartentüre.

Frau Bergmüller öffnete, sie trug ein einfaches Sommerkleid, wischte sich die Hände gerade in einem Geschirrtuch ab. Es dauerte eine Sekunde, bis sie realisierte, dass es der Privatdetektiv war, der hier vor ihrem Haus stand. Dann schlug sie sich die Hand vor den Mund und sackte auf der Schwelle der Eingangstüre in die Knie. Stumme Tränen quollen aus ihren Augen, ihr schmaler Körper wurde von Krämpfen geschüttelt. Sie hatte die richtigen Schlüsse selbst gezogen. Die kleine Gruppe der Unheilsverkünder eilte zu ihr, setzte sich zu ihr auf die Veranda, stütze die Frau, die ins Leere starrend Gefahr lief vornüber zu kippen und über die vier Stufen zu fallen, die den Vorgarten von der Eingangstüre trennten. Vor dem Garten hielt ein Rettungswagen des sozialmedizinischen Dienstes. Ein Arzt, zwei Sanitäter und eine Frau in Zivil betraten den Garten. Allerorts wurden Gardinen zur Seite gezogen und auch die Nachbarschaft spürte die entsetzliche Energie der Botschaft. Sie alle kannten Ariane, sie hatte ihre Kinder gesittet und war mit den Töchtern und Söhnen der Straße zur Schule gegangen. Die Straße war zum Stillstand gekommen.

Sie gaben ihr einen Moment Zeit. Dann ging ein Ruck durch ihren Körper, sie straffte sich und stand schwankend auf. Sie bedeutete der Gruppe das Haus zu betreten und ging voraus. In einem kleinen, aber feinen Wohnzimmer links vom Vorzimmer standen ein kleines Sofa und ein breiter Ohrensessel mit Kippfunktion vor dem Fernseher. Sie ließ sich darauf nieder. Es wirkte, als hätten sie die letzten vier Minuten um zehn Jahre altern lassen. Ihr Teint hatte von rosig auf grau gewechselt. Farblose Augen und Lippen starrten Andorian und Danny an.

„Es tut mir leid Ihnen mitteilen zu müssen, dass Ihre Tochter tot ist!", sagte die Kommissarin. Andorian hielt die Hand der geschockten Frau. Sie nickte nur stumm und starrte wippend vor sich hin.

„Ich verspreche Ihnen, Frau Bergmüller, dass wir denjenigen fassen werden, der Sie in so großes Unglück gestürzt hat", ergänzte Andorian und war sich sicher, keine Minute ruhen zu wollen, ehe dieses Versprechen eingelöst war.

Der Arzt maß Frau Bergmüller den Blutdruck und die Psychologin, eine einfühlsame Vierzigerin, fragte: „Haben Sie jemanden, der Ihnen zur Seite stehen kann? Verwandte oder Freunde, die auch über Nacht bleiben können?"

„Mein Bruder wohnt gleich gegenüber."

Andorian machte sich auf den Weg und war wenige Augenblicke später mit einem Mann wieder im Wohnzimmer, der wohl der Zwillingsbruder von Frau Bergmüller sein musste.

Danny sagte: „Frau Bergmüller, ich muss Sie bitten in den nächsten 24 Stunden zur Gerichtsmedizin in die Sensengasse 2 zu kommen. Es ist leider unabdingbar, dass Sie Ihre Tochter identifizieren müssen."

Der Mann meinte: „Wir werden das so schnell wie möglich tun, damit wir unser Mädchen bestatten können!"

„Ich lasse Ihnen meine Karte hier, bitte rufen Sie mich an und sagen Sie mir, wann's für Sie passt!" Er nickte und steckte die Karte ein.

„Bitte kümmern Sie sich um Frau Bergmüller", sagte Danny noch zu dem Team des SMD.

Andorian ging vor der Mutter auf die Knie und ergriff ihre Hände. „Sie hören von mir, Frau Bergmüller. Ich werde nicht ruhen, bis wir dieses Schwein haben, das verspreche ich!", sagte er im Flüsterton zu ihr. Dann erhob er sich und ging mit Danny aus dem Haus.

„Was wirst du nun machen?", fragte Danny ihn im Auto.

„Was ich gerade versprochen habe!", sagte van Anders.

„Bitte keine Heldentaten und keine Alleingänge, hörst du! Du teilst alle Ergebnisse mit mir und ich die meinen mit dir! Okay?! Inoffiziell versteht sich!"

Er nickte und sah sie an. Wieder schimmerten Tränen in seinen Augen. „Mir geht nicht aus dem Kopf, was Isa gestern gesagt hat – betreffend Drogen oder Porno! Ich mache heute noch zwei Sachen. Ich checke mal Arianes Computer und in den Abendstunden schau ich mir ein paar Bordelle und Laufhäuser an. Vielleicht hat jemand was gesehen und ist bereit, gegen ein wenig Taschengeld etwas auszuspucken!", sagte Andorian.

Danny nickte. „Gute Idee, ich fahre anschließend zu Alma ins Institut und versuche, den Papierkram zu erledigen und meinem Boss einen Bericht zu geben."

Andorian befahl: „Büro anrufen!" Der Sprachbefehl wurde nur Sekunden später in die Tat umgesetzt und Isa meldete sich mit der Begrüßungsformel.

„Hey!", sagte Andorian. „Ich bin's. Ich brauche bitte eine Liste aller Bordelle, Laufhäuser, Peep Shows und Massagestudios in Wien. Am besten in einem PDF. Ich muss mich ein wenig im Milieu umhören!"

„Okay, Boss, wird sofort erledigt!", sagte Isa mit einem spitzbübischen Unterton und legte auf. Andorian merkte, welch beruhigende Wirkung ihr angenehmer Alt auf ihn hatte, und lächelte.

„Sie steht auf dich. Das ist dir schon klar, oder?", sagte die Kommissarin.

„Quatsch! Isa ist viel zu gesettelt, um sich in einen Pausenclown wie mich zu verlieben."

„Du hast wirklich keine Ahnung vom holden Weibe, mein Freund!", meinte Danny und lachte.

„As soon as my heart stops breakin'
Anticipating
As soon as forever is through
I'll be over you…"

(I'll be over You – Toto; © Randy Goodrum, Steve Lukather, 1986)

Andorian bog vom Gürtel in die Felberstraße ein. Die Band, Toto, von der der Song stammte, der aus dem Hi-Fi-System des Autos drang, half ihm immer seine Gedanken zu ordnen, genauso wie sie ihm seit zwanzig Jahren half morgens aus dem Bett zu kommen. Er parkte seinen Lamborghini vor Felberstraße 58 und blickte das Gebäude entlang nach oben. „Paradieshof" stand darauf. Nun, das musste erst bewiesen werden. Er betrachtete die Namen am Panel der Klingeln und drückte dann den Knopf, der eine Verbindung herstellen sollte zwischen hier und Neubauers Wohnung. Der Türsummer ertönte und eine Stimme sagte: „Kommen Sie bitte ins Mezzanin!" Er tat, wie ihm geheißen, und betrat schon wenige Schritte später das Geschoss zwischen Erdgeschoss und erstem Stock. Christof Neubauer erwartete ihn an der Eingangstüre und bat ihn herein.

Andorian betrat die Wohnung. Es roch nach Kaffee und Zigarettenrauch. Aber die Wohnung war gut strukturiert, sehr aufgeräumt und machte einen ordentlichen Eindruck. Das Zentrum der Wohnung war ein halbwegs geräumiges, spartanisch eingerichtetes Wohnzimmer mit einem bequemen Sofa und einem großen Smart-TV, der an der Wand befestigt war.

„Danke, dass Sie Zeit gefunden haben mit mir über Ariane Bergmüller zu sprechen!", eröffnete van Anders das Gespräch.

„Bitte, sehr gerne! Gibt's was Neues?", versetzte Neubauer, der stattliche Mittzwanziger. Er war breitschultrig gebaut und bestimmt über einen Meter und neunzig groß. Er hatte braunes halblanges Haar, das er mit Undercut geschnitten zu einem Zopf gebunden trug. Seine Lippen waren voll und seine Augen freundlich und von warmer brauner Farbe.

„Herr Neubauer!", begann Andorian und hielt dann inne, weil die Worte nicht über seine Lippen wollten. „Herr Neubauer, Ariane ist tot", sagte er schließlich.

Der junge Mann sank in sich zusammen und lehnte sich im Sofa zurück. Langsam begannen Tränen zu fließen und er blickte aus dem Fenster.

„Sie wurde ermordet. Ein Zweifel an ihrer Identität ist leider ausgeschlossen."

Neubauer schluchzte und murmelte: „Wo ist sie da bloß hineingeraten?"

„Um das herauszufinden, bin ich da: Was können Sie mir erzählen über die letzten Monate, in denen sich Ariane wohl stark verändert hat? So erzählte es zumindest Frau Pöllinger", antwortete Andorian.

„Wissen Sie, alles begann mit diesem unsäglichen Besuch im Palace. Sie wissen, der Discoclub im ersten Bezirk. Dort hat sie Sarah kennengelernt, ebenfalls eine Studentin. Sie war sehr hübsch, extrem aufreizend angezogen und hat mit Geld nur so um sich geworfen. Von dem Tag an war alles wie ausgewechselt. Ariane brauchte mehr Zeit für sich, hat sich oft tagelang nicht gemeldet, wollte nicht mehr hier übernachten, hat sich distanziert von mir und Laura. Es war durch und durch seltsam. Und das Beste war, wir hatten keine Ahnung, wo sie sich aufhielt, wenn sie nicht daheim war. Es umgab sie plötzlich ein riesengroßes Geheimnis. Sie machte auch aus allem eines. Es war echt unheimlich. Sie brauche Zeit für sich, nein, sie habe keinen anderen Mann, nein, es gehe nur sie etwas an, wo sie ihre Tage und Nächte verbringe. Nach einigen Monaten hatte ich dann genug. Ich habe die Beziehung beendet. Es brach mir das Herz, aber ich wollte keinen Volltrottel aus mir machen. Drei Jahre einfach so … weg", schloss Christof Neubauer die Erzählung.

Andorian nickte stumm. „Sie haben keine Idee? Ich habe fast fünfhunderttausend Euro in einem Schuhkarton unter ihrem Bett gefunden. Drogen? Prostitution? Pornographie?" Van Anders ließ die Worte im Raum stehen. Neubauers Mund stand offen. Dann schüttelte er den Kopf.

„Niemals Drogen, niemals Prostitution. Porno? Sie meinen Filme oder dergleichen? Kann ich mir nicht vorstellen. Ich meine, sie war schon ein leidenschaftlicher Mensch, wenn Sie verstehen, was ich meine. Und wir haben unser Liebesleben schon ausgekostet. Auch mal hübsche und anregende Fotos und Filmchen gemacht für die Zeit, wenn wir Prüfungen hatten und nicht jeden Tag zusammen sein konnten." Eine leichte Röte war in Christof Neubauers Wangen geschossen. „Aber so richtig Pornographie? Nein, ausgeschlossen. Ich halte das für unmöglich."

„Das wirft aber dann die Frage auf, wo die fünfhunderttausend herkommen. Und der Taschenkalender, eine Art Filofax!"

„Was für ein Kalender? Ariane trägt alle Termine in ihrem Telefon ein."

„Nun“, sagte van Anders, „der Kalender ist voller Abkürzungen und enthält sonst keine Informationen. Da steht zum Beispiel R. S. Mar., oder hier, am 22. Februar, R. W. K. Imp., oder hier …“ Er deutete mit dem Zeigefinger auf ein Datum im März. „… S. L. Th R. Es wirkt wie eine Art Geheimcode! Fällt Ihnen dazu etwas ein?“

Neubauer schüttelte den Kopf.

„Für mich sieht das definitiv nach einem Code aus. Da es sich offensichtlich um so etwas handeln muss, möchte ich in den drei zuvor genannten Themenbereichen recherchieren.“

„Herr van Anders … ich will ehrlich sein. Ich dachte, ich würde Ariane kennen. Wenn ich sage, das wäre ausgeschlossen, so betrifft das meinen persönlichen Blickwinkel, der sich aus der Erfahrung mit ihr nährt. Aber nun ist die Frau, die fast vier Jahre an meiner Seite war, ermordet worden, versteckt einen Haufen Geld unter ihrem Bett und einen Kalender mit geheimen Codes. Ich denke, Ihnen sagen zu müssen, dass ich sie offensichtlich nicht so gut kannte, wie ich glaubte. Das irritiert mich doch ein wenig. Ariane war auf ihr Studium fokussiert, sie ging gerne aus, verbrachte viel Zeit mit mir und Laura, die auch meine Freundin ist, platonisch, wenn Sie verstehen, und liebte ihre Mutter über alles. Das hat sich nun offensichtlich geändert in den letzten Monaten“, warf Neubauer ein und klang dabei verbittert und ein wenig verächtlich.

Van Anders merkte, dass er hier nicht weiterkam. Er erhob sich und bedankte sich bei seinem Gegenüber. Dann versprach er alle Ermittlungsergebnisse mit ihm zu teilen und verließ die Wohnung.

Wieder im Auto rief er Danny an und sagte: „Neubauer ist von der Liste der Tatverdächtigen zu streichen. Er ist tief getroffen und seinen Reaktionen war anzusehen, dass er keine Ahnung von irgendetwas hatte, was die letzten Tage und Wochen in Arianes Leben betrifft. Ich fahre jetzt ins Büro, grüble weiter und mache einen Plan für die Bordelltour heute Abend."

„Viel Erfolg, Justus Jonas", sagte Danny und hängte ein.

„Now facing one another
The stand-off eats at time
Then all at once a silence falls
As the bell ceases its chime…"

(The Sentinel – Judas Priest; © Glenn Tipton, Kenneth Downing, Robert Halford 1984)

Nach einem langen und erfolglosen Nachmittag in der Kanzlei beschloss Andorian van Anders nun den Bordellen und Nightclubs am Wiener Gürtel einen Besuch abzustatten. Die elektronische Überprüfung der Laufhäuser – sie waren die erste Idee Andorians gewesen – hatte keine Ergebnisse zutage gefördert. Er wollte im tiefsten Herzen auch jetzt, dass seine Überprüfung keine Ergebnisse erbrachte, denn er wollte Ariane nicht in diesem Milieu gewusst haben. Er stand einem übermächtigen Gegner gegenüber, so war sein Gefühl. Sein Unterfangen war ein heikles, und das wusste Andorian. Seit der Zerschlagung eines Mafiaringes vor einigen Jahren, der mit großer Dominanz das Prostitutionsgeschäft halbwegs friedlich regiert hatte, war aufgrund des entstandenen Machtvakuums die Gewalt auf den Gürtel zurückgekehrt. Mafiöse Gruppen aus dem Osten, der Türkei und vom Balkan stritten um jedes Stück des profitablen Kuchens, dazwischen tschetschenische Banden, die mit großer Brutalität für die einen und die anderen Schutzgeld kassierten. Es war ein gefährliches und heilloses Durcheinander, in das er sich nun begab. Er war in seinen Mini John Cooper Works GP gehüpft und brauste nun den inneren Margaretengürtel hinauf. Die Golden-Venus-Bar in Höhe der Nussdorfer Straße war sein erstes Ziel.

Das unscheinbare Lokal machte keineswegs einen goldenen Eindruck. Es war durch eine an eine Tresortüre erinnernde Eingangstüre gesichert. Van Anders klingelte. Wenige Sekunden nach der Betätigung des Druckknopfes öffnete ein stiernackiger Glatzkopf, dem sein Anabolikakonsum an den Unreinheiten seiner Gesichtshaut abzulesen war, die Türe. Sein „Guten Abend" war von einem starken Akzent begleitet. Das Internet hatte Andorian am Nachmittag darüber aufgeklärt, dass ein gewisser Hermann Ploschansky den Club führte, aber das sollte nichts heißen. Andorian vermutete, dass dieser als Strohmann für die Ausstellung eines Gewerbescheins diente. Er gab aber auch zu, dass dies ein Vorurteil sein konnte.

Im Inneren wurde er durch einen schwach beleuchteten Korridor in einen Raum geleitet, der an eine Bar erinnerte. An kleinen runden Tischen saßen Männer mit leicht bekleideten Frauen und unterhielten sich. Andorian zog es an die Bar. Sofort war eine junge Frau an seiner Seite. Sie stellte sich als Anastasia vor. Ihr entzückender ungarischer Akzent brachte Andorian zum Schmunzeln. Er bestellte zwei Glas Champagner für insgesamt zweiundsechzig Euro und überlegte sich, dass bereits ein Glas den Flaschenpreis egalisierte.

Anastasia plapperte unaufhörlich davon, wie sexy sie ihn finde und wie lange sie es ihm auf welche Weise machen würde, und wurde dabei immer zudringlicher. Andorian hatte das Gefühl, dass sie unter Zeitdruck oder Umsatzdruck stand und schnell ein Geschäft zum Abschluss bringen wollte. Er zog seine Brieftasche und sein Telefon aus der Innentasche seines Blazers.

„Hör mal, lass uns über den Preis reden", meinte er lächelnd.

Anastasia antwortete: „Eine Stunde mit alles macht zweihundertfünfzig Euro."

Andorian lächelte, zog dreihundert aus der Brieftasche und sagte: „Mein Schatz, ich will nur eine Antwort, dann gehören die dreihundert Euro dir. Abgemacht?" Er aktivierte sein Telefon und fragte: „Kennst du diese Frau?" Anastasia blickte verstört auf das Display seines Telefons, zog die Augenbrauen nach oben und ihr Blick huschte nervös zur Türe.

„Bist du eine Polizist? Ich habe Karte ... Ich bin legal!", stammelte sie.

„Ich habe kein Interesse an deiner Arbeitserlaubnis oder an dir. Ich will nur wissen, ob du das Mädchen kennst", versicherte van Anders der jungen Frau.

Sie blickte nochmals auf das Telefon, studierte das Bild für mehrere Sekunden, atmete tief durch, lächelte und sagte dann: „Nein, ich nicht kenne. Du ihre Papa?" Jetzt war es an Andorian verwundert zu sein.

„Nein“, sagte er und lächelte, „aber ich habe ihrer Mutter versprochen sie zu finden. Wie lange arbeitest du schon hier?“

„Ich hier von vier Jahren und arbeiten immer außer Sonntag und Montag. Da Puff zu.“

„Danke“, sagte Andorian. Er schob ihr die dreihundert Euro hinüber, die sie nahm und nach einem verstohlenen Blick links und rechts in die linke Seite ihres Büstenhalters steckte.

Andorian erhob sich. Er wollte nicht zu viel Aufsehen erregen, indem er nun mit dem Telefon durch die Bar lief und jeden anquatschte. Er hatte das Gefühl, dass das Mädchen aufrichtig war.

Auch die nächsten drei Bars waren nicht erfolgreicher. Er stieg in seinen Mini und brauste heimwärts. In der Felberstraße, wo er den Ex-Freund von Ariane heute besucht hatte, hielt er an. Bahnseitig war ein grell und hell beleuchteter Club. Er trug die Aufschrift „Vienna’s Secrets“. Das V und das S waren kunstvoll ineinander verschlungen.

Spontan stieg er auf die Bremse, brachte mit einem lauten Quietschen sein Fahrzeug zum Stehen und stieg aus. Ein kleiner roter Teppich, gesäumt von goldenen Stehern, zwischen denen eine goldene Kordel gespannt war, mündete in einer Tür, die in eine schwarz verglaste Front eingelassen war. Von drinnen wummerten Bässe eines Technobeats. Er musste wieder klingeln. Die Tür öffnete sich und auch diesmal hatte der Mann hinter der Türe keine Buchhalterfigur. Ein hautenges, mit Strasssteinen besetztes Shirt, das das Logo des Clubs, „VS“, zeigte, spannte sich über einen Body, der ihn im ersten Augenblick an Dwayne Johnson erinnerte. Auch das Lächeln war ähnlich gebleicht wie das des Hollywoodstars.

„Guten Abend, mein Herr!", sagte er und machte das H des Herrn zu einem stimmhaften, was wiederum auf einen Ostdialekt schließen ließ. Andorian starrte den Fleischberg an. Wohl ein paar Augenblicke zu lange, denn dieser hob schmunzelnd den Kopf und meinte: „Du denken an Vin Diesel, was?"

Van Anders dachte bei sich, dass es diesem Berg von Mann sicherlich nicht einmal möglich war sich selbst die Schultern zu kratzen, da dies von einem zu großen Bizeps und einem noch größeren Brustmuskel verhindert worden wäre, und musste schmunzeln.

Augenblicke später fasste er sich und betrat den Hauptraum des Lokals. Das Innere war sehr exklusiv eingerichtet, überall Leder und funkelnder Strass. Eine kleine Bühne in der Mitte, auf der eine unbekleidete junge Frau ihren Modellkörper an einer Pole verbog, umgeben von runden Tischen, jeder extra beleuchtet, auf der Frauen ihren zahlenden Kunden einen Lapdance boten. Auf der rechten Seite des Raumes eine Türe, die wohl zu den Separees führte, in denen man für den entsprechenden Obolus auch noch mehr haben konnte. Räumlichkeiten, in denen die in der Leuchtreklame verhießenen Geheimnisse bis ins Letzte enthüllt wurden.

Andorian setzte sich an die Bar und bestellte ein Glas Rum. Geboten wurde ein fünfundzwanzig Jahre alter Centenario um vierzig Euro das Glas. Auch hier amortisierte ein Glas bereits die Flasche. Andorian lächelte in sich hinein. Ein wenig von den Genen eines Geschäftsmannes war auch in ihm zu finden. Er konnte es einfach nicht lassen Gewinne zu berechnen.

Die Bedienung an der Bar sprach ohne Akzent, was Andorian sehr verwunderte, da dies das erste Etablissement war, in dem das so war. Er nahm einen Schluck und ließ die leicht süße alkoholische Flüssigkeit in seinem Mund hin- und herschwappen, um jede Nuance der Würzung auszukosten. Die Barfrau näherte sich ihm und fragte: „Was hätten Sie denn gerne? Lapdance? Eine Begleitung aufs Zimmer? Blond? Braun? Schwarz? Exotisch?"

Andorian schüttelte den Kopf. „Nein, danke, ich bin eigentlich nur wegen einer Frage hier." Er zog seine Visitenkarte und das Telefon aus dem Sakko.

Sie betrachtet die Karte und las. „Soso, ein Detektiv sind Sie, wie Sherlock Holmes. Was suchen Sie denn? Ihre Unschuld? Wir können Ihnen helfen Ihre Pfeife zu finden, sollten Sie eine besitzen." Sie lachte dabei und warf ihren Kopf in den Nacken. Andorian sah sie wortlos an und ließ etwas Zeit vergehen, um sie zum Weiterreden zu animieren. „Bei uns geht alles mit rechten Dingen zu. Du kannst heute in diesem Gewerbe nur mehr überleben, wenn du Topqualität bietest und diese Qualität auch noch gesetzeskonform. Ist das nicht der Fall, drehen sie dir den Laden zu, bevor du zweimal blinzeln kannst. Unser Laden hier ist mit Mädchen bestückt, die freiwillig hier sind. Die zahlen tausend Euro Miete die Woche und fahren fast alle Porsche oder Ferrari. Ja, sie kommen aus aller Welt. Und bestimmt haben die eine seltsame Kindheit gehabt, aber ich bin nicht da, um das zu analysieren. Ich bin hier fürs Geschäft. Also, Sherlock … was suchst du?"

Van Anders zückte sein Telefon und zeigte ihr da Bild von Ariane.

„Heiße Braut, die hätte hier reich werden können! Ich nehme an, die Eltern haben dich beauftragt. Sowas kommt hier öfter vor. Neunzehnjährige Dinger, die das Studium schmeißen und plötzlich Lambo fahren. Und Papa packt's dann nicht, dass der kleine Engel das Auto mit der Muschi verdient hat." Wieder lachte sie. „Sorry, mein Schatz, die kenne ich nicht! Frag mal auf der anderen Seite bei den Rumänen nach, vielleicht wissen die was."

Van Anders bedankte sich, trank aus und verließ das Lokal. Der Vin-Diesel-Verschnitt zwinkerte ihm zu, als er die Türe schloss. Ein Blick auf die Uhr verriet ihm, dass es mittlerweile halb drei Uhr morgens war. Gegenüber war das Studio 57. Ein schief in der Türe hängendes Schild aus dem Ein-Euro-Shop verkündete „OPEN" und so trat Andorian ein.

Mit einem Mal war alle Exklusivität verflogen. Ein dunkler Korridor, der in einem Raum endete, in dem billige Plastiksessel standen. Mädchen, die hinter einer Glaswand saßen – jede mit einer Nummer in der Hand.

„Welche Schlampe willst du?", fragte eine raue Stimme hinter ihm.

Andorian zuckte zusammen, da er den Mann nicht kommen gehört hatte. „Frag die Rumänen, vielleicht wissen die was!", hallte es in Andorians Kopf wider.

„Ich hätte gerne die Nummer zwölf, bitte!", sagte er.

„Macht einhundertfünfzig Euro!" Van Anders zahlte. Der Mann trat an ein Telefon, sprach etwas Unverständliches in die Muschel und die Nummer zwölf, eine zierliche Frau, erhob sich mit gesenktem Kopf und trat an eine Türe und dann zu ihm.

„Zimmer zwölf", sagte sie.

Zimmer war ein etwas hoch gegriffener Ausdruck. Die Räumlichkeit erinnerte Andorian an eine Duschkabine auf einem Campingplatz. Sie bestand aus Plastikwänden, die weder oben noch unten mit Boden oder Decke abgeschlossen waren. Darin eine Liegestatt, mehr Pritsche als Bett, mit einer Matratze, die unübersehbar die Hinterlassenschaften der Besucher vor ihm zeigten. Eine Rolle mit Papiertüchern sowie ein Kistchen mit Kondomen waren der Inhalt von Zimmer zwölf. Das Mädchen ging voraus. Er schloss die Türe. Als er sich umdrehte, lag die junge Frau bereits mit gespreizten Beinen auf der Matratze und hob und senkte ihr Becken. Andorian blickte auf die surreale Situation.

„Fick mich lange", sagte sie und steckte dabei ihren linken Zeigefinger in den Mund. Schweres Atmen aus anderen Kabinen und Schweißgeruch waren allgegenwärtig. Andorian machte eine abwehrende Geste und bedeckte die junge Frau mit seinem Blazer. Diese starrte ihn entgeistert an. Er steckte ihr fünfhundert Euro zu, nahm sein Smartphone aus der Tasche und sagte: „Kennst du diese Frau? Kennst du diese Frau?"

Das Mädchen war in eine Ecke abgerückt, als sich mit einem Klicken hinter Andorian die Türe öffnete. Jemand hatte das Campingklo von außen aufgesperrt. Mehr als ein Centstück war dafür nicht nötig. Die junge Frau stieß einen spitzen Schrei aus und zog ihre Beine an. Andorian drehte sich um und sah sich dem Kerl vom Eingang gegenüber.

„Du nicht ficken? Dann du gehen!“, sagte er in stark akzentuiertem Deutsch. „Wir nix wollen Fragen hier!“

Andorian hob abwehrend die Hände, ließ sich am linken Ellbogen packen und aus der Kabine führen. Grob wurde am Hemdsärmel gezerrt und durch den schmalen Gang manövriert. Allerdings bogen sie nicht links zur Eingangstüre ab, sondern rechts. Sechs Schritte später standen sie in einem schmalen Innenhof. Der Lichthof maß vielleicht vier mal vier Meter und war an drei Seiten von Wohnhäusern umgeben und auf der vierten Seite von einem Gartentor begrenzt. Die Müllabfuhr hatte durch dieses Tor Zugriff auf die Abfalltonnen, die in dem Hof standen. Im Hof wartete noch ein weiterer Mann. Er trug einen Teleskop-Schlagstock in der rechten Hand. Van Anders wurde in den Hof hinausgestoßen. Der Kerl, der ihn gezerrt hatte, schloss die Türe hinter ihnen beiden und blieb. Es war offensichtlich, dass sie ihm keinen angenehmen Abend wünschen würden.

Der Schlagstock entschied sich zum ersten Zug. Er holte aus und führte einen geraden Schlag von oben nach unten. Die Schrittbewegung Irimi Tenkan aus der Aikido-Kampfkunst ließ ihn ins Leere fahren. Von seinem eigenen Schwung getrieben stürzte er an van Anders vorbei. Sekunden später war der zweite Typ zur Stelle und sprang Andorian mit gestrecktem Bein entgegen. Wieder war es Irimi Tenkan, das ihn rettete.

„Hey, Jungs, das muss doch nicht sein. Ich gehe einfach und wir vergessen die ganze Sache, ihr seht mich nicht wieder“, sagte er, während sich die zwei Männer zu einem neuen Angriff formierten. „Keine Fragen! Wir wollen keine Fragen, du musst lernen!“, brüllte der eine und ein angriffslustiger Blick durchbohrte Andorian.

Diesmal griffen sie beide gleichzeitig an. Andorian tauchte ab und der Schlagstock und die Faust zischten über seinen Kopf hinweg. Augenblicke später hatten beide ihre Bewegungen wieder unter Kontrolle.

„Bitte, Jungs, ich bitte euch wirklich, lasst den Unsinn. Das bleibt unter uns und jeder ist glücklich!“, sagte er.

„Zu spät! Du lernen, wir nix diskutieren!“, sagte der mit dem Schlagstock. Er holte von oben aus. Andorian trat leicht zur Seite, nahm den Schwung auf und führte die Rechte seines Gegners in eine Kreisbewegung, dann trat er mit seinem rechten Bein zurück, fixierte das Handgelenk, das den Stock hielt, und führte es weiter. Der Körper des Gegners wurde von der eigenen kinetischen Energie in einen Salto vorwärts gezwungen. Einzig das die Waffe haltende Handgelenk wurde fixiert. Ein Knacken und ein kurz danach hörbarer spitzer Aufschrei kündeten von dem Drehbruch, welcher das Ende der Ikkyo-Technik sein konnte. Ein Handballenschlag auf die Nasenspitze des Gegners brach ihm das Nasenbein und ließ Tränen in seine Augen schießen. Er war nicht mehr kampffähig.

Der zweite hatte Andorian an den Haaren gepackt, riss ihn zurück und hatte ihn von hinten im Würgegriff. Andorian kippte sein Becken zur rechten Seite, griff mit der linken Hand in den Schritt des Mannes und drückte seine heiligsten Teile mit einem schraubstockartigen Griff zusammen. Der Mann heulte auf. Gleichzeitig packte er mit der rechten Hand den rechten Daumen des Mannes, der sich noch immer auf der Höhe seiner linken Schulter befand, zog ihn nach unten und öffnete so den Würgegriff. Danach glitt er unter der rechten Achsel des Mannes durch und brach ihm mit einer an Ikkyo angelehnten

Technik das rechte Daumensattelgelenk. Er schrie und krümmte sich, eine Hand zwischen seinen Beinen und die andere in die Luft haltend, mit einem Daumen, der in einem sehr unnatürlichen Winkel abstand. Andorian verbeugte sich kurz vor seinen Gegnern und sprang danach über das Gittertor.

Er war hier wohl auf eine Spur gestoßen. Ob dies mit seinem Fall in Zusammenhang stand, wusste er noch nicht. Zwar hatte der Abend ein unrühmliches Ende genommen, aber ein Spatz in der Hand war Andorian lieber als die Taube auf dem Dach. Er beschloss morgen gleich Danny anzurufen, damit die diesen Schuppen ausheben konnten.

Zur gleichen Zeit klingelte ein Telefon in Wien. Es wurde abgehoben. Eine Stimme sagte: „Wir haben ein Problem, jemand stellt Fragen zu einer Studentin." Pause. „Ja, habe ich, sein Name ist Andorian van Anders!" Die Stimme am anderen Ende der Leitung antwortete: „Danke für die Information!" Dann wurde eingehängt.

Die Person am anderen Ende griff zum Telefon, wählte eine Nummer und sagte mit dämonisch verzerrter Stimme: „Wir müssen uns um eine aufdringliche Person kümmern. Ich denke, dass ein kleiner Denkzettel vorerst genügen sollte." Pause. Dann: „Ja, der Name der Person ist Andorian van Anders." Pause. „Nein, er ist kein Freier, der nicht bezahlen wollte. Er hat Fragen zu der Studentin gestellt. Ich habe die Informationen aus unserer Außenstelle in der Felberstraße erhalten. Ich habe keine Ahnung, welche konkreten Fragen die Person gestellt hat. Es ist im Interesse unserer Organisation, dass keine Fragen gestellt

werden. Ihr wisst, was auf dem Spiel steht. Erledigt diesen Auftrag und erstattet mir so schnell wie möglich Bericht.“
Dann legte er auf und ging wieder zu Bett.

Vor einiger Zeit

Ariane war gerade mit Laura unterwegs zu Christof, um, wie samstags üblich, eine Lokaltour durch die Innenstadt zu unternehmen und im Palace abzutanzen. Ariane und Christof waren nun schon etwas mehr als vier Wochen verlobt. Es hatte sich komischerweise nicht wirklich etwas verändert. Sie waren verlobt. Mehr war da nicht. Alles war wie immer. Hatte eine wundervolle Routine. Sie waren nun im Palace gelandet, wo eine bereits wogende Masse an zuckenden Leibern zu den heißen elektronischen Klängen tanzte. Es roch nach Schweiß, Parfum und Alkohol. Ariane gab Christof einen Kuss und verabschiedete sich in Richtung Toilette.

Sie öffnete die Tür zu den Toilettenkabinen. Hinter ihr rauschte die Spülung. Ein blondes Mädchen stand am Waschbecken und lachte sie an. Sie trug ein wunderschönes Tattoo einer Lebensblume auf dem Arm und dieses Motiv auch als Halskette um den Hals.

„Hi!“, sagte die Blonde.

„Ebenfalls! Hi!“, sagte Ariane.

Es entging ihr nicht, dass die Blonde sie von der Seite musterte. Ariane lächelte verlegen.

„Sag mal … ich weiß, ich falle gerade mit der Tür ins Haus! Ähhm... hast du schon mal überlegt … ähhm… du bist doch sicher Studentin … mit deiner Schönheit Geld zu verdienen?“, sagte die Blonde.

Ariane schüttelte den Kopf. „Wie soll das gehen? Und wie viel Geld?“, antwortete sie etwas skeptisch.

„Nun, etwa 6000 Euro pro Tag!“

Ariane warf den Kopf in den Nacken und lachte. „Ja, genau! Ich glaube dir aufs Wort!“ Dann drehte sie sich um und wollte eine der Kabinen betreten, um sich zu erleichtern. Wenige Augenblicke später trat sie wieder aus der Kabine. Die andere war noch da.

„Mein Name ist Sarah! Ich meine es ernst“, sagte sie.

„Klar!“, meinte Ariane und wollte sich an Sarah vorbeidrängen. Diese hielt sie am Arm zurück.

„Nein, ernsthaft, wenn du es gut anstellst, dann auch mehr!“

„Was soll das für eine Arbeit sein?“, erwiderte Ariane immer noch skeptisch bei halb geöffneter Tür zur Tanzfläche. Sarah steckte die Finger in ihre Jeans und zog eine Visitenkarte aus ihrer Tasche.

„Ruf mich morgen an. Und … der Süße Typ mit dem Pferdeschwanz ist dein Lover?“

„Mein Verlobter!“, sagte sie etwas zu schnippisch.

„Sag ihm noch nichts von der Karte!“ Dann drückte sie die Tür zur Tanzfläche mit ihrem Po ganz auf, lächelte verführerisch und verschwand.

Ariane blieb wie vom Donner gerührt stehen. Sie blickte auf die Visitenkarte. In wunderschönen Lettern, die in das Papier eingeprägt waren, las sie „Destiny“ und eine Telefonnummer. Sonst nichts.

Ariane folgte ihr auf die Tanzfläche. Sie tanzte ekstatisch mit einem jungen Mann, der offensichtlich ziemlich beeindruckt war von ihr. Wie sollte es auch anders sein, sie war atemberaubend. Ariane ging auf sie zu. Sie erblickte Ariane und lächelte. Dann kam sie auf sie zu.

„Schau nicht so erschrocken. Ich tu dir nichts! Es ist nichts Illegales oder so! Nur gute Arbeit. Harmlos und top bezahlt, versprochen“, lächelte sie und hob dabei abwehrend ihre Hände. „Wundere dich nicht, Destiny ist nur mein Künstlername“, kicherte sie.

„Was für eine Künstlerin bist du?“, bohrte Ariane nach.

Sarah zwinkerte ihr zu und hauchte ihr ins Ohr: „Mehr davon morgen! Okay? Ruf mich an, wenn du alleine bist!“ Dann tanzte sie wieder den Jungen an und Ariane ging zu Laura und Christof.

„Wer war das?“, fragte Christof.

„Das war Sarah, ich habe sie auf dem Klo kennengelernt!“

Laura lachte. „So ist das. Auf dem Klo kommen die Leute zusammen! Los, auf die Tanzfläche!“ Alle drei lachten schallend.

Ariane rief gleich am nächsten Tag an. Sarah bat sie zu einer Adresse in der Josefstädter Straße zu kommen. Ariane folgte der Bitte und saß nun in einem wunderschönen Wohnzimmer. Edle Designermöbel standen herum. Luxus drang aus jedem Zentimeter dieser Wohnung. Sie war beeindruckt und tief berührt. Sarah saß neben ihr auf der Couch. Ihnen gegenüber eine bezaubernde Frau. Sie war Mitte dreißig mit jenem leichten Akzent, mit dem Filmemacher normalerweise Menschen aus Russland charakterisierten. Ihre leicht rauchige tiefe Stimme verursachte wohlige Schauer bei Ariane. Diese Frau hatte unbestritten Power.

„Herzlich willkommen in meiner Wohnung! Mein Name ist Daria. Wir wollen gar nicht lange um den heißen Brei herumreden. Ich betreibe einen sehr exklusiven Ring von Gesellschafterinnen für Reisende aus Politik, Kunst und Wirtschaft, wenn sie auf Besuch in Wien sind."

„Dies bedeutet einen Escortservice", schnitt ihr Ariane das Wort ab. „Das ist doch Prostitution, oder?", sagte sie und bemerkte, wie Unbehagen in ihr hochstieg.

„Nein, in erster Linie ist es die Begleitung von sehr, sehr wohlhabenden Männern zu Geschäftsessen, Theaterbesuchen, Vernissagen, wenn sie hier in der Stadt sind! Was nach diesen Begleitungen passiert, entscheidest du. Ob du dich an der Hoteltür verabschiedest oder mit ihnen aufs Zimmer gehst, bleibt dir überlassen", erklärte die Frau. Sarah nickte und sah Ariane an.

„Die ersten Klienten habe ich ausschließlich zum Essen und ins Theater begleitet", warf Sarah alias Destiny ein. Ariane blickte sie an.

„Und dann?", hakte sie mit hochgezogenen Augenbrauchen nach?"

„Dann habe ich beschlossen noch mehr Geld zu machen!" Sie lächelte vielsagend.

Ariane war total verschreckt und verunsichert. Wo war sie hier hineingeraten?

„Keine Angst, Ariane, du kannst jederzeit aufstehen und gehen. Niemand hält dich hier fest oder wird dich zu etwas zwingen! Du bist wunderschön und hast das Potenzial schnell sehr viel Geld zu verdienen. Du bist anständig und gebildet! Dies sind die Voraussetzungen, um hier aufgenommen zu werden."

„Wie geht das vor sich?", fragte Ariane mit vorsichtigem Interesse.

„Nun, wenn zum Beispiel Henry, nennen wir ihn so, in die Stadt kommt. Henry ist also ein Wirtschaftstreibender, der dienstlich hierhermuss. Dann kann er sich auf unserer Website eine Begleitung für die Dauer des Aufenthaltes buchen. Du gehst mit ihm essen, ins Theater … alles, was er will, nachdem er seine geschäftlichen Termine erledigt hat.

„Was verdiene ich dabei?"

„Etwa 3000 Euro pro 24 Stunden, egal ob er dich 24 Stunden oder eine Stunde lang bei sich haben will."

„Will er, dass du über Nacht bleibst, dann kommen nochmal 3000 € pro Nacht extra dazu. Dies entscheidest du vor Ort: Versucht er dich zu etwas zu zwingen, wird er von zukünftigen Buchungen ausgeschlossen."

„Über Nacht bedeutet … Sex?"

„Meistens", sagte Daria. Ariane schwieg. Sie konnte sich das nicht vorstellen. Auch was sie Christof sagen sollte.

„Wie oft müsste ich da arbeiten?“

„Nun, immer wenn du gebucht wirst. Maximal vier Klienten pro Woche, abhängig von ihrer Buchungsdauer.“

„Ihr wollt mir sagen, dass es möglich wäre, 12 000 Euro pro Woche zu verdienen?“, japste sie.

„Oder noch viel mehr!“, grinste Sarah sie an. Ariane kratzte sich am Kopf. Sie hatte zwar Geld aus einer Lebensversicherung ihres Vaters, aber das überstieg ihre kühnsten Vorstellungen. Sie konnte sich mit Christof ein Leben aufbauen, das niemals von Sorge getragen sein würde. Sie wurde aus ihren Gedanken gerissen.

„Du bist natürlich für die Versteuerung selbst zuständig. Angemeldet wärst du als Gesellschafterin bei ‚Vienna's Hottest Secrets‘! So heißt mein Service!“

„Kann ich das Geld auch in bar haben?“

„Aber klar, machen fast alle so. Wir sind lauter Studentinnen mit Konten, die noch von den Eltern überwacht werden“, grinste Sarah und zwinkerte wieder. Ariane ließ sich im Sofa zurückfallen und lachte.

„Ich habe jederzeit das Recht sie nicht aufs Zimmer begleiten zu müssen?“

„Ja, du bekommst ein Telefon, über das du die zusätzlichen Serviceleistungen buchst. Sobald du diese abgeschlossen hast, also am Morgen danach, belasten wir die Kreditkarte des Klienten, bei dem du warst. Das Trinkgeld darfst du natürlich gleich behalten.“

„Trinkgeld?“, lachte sie.

„Klar, jede Menge sogar!“

„Wie steht es mit der Gesundheit der Klienten?“

„Erstmal, alles läuft ausschließlich safe ab. Zwingt dich jemand etwas ohne Schutz zu tun, fliegt er aus dem System. Jeder muss zusätzlich, wenn er Zusatzleistungen erfragen will, einen gültigen HIV-Test einscannen und übermitteln, der nicht älter als 48 Stunden sein darf. So kannst du auch im Vorfeld ein wenig sondieren, was auf dich zukommt im Laufe der Begleitung! Solltest du ein Teil der Secrets werden wollen, werde ich dich unterrichten, in erotischen Belangen und auch in Selbstverteidigungspraktiken. Ausgangspunkt jeder Begleitung ist eine Wohnung, die hier unter in dieser liegt. Hier startest du, suchst dir deine Kleider aus. Ich bin mir sicher, dass du fündig werden wirst. Da findest du auch deine Dessous, wenn nötig, und bekommst von mir das Telefon! Das Telefon verkündet mir auch immer deinen Standort! Es kann dir nichts, absolut nichts geschehen.“

Ariane schwieg. Sie stand auf und ging im Wohnzimmer umher. Dann drehte sie sich um und sagte: „Ich mach’s.“

Die beiden anderen Frauen im Raum applaudierten.

„Sag mir, wann ich dich einschulen kann!“, sagte Daria. „Herzlich willkommen bei den Secrets, dem exklusivsten Gesellschaftsservice Europas!“

Dann ging Ariane nachhause.

Es war ein seltsames Gefühl. Irgendwie kribbelte es, es war aufregend und verrucht gleichzeitig. Sie sah ihre Zukunft vor sich. In zwei oder drei Jahren hätte sie so viel zusammen, dass Christof und sie einen guten Start ins Leben haben würden. Natürlich würde sie ihm davon nichts sagen dürfen, aber irgendwie sah sie das nicht als Problem. Sie klebten ja ohnehin nicht die ganze Zeit aufeinander. Es kribbelte im Bauch. Sie sagte sich, dass sie auch jederzeit aussteigen könne, wenn das nichts für sie wäre. Einen kleinen Stein spürte sie auch in ihrem Magen, aber nur einen kleinen.

14. August

Nachdem ihnen gesagt worden war, dass ihre Dehydration ausgeglichen sei und keine Rückstände von Drogen mehr in ihrem Blut feststellbar seien, wurden sie abgeholt. Man würde sie in ein Wohnheim für Frauen bringen. Dort würden sie betreut werden. Die Polizei würde sich ebenfalls noch mit ihnen in Verbindung setzen. Die drei jungen Frauen nickten. Gloria liege auf der Intensivstation, wurde ihnen mitgeteilt. Nähere Auskünfte bekamen sie nicht.

Etwa eine halbe Stunde später, sie hatten sich in einfache Sachen gekleidet, die sie in vakuumierten Plastikverpackungen bekommen hatten, saßen sie wieder in einem Auto. Dann bogen sie in eine kleine Gasse ein und von dort in einen kleinen Hof. Als das Tor sich hinter ihnen schloss, spürte Anja, wie Tränen über ihr Gesicht liefen. Sie war verwundert, denn sie fühlte sich trocken, leer und verwirrt.

Als sie ausstiegen, kam eine nette Frau auf sie zu und fragte: „Mein Kind, kommst du aus Bulgarien? Seid ihr alle vier von dort? Mein Name ist Sophie, ihr müsst keine Angst mehr haben. Ihr seid in einem Frauenhaus in der Webgasse in Wien!“

Anja nickte. Sie betraten das große Haus. Ein Eingangsbereich, dann eine Stiege nach oben. Sie sah sich um. Es waren nur Frauen zu sehen.

Die Frau, die Sophie hieß, sagte laut: „Ihr seid in Sicherheit, niemand kann euch etwas tun! Niemand!"

Violeta schrie: „Sie werden unsere Familien töten! Sie werden unsere Familien töten!"

Die Frau sagte: „Niemand kann euren Familien etwas antun! Habt ihr Ausweise oder Papiere bei euch?"

Alle schüttelten die Köpfe. Was für eine Frage. Sie waren nackt und betäubt in ein Auto verladen worden.

„Ihr seid in Sicherheit, gebt mir eure Namen. Ich sorge dafür, dass es euren Familien gut geht. Ihr seid in Sicherheit!"

Anja gab alles als Erste preis. Sie dachte sich, dass die Frau keine Gefahr sein konnte, dass sie von der Polizei käme. Die anderen taten es ihr gleich.

Dann sagte Sophie: „Ihr seid in Wien. Ihr seid in Österreich. Ihr seid in Sicherheit. Niemand kann euch etwas antun."

Danach kamen vier andere Frauen. Die Frau, die Sophie hieß und ihre Sprache sprach, sagte: „Ihr werdet nun in ein Zimmer gebracht, dort könnt ihr euch waschen, anziehen, etwas essen. Ihr seid in Sicherheit! Ich rufe jetzt die bulgarische Botschaft an und lasse eure Familien informieren und in Sicherheit bringen!"

Sie ging und die vier Frauen brachten sie in zwei Zimmer. Die jungen Frauen setzten sich auf die Betten, starrten stumpf in die Leere, die die ganze Situation in ihrem Leben erzeugt hatte. Panische Angst nagte an Anjas Eingeweiden.

Etwas später klopfte es wieder. Anja öffnete die Türe und Sophie stand vor der Türe, sah an ihr vorbei ins Zimmer zu Violeta und lächelte breit.

„Hunger? Falls ja, dann kommt in den ersten Stock hinunter, es wartet ein Frühstück auf euch!“

Anja nickte, drehte sich um und schloss ihre Türe. Sie konnte ihr Alter nicht schätzen. Sie war klein, zierlich, hatte kurze graue Haare, eine kecke Brille auf der Nase. Sie sah sich um und begann langsam zu begreifen. Ganz langsam. Sicherheit. Das Gefühl machte sich breit wie eine Katze über einem warmen Ofen. Man hatte ihnen bunte Shirts und Jeans gegeben. Diese zogen sie schnell über und putzten sich die Zähne. Dann verließen sie das Zimmer und machten sich auf den Weg.

Die Frau, die ihr Sprache verstand und Sophie hieß, saß in einem Raum bei Tisch. Anja konnte Aneta sehen, die schon da war, und sie konnte Essen sehen und zwei Frauen in Uniform. Es war seltsam, in dem ganzen Haus war kein einziger Mann zu sehen, vielleicht war es ein Kloster, eine kirchliche Einrichtung. Als Anja zum Tisch trat, sahen die anderen auf und lächelten ein wenig. Im Hintergrund lief ein kleines türkises Radio. Eine seltsam beschwingte Musik trat aus seinem Lautsprecher.

„Setz dich, mein Kind!“, sagte Sophie. „Nimm dir zu essen und zu trinken. Die Polizistinnen sind hier, um mit dir und den anderen zu sprechen. Die Botschaft hat auch schon angerufen. Die Polizei war bei euren Eltern zu Hause. Sie wissen, dass es euch gut geht, dass ihr in Sicherheit seid. Eure Eltern waren krank vor Sorge. Die Polizei berichtete uns, dass Violetas Vater bereits Anzeige erstattet hatte, diese aber nicht ernst genommen wurde, weil die Dauer der Abwesenheit von daheim noch nicht lange genug war. Er sagte auch, dass er bedroht wurde, was ihn jedoch nicht davon abhielt, Anzeige einzubringen."

„Wie geht es Gloria?", fragte Anja.

„Das wissen wir noch nicht, sie liegt auf der Intensivstation in einem Krankenhaus in Wien. Ihr Zustand ist kritisch."

Violeta sagte: „Sie war nie richtig wach, seitdem wir in das Auto verladen wurden, hat die ganze Zeit gewimmert und gezittert. Ich glaube, sie hatte starkes Fieber."

„Die Polizei hat ein paar Fragen an euch. Ich bleibe bei euch, um zu übersetzen. Ihr müsst euch nicht fürchten, es kann euch nichts geschehen!", sagte Sophie und berührte nacheinander jeweils eine ihrer Hände, drückte sie sanft und sah ihnen dabei fest in die Augen. Anja fühlte sich sicher. Alle drei nickten. Sophie sah eine der Polizistinnen an, sagte etwas, die Polizistin antwortete, dann blickte Sophie wieder zurück und sprach: „Sie bitten euch einfach zu erzählen, was bis zu dem Aufgriff gestern geschah. Sie wollen herausfinden, ob es Gemeinsamkeiten gibt, wo die Unterschiede sind. Erzählt einfach drauflos!"

Violeta sagte: „Ich war in einem Club, am Goldstrand. Ich wohne in Warna und im Sommer ist es die beste Zeit, um auszugehen. Es sind so viele Menschen in unserer Stadt, interessante Menschen, junge Menschen. Alle wollen nur Spaß haben, feiern, Party machen. Ich bin zweiundzwanzig und studiere Politikwissenschaften in Sofia. Die zwei Monate im Sommer dienen der Erholung. Dort, in diesem Club, er heißt Dance Hall, sprach mich dieser süße Typ an. Groß, bestimmt einen Meter neunzig oder größer. Er war muskulös, kein Bodybuilder, aber sehr fit. Auffällig waren seine blauen Augen."

Die zwei anderen Frauen hoben ihre Köpfe. Diese Reaktion war den Polizistinnen nicht verborgen geblieben.

„Sein Vorname war nicht bulgarisch und er sprach ausschließlich englisch, er nannte sich Jack."

Anja runzelte die Stirn und fragte: „Blaue Augen und einen kurzen Bart? Eine kleine Narbe unter dem linken Nasenloch, die er versuchte mit dem Bart zu verstecken?"

Die beiden anderen Frauen nickten aufgeregt.

„Bei mir hieß er Thomas!", sagte Anja.

„Und bei mir John!", warf Aneta ein.

„Was hat das zu bedeuten?", fragte Anja.

Die Polizistinnen sahen die Übersetzerin an und warteten. Dann erklärten sie. Sophie übersetzte: „Es ist schon vorgekommen, dass in den Clubs am Golden Beach und an den anderen Touristenhotspots am Schwarzen Meer, aber auch am Mittelmeer, Mädchen gekidnappt wurden. Dies geschieht grundsätzlich immer nach dem gleichen Muster. Attraktive junge Männer, wir nennen sie Recruiter, machen sich gezielt an Mädchen heran, die einem gewissen Typ Frau entsprechen. Offenherzig, selbstbewusst im Auftritt, sexy gekleidet, einem Flirt nicht abgeneigt. Diese Mädchen werden dann verführt, umgarnt und dazu überredet, mitzukommen. In den Unterkünften der Recruiter, die meist sehr nobel oder zumindest gehobenen Standards sind, werden die Frauen betäubt, meist mit

Benzodiazepin oder einer Alternative wie Rohypnol. Auf diese Art bewusstlos gemacht werden die Frauen in eine Zwischenstation, eine Art Erstlager, verbracht, um dann, nachdem man sie eingeschüchtert und bedroht, oft mehrfach vergewaltigt hat, in eine andere Stadt oder einen anderen Staat gebracht zu werden. In weiten Netzwerken des Darknets werden sie über verschiedene Plattformen zum Kauf angeboten. Moderner Menschenhandel. Superreiche Menschen aus aller Welt kaufen sie. Ob sie abgeholt oder zugestellt werden, lässt sich oft nicht feststellen. Fix ist, dass dies ein Geschäft mit Millionengewinnen oder gar Milliardengewinnen ist. Menschenhandel ist wie eine Hydra. Schlägt man einen Kopf ab, gibt es sofort zwei Anbieter, die nachkommen. Ihr hattet großes Glück, dass es zu dieser Polizeikontrolle kam. Viele Frauen werden nie wieder gefunden, verschwinden für immer!" Als sie endete, weinten alle drei Frauen.

Anja sah auf und schluchzte: „Sie haben meine Geschichte erzählt! Ich weiß nicht, mit welcher Droge, aber ich bin betäubt worden. Das Apartment, in das ich ging, war wunderschön!" Sie wischte mit dem Handrücken über ihre Augen und bebte vor Angst und Erleichterung. Ihren Leidensgenossinnen erging es offensichtlich nicht besser. Es klopfte an der Türe. Eine andere Polizistin stand davor und winkte. Eine der zwei Polizistinnen, die sie gerade befragten, erhob sich und verließ den Raum. Sophie wurde etwas gefragt.

Sie sagte: „Könnt ihr euch an Orte oder Straßennamen erinnern?"

Anjas Augen rollten nach rechts oben, dann sagte sie: „Es war nicht weit entfernt von dem Club, in dem er mich getroffen hatte, vielleicht drei Minuten zu Fuß. Ich konnte den wummernden Bass von den Clubs noch deutlich durch das offene Fenster hören." Die Polizistin nickte und notierte sich etwas.

Die andere Polizistin, die gerade den Raum verlassen hatte, kam zurück und setzte sich wieder. Sie sah in die Runde der weinenden Frauen. Dann blickte sie Sophie an und sprach mit ihr. Sophie schlug die Hand vor ihren Mund und blickte in die Augen der jungen Frauen. Dann atmete sie tief ein und sagte: „Ich habe gerade erfahren, dass Gloria heute Nacht im Krankenhaus verstorben ist. In ihrem Blut wurde eine sehr, sehr hohe Dosis an Flunitrazepam festgestellt, ein sehr starkes Beruhigungsmittel. Dies, die starke Dehydrierung, der Schock und die Tatsache, dass sie einen schweren Herzfehler hatte, führten letztendlich zu ihrem Tod. Ihr müsst jetzt besonders stark sein, um den Polizistinnen gegenüber besonders genaue Angaben machen zu können. Sie brauchen jede Information für die Untersuchungen hier vor Ort. Alles ist nützlich, jeder noch so kleine Eindruck. Wir haben für euch einen Rückflug organisiert, ihr werdet am Ende dieser Woche um diese Zeit schon wieder mit euren Familien vereint sein." Die jungen Frauen sahen einander an und aus ihren Gesichtern sprach Angst und Entschlossenheit.

„Woke up in New York City
In a funky cheap hotel
She took my heart, and she took my money
She must've slipped me a sleeping pill…"

(Livin' la Vida Loca; © Desmond Child, Draco Rosa, 1999)

Dariusz Tragunov erwachte. Alles tat ihm weh. Sein Rücken schmerzte und sein Kopf auch. Er sah sich um. Gestern, nach seiner Festnahme – sie hatten ihm seine Arme brutal auf den Rücken gedreht –, hatte man ihn hier in dieses Zimmer gebracht. Er hatte gesagt, dass er Bulgare sei. Dann befragte man ihn stundenlang und verfasste einen Bericht darüber. Leugnen war zwecklos. Vier Frauen waren auf seiner Ladefläche, ihr Zustand erbärmlich. Er zeigte sich kooperativ und gab eine Legende, die er auswendig gelernt hatte, von sich, ohne dabei etwas Wesentliches zu verraten. Diese Legende sollte ausreichend sein, die Polizei zu beschäftigen, bis der Notfallplan in Kraft trat. Dies war noch nie der Fall gewesen, aber es gab einen. Die Beamtin, die das Gesagte in den Computer tippte, sah ihn an, als wäre er ein lästiges Insekt, das es mit der Hand zu zerquetschen galt. Langsam, ganz langsam. Danach hatten sie ihn wortlos in das Zimmer geschoben und gesagt, dass er morgen früh, also heute, vielleicht schon bald nach Wien überstellt werden würde. Sie hatten ihm zu Essen gegeben. Einfaches schwarzes Brot mit Wurst und Käse, einen Tee am Abend und Kaffee jetzt, morgens. Wasser hatte er in seiner Zelle. Ebenso eine Schale aus einem Material, das er nicht kannte, kein Glas, kein Metall. Sie hatten zu viel Angst davor, dass der Gefangene sich selbst oder andere mit solchen Materialien verletzen könnte. Gesprochen hatten sie nicht mit ihm. Er spürte eine unterschwellige Spannung und offensichtliche Aggressivität, die ihm entgegengebracht wurde.

Dariusz war ein einfacher Mann, er war in Warna geboren, in Warna zur Schule gegangen. Seine Kindheit war ohne große Höhepunkte verlaufen. Sein Vater war Hafenarbeiter, ein vom kommunistischen System aufgefressener Alkoholiker, der zum Abbau seiner Frustrationen seine Familie mit dem Gürtel verprügelte. Meistens war er dabei betrunken. Seine Mutter war Hausfrau. Sie trank ebenfalls, anders hätte sie die tägliche Tristesse wohl nicht ertragen können. So waren Dariusz und seine Schwester sehr früh auf eigenen Beinen. Sie waren im Teenageralter, als der Ostblock zu Grabe getragen wurde. Geld und Ruhm versprach die neue Weltordnung. Zwei Jahre nach dem Fall des Kommunismus war Dariusz noch immer Hafenarbeiter, der für einen Hungerlohn von jenen schikaniert wurde, die bereits im System der Proletarier mehr hatten als alle anderen. Leben konnte er noch immer nicht davon. Seine Schwester verkaufte für einen lächerlich geringen Betrag ihren Körper an die reichen ausländischen Touristen, die in den Sommermonaten zu Tausenden die Schwarzmeerküste überschwemmten, um ihren westlichen Reichtum dort in Saus und Braus auszuleben. Sie verdiente auf diese Art trotzdem in zwei Monaten mehr als eine Staatsangestellte in einem Jahr. Für die Touristen war es wie das Betreten eines Sexdiskonters. Kein Wunsch blieb unerfüllt. Die Preise waren nach westlichem Maßstab lächerlich und die Mädchen wunderschön und blutjung. Daria war damals fünfzehn mit der Anatomie einer Zwanzigjährigen. Sie hatte kein Problem mit Kundenfang. Und Daria war, im Unterschied zu ihrem dreizehn Monate älteren Bruder, schlau. Sie durchblickte das System, nutzte es für sich aus, passte beinahe täglich die Preise an, um herauszufinden, wo die Schmerzgrenze des zahlenden Publikums lag. Dann investierte sie das Geld in Kleidung sowie einen Sprachkurs für Englisch und war innerhalb von fünf Jahren für bulgarische Verhältnisse wohlhabend. Sie begann andere Mädchen für sich zu gewinnen und gründete ein erstes Unternehmen. Die Mädchen liefen für sie, und ihr Bruder achtete auf deren Sicherheit. Gelegentlich verprügelte er einen übermütigen Touristen, der meinte, dass ein Gratisfick im Urlaub am Golden Beach inkludiert sei. Nichts Gröberes, gebrochene Finger, kaputte Nasenbeine und Zähne. Zeigte sich jemand besonders hartnäckig, verlor er schon mal ein Ohr, aber eher selten. Zu schnell stellte sich zumeist heraus, dass der touristische Machismo verblasste, wenn man um zwei Uhr morgens von vier Männern, jeder an die hundert Kilo schwer, an den Haaren in eine Straßenecke gedrängt wurde. Letzte Klarheit erlangten zahlungssäumige Machos dann, wenn die reichlich vorhandene Polizei ihren Blick diskret gegen das Meer richtete, anstatt zu Hilfe zu eilen. Die Geschwister Tragunov waren nicht die größten Fische im Teich, aber auch keine kleinen. Niemand stellte sie infrage, nicht der Staat und nicht die Konkurrenz.

Im Jahr 2010 hegte man den Wunsch nach Expansion. Daria beschloss auszuwandern. Neue Identität, neues Land, altes Know-how, alter Berufszweig. Dariusz kümmerte sich weiter um die Angelegenheiten vor Ort und den Geldfluss auf unzählige ausländische Konten. Diese Tätigkeit hatte er nach sorgfältiger Einschulung durch seine kleine Schwester übernommen, als die Sicherheit der Mädchen und das Inkasso von einer Gruppe junger Ex-Soldaten übernommen worden war, die es leid gewesen waren, über längere Zeit für zu wenig Sold dem Staat zu dienen.

Jetzt war er in diese Lage geraten. Er hätte gar nicht fahren sollen, er hatte sich aufgedrängt, weil er seine Schwester besuchen wollte, nicht mehr und nicht weniger als das. Er schluckte schwer, denn er wusste, dass dies schwerwiegende Konsequenzen nach sich ziehen würde. Eine ganze Ladung verloren, er gefasst und in der Mangel der Polizei. Heute war noch niemand bei ihm gewesen. Es musste irgendwann am Vormittag sein, das Frühstück lag schon einige Zeit zurück. Viele Stunden fragte er sich, wie der Notfallplan aussah, wann er greifen würde. Würde er es merken?

Er legte sich auf sein Bett und döste vor sich hin. Alltagsgeräusche vor der Türe. Dann Schritte und das Sperren eines Schlüssels an der Türe, zwei Klappen gingen auf. Eine in der Mitte, eine oben.

Der Polizist befahl: „Rückwärts an die Türe treten, Hände durch die Klappe stecken.“ Sie legten ihm Handschellen an. Dann ging die Türe auf. Zwei Polizisten traten ein. Einer trat auf ihn zu, einer hielt außen an der Türe, um den Weg zu sichern. Dariusz sah sie über die Schulter an.

Der neben der Türe sagte auf Englisch: „Aus der Zelle heraustreten, Sie werden nach Wien überstellt!“ Er gehorchte und tat, wie ihm geheißen. Sie traten links und rechts von ihm hin und führten ihn in einen anderen Raum. Dort standen zwei Männer in Anzügen.

Der Polizist sagte: „Dies sind die Kollegen Grubner und Wöllinger. Sie werden Sie nach Wien überstellen.“ Dann unterschrieben sie einige Formulare und übergaben den beiden Kriminalbeamten ein braunes Kuvert. Wahrscheinlich enthielt es seine privaten Habseligkeiten wie Telefon und Geldbörse. Sie führten ihn zu einem dunkelblauen BMW mit aufgesetztem Blaulicht, öffneten die Türe und halfen ihm hinein.

Er fragte: „Wo ihr mich bringen? Ich will Botschaft sprechen, ich nix Mann von Österreich, ich bulgarische!“

Sie sahen über die Schulter, starteten das Fahrzeug und fuhren los.

Der Beifahrer sagte: „Sie werden bald Gelegenheit dazu haben!“ Dann wurde nicht mehr gesprochen.

Eine Stunde später war sich Dariusz sicher, dass hier nichts seine Richtigkeit hatte. Das Fahrzeug bog in eine Sackgasse ein. Diese befand sich in einem kleinen Dörfchen, ringsherum war nur Wald zu sehen. Ein automatisches Schiebetor öffnete sich und die Limousine fuhr hindurch. Die Autotür wurde geöffnet, er stieg aus und wurde, flankiert von den beiden Beamten, in ein schönes Haus geführt. Ein mit Terracottafliesen ausgelegter Eingangsbereich, dann nach rechts in ein sehr geräumiges Zimmer. Ein großes Ledersofa, eine Wand voller Bücher und ein riesiger Flatscreen-Fernseher an der Wand. Ein noch größeres Fenster, das den Blick in den stilvollen Garten und den angrenzenden Wald eröffnete, war eingerahmt von langen, beinahe prunkvollen Brokatvorhängen. Er sah sich um und erstarrte. Zu seiner Linken stand ein einfacher Küchensessel mitten im Raum. Das allein hätte ihm keine Angst gemacht. Es war die Tatsache, dass der Küchensessel auf gut zwei Quadratmetern Plastikfolie stand, die sein Herz beinahe zum Aussetzen brachte. Sie führten ihn dorthin. und drückten ihn auf den Sessel. Von links öffnete sich eine Türe. Ein Mann trat in den Raum. Er war in eine Fleischerschürze und Gummihosen gekleidet. Er trug eine Maske und irgendetwas Seltsames um den Hals. Er warf einen Blick auf Tragunov, der zerlumpt und mit schmutziger, längst abgetragener Kleidung vor ihm saß und zitterte. Er liebte das Spiel mit der Folie. Hatte es in einem Film gesehen. Es vermittelte den Verhörten, dass hier gleich eine große Sauerei geschehen würde. Psychologische Verhörtechnik nannte er es. Meist hatten sie ohnehin recht. Die meisten verhörten Individuen verließen den Platz des Verhörs in der Folie. Er trat vor Tragunov hin.

Dariusz begann zu stammeln und weinte: „Ich nix machten Fehler. Frau machen Wasser in Auto … Nix mein Schuld … Wasser rinnen von Auto, dann Polizist wie Hund riechen. Ich war schon wieder fahren weg. Nix mein Schuld.“

Der Mann antwortete: „Hör auf zu jammern! Das ist erbärmlich! Das, was zählt, ist, dass eine ganze Lieferung verloren gegangen ist. Hast du eine Vorstellung davon, wie viel Geld uns hier gerade durch die Lappen ging, du bulgarisches Stück Scheiße?“ Seine Stimme klang wie die des Teufels. Tragunov begann noch heftiger zu zittern.

„Aber ich immer gute Mann, immer gut Geschwindigkeit fahren, nix Kontrolle von Polizei!“, heulte er. Die anderen standen mit unbewegten Mienen um den Sessel herum. Drei Meter Abstand.

„Mein Schwester hier Boss von dies Firma, nix gut, wie du machen hier mit mir, ich sagen meine Schwester, wie du nix gut mit mir machen!“, stammelte er und sah sich in der Runde der Männer um, verzweifelt nach Unterstützung in den Blicken forschend. Keine Miene wurde verzogen.

Der Mann sagte: „Du hast recht, wo doch deine Schwester der Boss der Firma ist, wollen wir mal nicht so sein.“ Er lächelte und sah in die Runde. „Nehmt ihm die Fesseln ab und lasst ihn aufstehen“, befahl er und winkte dabei mit der linken Hand.

Einer der Männer trat an seinen Sessel und nahm ihm die Handschellen ab. Dariusz atmete auf und rieb sich die schmerzenden Handgelenke. Er sah in die Runde und sagte: „Ich sagen Danke und ich sagen mein Schwester, dass ihr gemacht perfekte Arbeit mit Notfallplan!“ Er erhob sich und streckte dem jungen Mann seine rechte Hand entgegen. Dieser lächelte, hob ebenfalls die rechte Hand. Darin blitzte ein einfaches, aber rasiermesserscharfes Teppichmesser auf. Mit einer einzigen geschmeidigen Handbewegung von links nach rechts durchtrennte dieses Dariusz die Kehle beinahe bis zum Ansatz der Wirbelsäule. Mit einem ungläubigen Gesichtsausdruck starrte Dariusz Tragunov auf die Wolke roten Blutes, die seine Halsschlagader in die Luft sprühte. Dann setzte die Ohnmacht aufgrund des abrupten Abfalls des Blutdrucks ein und hauchte Dariusz’ Leben aus.

„Klar, deine Schwester ist der Boss der Firma, du Arschloch!“ Dann sah er die Männer an und sagte. „Räumt diesen Saustall hier auf und lasst den verschwinden!“ Er drehte sich um und ging zurück in das Zimmer, aus dem er gekommen war.

„If you hear something late at night
Some kind of trouble, some kind of fight
Just don't ask me what it was…“

(Luka – Suzanne Vega; © Suzanne Vega, 1987)

Maria war vor etwa zwei Stunden aufgewacht. Etwas ging vor sich. Sie hörte mehrere Stimmen, ein Mann weinte. Eine Diskussion, dann Geräusche von Arbeit und Füßen, die gingen. Sie war ins Bad gegangen, hatte sich geduscht und dabei nachgedacht. Wo war sie? Konnte sie entkommen? Die Nacht war schrecklich gewesen. Aus dem Zimmer nebenan, es war Marianas, waren laute Geräusche gekommen. Schweres Atmen und klatschen, Marianas flehende Stimme und ein durchdringendes Weinen. Sie hielt sich nach einer Weile die Ohren zu. Sie war sich sicher, Mariana war nebenan vergewaltigt worden. Die junge Frau malte sich aus, dass es nur eine Frage der Zeit sei, bis dies auch ihr geschehen würde.

Im Badezimmer stand sie vor dem Spiegel. Sie war nicht bereit sich unterkriegen zu lassen, sie würde sich wehren bis zum letzten Atemzug. Mein Gott, wo war sie hier hineingeraten? Sie sah sich um. Eine Duschkabine mit Schiebetüre, ein einfaches Waschbecken, ein Sprung in der Duschtüre, notdürftig mit silbernem Gewebeklebeband repariert. Jemand hatte wohl aus Wut dagegengetreten. Sie runzelte die Stirn und lächelte. Sie ging in ihr Bett, und holte das weiße Shirt, das sie vor dem Duschen ausgezogen hatte. Dann nahm sie vorsichtig den kleinen Spiegel aus den Metallklammern, mit denen er an der Wand befestigt war. Sie legte alles auf die Muschel der Toilette, drehte den Spiegel so, dass die rechte untere Ecke über die Klobrille hinausstand. Dann wickelte sie sich das Shirt um die rechte Hand und brach ein Stück des Spiegels ab. Es hatte die Form eines Dreiecks, allerdings war es nicht regelmäßig, sondern wellig gebrochen. Den Spiegel drehte sie um und befestigte ihn wieder an der Wand. Der Bruch war nun in der linken oberen Ecke. Die rechte obere Klammer hielt das Konstrukt halbwegs im Gleichgewicht. Dann zog sie das Klebeband von der Kabinentür und wickelte es um das Stück Glas, sodass eine etwa vier Zentimeter lange Spitze unbedeckt blieb. Sie wickelte alles in ihr Shirt und ging zurück zu ihrem Bett. Dort schüttelte

Maria den kleinen Kopfpolster und die Decke auf, faltete ihr Shirt so, dass sie dabei immer das Spiegelstück in der Hand hatte, und schob alles vorsichtig unter den Kopfpolster. Sie achtete dabei gewissenhaft darauf, den Rücken stets der Kamera zugewandt zu haben. Dann verbrachte sie den Tag damit, in ihrem Gefängnis auf und ab zu gehen wie ein Tiger in einem zu kleinen Käfig.

Zu Mittag ging eine Türe auf. Maria drängte sich ganz nach hinten an die Wand. Ein großer Mann kam in den Raum, er trug ein Tablett mit Speisen. Seine Augen waren freundlich hinter der Maske. Er blickte sie an und sagte: „Lass es dir schmecken!“ Maria hatte keine Ahnung, was das bedeuten sollte. Ein Stück Fleisch, Kartoffeln, eine Flasche Cola und Kuchen waren auf dem Tablett zu sehen. Alles stand auf dem Bett. Kein Besteck, genauso wie gestern Abend. An der Tür drehte er sich nochmals um, sah sie an, und sie glaubte zu bemerken, dass er unter der Maske lächelte. Dort, wo sich seine Wangen befinden mussten, veränderte sich die Maske. Sie hielt es für ein Lächeln. Sie aß und tigerte dann wieder im Zimmer auf und ab. In den anderen Zimmern war es ruhig. Überall gingen die Türen auf, nirgendwo wurde gesprochen. Der Lichtschein im Badezimmer wanderte und verblasste mit zunehmender Zeit. Ihr Geist war träge von der Isolation und der Haft. Sie begann Songtexte aufzusagen, die sie kannte, und Gebete zu rezitieren, damit ihr Geist wach blieb. Sie war halb wahnsinnig vor Angst. Dann gewann wieder das starke Ich die Überhand. Sie würde sich nichts gefallen lassen.

Einen Stock über ihr sah der Mann auf die Bildschirme und beobachtete die Frauen. Es war nichts Auffälliges an ihnen. Ioana und Mariana weinten unablässig. Mariana auch, weil er sie letzte Nacht besucht hatte. Er hatte es ihr besorgt, so wie sie es brauchten, diese Ostblockschlampen. Er mochte es, wenn sie Angst hatten, das turnte ihn an. Er hatte nichts übrig für Gewalt, es gab ihm nichts, wie diesen Barbaren aus Bulgarien, aber die Angst turnte ihn an, verlieh ihm ein Gefühl von Macht. Wenn sie sich verkrampften und steif wurden, wenn er dann einen Schritt zurücktrat und ein Skalpell zog – er musste gar nicht sprechen, nur das Skalpell zum Vorschein bringen und sie ließen ihn alle eintreten in ihr Heiligstes. Für gewöhnlich dauerte es nicht lange, bis er sich auf ihnen ergoss, zu scharf war die Situation für ihn. Danach ging er zurück zu den Bildschirmen und besah sich die Situation. Es war immer so, absolut immer, ohne Ausnahme, dass die anderen Frauen dann in Embryonalstellung in ihren Betten lagen. Ganz verbogen von der Angst, die die Geräusche aus den Nebenzimmern ihnen machten. Er genoss es, wie sein Spielzeug versuchte, sich den Samen von der Haut zu wischen, wie es sich nicht traute aufzustehen, um zu duschen, aus lauter Angst, er könnte wiederkommen, wenn es sich bewegte. Sie verhielten sich alle gleich. Immer. Es gab ihm Sicherheit, wenn jemand sich so berechenbar verhielt. Es machte seine Arbeit hier einfacher.

Jetzt saß er vor dem Bildschirm und war sich bewusst, dass er zwei von den Mädchen nicht haben konnte. Der Maskenmann mit der Computerstimme hatte es ihm vorher noch einmal eingeschärft. Während er im Haus war, musste er sich immer in einem Zimmer aufhalten, durfte sich nicht frei bewegen. Warum auch immer, er fragte da nicht nach. Aber die blonde Schönheit, der er gerade das Frühstück gebracht hatte – sie würde er mit seiner Anwesenheit beehren. Sie sah so aus, als hätte sie sich mit einer gewissen Gelassenheit auf die Situation hier eingelassen.

Keine Tränen, keine Schreie, sie pflegte sich, das war ein gutes Zeichen. Sie duschte regelmäßig. Das hatten die anderen noch nicht getan. Sie aß auch, die anderen drei Katzen hatten nur gekostet. Die Situation verdarb ihnen den Appetit. Die Schönheit tigerte in ihrem Gefängnis auf und ab, sprach mit sich selbst und gelegentlich hatte der Mann das Gefühl, sie würde vielleicht beten. Er hatte heute die Nachtschicht. Er musste auch nochmals kurz außer Haus, Zigaretten holen. Dann wäre es Zeit für das Abendessen und danach Zeit für das Vergnügen.

Maria fragte sich, wie es den anderen drei ergehe. Sie hörte keine Schreie. Kein Klopfen drang an ihr Ohr. Waren sie noch da? Der Lichtstreifen im Badezimmer war langsam verblasst. Ein Zeichen, dass sich der Tag dem Ende zuneigte. Bestimmt würde bald das Abendessen kommen. Sie überprüfte mit einem unauffälligen Griff unter den Kopfpolster die Lage ihrer selbst gefertigten Waffe. Alles war gut. Wenn sie hier raus war, wollte sie die nächste Person ansprechen und bitten, ihr zu helfen, oder ein Geschäft aufsuchen. Sie sprach gut Englisch, bestimmt war es kein Problem hier mit jemandem Kontakt aufzunehmen.

Ein sanftes Rauschen übernahm die Vorherrschaft über ihre Sinne. Sie hielt die Luft an. Es schien zu regnen. Gelegentlich flackerte ihr Lichtfleck im Badezimmer auf. Blitz und Donner, mutmaßte Maria. Dann krachte es ohrenbetäubend und sie hatte ihre Bestätigung. Sie war gespannt darauf zu hören, was draußen vor sich ging. Wie vom Blitz getroffen fuhr sie zusammen, als sie eine Bewegung im Augenwinkel wahrnahm. Sie sprang zur Seite. Die schwarze Maske war ins Zimmer eingetreten und stellte ein Tablett mit Fleisch und Gemüse und eine

Flasche Orangensaft aufs Bett. Kein Besteck, wie immer. Sie drückte sich in eine entfernte Ecke des Zimmers, beobachtete ihn. Er stand da und machte eine einladende Handbewegung. Sie starrte wie gebannt auf ihn. Er kam nicht näher. Wieder veränderte sich der Ausdruck seiner Augen. Wieder dachte sie, er würde sie anlächeln. Dann ging er. Gierig stürzte sie sich auf das Essen.

Nach dem Essen rezitierte sie wieder Lieder und Gebete. Sie lag auf dem Bett, die dünne Decke bis auf die Höhe des Halses gezogen. Das Essen hatte sie schwer gemacht und müde. Sie glitt hinüber in einen sanften Schlaf.

Ein Automotor war zu hören. Das Auto schien aus dem Garten wegzufahren, sich zu entfernen. Nach einer kurzen Zeit kam es wieder näher, um dann, nur Augenblicke später, wieder abzufahren. Das Rauschen des Regens war allgegenwärtig und begleitete sie auf ihrer Reise.

Nur gefühlte Sekunden später sagte ihr Unterbewusstsein, sie müsse die Augen öffnen. Die Maske stand neben ihrem Bett und starrte sie an. Sie war so erschrocken, dass ihr Herz einige Takte lang aussetzte. Er berührte ihre linke Brust. Drückte sie. Sie schlug seine Hand weg. Er war erstaunt und trat einen Schritt zurück. Er holte etwas Metallisches aus seiner rechten Hosentasche. Ihre Augen weiteten sich. Es war ein Messer, wie es Ärzte verwendeten. Sie kannte es nur aus Filmen, hatte noch nie eines in Wirklichkeit gesehen. Er fuchtelte damit vor ihrem Gesicht herum und sagte auf Englisch: „Ausziehen!“ Sie schüttelte den Kopf. Er trat näher an sie heran und wiederholte den Befehl: „Zieh deine Kleidung aus!“ Das Messer war nur einen Zentimeter von ihrem linken Auge entfernt. Sie konnte seinen schlechten Atem riechen, Zigaretten und Zwiebel. Dann gehorchte sie, zog sich aus und legte sich auf das Bett. Sie legte sich auf den Rücken, spreizte ihre Beine und vergrub die Hände unter ihrem Kopfpolster. Er öffnete den Reißverschluss seiner Hose, streifte sie bis zu den Knöcheln hinunter und kniete sich auf das Bett, direkt zwischen ihre Schenkel. Dann stützte er sich mit seinen Armen links und rechts ihres Kopfes auf die Matratze, um in sie einzudringen. Maria schloss die Augen, drehte den Kopf nach rechts. Sie spürte die Spitze seines Glieds, nach einem Eingang in ihren Körper suchend, wie ein ungebetener, blinder Gast.

Dann zog sie ihre Linke unter dem Kissen hervor und stach die Spiegelscherbe mit aller Gewalt in die rechte Halsseite der Maske. Ein gellender Schrei ertönte, der in ein gurgelndes Geräusch überging. Sie zog die Scherbe aus dem Fleisch des Mannes und eine Fontäne warmen Blutes spritzte ihr ins Gesicht und überall auf das Bett. Er röchelte und Maria hielt noch immer das glitschige Stück Glas in der Hand. Dann holte sie aus und stieß dem ungewollten Gast die Spitze des Glases direkt ins linke Auge. In einer reflexartigen Bewegung fuhr seine Hand noch dorthin, das rechte Auge starrte weit aufgerissen in die Leere, verblüfft darüber, dass alles anders kam, als es zuerst geplant gewesen war.

Maria zitterte am ganzen Körper, aber kein Laut wollte sich ihrer Kehle entringen. Der Anblick war surreal. Die Maske war auf die Knie gesunken. Blut spritzte in zischenden Stößen aus der riesigen Wunde und blutiger Schaum trat aus seinem Mund. Sekunden später versiegte der Strom aus dem Hals, der Körper erschlaffte und kippte vornüber. Das Herz des Mannes hatte aufgehört zu schlagen. Maria erbrach das Abendessen direkt auf seinen

Leichnam und sank zu Boden. Augenblicke später wurde ihr die Chance bewusst, die sie sich gerade verschafft hatte. Sie tastete mit zitternden Fingern nach der Leiche. Sie untersuchte sie und fand den Schlüssel.

Jetzt musste alles schnell, sehr schnell gehen. Sie lief auf den Gang. Ein schummriges Licht brannte, sie sah die anderen Türen, öffnete sie, alle drei. Die Mädchen saßen versteinert in ihren Betten.

„Er ist tot. Wir sind frei, wir können gehen! Komm mit!“, flüsterte sie Mariana ins Gesicht. Das Mädchen schüttelte den Kopf.

„Sie werden uns kriegen und dann töten sie uns und unsere Familien!“

Maria war verzweifelt. Tränen rannen über ihr Gesicht. Konnte das die Möglichkeit sein? Diese dummen Mädchen erkannten ihre Chance nicht. Maria schüttelte sie.

„Komm schon!“, schluchzte sie und nahm Mariana an der Hand. Diese stemmte sich gegen den Zug und legte sich ins Bett. Maria ließ ihre Hand los und lief zu den anderen beiden Frauen. Dort wiederholte sich das Schauspiel. Sie weinte bitterlich. War es denn die Möglichkeit, dass sie die Einzige war, die um ihr Leben kämpfen wollte? Sie drehte sich um und tastete sich zu den Stiegen vor. Sie war bemüht keinen Laut von sich zu geben, wagte es kaum zu atmen. Das Wummern ihres Herzens machte das Hören auf Umweltgeräusche nahezu unmöglich. Vorsichtig spähte sie um die Ecke. Nichts zu sehen, kein Lichtschein, keine Bewegungen, nichts. Rechts neben der Eingangstüre stand ein Paar Sneakers. Sie zog sie an. Sie waren ihr um einige Nummern zu groß, aber sie wollte nicht barfuß unterwegs sein. Dann schloss sie die Türe auf. Sie fuhr zusammen, als hinter ihr, in einem Zimmer, dessen Türe verschlossen, war ein Telefon läutete. Sie hatte in ihrem Übermut völlig außer Acht gelassen, dass es möglich sein könnte, dass jemand auch nachts nach dem Rechten fragte, sich erkundigte, ob alles friedlich sei.

Maria trat in den Regen und zog die Türe hinter sich zu. Die Freiheit beflügelte sie zur Eile. Sie kletterte über den Zaun. Nach kurzem Umsehen bemerkte sie, dass nur wenige andere Häuser in der Nähe waren. Sie folgte der schmalen Gasse und machte sich auf den Weg, um Hilfe zu holen.

„Hopelessness
Is the darkness in your heart
It's the sound of one hand clapping
While it's pulling you apart...“

(Loneliness – Annie Lennox; © Annie Lennox, 2003)

Maria hielt sich geduckt. Die irre Angst, jederzeit könnte jemand hinter einem Baum hervortreten und sie wieder betäuben, veranlasste sie zu diesem Verhalten. Es war niemand hier. Kein Haus, kein Mensch, kein Tier, nur die schmale einspurige Straße, die sie entlanglief. Keine Nachbarn, keine Zeugen. Niemand. Die Schwärze der Nacht und das Rauschen des Regens ausgenommen. Es war warm und Maria fror trotzdem. Die neu gewonnene Freiheit ließ sie frösteln. Früher hatte sie den Sommerregen geliebt, wenn sie in Warna am Strand entlanggelaufen war und wehmütig aufs Meer hinausgestarrt hatte, Träumen nachgehangen war. Jetzt bot er ihr Schutz. Sie rannte und hielt immer Ausschau nach einem Auto. Sie wollte am ersten Haus klingeln, an dem sie vorbeikam. Nicht zu nahe am Gefängnis, aber bald. Das erste Haus sollte es sein. Zuerst hatte sie überlegt ein Auto anzuhalten. Aber was, wenn die es waren, was, wenn sie sie wieder zurückbrachten? Nein, es würde das erste Haus werden, in dem sie noch Licht sah.

Die Straße wurde leicht abschüssig. Noch immer ringsherum von Wald umgeben, wand sie sich wie eine dicke leblose Schlange durch die nächtliche Finsternis. Sie hielt inne. Das Klopfen ihres Herzens im Duett mit dem rauschenden Regen hätte es beinahe unmöglich gemacht das Fahrzeug zu hören, das sich näherte. Ein greller Lichtkegel durchschnitt die Nacht und sie wagte nicht zu atmen. Das Geräusch aber wurde wieder leise und der Lichtkegel entfernte sich nach links. Da musste also noch eine Straße sein. Sie hastete weiter. Nach wenigen Minuten stand sie auf einer Kreuzung. „Links oder rechts?“, waren ihre Gedanken. Links ging es einen Hügel hoch, rechts leicht nach unten. Sie entscheid sich nach rechts zu gehen. Bei nahezu jedem Schritt drehte sie sich nach allen Seiten um. Ein Schild hob sich weiß von dem diffusen Hintergrund der Nacht ab. „Mauerbach 2 km“ stand darauf. Zwei Kilometer waren keine große Entfernung, da musste eine Stadt sein, ein Ort, Hilfe und Rettung. Von der Ferne war ein Lichtschein erkennbar, er bewegte sich. Ein Auto kam näher. Der Lichtschein veränderte ständig die Richtung, es mussten viele Kurven vor ihr liegen, aber er kam näher. Sie schlich rechts in den Wald hinein und kauerte sich in eine Mulde, die sie gleich wenige Meter weiter fand. Das Auto fuhr Augenblicke später an ihr vorbei. Maria atmete auf, kam aus der Mulde und konnte gerade noch wahrnehmen, wie das Fahrzeug nach links abbog. Eiskalt wurde ihr bewusst, dass dies die Richtung war, aus der sie gerade gekommen war. Jemand kam, um nach dem Rechten zu sehen. Er würde in wenigen Minuten bemerken, dass sie fehlte. Sie rannte. „Zwei Kilometer“, hämmerte es hinter ihren Schläfen. Zwanzig Minuten, vielleicht weniger, wenn sie schnell war.

Es war ein bewegter Tag für den Dämon gewesen. Zuerst dieser idiotische Tragunov, den er bestrafen musste. Wie er diese einfachen Menschen hasste, dieser Pöbel war ihm zuwider. Dann der Verlust der Katzen, die jetzt wahrscheinlich schon wieder auf dem Heimweg waren. Er genehmigte sich einen guten Single Malt aus Schottland. Vierzig Jahre alt. Die Flasche hatte ein Vermögen gekostet. Er lehnte sich im Sofa zurück und starrte hinunter auf die Stadt. Wien, seine Stadt. Strömender Regen ließ das Panorama zu einem Aquarell verlaufen und projizierte funkelnde Lichtpunkte auf die große Scheibe seiner Terrasse. Da klingelte sein Telefon. Er griff nach dem Stimmmodulator, hielt ihn an sein Telefon und meldete sich.

„Unser Nachtwächter hebt nicht ab! Wir haben zwölf Anrufe getätigt. Ohne Erfolg“, sagte eine männliche Stimme.

„Schickt Grubner und Wöllinger und Harry! Berichtet mir danach!“, antwortete der Dämon. Dann wurde eingehängt

Mit dieser Lieferung war etwas nicht in Ordnung. Es war Unruhe in die Abläufe gekommen, das war nicht gut. Acht Millionen waren gutes Geld. Er würde abhauen, sobald das jetzt vorbei war. Mit acht Millionen konnte er in irgendeiner Bananenrepublik wie ein König leben. Irgendwo, wo das ganze Jahr Sommer war. Irgendeine Insel in der Südsee. Das ganze Jahr barfuß.

Drei Tage, bis die ersten Käufer eintreffen würden. Angekündigt waren drei Herren aus unterschiedlichen Emiraten und ein afrikanischer Warlord. Irgend so ein Arschloch, das sein Volk hungern ließ und selbst mit goldenen Löffeln aß. Wie er diese Leute verabscheute! Aber sie machten ihn reich.

Das Telefon klingelte wieder und riss ihn aus seinen Gedanken. Dreißig Minuten waren vergangen. Die männliche Stimme sagte: „Hermann hier. Der Nachtwächter ist tot. Hier ist ein verdammtes Schlachtfeld. Eine von den Katzen hat ihm die Kehle aufgeschlitzt und ihm dann eine Glasscherbe durch das Auge ins Hirn getrieben. Wahrscheinlich wollte er sie ficken. Ging gründlich daneben. Jedenfalls fehlt sie jetzt. Die anderen sind noch da, kauern in ihren Betten, aber die Türen sind alle offen. Die Schlampen hatten wohl Angst sich aus dem Staub zu machen."

Der Dämon sagte: „Findet sie, weit kann sie nicht sein! Haltet die Ohren auch auf den Kanälen offen, falls sie schon weiter ist, als wir annehmen. Berichtet mir!" Dann wurde eingehängt. Es war Unruhe ins System gekommen. „Diese eine Abwicklung noch, dann ist Schluss", sagte er zu sich selbst.

Maria war am Ziel. Mauerbach. Es war keine Stadt. Es war ein Dorf. Häuser, die sich entlang einer langen Straße aufreihten. Sie ging weiter, drehte sich nach jedem Schritt um. Sie wusste nicht, wie sie es anstellen sollte, gleichzeitig unsichtbar zu sein und um Hilfe zu bitten. Würden sie sie suchen? Klar würden sie. Sollte sie noch abwarten, bis das Auto wieder wegfuhr. Sich im Wald verstecken und beobachten, oder einfach klingeln und bitten, dass man sie aufnehme. Sie lief auf ein Haus zu, in dem noch Licht war. Sie klingelte. Augenblicke später öffnete eine Frau die Türe. Sie sprach etwas Unverständliches. Maria fragte, ob die Frau englisch spreche. Mit einer Handbewegung gab sie zu verstehen, dass dies der Fall sei. Maria sah sich ängstlich nach allen Seiten um. Sie war völlig exponiert, wie auf dem Silbertablett hier unter der Straßenbeleuchtung. Sie weinte herzzerreißend und sagte: „Polizei! Bitte!“ Die Frau riss die Augen auf rannte durch den Regen, um die Gartentüre aufzusperren.

Scheinwerfer näherten sich. Sie kamen aus der Richtung, aus der Maria geflohen war. Sie wurde panisch, begann wie ein kleines Kind zu zappeln und kläglich zu wimmern. Die Frau öffnete und Maria rannte ins Haus. Die Frau ihr hinterher, geduckt. Aber wegen des Regens, nicht wegen der drohenden Gefahr. Maria kauerte sich im Vorzimmer zusammen, sagte: „Licht!“, und deutete dabei auf die Deckenbeleuchtung. Die Frau verstand und es war schlagartig finster im Haus. Das Auto hatte am Ortsschild angehalten. Die Frau blickte hinter den Vorhängen aus dem Fenster. Es war eine große Limousine, ein BMW, wenn sie richtig sah. Die Farbe war nicht zu erkennen. Dunkel, das war das einzig Wahrnehmbare. Im Licht des Mondes und der Straßenlaternen erschien sie dunkel. Die Frau erblickte das Nummernschild. „W 76406 P“ war darauf zu lesen.

Unter dem Fenster zitterte Maria so sehr, dass ihre Zähne klapperten, ein Rinnsal einer Flüssigkeit breitete sich aus ihrem Schritt aus und tropfte auf den Holzboden des Zimmers. Die Frau spürte, dass es hier um Leben und Tod ging. Seltsamerweise dachte sie nicht daran, die Polizei zu verständigen. Dann setzte sich das Fahrzeug in Bewegung. Zwei starke Taschenlampen leuchteten links und rechts aus dem Auto. Im Schritttempo fuhren sie an allen Häusern vorbei, leuchteten in die Gärten. Dann waren sie weg.

Die Frau und Maria wagten es nicht sich zu bewegen oder das Licht einzuschalten. Maria kauerte unter dem Fenster. Die Frau stand und beobachtete die seltsame Szenerie. Nach zwanzig Minuten kamen sie wieder vorbei, diesmal in die andere Richtung. Nach weiteren zwanzig wieder. Dann war es vorbei. Die Frau entschied sich dazu, das Licht aus zu lassen. Was war hier los? Dann kochte sie Maria Tee und gab ihr trockene Kleidung. Dabei streichelte sie ihr zärtlich über die Haare. Maria zitterte und konnte einfach nicht aufhören zu weinen. Sie war gerettet.

Das Telefon des Dämons klingelte etwa zwei Stunden nach dem letzten Anruf. „Sie ist nicht zu finden. Auch nicht über die Kanäle. Entweder es hat ihr jemand Zuflucht gewährt oder sie irrt im Wald umher und traut sich nicht heraus. Dann haben wir sie spätestens morgen. Sie wird essen müssen. Ich gehe davon aus, dass wir sie so erwischen!“

„Bleibt vor Ort. Schlaft abwechselnd im Auto. Beobachtet und berichtet mir!“, sagte der Dämon mit seiner schrecklichen Stimme. Dann wurde eingehängt.

Sie parkten den BMW am Ortseingang, wo sie Überblick hatten, wenn jemand zu Fuß oder mit dem Auto kam.

Vierzig Meter Luftlinie entfernt wurde Maria von der Frau sanft in den Schlaf gestreichelt. Was musste dieses Kind erlebt haben, das so eine Angst auslöste. Eine Schlaftablette hatte Maria verweigert. Sie wollte keine Medikamente nehmen, nicht von jemandem, den sie nicht kannte.

„Wear high heel shoes, get love from the dudes
Four badass chicks from the Moulin Rouge..."

(Lady Marmalade – Original SOUNDTRACK Moulin Rouge; © Bob Crewe, Kenny Nolan, 2001)

Die Wohnung war exklusiv eingerichtet. Aus der sündteuren Hi-Fi-Anlage klang der Song aus dem Musical „Moulin Rouge". Es war der Song, der Daria Markova immer in Arbeitsstimmung versetzte, einen Schalter umlegte. Designermöbel und Maßanfertigungen, wohin das Auge reichte. Daria Markova, damals noch Daria Tragunov, hatte sich schon wenige Monate nach der Ankunft in Wien, als sie sich einen Namen als Edelcallgirl machte, diese Wohnung zulegen können. Die knapp zweihundert Quadratmeter auf der zweiten Etage des Jugendstilhauses unweit des Theaters in der Josefstadt waren heute ihr Rückzugsort. Sie empfing kaum noch eigene Klienten. Eine handverlesene Auswahl an wirtschaftlich perfekt situierten Herren jeden Alters durfte sich aber dennoch glücklich schätzen, charmante und aufregende Intimitäten mit der groß gewachsenen Mittdreißigerin zu teilen. Je nach beruflichem Hintergrund der Männer bat sie die Exklusivität ihres Körpers eine Nacht lang für den Gegenwert eines Kleinwagens an. Insgeheim lächelte sie immer dabei, weil der Akt selbst meist sowieso nach längstens fünfundzwanzig Minuten vorbei war. Sie sagte stets zu sich, dass sie den besten Stundenlohn der Welt habe. Manchmal gab es eine zweite Runde im Liebesspiel, niemals aber ein Frühstück. Die Politiker und Geschäftsleute aus aller Welt schätzten ihre im Kommunismus exzellent geschulte Allgemeinbildung, wenn sie für einen Abend ihre Begleitung war, ebenso wie ihre körperlichen Vorzüge und ihre erotischen Talente.

Die heutige Nacht würde ihr knapp elftausend Euro einbringen. Der Kerl, ein Schweizer Bankier, schlief bereits seit vier Stunden. Gib einer Frau Oxytocin und sie versetzt Berge, gib einem Mann das Kuschelhormon und er schläft. Sie musste also nur dafür sorgen, dass der Akt so schnell wie möglich, aber zufriedenstellend für die Klienten endete. Dann schliefen sie meistens ein. Ein kurzes Abendessen außer Haus, eine noch kürzere, aber sehr leidenschaftliche Nummer auf dem ausladenden Sofa und er glitt in einen tiefen Schlaf der Erschöpfung hinüber. „Beratungstätigkeit" stand auf der ausgestellten Rechnung, damit diese steuerlich absetzbar blieb. Sie saß auf dem Sofa und fragte sich, was mit ihrem geliebten kleinen Bruder war, der versprochen hatte, sich zu melden, sobald er in Wien eintreffen würde. Aus der teuren Hi-Fi-Anlage flüsterten „Die vier Jahreszeiten" von Antonio Vivaldi und sie nippte an einem Glas 2006er Dom Pérignon Vintage Rosé. Das Getränk prickelte sanft auf ihrer Zunge, ein Stück Bitterschokolade rundete das geschmackliche Erlebnis ab. Ihr Telefon brummte und kündigte einen Anruf an. Es war er. Er, der seit knapp acht Jahren ihr Leben kontrollierte, er, den sie selbst zu weit in ihr Leben gelassen hatte.

„Ja, bitte!“, sagte Daria mit einem deutlich hörbaren Unterton, der keine Zweifel über den zu sehr später Stunde eintreffenden Anruf aufkommen ließ.

„Tu nicht so, als ob du schlafen würdest! Ich sehe Licht in deinem Wohnzimmer!“, sagte der Mann am anderen Ende der Leitung. Daria schoss vom Sofa hoch.

„Was willst du hier“, fragte sie. Sie war hellwach.

„Ich muss mit dir reden, ich komme jetzt hoch!“, kam es aus dem Telefon.

„Ich bin nicht alleine!“, erwiderte sie ruhig, obgleich ihr Herz so heftig klopfte, dass sie es bis in ihre Ohren hinein schlagen spürte.

„Dein Bruder hat die Lieferung vergeigt! Eine ganze Lieferung mit vier Schlampen haben sie in Nickelsdorf hochgehen lassen! Und eine weitere ist gerade aus der Pension entkommen.“ Sie schloss die Augen und atmete schwer durch!

„Es war klar, dass dies früher oder später passieren würde. Wo ist Dariusz? Wo ist er jetzt? Geht es ihm gut?“, fiel sie ihm ins Wort und klang dabei besorgter, als sie es klingen lassen wollte. Sie wusste, dass man diesem Psychopathen keine Angriffspunkte bieten durfte. Keinesfalls Schwäche zeigen.

„Du machst dir Sorgen um deinen nichtsnutzigen Bruder? Was ist mit dem Geschäft? Was ist mit den Klienten, die schon bald in Wien eintreffen werden? Aber keine Sorge, das Notfallprotokoll ist in Kraft, keine Sorge! Die vier Frauen sind in einem Frauenhaus im sechsten Bezirk untergebracht. Die sind unerreichbar, eine ist gestern im

AKH gestorben! Du sorgst dafür, dass diese Woche noch Nachschub kommt, hast du verstanden? Wir brauchen bis zum Ende der Woche acht Verkaufsobjekte. Hast du verstanden? Wenn nicht, dann werde ich dich mit den Jungs besuchen und wir spielen ein wenig mit dir. Aber nicht dass du denkst, dass wir dir danach Geld auf dem Nachttisch hinterlassen. Danach findet dich keiner mehr. Bestimmt konntest du den Medien entnehmen, was mit deiner rothaarigen Studentenschlampe passiert ist."

Daria konnte keinen Satz erwidern, hatte keine lockere Bemerkung parat. Sie war einfach geschockt. Natürlich hatte sie in der Zeitung von dem toten Mädchen gelesen. Es war eines ihrer Secrets gewesen. Jung, intelligent, heiß und neugierig. Sie hatte ihr in den letzten Monaten ein Vermögen eingebracht und war dabei selbst auch mehr als wohlhabend geworden.

Ginger war ihr Künstlername gewesen, den sie in der Organisation gehabt hatte. Ginger gehörte jener exquisiten Vereinigung an, genauso wie noch etwa zwanzig andere Studentinnen aus Wien. Jede Hautfarbe, jede Haarfarbe war vertreten, aus jedem Studienzweig kamen die Mädchen, die sich mit dieser äußerst einträglichen Nebenbeschäftigung eine goldene Nase verdienten. Drei bis vier Begleitungen pro Woche. Sechstausend Euro pro Begleitung pro Tag, das Doppelte, wenn es intimer wurde. Und es wurde immer intimer. Keiner dieser Männer wollte sich das Vergnügen entgehen lassen. Exakt neunundvierzig Prozent davon ging an Daria und der Rest blieb bei ihnen selbst. Da kam ein schönes Sümmchen für alle Beteiligten zusammen.

Bildung und die österreichische Herkunft waren Voraussetzung für die Aufnahme bei den Secrets. Natürlich gab es ein Aufnahmeverfahren. Ein Steckbrief wurde erstellt, ein Künstlername gefunden, beides im Internet veröffentlicht. Zutritt zu den Gesichtsbildern hatten nur die, die sich für fünftausend Euro ein Log-in erkauften. So konnte gewährleistet werden, dass die Mädchen in ihren eigenen Kreisen nicht aufflogen. Der Log-in-Betrag wurde bei der Buchung gutgeschrieben. Die hohen Summen sicherten den Betrieb ab, denn er lockte nur wirklich zahlungskräftige Kundschaft an, die ein gutes Escortservice zu schätzen wussten. Sie selbst nahm die Einschulung der Mädchen vor, sexuelle Spielarten genauso wie Selbstverteidigung waren dabei Programm. Dies steigerte die Moral der Mädchen und die gute Bezahlung erhöhte die Motivation. Es war eine wahre Goldgrube.

Dann, vor einiger Zeit, war jener Mann in ihr Leben getreten, der nun, so verriet es der Blick auf die Straße, in seiner Limousine noch immer vor ihrem Haus stand. Er hatte alles verändert. Mit ihm war sie zu offen gewesen, in ihn war sie verliebt. Sie hatte sich nicht professionell verhalten, sondern Gefühle zugelassen. Es war nicht das Ende von Pretty Woman gewesen, es war das Gegenteil. Es war eine Hölle aus Angst und Leid. Für viele Menschen. Eines Tages stellte er ihr die Frage, ob es nicht viele Mädchen gebe in ihrem Heimatland, die gerne einen reichen Mann aus dem Westen heiraten wollten. Sie dachte zuerst an Heiratsvermittlung und war Feuer und Flamme für die Idee. Nach wenigen Tagen schon stellte sich heraus, dass es um Menschenhandel ging. Sie fiel aus allen Wolken. Weinte und tobte, verhielt sich trotzig, warf ihn aus der Wohnung, drohte ihm augenblicklich mit der Polizei. Er war eine Gefahr für ihr Geschäft, das sie erfolgreich und innerhalb der gesetzlichen Rahmenbedingungen führte. Er lächelte und ging. Noch in der gleichen Nacht kam er zurück und zeigte ihr auf seinem Smartphone ein Foto. Darauf war ihre Mutter zu sehen. Ihre Mama, nackt an einen Küchenstuhl gefesselt, von einer Gruppe Männer in Masken und mit Schlagstöcken umringt. Er sagte damals: „Und sie werden die Stöcke nicht nur dazu verwenden, um sie zu verprügeln, wenn du verstehst, was ich meine!" Er hatte hinter ihrem Rücken in Bulgarien ein Netzwerk von Schlägern, Entführern und anderen Barbaren aufgebaut. Sie war so naiv gewesen, hatte an die Liebe geglaubt. Sie war nicht auf sein Geld angewiesen, das hatte die Sache perfekt gemacht. Er, charmant, aus wohlhabendem Hause, in einflussreicher beruflicher Position. Sie, gebildet und mittlerweile mehr als wohlhabend. Sie hätte seine soziopathischen und psychopathischen Züge schon viel früher erkennen müssen. Dann nahm er ihre Wangen in seine Hände, küsste sie auf die Stirn und sagte: „Sei ein liebes Mädchen!" Da hatte sie nachgegeben und sich in ihr Schicksal gefügt. Er hatte gelacht und war gegangen.

So viele Jahre in Angst, so viele Jahre in Ohnmacht, so viele Jahre Angst und Verderben für viele junge Frauen im Namen des Geldes. Sie fühlte sich machtlos, ratlos und dieses Gefühl der Ohnmacht schnürte ihr die Kehle zu. Sie hatte keine Vorstellung davon, wie sie diesen Teufelskreis durchbrechen sollte, der sie immer tiefer abwärtszog.

„Du weißt, wie schwierig solche Lieferungen zu organisieren sind. Es gibt immer das Risiko, dass die Fahrzeuge gestoppt werden. Überall auf der Strecke! Da hat niemand Schuld, das ist ein normaler Verlust!", sagte sie mit einer Sicherheit, die sie selbst überraschte.

„Verlust? Du bist wohl nicht ganz richtig im Kopf, du verdammte bulgarische Hure! Hätten dein ungebildeter

Halbaffenbruder und die anderen Untermenschen dort in diesem Abfalleimer von Staat ihre Arbeit so erledigt, wie es ihnen aufgetragen wurde, dann hätten die Schlampen auf der Ladefläche bis Wien geschlafen", brüllte er mit sich überschlagender Stimme in das Telefon.

„Mein Bruder war nur der Fahrer. Deine Barbaren sind für den Rest verantwortlich", schnauzte sie ins Telefon

„Zum Ende dieser Woche erwarte ich eine neue Lieferung von dir, oder du und deine Untermenschenfamilie werdet den Sonntag nicht lebend überstehen! Habe ich mich klar ausgedrückt? Nimm Kontakt mit dem Recruiter auf und teile ihm das mit", schoss er hinten nach.

„Ich werde sehen, was sich machen lässt!", erwiderte sie giftig. „Und hör auf mir zu drohen. Du weißt, dass wir in einer Pattsituation leben", sagte sie selbstbewusst.

„Pattsituation? Auf welchem Stern lebst du? Stell dir vor, du packst aus!" Er lachte so sehr, dass er dabei husten musste. „Die Aussage einer Frau, deren ganze Familie einen internationalen Mädchenhändlerring betreibt. Gegen mich? Wem würden sie wohl glauben, du Schlampe? Hhmm, wem würden sie glauben? Ich bin das Phantom, ich tauche nirgends auf, ich besitze kein Geld, ich mache mich schneller zum Opfer einer Intrige, als du Oralsex sagen kannst, und habe noch dazu Dutzende Zeugen von untadeligem Ruf, die das sofort bestätigen würden. Freitag habe ich eine Lieferung oder der Afrikaner, der sich angekündigt hat, bekommt dich und deine Mutter als Draufgabe. Und deine kleine Schwester verkaufe ich an irgendeinen Scheich. Die ist noch ein Kind, die bezahlen gut für Jungfrauen!" Dann hängte er ein.

Sie sah, dass er den Blinker setzte und davonfuhr. Dann setzte sie sich auf ihr Sofa, weinte und griff mit zitternden Händen zum Champagnerglas und wählte die Nummer ihres Kontaktes in Bulgarien. Sie stieß einen spitzen Schrei aus und ließ vor Schreck das Telefon fallen, als sich zwei Hände von hinten auf ihre Schultern legten. Der Schweizer war wach geworden und küsste zärtlich ihren Nacken. Das Freizeichen wich einer Stimme.

„Wir brauchen eine neue Lieferung. Bis Freitag sollen die Katzen in der Pension ankommen." Dann legte sie auf, ohne die Antwort abzuwarten, drehte sich um und setzte ihr professionellstes Lächeln auf. Zeit für Runde zwei.

15. August

„Where joy should reign
These skies restrain
Shadows your love
The voice trails off again...“

(Stay on these Roads – A-ha, © Magne Furuholmen, Morten Harket, Paul Waaktaar-Savoy, 1988)

Andorian van Anders erwachte und richtete sich in seinem Bett auf. Er betätigte die Fernbedienung, die auf seinem Nachtkästchen lag, und ließ, begleitet von einem leisen Surren, die Jalousien des Zimmers in die Höhe fahren. Ein weiterer Druck auf einen anderen Knopf ließ Musik erklingen. Die würfelförmigen Satellitenlautsprecher waren so ausgerichtet, dass er im Bett den besten Klang hatte. Er liebte es mit A-ha aufzuwachen. Seit seiner Kindheit begleitete ihn die Band und hatte ihn nicht mehr losgelassen. Ein Blick in den grauen Himmel bestätigte, was sich heute früh, auf seinem Heimweg von den Nachtclubs, durch fernes Wetterleuchten angekündigt hatte. Regen und Düsternis, ein Tag grau in grau. Er hasste solche Tage, sie schlugen ihm aufs Gemüt. Seine Wohlfühlzone begann bei karibisch maledivischen Temperaturen und Lichtverhältnissen.

Eine Dusche später schlüpfte er in seine Jeans und ein Hemd mit floralen Mustern an Kragen und Manschetten, beides in Rosa gehalten, und schlurfte wenig motiviert und übermüdet in Richtung Küche. Auf dem Telefon poppte sein Tagesplan auf. Er wollte im Büro den Laptop von Ariane Bergmüller checken.

Eine Stunde später saß er in seiner Avalanche und war auf dem Weg ins Büro. Als er dort ankam, strahlte ihn Isa an.

„Guten Morgen, Boss, du siehst etwas zerknautscht aus heute Morgen. Lange Nacht gehabt?“

„Frag nicht“, antwortete er.

„Aber klar frage ich“, sagte sie schelmisch grinsend. „Und lass bloß kein schmutziges Detail aus!“

„Es gibt keine schmutzigen Details, Isa. Zwei Rumänen haben versucht, mir an die Wäsche zu gehen, und mir verboten, in ihrem Etablissement Fragen zu stellen. Die Argumente, vier Fäuste und ein Schlagstock, waren sehr beeindruckend. Ich konnte jedoch auch gute Gegenargumente vorbringen“, sagte er.

Isa trat einen Schritt auf ihn zu, blickte ihn an und machte Anstalten sein Gesicht in ihre Hände zu nehmen, gerade so, als ob er Trost bräuchte. In der letzten Sekunde entschied sie sich wohl dazu, diese intime Geste zu unterlassen, und senkte ihr Arme wieder.

„Ich nehme an, dass du Danny in der Zwischenzeit informiert hast?“, fragte sie mit tadelnd hochgezogenen Augenbrauen. Er blickte zum Fenster hinaus und schüttelte den Kopf.

„Nein, bis jetzt noch nicht. Mach ich aber gleich!“, seufzte er, ließ sich in seinen breiten Ledersessel fallen und griff zum Telefon.

Nach dem zweiten Klingeln meldete sich die Kommissarin.

„Guten Morgen, Monsieur Poirot, was gibt es für neue Erkenntnisse?“, flötete sie in den Hörer. Andorian schüttelte den Kopf und fragte sich innerlich, wann es aufhören würde, dass sie ihm, bloß um ihn zu necken, die Namen berühmter Detektive gab.

„Nun, die Tour per se war jetzt nicht wirklich ergiebig“, sagte er, „aber ich bin angegriffen worden. In einem absolut abgefuckten Club, oder, wie sie es nennen, im Studio in der Felberstraße im fünfzehnten Bezirk. ‚Studio 57‘ stand da an der Tür. Ein echt grindiger Laden. Wahrscheinlich waren die so sensibel, weil es da ganz und gar nicht mit rechten Dingen zugeht. Du solltest für weitere Informationen die Notaufnahmen abklappern. Suche nach zwei Männern mit komplizierten Drehbrüchen des Handgelenks.“ Am anderen Ende der Leitung war es still.

„Van Anders, ich sage dir jetzt etwas. Lege dich bloß nicht aus purem Eifer mit der Mafia an. Hast du mich verstanden? Die sind eine Nummer zu groß für dich.“

„Ich lege mich mit niemandem an, lass mich in Frieden, dann lasse ich dich in Frieden! So einfach ist das … Ich würde dir auch empfehlen, diesen Laden an jemanden weiterzuempfehlen, der die Möglichkeit hat, dort vorbeizuschauen, vielleicht mit der WEGA im Schlepptau. Die Mädchen, die dort arbeiten, waren definitiv nicht freiwillig dort und auch unter Medikamente oder Drogen gesetzt.“

„Okay“, sagte Friedmann, „ich werde dies veranlassen! Wie alt waren die Männer, die dich angegriffen haben?“

„Etwa Anfang dreißig, etwas kleiner als ich, mittellange dunkle Haare, gewellt, dunkle Augen, wobei, es war Nacht, das habe ich nicht so wirklich gesehen. Sie sind beide an den Armen tätowiert, hat nach Mustern und Totenköpfen ausgesehen, nichts Aufwändiges. Ich bin mir sicher, sie sind in einem Krankenhaus gelandet, die Verletzungen sind schwerwiegend", führte Andorian weiter aus.

„Danke, Andorian, ich halte dich auf dem Laufenden. Sonst irgendwelche Erkenntnisse? Kennt jemand das Mädchen?"

„Nein, und sollte sie jemand erkannt haben, habe ich keine Reaktion wahrnehmen können. Ich bin keinen Schritt weiter. Ich checke heute den Computer. Sollte ich nicht erfolgreich sein, dann schicke ich ihn zu euch rüber und deine Spezialisten sollen da mal drübersehen. Okay?"

„Geht klar", sagte Danny. „Solltest du sowieso tun, denn der Computer gilt als Beweismaterial in einem Mordfall. Ich kann noch ein paar Stunden so tun, als gäbe es ihn nicht, dann muss ich ihn dir abnehmen. Verstanden?"

„Geht klar, Danny! Ich wünsch dir einen schönen Tag." Dann legte er auf.

Er lehnte sich in seinem Ledersessel zurück und verschränkte die Finger in seinem Nacken, bevor er einmal tief durchatmete und den Laptop Ariane Bergmüllers öffnete, der direkt vor ihm auf dem Tisch stand. Mit einem Piepen und dem Aufleuchten des Bildschirms erwachte das Gerät zum Leben.

David Jemira und Roland Fischer saßen im Schneidersitz auf den Mauern der Lände des Donaukanals, direkt vor dem beliebten Wiener Nachtlokal Flex. Sie hatten die Nacht zum Tag gemacht und genossen ein im Shop einer naheliegenden Tankstelle gekauftes kaltes Bier. Eine Zigarette im Mundwinkel hängend, starrten die beiden, deutlich vom Alkohol berauscht, auf das träge dahinfließende trüb-braune Wasser. Nach jedem zweiten Zug an der Zigarette schnippten sie mit dem Daumen die Asche von der Glut, die davongeweht wurde oder in die unter den beiden Männern vertäuten Rettungszillen fiel. Fischer nahm einen tiefen Atemzug der trüben Morgenluft, räusperte sich geräuschvoll und beugte sich leicht nach vor, um die schleimige Flüssigkeit, die sich in seinem Mund gesammelt hatte, vor sich ins Wasser zu spucken. Einen Herzschlag später war nichts mehr, wie es vorher war.

Zwischen den Rümpfen der hölzernen Rettungsboote schwamm eine menschliche Gestalt. Der Körper war gewissermaßen eingeklemmt und konnte von der schwachen Strömung nicht davongezogen werden.

„Heast, Oida, da schwimmt ana“, sagte Fischer, und stieß seinem Kumpel den Ellenbogen in die Rippen.

„Na lass eam, is ja Summer!“, kam es von seiner linken Seite zurück.

Fischer drehte den Kopf und sah, dass sein Freund den Kopf in den Nacken gelegt hatte und genussvoll ein großen Schluck Bier nahm.

„Heast, Trottl, der is hin … Der schwimmt nit, wois Summa is, der is a Leich, Oida!“, entgegnete Fischer mit deutlich schwerer Zunge.

Jerima beugte sich nun ebenfalls über die Mauer ins Wasser, riss die Augen auf und erbrach sich direkt in die Rettungszille unter ihm.

„Heast, Roli, ruaf die Kieberer, des miaß ma mödn!“, röchelte er und Fischer griff nach seinem Telefon.

Eine halbe Stude später war das Gelände abgesperrt und ein Trupp der Polizei sowie Rettungsdienst und Bestattung waren vor Ort. Der Tote wurde geborgen. Ein erster Blick auf den Leichnam des etwa in der Mitte seiner dreißiger Jahre befindlichen Mannes legte nahe, dass es sich hierbei nicht um einen Ertrunkenen handelte. Der Hals des Toten war in seiner Mitte fast bis zur Wirbelsäule aufgeschnitten. Die beiden jungen Männer erbrachen sich, als die große Wunde im Zuge der Bergung aufklaffte und der Kopf des Mannes in den Nacken sank.

„Friedmann!“, rief die Kommissarin in den Hörer ihres Telefons, dann hielt sie inne. „Okay, ein männlicher Toter am Donaukanal, höhe Ringturm, gut ich komme.“ Sie legte auf, griff nach ihren Autoschlüsseln und machte sich auf den Weg zu dem kaum einen Kilometer entfernten Fundort. Als sie dort ankam, war der Tote bereits geborgen und im Fahrzeug der Rettung aus dem Sichtbereich der Öffentlichkeit gebracht worden. Danny wies sich aus und sprach einen Kollegen vor Ort an.

„Guten Morgen, Lamprecht, wissen wir schon etwas?“

Der Kollege hob die Schultern und antwortete: „Nichts wissen wir. Der Tote ist voll bekleidet und weist außer der Halsverletzung keine weiteren Merkmale einer Misshandlung auf. Wir konnten nur eine Uhr und eine leere Geldbörse sicherstellen.“

„Danke, Lamprecht, her mit den Sachen, und den Toten bitte in die Sensengasse überstellen. Ich gebe Bescheid, dass was reinkommt. Wo sind die zwei Männer, die ihn gefunden haben?"

Lamprecht übergab Danny einen Plastikbeutel mit einer Uhr und einer Lederbrieftasche und deutete dann auf zwei Gestalten, die in der offenen Türe eines Mercedes Sprinter der Rettung saßen und die gleiche Gesichtsfarbe hatten wie der Himmel am heutigen Morgen. Grau.

Danny steuerte auf die beiden zu, wies sich aus und sagte: „Guten Morgen, meine Herren. Ich bitte Sie, sich zur Verfügung zu halten, wir werden sicher noch Fragen haben." Beide sahen sie aus leeren Augen an und nickten.

„Die Telefonnummer hamma an von Ihnere Kollegen gebn. Zur Verfügung hoidn? Haßt des leicht, mia san verdächtig?"

„Nein, meine Herren, keineswegs, aber Zeugen in einem Mordfall. Ich danke Ihnen für ihre Kooperationsbereitschaft! Wann immer Sie sich dazu in der Lage fühlen, können Sie jederzeit nachhause gehen oder sich bringen lassen."

Die beiden jungen Männer nickten und Friedmann ließ sie allein. Sie griff zu ihrem Telefon und rief Alma Selimovic an, um sie von dem Leichenfund zu unterrichten und die Ankunft in der Gerichtsmedizin anzukündigen.

Andorian van Anders klickte sich durch die Dateien des Computers. Ariane Bergmüller schien ein geordnetes Leben geführt zu haben. Alles an ihrem Computer war sauber strukturiert. Ordner, die beschriftet waren, lagen auf unterschiedlichen Bereichen der Festplatte. Sie trugen klingende Namen wie „Studium“, „Familie“, „Freizeit“, „Pictures“ und „Allerlei“.

Van Anders machte sich über den Ordner mit den Fotos her. Er zeigte nach Datum geordnet Ariane Bergmüller in unterschiedlichen Phasen ihres Lebens. Urlaub in Kroatien, Sprachreise in England, mit ihrem Freund Christof beim Schilaufen in Salzburg. Fotos von Partys und bei Familienfeiern in unterschiedlichen Umgebungen. Ein Ordner trug den Namen „Papa“. Darin waren viele, zum Teil wohl eingescannte, sehr alte, Bilder ihres Vaters zu sehen. Mal trug er sie auf seinem Schoß, mal auf seinen Schultern. Auf anderen schmiegte sie sich an ihn oder ging zwischen ihm und ihrer Mutter an der Hand. Im Verzeichnis „Honey and me“ fand Andorian pikantere Fotografien. Welche von der Art, die Christof Neubauer gestern angesprochen hatte. Erotische Aufnahmen, zum Eigengebrauch bestimmt. Weiter nichts Auffälliges. Van Anders konzentrierte sich auf die Ordner der letzten Monate. Auffällig war, dass im Bereich der Fotos keine Aufnahmen mehr nach Dezember des letzten Jahres dazugekommen waren. Er hielt dies nicht für Zufall, zumal Arianes Mutter diesen Zeitraum als Start für die Veränderungen angegeben hatte.

Er lehnte sich zurück und atmete tief durch. Die Augen schmerzten in ihren Höhlen. Sie schienen auszutrocknen und an den Lidern festzukleben. Andorian griff zum Telefon, betätigte eine Taste.

„Isa, kannst du mir bitte ein Glas Wasser bringen und mich kurz unterstützen?“ Wenige Augenblicke später trat seine Sekretärin ins Zimmer.

„Wo brennt's denn?"

„Ich brauch deine Hilfe. Ich habe keine Ahnung, wo ich auf diesem Computer Hinweise finden sollte. Es ist alles so, wie soll ich sagen, normal. Ich weiß nicht, vielleicht bin ich auf dem Holzweg, wenn ich erwarte, hier etwas zu finden."

„Nun", sagte Isa und zog sich den für Klienten bestimmten Polstersessel heran, um sich neben Andorian zu setzen.

„Wer bist du, und warum haben wir dich heute tot aus dem Donaukanal gezogen?" Daniela Friedmann hatte keinen einzigen Anhaltspunkt zu dem Toten im Donaukanal. Zur Identitätsfindung musste sie also auf ein sehr konservatives Mittel zurückgreifen. Eine Veröffentlichung eines Gesichtsfotos des Mannes in den österreichischen Tageszeitungen.

Dr. Hoffer, ihr direkter Vorgesetzter, billigte diese Intervention, bat aber darum, nicht das Foto des Leichnams zu veröffentlichen, sondern eine Zeichnung, die ein Phantombildzeichner aus ihrem Hause anfertigen sollte. Sie war einverstanden und nahm dieses Problem in Angriff. Sophie Tischler war für diese Aufgabe die beste Wahl.

„Tischler", meldete sich die freundliche Stimme am anderen Ende der Leitung.

„Hi, Sophie, Danny hier! Ich brauche deine Hilfe! Ich möchte, dass du in die Gerichtsmedizin fährst und ein Portrait eines Mannes zeichnest, der heute Vormittag eingeliefert wurde. Ich werde dich bei Alma Selimovic ankündigen, damit du gleich vorgelassen wirst. Schaffst du das?" Ein schweres Atmen kam durch den Hörer.

„Warum bekomme immer ich die delikaten Aufgaben!", gab sie sarkastisch zurück.

„Nun, weil du einfach die Beste bist, meine Liebe. Weil ich eine fotorealistische Darstellung des Mannes brauche und nicht bloß eine Kinderzeichnung!" Am anderen Ende kicherte es.

„Wird erledigt! Habe ich eine Deadline?"

„Hast du, Sophie. Ich benötige das Gemälde in spätestens drei Stunden, es muss dann weiter an die Austria Presse Agentur, damit die heute noch alles an die Zeitungen weitergeben können." Wieder ein Seufzen.

„Okay, ich kann das schaffen. Ich melde mich, sobald ich fertig bin!"

„Ist gut, ich kümmere mich derweil um den Text dazu!" Dann legten beide auf.

Zur gleichen Zeit leerte ein Mitarbeiter der Magistratsabteilung 48 einen öffentlichen Mistkübel an der Nussdorfer Schleuse, dem Beginn des Donaukanals. Seine Augen checkten gewohnheitsmäßig den Müll, der aus dem grauen Behältnis von oben in seinen Sack fiel. Die erste Hälfte oben, wenn er hineinsah, die zweite Hälfte des Mülls, die jetzt unsichtbar auf dem Grund seines Sacks lag, dann, wenn er alles in seinen orangen Wagen kippte. Er hoffte immer, und das schon seit mehr als fünfundzwanzig Jahren, dass einmal etwas anderes als Hundekotbeutel in seinen Sack fallen würde. Von Zeit zu Zeit fanden sich Uhren oder mal Mobiltelefone oder leer geräumte Lederbrieftaschen von irgendwelchen Taschendieben im Müll. Der große Treffer war es noch nicht.

Seine Müllzange stocherte im Sack. Auf den ersten Blick unscheinbar. Er kippte den Inhalt in seinen Wagen und blickte dem fallenden Müll hinterher. Die letzten beiden Stücke erregten seine Aufmerksamkeit. Ein Telefon und ein weinrotes Büchlein. Sein Greifer packte zu. Das Samsung-Telefon war ausgeschaltet, sah aber noch relativ unversehrt aus. Kein Kratzer, keine abgeschlagenen Kanten und Ecken. Es war mit einem dünnen Film einer Farbe überzogen. Die Reinigungskraft blickte nach links und rechts, gerade so, als wollte sie prüfen, ob es sich um einen der beliebten Internetscherze handelte. Die Sorte, wo sie einem das neue Telefon dann wieder abnahmen und mit einer versteckten Kamera hinter einem Baum heraussprangen.

Er zog einen Einweghandschuh über und griff danach. Mit hochgezogenen Augenbrauen bemerkte er, dass der dünne Farbfilm auf seine Handschuhe abfärbte. Er roch an seinen Fingern. Unter dem dominanten Geruch des Latex, den seine Handschuhe verströmten, war deutlich der kupfrige Geruch frischen Blutes wahrnehmbar. Dies würde definitiv zur Farbe passen, die sich nun auf seinem Handschuh sichtbar machte. Wieder blickte er sich um. Irgendetwas hielt ich davon ab, das Telefon auf seine Funktionalität hin zu prüfen. Er zog ein großes Tuch aus seiner Tasche und wickelte das Telefon ein. Dann zog das dünne Büchlein seine ganze Aufmerksamkeit auf sich. Er konnte es sofort und eindeutig als Reisepass identifizieren. Republic of Bulgaria stand darauf. „Bulgaria", murmelte er vor sich hin. Er öffnete es und blickte in ein männliches Gesicht Mitte dreißig mit neutralem Gesichtsausdruck. „Dariusz Tragunov“ stand einmal in lateinischen, einmal in kyrillischen Buchstaben dort. Wieder sah er sich um. Dann steckte er auch den Pass in die Brusttasche seiner Latzhose. Er musste sich überlegen, ob er den Fund melden sollte oder nicht.

Isa und Andorian waren frustriert. Stundenlanges Stöbern in Bildern und keine nennenswerten Ergebnisse.

„Können wir einfach auf ihre Social-Media-Accounts zugreifen?“, fragte Andorian.

„Nun, wenn sie den Startseiten gestattet hat, sich die Passwörter zu merken, dann sehe ich da keine Schwierigkeiten“, gab Isa zurück.

Sie verbanden den Laptop mit dem Wifi des Büros und starteten den Webbrowser.

„Wo sollen wir suchen?“, ließ sich Andorian seine Unsicherheit anmerken.

„Die Kids von heute haben da viele Plattformen, die sie verwenden. Insta, TikTok und Snapchat, um nur einige zu nennen!“, sagte Isa und klickte sich in die Suchleiste des Browsers ein. Der Verlauf öffnete sich, gab aber nichts preis.

„Hhhm, seltsam!“, murmelte sie.

„Was? Was ist?“

„Es sieht so aus, als hätte hier jemand aufgeräumt!“

„Was bedeutet das … ‚aufgeräumt‘?“

„Nun, normalerweise speichert der Server der Seite, die du besuchst, deine Aktivitäten, dies erleichtert die Rückkehr zu den Seiten, da zum Beispiel Formulardaten nicht immer neu eingegeben werden müssen. Dies ermöglicht einen schnelleren Zugriff und wird seitens der Anbieter zum Beispiel für gezielte Werbung benutzt." Andorian saß mit offenem Mund daneben und betrachtete amüsiert seine Sekretärin, die sich einem Nerd gleich zu einer Erklärung aufschwang, die er sowieso nicht verstand.

„Starten wir mit Facebook! Ich nehme an, sie ist zu jung dafür. Die Zielgruppe von Facebook ist mittlerweile dreißig plus, aber einen Versuch ist es wert!"

Mit flinken Handgriffen gab sie die Webadresse der gesuchten Seite ein. Die Startseite öffnete sich und es trat das Erhoffte ein. Die Reinigung des Verlaufes war nicht so gründlich erfolgt wie zuerst befürchtet, da die Cookies nicht gelöscht wurden. Dies führte dazu, dass Andorian und Isa nun sofort auf der Startseite des Facebook-Accounts von Ariane Bergmüller landeten. Anhand der Chronik konnten die beiden feststellen, dass der letzte Eintrag auf dieser Seite im Jänner erfolgt war. Demnach hatte Ariane Bergmüller ihren Facebook-Account seit mehr als sieben Monaten nicht mehr genutzt. Eine erneute aufwendige Untersuchung der Fotos brachte keine neuen Erkenntnisse. Sie standen wieder am Anfang.

„Wir versuchen es als Nächstes mit Instagram", sagte Isa.

Dr. Alma Selimovic hatte den Toten vor sich auf den Edelstahltisch gelegt und startete eine erste Begutachtung.

Auffällig war, dass der Mann keine nennenswerten Verletzungen abseits von leichten Abschürfungen an Handgelenken und Fußgelenken trug. Es bestand kein Zweifel, dass der Tod durch die große Wunde im Halsbereich eingetreten war. Todesursache waren der Blutverlust und die Aspiration des eigenen Blutes. Es handelte sich dabei um einen tiefen Schnitt, der mit einer extrem scharfen Klinge ausgeführt worden sein musste, da die Verletzung bis zur Halswirbelsäule reichte und eine Schnittspur auf dem dritten Halswirbel hinterließ. Die leichten Abschürfungen an den Handgelenken sowie an den Fußgelenken deuteten darauf hin, dass der Mann vor dem Eintritt seiner tödlichen Verletzungen gefesselt sein musste.

„Es wird sich herausstellen“, dachte Alma, „ob diese Fesselungen mit einem textilen oder metallischen Werkzeug erfolgten.“ Hinter ihr ging die Tür auf und Sophie Tischler, die von Kommissarin Friedmann angekündigte Zeichnerin, betrat den Obduktionssaal.

„Guten Tag, Frau Doktor Selimovic. Mein Name ist Sophie Tischler. Kommissarin Friedmann hat mich damit beauftragt, von einem toten Mann Mitte dreißig, der heute Vormittag eingeliefert wurde, eine fotorealistische Gesichtszeichnung anzufertigen, die an die Presse weitergegeben werden soll, damit die Identifizierung der Person in Gang gesetzt werden kann“, sagte die junge Frau und versuchte dabei krampfhaft zu ignorieren, dass dem Mann, der vor ihr auf dem Tisch lag, beinahe der Kopf abgetrennt worden war. Übelkeit machte sich in ihrem Magen breit und versuchte gleichzeitig, das etwa zwei Stunden zuvor eingenommene Frühstück wieder ans Tageslicht zu befördern.

„Sophie, ich weiß, dass Sie solche Anblicke nicht gewöhnt sind in Ihrem Berufsfeld. Ich möchte Ihnen daher anbieten, dass ich mit der Überkopfkamera ein Foto vom Gesicht des Mannes mache, dabei seine Halsverletzung ausspare und Sie direkt vom Bildschirm, der sich hier vor dem Schreibtisch im Eck befindet, zeichnen können. Wäre Ihnen das eine Hilfe?", sagte Alma, die einen deutlichen Abfall der Gesichtsfarbe in Richtung weiß an der jungen Zeichnerin bemerkte. Diese nickte stumm. Alma positionierte die Kamera, die über dem Obduktionstisch hing, genau über dem Gesicht des Opfers und betätigte mit dem Fuß den Auslöser. Wenige Sekunden später erschien auf dem großen Monitor in der Ecke des Saales ein Gesichtsfoto des Mannes, der auf dem Tisch lag, und Sophie Tischler konnte mit ihrer Arbeit beginnen.

Isa und Andorian arbeiteten sich seit einer Stunde durch die Fotos, die Ariane Bergmüller auf ihrem Instagram-Account veröffentlicht hatte. Die Bilder waren ein wenig privater als auf ihrem Facebook-Account. Unendlich viele Fotos, die die junge Frau in der Gegenwart von Christof Neubauer, ihrem ehemaligen Verlobten, zeigten. Auch ergaben ihre Likes und die Auflistung der Menschen und Organisationen, denen ihre Social-Media-Accounts besondere Aufmerksamkeit schenkten, keine nennenswerten Erkenntnisse über mögliche Verbindungen in kriminelle Milieus. Die Bilder entsprachen alle den gleichen Mustern: Urlaub, Familie, Partner, Mode, Party und Natur.

Besondere Aufmerksamkeit schenkten Isa und Andorian dem Folder „Party". Alle Schnappschüsse in diesem Ordner waren Selfies, die mit Christof Neubauer oder

Laura Pöllinger an unterschiedlichen Locations gemacht wurden. Lediglich 2 Bilder hoben sich aus der Menge der insgesamt über 1000 Fotos in diesem Ordner ab. Sie zeigten Ariane Bergmüller in einer Großaufnahme, Arm in Arm mit vier jungen Frauen. Alle trugen schicke Abendkleider, waren auffällig gut geschminkt und schienen offenbar Teil einer Cocktailparty zu sein. Das zweite Foto war ein Selfie, auf dem, an Arianes linker Seite stehend, ein hübscher blonder Kopf in die Kamera lächelte.

Dem Detektiv fiel sofort die auffällige Tätowierung auf. Ein geometrisches Muster, auch als Lebensblume bekannt, zierte die linke Schulter der blonden Frau. Auch die Halskette war auffällig. Es war ein großes Amulett, das ebenfalls die Lebensblume zeigte. Ein altes geometrisches Kunstwerk, dem heilende und magische Kräfte zugesprochen wurden. Andorian betrachtete die beiden Fotos und beschloss sie als Screenshots zu speichern und hernach auszudrucken. Die Bilder waren im Vergleich zu den anderen, die sie bis jetzt gefunden hatten, auffällig anders. Ein Gedanke, eine Ahnung schlich sich leise von hinten an, ließ sich jedoch in seinem Geiste nicht fassen oder konkretisieren. Irgendetwas an den Fotos stieß eine Erinnerung oder einen anderen Gedanken, den er noch nicht näher visualisieren konnte. Sein nächster Schritt würde es sein, die ausgedruckten Bilder Christof Neubauer und Laura Pöllinger zu zeigen. Er hatte die Hoffnung, dass der ehemalige Verlobte und die Mitbewohnerin Arianes ihm über die Personen rechts und links Auskunft geben konnten, damit er seine Recherchen konkretisieren konnte. Er rief Neubauer und Pöllinger an und vereinbarte mit beiden einen Treffpunkt in einem Café nahe der Lugner City, da dies für beide gut erreichbar sein sollte.

In Mauerbach erwachte Maria aus einem unruhigen und von Albträumen durchsetzten Schlaf. Sie wusste in den ersten Minuten nach ihrem Erwachen nicht, wo sie sich befand. Dann erinnerte sie sich daran, dass eine freundlich lächelnde ältere Frau sie wahrscheinlich vor dem Tod gerettet hatte. Vorsichtig stand sie auf und öffnete die Tür ihres Zimmers. Aus einem anderen Zimmer drang leise Musik. Ein Radio war an. Geklapper von Geschirr war hörbar. Sonst war alles still und schien sicher zu sein. Maria wagte es, ihren rechten Fuß auf den weichen Teppich des Vorzimmers zu legen und ein paar Schritte in Richtung Musik zu machen. Der Holzboden knarrte und ließ sie zusammenfahren. Aus dem Zimmer, aus dem sie die Musik vernahm, ertönte ein fröhliches „Good morning!“. Dann steckte die ältere Frau, die ihr in der Nacht bereitwillig Herberge gegeben hatte, den Kopf zur Türe heraus.

Maria sagte: „Toilette?“ Dabei hielt sie sich mit einer über alle Sprachen hinweg bekannten Geste mit beiden Händen den Unterbauch. Die Frau lächelte und zeigte mit ihrer rechten Hand auf eine Türe, die sich gleich rechterseits zu Maria befand. Nachdem sie die Spülung betätigt und die Tür zum Vorzimmer geöffnet hatte, nahm ihre Retterin sie bei der Hand und führte sie in ein kleines Badezimmer, in dem ein frisches Handtuch und eine frische Zahnbürste bereitlagen. Neben dem Handtuch, auf der im gleichen Zimmer befindlichen Waschmaschine, lagen frische Socken, Unterwäsche und ein ausgeblichener Trainingsanzug. Maria war von der Freundlichkeit dieser Frau so ergriffen, dass sie sich ihrer Tränen nicht erwehren konnte. Sie pressten sich durch ihre Augenlider und rannen ihr stumm die Wangen hinunter. Es waren Tränen der Erleichterung, aber auch Tränen der Furcht, dass dies schon bald wieder vorbei sein könnte.

Sie nahm eine ausgiebige Dusche und zog sich die bereitgestellte Kleidung über. Dass ihr die Sachen nicht passten, war ihr dabei einerlei. Frisch gewaschen und gekleidet betrat sie die kleine Küche, die dem Badezimmer genau gegenüberlag. Auf einem kleinen Tischchen fand sie ein frisches Gedeck aus Tasse, Teller, Messer und Löffel sowie einen weiteren Teller mit verschiedenen Köstlichkeiten wie Wurst, Käse, Butter und Marmelade. Wieder war Maria so berührt, dass ein Weinkrampf sie zu schütteln begann. Die Frau nahm ihre Wangen zwischen ihre Hände und küsste Maria vorsichtig die Stirn. Dann führte sie sie zu dem kleinen Sessel und sagte: „Eat!“ Dann trat eine Pause ein. „Tea or coffee?“

„Water, please“, antwortete die junge Frau und bekam ein großes Glas kühles Waser vorgesetzt.

Die ältere Frau sah mit Genugtuung, wie Maria damit begann ihre erste Brotscheibe zu belegen. Sie setzte sich ihr gegenüber auf den Sessel und erklärte auf Englisch, dass sie früher als Lehrerin für Englisch und Mathematik an einer höheren Schule in Wien tätig gewesen sei.

„Wir sind gestern am Abend nicht dazu gekommen, uns vorzustellen. Mein Name ist Hedwig“, sagte die Frau auf Englisch und streckte Maria die Hand entgegen.

„Maria!“, kam es als Antwort zurück.

Hedwig ermunterte sie, mehr zu essen und zu trinken, damit sie wieder zu Kräften komme. Maria bemerkte, dass sie sich erhoffte, etwas mehr über die Umstände zu erfahren, welche sie in ihr Haus geführt hatten, sie hatte aber große Furcht davor, darüber zu sprechen. Sie hatte keine Ahnung, wem sie vertrauen konnte, obwohl die

Behandlung, die sie hier erfuhr, sehr vertrauenerweckend war. So erzählte sie, dass sie einige Tage zuvor in einer Diskothek am Schwarzen Meer von einem jungen Mann betäubt worden sei. Dies habe zu ihrer Entführung und Verschleppung in dieses Land geführt. Gestern Abend habe sie die Gelegenheit gehabt, ihren Entführern zu entkommen. Diese Flucht wiederum habe sie hierhergeführt.

Die ältere Frau hatte, ihr gegenübersitzend, die Hand vor den offenen Mund geschlagen und sah sie mit entsetzten Augen an.

„Wir müssen die Polizei darüber informieren, dass du da bist!“, sagte sie. Maria schüttelte angesichts dieses Vorschlags mit vor Schrecken geweiteten Augen den Kopf.

„Nein bitte nicht! Keine Polizei. Darf ich mit meiner Mama telefonieren, bitte? Sie kann neue Dokumente schicken und Geld und ich kann zurück nach Bulgarien reisen!“

„Aber jemand muss sich um deine Entführung kümmern, mein Kind. Dir ist großes Unrecht widerfahren, wir müssen die Polizei einschalten!“

Maria begann herzzerreißend zu weinen und schluchzte zitternd: „Keine Polizei, bitte!“

„Gut! Gut! Wir warten noch ein paar Tage. Du sollst dich erstmal von deinem Schock erholen“, sagte Hedwig und strich ihr übers Haar.

Als Hedwig vom Tisch aufstand, blickte sie aus dem Küchenfenster und über ihren Vorgarten auf die Straße hinaus. Der große dunkle Wagen, den sie in dieser Nacht mehrfach wahrgenommen hatte, war an der Einfahrt des

Dorfes, direkt neben dem Ortsschild geparkt. Seine Insassen schienen auf etwas zu warten, lauerten einer Spinne gleich in einem Netz, bereit zuzuschlagen, wenn sich die Beute aus ihrem Versteck wagte.

„Ruf deine Mutter an und sag ihr, dass es dir gut geht!“, sagte Hedwig und reichte ihr das schnurlose Telefon. Maria nickte und wählte eine Nummer.

In Warna läutete das Telefon. Es wurde abgenommen.

„Mama, ich bin's!“, murmelte Maria in den Hörer. Ein spitzer Schrei und ein laut ausgesprochenes Stoßgebet zeugten davon, dass die angerufene Person nicht mit diesem Anruf gerechnet hatte.

„Wo bist du, mein Kind?“, fragte Marias Mutter, nachdem sie einige Sekunden gebraucht hatte, um sich zu sammeln und zu fassen. Daraufhin erzählte ihr Maria die ganze Geschichte.

Ihre Mutter sagte: „Ich werde in den nächsten Tagen versuchen, einen neuen Reisepass für dich zu beantragen. Ich habe keine Ahnung, ob das erfolgreich sein wird, denn die Polizei war bei mir, hat mich von deinem Verschwinden unterrichtet und mich gleichzeitig damit bedroht, mich und unsere ganze Familie umbringen zu lassen, wenn ich etwas dagegen unternehmen würde. Ich nehme an, dass einzelne Personen der Polizei in deine Entführung verwickelt sind. Daher möchte ich noch etwas Zeit vergehen lassen, zumindest bis zum Ende der Woche, bis ich mit den Dokumenten zum Amt gehe, um einen neuen Pass zu beantragen.“ Maria nickte betroffen und stumm in den Hörer.

„Bist du wirklich in Sicherheit, mein liebes Kind?", fragte die Mutter mit deutlicher Besorgnis in der Stimme.

„Ja, Mama, bin ich! Ich rufe dich wieder an!" Sie versicherten einander noch ihre aufrichtige Liebe und legten dann auf.

Maria wandte sich an Hedwig und sprach: „Meine Mutter sagte mir gerade, dass sie von der Polizei bedroht wurde. Sie sagte, dass die Polizei drohte, meine ganze Familie zu töten, wenn Nachforschungen zu meinem Verschwinden angestellt würden." Hedwig nickte.

„Ich verstehe! Du hast recht, mein Kind, wir werden kein Risiko eingehen, verhalten uns ein paar Tage still hier und versuchen erst gegen Ende der Woche die Polizei zu kontaktieren!" Maria atmete hörbar auf. Es klang gerade so, als wäre eine riesige Last von ihren Schultern gefallen.

Dann blickte sie Hedwig an und fragte: „Hast du eine Schere und ein Mittel, um Haare zu färben?"

Sie blickten nun beide mehr unbewusst als beabsichtigt aus dem Küchenfenster. Wieder bewegte sich die Limousine, die zuvor am Ortsschild geparkt hatte, langsam durch die Reihen der kleinen Einfamilienhäuser.

„Maria, das Auto, vor dem du dich so gefürchtet hast, ist noch immer im Ort. Du bleibst bitte weg von den Fenstern, hörst du?" Aus Marias Gesicht war jede Farbe gewichen und sie begann unkontrolliert zu zittern. Hedwig nahm sie in den Arm.

„Schhh, du bist hier in Sicherheit, keine Sorge!", sagte die ältere Frau. Dann ging sie Richtung Badezimmer.

„Was soll das bedeuten: ‚Der Häftling ist nicht in der Josefstadt angekommen!‘?“, brüllte Chefinspektor Thomas Adam den vor ihm stehendenden Kollegen ins Gesicht. Adam war ein riesiger Kerl, mächtige Muskeln umspannten seine Arme und Brust. Sein haarloser Kopf schob sich bedrohlich in Richtung des Kollegen, der instinktiv einen Schritt nach hinten machte. „Don't mess with Adam!“, hieß es auf dem Posten allgemein hinter dem Rücken des Chefs, der seine Dienststelle souverän führte und als umgänglich beschrieben wurde, solange man keine Fehler machte. Inspektor Gebhard spürte dabei den feinen Sprühnebel aus Speichel und Kaffee in seinem Gesicht, der aus dem kaum fünfzehn Zentimeter entfernten Mund des Riesen kam, der auf ihn herabblickte. Gebhard zuckte die Achseln und richtete dabei seine Handflächen abwehrend nach außen.

„Ich weiß nicht, zwei Kollegen haben den Bulgaren gestern Morgen abgeholt und sind im Dienstwagen nach Wien gefahren. Im Amtsbuch ist die Übergabe vermerkt, die Beamten hießen Inspektor Wöllinger und Inspektor Grubner. Josefstadt hat gerade angerufen und gefragt, wann wir den gestern von uns angekündigten Mann überstellen würden. Da bin ich stutzig geworden. Wie konnte er verschwinden?“ Er bemühte sich Adam in die Augen zu blicken und ihm standzuhalten.

„Fragen Sie mich das jetzt ernsthaft, Gebhard? Sind Sie von allen guten Geistern verlassen? Wir stehen da wie die letzten Idioten und Sie fragen mich? Waren Sie nicht an der Übergabe beteiligt? Haben Sie nicht die Papiere und Ausweise gecheckt? Sie rufen jetzt auf der Stelle in der Rossauer Kaserne an und klären das! Verstanden? Finden Sie in der Sekunde heraus, wer die zwei Vögel waren, die den Bulgaren geholt haben!" Gebhard wandte sich zum Gehen, blieb aber stehen. Adam hob seine Augenbrauen und blickte ihn an. Gebhard schluckte seine Frage hinunter und ging, um zu telefonieren.

Das Bild, das Danny von Sophie bekam, war sensationell. Sie hatte den Mann wieder zum Leben erweckt. So war keine Interpretation möglich, es war wie erwartet realistisch.

„Danke, Sophie!", sagte Danny, „Du hast extrem gute Arbeit geleistet!" Sophie grinste, winkte und verabschiedete sich. Danny fügte das Foto ihrem Text bei und sandte alles per Mail an die Austria Presse Agentur. Dann klingelte ihr Telefon.

„Hi, Andorian! Gibt's was Neues, weil du anrufst?"

„Ich bin nicht sicher. Ich bin gerade auf dem Weg ins Café Weidinger am Gürtel. Ich treffe Neubauer und Pöllinger. Wir haben heute etwa fünftausend Fotos durchgeackert. Überall dasselbe Muster: Familie, Freunde. Auf der Festplatte des Laptops auch ein paar erotische Aufnahmen von ihr und Neubauer, nichts rechtlich Relevantes. Ebenso in den Social-Media-Accounts, nur dort gibt's keine Erotik. Aber zwei Fotos auf Insta sind auffällig."

„Inwiefern auffällig?", fragte die Kommissarin.

„Nun, es sind andere Leute darauf zu sehen, sie entsprechen nicht dem Muster der anderen Fotos. Wir werden nun Neubauer und Pöllinger befragen, um zu sehen, ob es da Wissenswertes gibt. Ich bringe dir den Laptop gleich danach vorbei! Schlau werde ich bloß aus dem Taschenkalender nicht. Neubauer sagte in unserem Gespräch gestern, dass Ariane alle Termine, die für sie wichtig waren, in ihren Kalender eingetragen hat. Er kann sich einen Kalender aus Papier nicht erklären. Dies ist doch ebenfalls seltsam, oder nicht? Aus welchem Grund sollte eine junge erfolgreiche, beliebte und sozial hochkompetente Studentin der Rechtswissenschaft bewusst zwei Kalender führen, wobei von dem zweiten niemand etwas zu wissen scheint und den noch nicht mal jemand lesen kann. Ich werde aus diesem Verhalten nicht schlau."

„Damit hast du völlig recht, Andorian. Das ist auch verdächtig und lässt nur einen einzigen Schluss zu, nämlich dass das Filofax von besonderer Wichtigkeit für den Fall ist und wir unbedingt den Code knacken müssen, der auf den einzelnen Seiten vermerkt ist. Muss weiterarbeiten. Ich lege jetzt auf. Sobald es Neuigkeiten gibt, informiere ich dich, und ich bitte dich, das Gleiche zu tun", gab Friedmann zurück. Der Detektiv versprach dies und hängte dann ein. Er bog rechts in Richtung Tiefgarage der Lugner City ab und parkte sein Auto.

Wenige Minuten später stand er vor dem vereinbarten Kaffeehaus und betrat die etwas in die Jahre gekommene Atmosphäre. An einem Tisch im hinteren Eck der Gastwirtschaft erblickte er die Mitbewohnerin von Ariane und ihren ehemaligen Verlobten.

Eine hübsche junge Frau sah sie aus dem Spiegel heraus an. Knabenhaft kurz geschnittenes kastanienbraunes Haar und Augenbrauen derselben Farbe hatten eine komplette Veränderung des Typs mit sich gebracht. Maria und

Hedwig waren begeistert und klatschten sich gegenseitig in die Hände.

„Wir müssen deiner Mutter ein neues Foto von dir schicken, sonst kann sie keine Reisedokumente beantragen“, sagte Hedwig. „Dafür müssen wir allerdings in das nahe gelegene Einkaufszentrum fahren.“ Wieder wich alle Farbe aus Marias Gesicht. Hedwig lächelte mild. „Keine Sorge, ich habe einen Plan“, sagte sie und strich Maria über die Wange. „Das machen wir morgen Früh, heute ist es sowieso schon zu spät.“

„Hi, Danny! Alma hier!“, sagte die Gerichtsmedizinerin.

„Hi, Doc! Gibt's etwas Neues zu berichten?“

„Nun, ich bin verwirrt. Der Tote war ein etwa fünfunddreißigjähriger Mann. Er ist, soweit man dies nach dem Einfluss des Wassers sagen kann, wahrscheinlich südosteuropäischer oder osteuropäischer Herkunft. Seine Zähne sind gut und sehr gepflegt, Ausbesserungen wurden mit Keramik gemacht, was auf Geld schließen lässt. Er war von guter allgemeiner Konstitution und Gesundheit. Seine Leber weist auf halbwegs regelmäßigen Alkoholkonsum hin und er litt an einer Gastritis. Von den Fesselungen an den Handgelenken gibt es keine Faserreste, was mich zu der Vermutung gelangen lässt, es wären Handschellen benutzt worden. Es sind keine Fingerabdrücke oder Fremd-DNA auf dem Körper zu finden. Todesursache ist der Blutverlust und das Einatmen des eigenen Blutes, bedingt durch den tiefen Einschnitt am Hals. Und jetzt kommt die Überraschung: Die Schnittränder und der Schnittverlauf sind nahezu identisch jenen von Ariane Bergmüller.“

Die Stille am anderen Ende der Leitung war so ausdauernd, dass Alma fragte: „Hallo, Danny, bist du da?"

„Ja, bin ich, verzeih! Was ist deine Interpretation, Doc?"

„Nun, entweder wir haben zufällig das gleiche Schnittwerkzeug oder denselben Täter, und dies würde bedeuten …"

„… dass da ein Zusammenhang besteht!", beendete Friedmann den Satz. „Ich danke dir für die genaue Arbeit und deine Unterstützung!"

„Bitte, gerne, ist schließlich mein Job und ich liebe ihn! Soweit man das sagen kann, natürlich. Sehen wir einander heute Abend?", fragte Doktor Alma Selimovic.

„Ich weiß noch nicht, eher nicht! Ich muss einiges nacharbeiten und habe noch keine Ahnung, zu welchem Pensum sich das alles hier entwickelt!"

„Alles klar!", sagte Selimovic. „Aber denk an die Work-Life-Balance, meine Liebe!" Dann verabschiedeten sie sich und hängten ein.

Andorian trat an den Tisch der beiden Studenten.

„Gibt es neue Erkenntnisse?", fragte Pöllinger und beide sahen dem Detektiv erwartungsschwanger ins Gesicht.

„Nein, nicht wirklich, aber wieder neue und noch mehr Fragen!", antwortete er und zog dabei die zwei Bilder aus der Tasche.

Er erzählte ihnen von der erfolglosen Durchforstung der Festplatte sowie der einzelnen Social-Media-Accounts von Ariane Bergmüller, die hauptsächlich Bilder ähnlicher Thematik enthielten. Die Studierenden lauschten aufmerksam. Dann drehte er die zwei Fotos auf dem Tisch so, dass ihr Inhalt sichtbar wurde. Beide runzelten die Stirn.

„Sind Ihnen die Personen auf diesen Bildern bekannt?“, fragte er und blickte erwartungsvoll in die Runde. Stille. Kopfschütteln und das gegenseitige Tauschen von Blicken sagten alles. Dies war eine Sackgasse. Frustriert ließ er sich auf seinem Sessel in die Lehne sinken. Neubauer griff nach dem Selfie und betrachtete es eingehend. Dann wandte er sich an Laura, tippte mit dem Zeigefinger seiner rechten Hand auf das Foto und sagte: „Hm, diese Kette, dieses Amulett, ich habe es schon einmal gesehen, aber ich komme nicht drauf, wo. Ich erinnere mich nicht.“

Laura Pöllinger erwiderte: „Das ist die Lebensblume, Christof. Die kriegst du in jedem zweiten Schmuckgeschäft zu kaufen, esoterischer Schnickschnack, der dem Träger oder der Trägerin Glück bringen soll. Ich glaube nicht, dass wir hier mit diesem Bild neue Erkenntnisse gewinnen können.“

Sie legte das Bild zurück auf den Tisch und seufzte. Alle drei starrten dumpf in die Leere. Keiner wusste, wie viel Zeit vergangen war, als Christof Neubauer noch einmal das Wort ergriff.

„Laura! Jetzt weiß ich es! Diese blonde Frau haben wir Ende November des letzten Jahres am Abend im Palace getroffen. Ariane hat ein wenig mit ihr geplaudert, ich kann mich ganz bestimmt an die Tätowierung und die Halskette erinnern.“ Laura Pöllinger nahm noch einmal das Bild zur Hand und betrachtete es still.

„Du hast recht, Christof!“, sagte sie. „Ariane hat uns dieses Mädchen als Sarah vorgestellt! Aber wie kommt sie hier zu Ariane auf das Foto?“

„Welchen Zeitstempel hat das Foto?“, fragte Christof Neubauer. „Ich kläre das sofort ab“, antwortete Andorian und griff zu seinem Telefon.

Er wählte die Nummer der Kanzlei, wo Isa nach dem zweiten Klingeln das Gespräch annahm.

„Hallo, Boss! Wo brennt es denn?“, fragte sie spitzbübisch.

„Du erinnerst dich an die beiden Bilder, die aus der Reihe der anderen Bilder herausstachen? Ich brauche bitte dringend den Zeitstempel beziehungsweise das Datum der Aufnahme dieser beiden Fotos. Wäre es möglich, dass du mir die Daten zukommen lässt?“

Isa bejahte und hängte ein. Eine Minute später verkündete sein Telefon, dass diese Fotos Ende Mai dieses Jahres gemacht worden waren. Weil sie mit einem Telefon gemacht wurden, ließ sich sogar der Ort feststellen. Die Fotos waren in der Marina entstanden, einem hübschen Restaurant am Donauufer nahe dem Prater im zweiten Wiener Gemeindebezirk.

„Dies bedeutet, das es nicht allzu schwer sein sollte herauszufinden, zu welchem Zweck Ariane an diesem Tag in diesem Restaurant war! Ich checke das sofort morgen früh.“ Neubauer starrte entgeistert auf die Tischplatte, wo die Fotos lagen.

„Ich erinnere mich an diesen Abend. Ursprünglich wollten wir auf die Geburtstagsfeier meines Cousins.

Ariane hat diese Feier kurzfristig abgesagt, weil sie vorgab sich für die nächste Prüfung vorzubereiten, die Anfang Juni auf uns zukam und die sie nicht verpassen wollte. Ich erinnere mich daran, dass wir uns stritten und ich das Gespräch vorzeitig beendet habe, weil ich mich auf diesen Abend gefreut hatte und die Feier auch schon lange Zeit geplant war."

Laura Pöllinger starrte entgeistert und mit offenem Mund in die Runde. Dann sagte sie: „Ich erinnere mich, dass sie gegen 19:00 Uhr geschminkt und aufgestylt die Wohnung verlassen hat, um mit Christof auf die Geburtstagsfeier seines Cousins zu gehen. Sie hat uns eiskalt gegeneinander ausgespielt! Was zur Hölle kann so wichtig sein, dass meine beste Freundin mich und ihren Verlobten belügt? Ich kann es nicht fassen! Ich dachte, ich kannte sie." Ihre Augen schwammen in Tränen, als sie dieser Erkenntnis gewahr wurde.

„Wir werden hinter dieses Geheimnis kommen und alles aufdecken! Ich bin mir absolut sicher!", sagte Andorian. Dann sprang er auf, verabschiedete sich, zahlte an der Theke für sie alle und schlug den Weg zur Tiefgarage ein.

Inspektor Gebhard klopfte zaghaft an die Türe zum Büro seines Vorgesetzten Chefinspektor Adam. Von drinnen war ein mürrisches „Ja, bitte!" zu hören. Gebhard trat ein und salutierte.

„Sie sehen aus, als hätten sie keine guten Nachrichten für mich!" Gebhard schluckte vernehmlich und trat ein.

„So ist es, Chef! Niemand in Wien kennt die beiden Inspektoren, die den Häftling abgeholt haben. Es ist so, als würden sie nicht existieren. Es ist einfach unglaublich! Die haben die Namen mehrfach durch System laufen lassen, die bei uns im Geschäftsbuch stehen. Völlig ohne Erfolg, diese beiden Beamten existieren nicht im Dienst der Bundespolizei von Österreich!“ Adam klappte der Unterkiefer Richtung Schreibtisch.

„Was soll das bedeuten? Die gibt’s nicht? Wollen Sie mir erzählen, das beschissene Geister gestern unseren Bulgaren abgeholt haben? Die waren doch real, oder? Gebhard, sagen Sie mir, dass die real waren? Sagen Sie mir, dass Sie deren Ausweise gecheckt haben. Wir sind hier ein beschissener kleiner Posten auf dem Land, jawohl, aber sagen Sie mir, dass ich es hier nicht mit lauter Idioten zu tun habe, deren Häuptling ich bin. Denn wenn das so wäre, dann müsste in Zukunft ein etwas schärferer Wind wehen, oder nicht? Sie wollen das doch nicht, Gebhard? Sie wollen doch nicht, dass ich aussehe wie ein Idiot, oder, Gebhard?“

Thomas Adam war aufgesprungen und mit einem Satz bei Gebhard. Er hatte sich in Rage geredet, wie immer, wenn er seine cholerischen Schimpftiraden abschoss, einem Maschinengewehr gleich und aus kürzester Distanz, quasi Nasenspitze an Nasenspitze.

„Nein, natürlich nicht“, setzte der junge Inspektor an.

„Na, da bin ich aber froh! Wer sind dann diese zwei Arschlöcher, die uns unseren Häftling geklaut haben, Gebhard? Sagen Sie mir bitte, dass Sie da Erkenntnisse haben! Gebhard!?“

Die Ader auf Adams Schläfe trat nun deutlich hervor. Gebhard wusste, dass der Moment der Eskalation gekommen war. „Don't mess with Adam!" Atmen und Ruhe bewahren.

„Chefinspektor Winkler aus der Rossauer Kaserne wird das an die Kripo und die interne Abteilung weiterleiten", sagte er selbstsicher und mit direktem Blick in die Augen seines Chefs.

„Mir scheint, ich bin von Idioten umgeben. Wie kann es sein, dass zwei Beamte der Polizei mit Ausweisen hier hereinspazieren können, um einen Gefangenen zu transportieren, und gar keine Beamten sind? Kriegt man die Dienstausweise neuerdings im Supermarkt? Gebhard, gehen Sie da raus und sagen Sie allen, die hier sind, dass heute niemand heimgeht, bevor dieser verdammte Bulgare gefunden ist. Niemand! Habe ich mich klar ausgedrückt", brüllte Adam.

Der junge Inspektor ging, drehte sich um und verließ das Büro seines Vorgesetzten. Das würde ein langer Tag werden und eine lange Nacht.

Vor einiger Zeit

Ariane hatte Gefallen gefunden an ihrem neuen Leben. Die Markova hatte ihr einen Steuerberater empfohlen, der sie bestens beriet, und auch sonst war alles eitel Wonne. Nur privat nicht. Sie stritt sich immer häufiger mit Christof. Er bemängelte, dass sie kaum noch Zeit hatte und oft nicht erreichbar war. Wenn sie zusammen waren, war sie müde und abgespannt. Er vermutete eine Depression, die auf den Tod ihres Vaters zurückzuführen gewesen wäre. Sie wollte ihm nicht böse sein, manchmal gelang es, manchmal nicht. Das größte Problem war – sie hatte sich das anfangs leichter vorgestellt –, dass sie mit niemandem darüber sprechen konnte.

Auch Laura war feinfühliger geworden, sensibler für die Situation. Sie spürte, dass da was im Busch war. Sie sah ja, dass Ariane oft allein wegging, dann für viele Stunden nicht heimkam, oft über Nacht. Das führte zu endlosen Diskussionen.

Es war bisweilen so, als hätte sich Arianes altes Leben gegen sie verschworen. Aber das neue Leben war genial. In der letzten Zeit hatte sie viele Klienten gehabt. Meist ältere Herren zwischen vierzig und sechzig. Und sie wollten alle auch die Zusatzleistungen, wie Daria es ausdrückte, absolut alle. Sie konnte das Geld mittlerweile in einer Schuhschachtel unter dem Bett verstecken, so viel war es. Sie hatte auch bereits Stammklienten. Ein junger Mann, ungefähr dreißig Jahre alt, er ließ sich Henry nennen, kam immer wieder, und er zahlte. Er war unglaublich sympathisch, eloquent, er hinkte leicht. Er erzählte, dass dies von einem Unfall als Kind, als er von einem Pferd getreten worden war, stammte. Es störte keineswegs. Es machte ihn geheimnisvoll.

„Verliebe dich nicht!", hallten die Worte der Markova in ihrem Hinterkopf. Sie meinte, dass solche Geschichten nicht wie in dem Film „Pretty Woman" enden würden.

Heute würden sie in der Marina Dienst machen. Sie und Destiny und Pearl und Honey. Sie saßen in einer Limousine und fuhren gerade den Handelskai entlang, kicherten, tranken Champagner und freuten sich auf den Abend. Mitarbeiter einer Online-Marketingfirma hatten sie gebucht. Die mussten Geld ohne Ende haben, wenn dies möglich war. Egal, darüber machte sie sich keine Gedanken. Es war ihr egal, solange es Spaß machte und Geld brachte.

Sie hatten sich eingehakt. Diesmal waren die Männer deutlich jünger. Ariane ging bei Marc, er hatte sich so vorgestellt, untergehakt auf das Restaurant zu. Er war leicht rot geworden, als er sie sah. Er hätte locker auch auf einem Modemagazin die Titelseite schmücken können. Wahrscheinlich war dies das erste Mal für ihn. Dies gab ihr Macht über ihn und sie genoss das. Sie hatte viel an Selbstbewusstsein zugelegt in den letzten Monaten. Es war eine einzigartige Erfahrung. Sie hatte Marc auf die Wange geküsst und gesagt: „Keine Sorge, sei einfach du selbst!" Dann hatte sie ihren Arm unter seinen geschoben und sie waren losmarschiert. Auf dem Rasen vor der

Marina, mit der Skyline von Wien im Hintergrund, hatten die vier ein Selfie gemacht und dann noch eines, auf dem nur sie und Destiny zu sehen waren. Ein geradezu genialer Abend.

16. August

Chefinspektor Adam betrat den Posten gegen sieben Uhr morgens. Seine Laune war für alle im Wachzimmer deutlich an der Farbe seines Kopfes ablesbar.

„Briefing für alle in fünf Minuten!“, fauchte er.

Augenblicke später waren alle Beamtinnen und Beamten des Postens im Besprechungsraum versammelt. Manche um den runden Tisch sitzend, andere in zweiter Reihe stehend. Adam trat ein, es wurde still.

„Nun“, sagte er, „einen schönen guten Morgen!“ Alle murmelten einen halbherzigen Gruß zurück. „Ich habe einen Ermittlungserfolg zu vermelden! Ich persönlich habe unseren vermissten Häftling wiedergefunden!“ Ratlos blickten die Anwesenden einander an, um zu überprüfen, ob sie mit ihrer Ratlosigkeit nicht allein waren. Es herrschte Stille, niemand traute sich die alles entscheidende Frage zu stellen: „Wie das?“

„Ja, meine Damen und Herren, ich habe ihn gefunden! Heute in der Früh!“ Adam holte aus und warf die Tageszeitung mit dem Bild des Bulgaren auf den Tisch. „Er lachte mich bei meinem morgendlichen Stuhlgang frech an! Mitten aus der Zeitung! Der Gute hat Badeurlaub gemacht, er ist im Donaukanal geschwommen. Er hatte es so eilig zu schwimmen, dass er nicht mal seine Klamotten ausgezogen hat, als er ins Wasser sprang. Und da das Vergnügen ein ganz besonderes war, hat er vor lauter Freude fast seinen Kopf verloren. Und warum das Ganze? Weil wir hier versagt haben. Wir haben ihn ausgehändigt. An Micky-Maus-Polizisten mit Micky-Maus-Ausweisen. Die in Wien denken, wir sind so doof hier auf dem Land, wir könnten mit einem Stock und einem Spiegel nicht mal unser eigenes Arschloch finden! Gratulation! Gut gemacht! Die Interne hat sich schon gemeldet. Das wird viel Schreibkram. Und viele Gespräche!" Dann stand er auf und verließ den Raum.

In Warna lief das Unternehmen auf Hochtouren. Das Netzwerk vor Ort hatte vorgestern Nacht den Auftrag bekommen, in den nächsten 3 Tagen eine neue Lieferung zu organisieren. Das war kein einfaches Vorhaben. Das Team vor Ort einigte sich darauf, etwas radikaler vorzugehen. Sie hielten sich den ganzen Tag am Strand auf und hielten Ausschau nach geeigneten jungen Frauen. Der junge Mann, er gab sich selbst diesmal den Namen Martin, erhielt über die Kurznachrichten auf sein Telefon die Beschreibungen potenzieller Kandidatinnen. Waren die jungen Frauen identifiziert, wartete er auf die Gelegenheit, wo sie sich an einer Strandbar etwas zu trinken oder zu essen holten. Dann näherte er sich wie zufällig und ließ seinen bis jetzt immer sehr erfolgreichen Charme spielen. Er verwickelte die jungen Frauen in Gespräche, lud sie zum Essen ein und nach einigen Stunden des Flirtens und Umgarnens waren die meisten bereit, mit in sein Apartment zu kommen. Wichtig war dabei nur darauf zu achten, dass die jungen Frauen allein unterwegs waren, aber dafür sorgten seine Komplizen im Hintergrund, wenn sie die Opfer identifizierten. Er musste dann nur mehr den Sack zumachen und das Team verständigen. Es war hochriskant bei Tageslicht zu arbeiten, aber besondere Situationen erforderten besondere Maßnahmen, und so fügten sich alle in ihr Schicksal, ihre eigene Sicherheit und Identität zu riskieren, um dem Mann mit der schrecklich verzerrten Stimme seine Wünsche zu erfüllen.

Das Besondere an diesem Netzwerk war, dass es aus vielen kleinen Gruppen bestand, die einander nicht kannten. Alle Informationen liefen bei dem Mann mit der dämonischen Stimme zusammen, der die einzelnen Gruppen spielte wie ein Dirigent sein Orchester. Er war der Teufel in Person, der Puppenspieler des Bösen, und keiner kannte seine Identität. Es war in den letzten Jahren immer wieder vorgekommen, dass einzelne Personen versucht hatten, aus diesen schmutzigen Machenschaften auszusteigen. Ihre toten und geschundenen Körper fand man immer einige Tage nach den verlautbarten Bestrebungen, ein anderes Leben führen zu wollen, irgendwo in einem Straßengraben oder auf einem Müllplatz. Es schien fast so, als würde das ganze System von Zeit zu Zeit eine Erinnerung brauchen, wem es seine Dienste abzuleisten hatte. Nach solchen Vorfällen verstummten Kritik, Ärger und die Idee nach Gehaltserhöhungen beinahe in der Sekunde. Alle taten wieder ihren Dienst, riskierten ihre eigene Sicherheit und verschleppten unschuldige junge Frauen. Es funktionierte immer nach den gleichen Prinzipien. Einlullen, betäuben, Identität feststellen, dann ab zu den Eltern.

Die Eltern waren ein wichtiger Faktor im Bereich Sicherheit. Einige Teile der Polizei waren derartig korrupt, dass es nicht viel Aufhebens bedurfte, sie mit der Absicht der Erpressung und Nötigung zu den einzelnen Adressen zu schicken. Natürlich mit Bezahlung. Diese war grundsätzlich fürstlich, obgleich es für den Dämon in Wien nur ein Tropfen auf dem heißen Stein war. Was waren schon fünfhundert Euro, wenn eine Lieferung auf dem Markt je nach Qualität der Ware bis zu einer Million Euro brachte. Es war sogar schon vorgekommen, dass Familien gegen Bezahlung versprachen ihre Töchter nicht zu suchen. Eltern, die ihre Tochter quasi für tausend Euro verkauften und sich keinen Pfifferling darum scherten, was mit ihr geschah.

Martin nannte sich der hübsche junge Mann heute, der als Köder diente. Er flanierte, die Beine bis zu den Knöcheln im Wasser, am Strand entlang und lächelte ganz unverhohlen die jungen Frauen an, die sich auf den Liegestühlen sonnten, sich eincremten, ins Wasser liefen oder Ball spielten. Sein Telefon hatte bis jetzt geschwiegen. Eine Frau musste noch in die Sammlung. Drei hatten das Team und er in den letzten vierundzwanzig Stunden an Land ziehen können. Drei Frauen, die einem ungewissen Schicksal entgegengingen. Dreimal war der Polizist losgefahren. Dreimal war es gelungen Angst und Schrecken zu verbreiten. Der Polizist kam immer nachts, der Schrecken war so viel größer, die Wirkung besser.

Aber Martin dachte seit einiger Zeit darüber nach, wie es ihm gelingen könnte, aus diesem Netz auszusteigen. Es war nicht seine Lebensplanung junge Frauen zu entführen. Die Verlockung des Geldes war einfach zu groß gewesen. Er bekam zehntausend Euro für jede Frau, die er nachweislich ablieferte. Es waren einige gewesen und da er sparsam lebte – Bulgarien war nicht teuer und die Wohnungen wurden bezahlt –, hatte sich ein hübsches

Sümmchen auf seinem Konto angesammelt. Mit einem leichten Vibrieren meldete sich sein Telefon in der Hosentasche. Er zog es heraus, entsperrte das Display und blickte auf die Nachricht. „Blond. Schwarzer Bikini. Vor dem Copacabana in dritter Reihe auf dem zweiten Liegestuhl von links."

Das „Copacabana" war eine Cocktailbar, die tagsüber für die Sonnenhungrigen Speisen verkaufte. Es war spanische Küche. Nachos, Tacos und Burritos wechselten hier den Besitzer und erfreuten die Gaumen der Einkaufenden. Das Lokal war etwa fünfhundert Meter von dem Ort entfernt, wo er sich gerade aufhielt, und er machte sich auf den Weg, um junge Frau zu suchen. Es war nicht schwierig sie zu finden. Tatsächlich war dieser Strandabschnitt aufgrund der frühen Stunde noch nicht allzu stark besucht. Sie lag allein auf einem Liegestuhl, hatte eine große Badetasche bei sich und schien sich auf einen Tag am Meer zu freuen. Sie erblickte ihn ebenfalls, sah beiläufig in die Umgebung, während sie sich mit Sonnencreme einrieb. Auf dem Liegestuhl daneben war ebenfalls ein Handtuch abgelegt, sie schien also noch jemanden zu erwarten. Trotzdem näherte er sich an und belegte einen Liegestuhl eine Reihe hinter ihr. Sie war groß gewachsen und bei ihrem Anblick beschlich ihn ein Gefühl, das er nicht näher fassen konnte. Sein Bauchgefühl sagte, er solle sich schnellstens verziehen, hier sei etwas nicht in Ordnung. Er versuchte immer auf sein Bauchgefühl zu vertrauen. Aber für Gefühle war jetzt keine Zeit, der Auftrag musste erfüllt werden. Und so blieb er einige Zeit in ihrer Nähe.

Nach etwa einer halben Stunde stand sie auf und ging in die Richtung des Wassers. Es war wohl ihre Absicht ihren mittlerweile erhitzten Körper abzukühlen. Martin ließ ihr einige Meter Vorsprung, dann erhob er sich selbst und spazierte wie zufällig hinter ihr an den Strand. Sie stand im Sonnenlicht. Das Wasser reichte ihr etwa bis zum Bauch und sie benetzte sich Arme und Nacken mit den Händen, die sie zu einer Schaufel geformt hatte. Wenige Augenblicke später tauchte sie einem Delphin gleich in die Fluten. Mit kräftigen Schwimmzügen schwamm sie einige Meter gegen die Brandung in die Bucht hinaus. Martin selbst setzte sich in den Sand und ließ sich das Meer in Wellen auf den Bauch und die Beine klatschen. Er war sich sicher, dass sie ihn entdecken würde, sobald sie aus dem Wasser kam. Dann würde sich bestimmt die Möglichkeit für ein kleines Gespräch ergeben, das für gewöhnlich die Einleitung war, um näher miteinander in Kontakt treten zu können. Er beobachtete sie und genoss ihren Anblick, wie sie, grazil und doch kraftvoll, parallel zum Strand ihre Schwimmzüge trainierte. Es verging beinahe eine halbe Stunde, ehe sie wieder in Richtung Ufer schwamm. Sie kam direkt auf Martin zu. Als sie ihn erblickte, lächelte sie ihn an und er erwiderte die freundliche Geste.

„Mir ist das Wasser heute noch zu kalt!“, sagte er auf Englisch zu ihr und tat dabei, als würde es ihn frösteln.

„Du hast recht, am Anfang ist es ja kühl, aber wenn sich der Körper daran gewöhnt hat und man einige kräftige Züge geschwommen ist, dann ist das Wasser wundervoll. Ich kann diese Erfrischung nur empfehlen!“, antwortete sie lächelnd und ging an ihm vorbei zur Dusche, um sich das Salzwasser aus den Haaren und vom Körper zu spülen. Aus dem Augenwinkel beobachtete er, wie sie sich ein Strandtuch überwarf und den Weg in Richtung Bar einschlug, wohl um sich eine Erfrischung zu gönnen.

Er stand auf, kehrte zu seinem Platz zurück und überlegte, wie viel Zeit er hatte. Sollte er jetzt gleich die Gelegenheit am Schopfe packen und sie an der Bar ansprechen, oder sollte er noch einige Zeit abwarten, beobachten und auf einen geeigneteren Zeitpunkt warten, der nicht sofort nach billiger Anmache roch. Sicherheit stand dem Zeitdruck entgegen. Er griff zu seiner Brieftasche und folgte der jungen Frau an die Bar. Sie hatte einen Kaffee geordert und ein großes Glas Wasser dazu bestellt. Er stellte sich neben sie und sagte: „Was kannst du mir empfehlen?“ Sie sah ihn an und legte ihre Stirn in Falten. Er war etwas verunsichert. Dennoch versuchte er sich dies nicht anmerken zu lassen, gab sich lässig und abgeklärt.

„Kennen wir uns? Ich frage nur, weil du mich so musterst.“

Sie rieb sich mit Daumen und Zeigefinger über ihr Kinn.

„Hhhmm… Hast du gewusst, dass du einen Doppelgänger hast?“ Er schüttelte den Kopf und gab sich erstaunt. „Ein Typ, der dir zum Verwechseln ähnlich sah, ist vor vier Tagen meiner besten Freundin Maria zuerst im Golden Beach Dance Club, anschließend am Strand und wohl auch in seinem Apartment an die Wäsche gegangen! Aber er muss gut gewesen sein, denn sie ist seitdem nicht mehr aufgetaucht. Die vögeln sich wahrscheinlich die Seele aus dem Leib und die beste Freundin wird uninteressant daneben!“

Diese Aussage traf ihn mit der Wucht eines Güterzuges in voller Fahrt, der auf ein stehendes Hindernis prallt. Er versuchte seine Gesichtszüge nicht entgleisen zu lassen, versuchte sich seinen Schock nicht anmerken zu lassen und gleichzeitig nach einem Ausweg aus diesem Dilemma zu suchen.

Alois Niederkofler blätterte durch die Tageszeitung. Dies war ein Ritual, das sich seit dreißig Jahren täglich morgens wiederholte, bevor er seinen Dienst bei der städtischen Müllabfuhr antrat. Er hatte sich die halbe Nacht im Bett herumgewälzt, unschlüssig, wie er sich bezüglich des Reisepasses und des gefundenen Telefons verhalten sollte. Das Telefon hatte er bereits gestern einem am Computer versierten Freund gegeben, der es sich mit spezieller Software möglich gemacht hatte, Telefone, die gefunden wurden oder weniger zufällig den Besitzer wechselten, auf ihren Werkszustand zurückzusetzen. Er verlangte dafür die lächerliche Summe von fünfzig Euro. Alois hatte ihm gestern das Handy, das er nahe der Schleuse in Nussdorf gefunden hatte, vorbeigebracht. Er hatte es gleich als ein Smartphone der neuesten Generation identifiziert und seinem Freund und Saufkumpan Alois versprochen eine Rücksetzung innerhalb von 24 Stunden möglich zu machen. Da er wusste, dass Niederkofler dieses Telefon verkaufen würde, verlangte er eine Gewinnbeteiligung von zwanzig Prozent, die Niederkofler ihm nur allzu bereitwillig versprach, da er sich mit einem eigenen Telefon bewaffnet auf die Suche nach Marke und Modell gemacht hatte. Seine Nachforschungen ergaben, dass er das Telefon auf den Secondhandbörsen des Internets für gut tausend Euro verkaufen konnte.

Jetzt blätterte er sich durch die Zeitung und hielt in der Mitte des Blattes an, von dem ihm in gedruckter Version ein männliches Gesicht anstarrte. In der Überschrift war zu lesen:

Die Österreichische Bundespolizei bittet um Ihre Mithilfe! Die Polizei bittet die Bevölkerung Wiens, sie dabei zu unterstützen, den Mann, der gestern tot aus dem Donaukanal geborgen wurde, zu identifizieren. Laut gerichtsmedizinischer Angaben ist der Mann zwischen 30 und 40 Jahre alt und durfte südosteuropäischer Abstammung sein. Sollte Ihnen die Person bekannt sein, bittet die Polizei um Hinweise zur Klärung der Identität.

Darunter war eine Telefonnummer und eine E-Mail-Adresse abgedruckt, an die sich Menschen wenden sollten, die zu diesem Fall etwas beitragen konnten.

Alois Niederkofler war wie vom Blitz getroffen. Obwohl er in seiner eigenen Küche saß, blickte er links und rechts, als ob er Gefahr liefe, gesehen und als Zeuge oder Mitwisser identifiziert zu werden. In seinem Kopf hämmerte nur ein einziger Gedanke: „Wie kommst du aus diesem Schlamassel jetzt wieder heraus?" Sollte er die Polizei darüber informieren, dass er den Reisepass gefunden hatte? „Dann musst du nicht unbedingt von dem Telefon etwas erzählen. Wenn du Kontakt aufnimmst!", sagte er zu sich selbst. Dieses Smartphone konnte er quasi als Finderlohn für den Reisepass verrechnen. Wer sagte denn, dass Staatsbürgerpflicht kostenlos sein musste. Darüber hinaus war sein Freund Ferdi sicherlich schon dabei das Telefon auf den Werkszustand zurückzusetzen und dies machte eine Rückgabe völlig ausgeschlossen. Er kratzte sich mit den Fingern über das im Laufe der Jahre schütter gewordene Haar und streckte das Kinn mit den rauen Bartstoppeln nach vor. „Ich gebe den Pass bei der nächsten Polizeidienststelle ab, sage, dass ich ihn gefunden habe. Ich muss ja nicht unbedingt erwähnen, dass ich die Anzeige in der Zeitung gesehen habe und deswegen aufmerksam geworden bin!", sagte er zu sich selbst. Dann trank er seinen Kaffee aus, biss von seiner Buttersemmel ab und ging in Gedanken seinen Plan durch. Als guter Staatsbürger den Pass abgeben und die Stelle nennen, an der er den Pass gefunden hatte. Kein weiteres Wort. Nichts über das Telefon zumindest. Mein Gott, er war mit dem Blut in Berührung gekommen. Was, wenn die Polizei ihn nun als Verdächtigen einstufte? Plötzlich war er sich nicht mehr so sicher, sein Vorhaben auch in die Tat umsetzen zu wollen. Eine Sekunde später war der Plan wieder felsenfest in seinem Kopf. Er zog sich seine orange Arbeitskleidung an, tastete nach dem Pass in seiner Brusttasche und machte sich auf den Weg.

Andorian van Anders hatte eine schlaflose Nacht hinter sich gebracht. Der Fall ging ihm mehr zu Herzen, als er es für möglich gehalten hatte. Konnte es sein, dass er für den Beruf des Detektivs ungeeignet war, weil er keine professionelle Distanz zu den Geschehnissen halten konnte? War es möglich, dass aufgrund dieser Grundhaltung, also sich von bewegenden Ereignissen berühren zu lassen, der Erfolg abhing? Er hatte das Gefühl keine Kontrolle mehr über das zu haben, was rund um ihn passierte.

Gegen neun Uhr morgens kam er vollkommen übermüdet und auch mürrisch in der Kanzlei an. Isa zog eine Augenbraue hoch, als sie ihren Boss sah.

„Was ist dir denn über die Leber gelaufen!?“, fragte sie mit ernsthaftem Interesse.

„Nun, ich denke, der Fall ist mir über die Leber gelaufen. Es beschäftigt mich derartig, was mit diesem jungen Mädchen passiert ist, dass es mir schwerfällt nachts Schlaf zu finden. Ich muss wieder beginnen mich auf das Wesentliche zu konzentrieren und meine Energien zu sammeln und auch zu bündeln, andernfalls glaube ich nicht, dass ich diesen Fall zum Abschluss bringen kann. Ich bin persönlich betroffen und involviert. Das ist nicht gut, ich darf mich nicht emotional in die Ereignisse hineinziehen lassen“, sagte er und ließ sich währenddessen halb auf Isas Schreibtisch nieder.

Sie blickte ihn verständnisvoll an. Dieser Blick, den er nicht mehr missen wollte, machte ihn schlagartig ruhig. Es war, als hätte diese Frau magische Kräfte. Egal wie schlecht es ihm ging, sie konnte all dies ins rechte Licht rücken. Ihm neue Kraft geben. Und das Seltsame war, sie musste dazu gar nichts sagen. Sie musste nur sitzen, ihm zuhören und ihn ansehen.

„Was ist es im Speziellen, das dich so mitnimmt?“, fragte Isa.

„Ich denke, es ist die Vermutung, dass es hier um etwas Größeres geht, etwas, das sich mir nicht erschließt, noch nicht, und das dieser jungen und begabten Frau das Leben gekostet hat. Dies war kein Verbrechen aus Leidenschaft, es war ein Exempel. Es war eine Warnung. Ein Signal, das heißt: ‚Wenn ihr nicht so enden wollt wie sie, dann macht ihr, was ich sage.‘ Ich meine, vielleicht bin ich naiv, aber wer in Wien hat die Macht, so etwas zu tun? Wessen Geschäft oder Machenschaft ist so groß oder wertvoll, dass er einer jungen Frau das antat, und warum? Wie passt etwas, das zumindest auf den ersten Blick nach organisierter Kriminalität riecht, mit einer Studentin der Rechtswissenschaften zusammen? Ich kapier's nicht. Wieso hat dieses Mädchen fünfhunderttausend Euro unter ihrem Bett? Was ging da ab?“

Isa bemerkte, dass er sich während des Brainstormings so in Rage geredet hatte, dass er tatsächlich schwer atmete. Schweißperlen standen ihm auf der Stirn. Sie stand auf, umrundete den Schreibtisch, hob sein Kinn und blickte ihm direkt ins Gesicht.

„Ich bin davon überzeugt, dass uns das Foto, das wir gestern gefunden haben, in dieser Sache einen großen Fortschritt verschaffen wird. Wir müssen herausfinden, welche Bewandtnis es mit diesen jungen Frauen hat. Wieso waren sie an diesem Abend gemeinsam in der Marina und wieso wussten Arianes Verlobter und ihre beste Freundin nichts davon? Ich halte es für die klügste Idee, direkt in die Marina zu fahren und dort vor Ort nachzufragen. Vielleicht kann sich noch jemand dran erinnern, es ist schließlich noch nicht Jahre her, dass sie dort waren."

Andorian sah ihr stumm in die Augen und nickte. Dann erhob er sich vom Schreibtisch und begab sich zur Tiefgarage. In der Tür blieb er stehen, drehte sich um und sagte: „Danke, Isa!"

Sie schmunzelte. „Wofür denn, Boss?"

„Für dich!", sagte er und ging aus dem Büro. Isa blieb zurück und merkte, wie ein wohliger Schauer langsam ihre Wirbelsäule nach oben kroch. Sie blickte zum Fenster hinaus und lächelte.

Alois Niederkofler stand vor dem Wachzimmer am Nussdorfer Platz. Mit einem großen Stein in seinem Magen und zitternden Fingern tastete er nach dem Reisepass, der sich noch immer in der Tasche seiner Hose befand. Dann stieg er die vier Stufen zum Wachzimmer hinauf, ließ seinen kleinen Handkarren, in dem er den Mist zusammentrug, den er den ganzen Tag über sammelte, auf dem Gehweg stehen und läutete an der Glocke zum Eingang der Polizeistation.

Ein mürrisch aussehender Polizist mittleren Alters betätigte im Innern einen Knopf, der die Eingangstür mit einem deutlich hörbaren Summen aufspringen ließ.

„Wie kann ich Ihnen helfen?", fragte der Polizist.

„Hean S', i hob do wos Sötsoms dalebt. I hob grod untn an da Schleusn an Reiseposs ausn Mistkibl gfischt!" Dabei deutete er mit der rechten Hand über seine Schulter in Richtung des Gehweges, der zu seinem Reinigungsbereich gehörte. „Wissn S', sötsam is, dass do a Bluat auf den Poss is! I hob eam do in da Toschn, schaun S'!" Mit einer vorsichtigen, leicht zittrigen Handbewegung legte er das ausländische Dokument in die Schale vor der gläsernen Trennwand zum Wachzimmer. Der Polizist beäugte es misstrauisch und betätigte hiernach den Hebel, der die Schale mit einer Drehbewegung auf seiner Seite der Fensterscheibe rotieren ließ.

„Wos i no sogn woitat: Do san jetz natirlich meine Fingaobdrück drauf. Wenn S' verstengan ... Net dass mi jetz fir an Mörda hoidn! I hob den Poss nur gfundn. Mit an Vabrechn hob i nix zum Schoffn!"

Der Polizist hatte in der Zwischenzeit ein paar Latexhandschuhe angezogen und griff mit spitzen Fingern nach dem Dokument, das vor ihm in der Schale lag. Vorsichtig blätterte er das Papier durch und sagte dann: „Sie müssen kurz ins Wachzimmer kommen, ich muss einen Bericht schreiben und brauche eine genaue Beschreibung des Hergangs, bitte!“ Dann ertönte erneut ein Summen und eine elektronische Schwingtür öffnete sich.

Mit einem mulmigen Gefühl im Bauch trat Alois Niederkofler in das Wartezimmer. Der Inspektor, der ihn begrüßt hatte, geleitete ihn an einen Schreibtisch. Alois begann in wenigen Worten den Hergang des Funds zu beschreiben.

Martin tat sich verdammt schwer, seine Fassung zu bewahren. Es war das Schlimmste eingetreten, was ihm passieren konnte. Jemand hatte ihn wiedererkannt. Diese Frau ließ keinen Zweifel daran, dass sie ihn vor 4 Tagen gesehen hatte, als er die Blonde, welche sich nun als ihre Freundin herausgestellt hatte, in sein Apartment gelockt hatte.

„Ja!“, sagte er. „Du hast absolut recht! Ich bin mit Maria um die Häuser gezogen und ich habe die letzten drei Tage mit ihr verbracht!“ Dabei versuchte er unschuldig zu Boden zu sehen, um in seinem Gegenüber ein Gefühl von Schuldbewusstsein zu bezeugen. Er wollte aussehen wie ein kleiner unschuldiger Junge, den man gerade dabei ertappt hatte, als er in die Naschlade seiner Mutter greifen wollte.

„Die die beste Freundin einfach in der Diskothek stehen lässt. Du sagst, dass du die letzten drei Tage mit ihr verbracht hast? Dann ist alles klar. Dann ist klar, warum sie sich nicht meldet, dann ist klar, wieso ich sie nicht per Telefon erreichen kann.“

„Nun, du kannst sie nicht auf dem Telefon erreichen, weil ihr Telefon in meinem Apartment geblieben ist, als sie gestern überstürzt aufgebrochen ist. Gestern, gegen 19 Uhr, ist sie aufgesprungen, hat mich geküsst und ist verschwunden. Sie sagte etwas davon, dass sie sich wieder einmal zuhause blicken lassen müsse, da ihre Mutter sonst eine Vermisstenanzeige aufgeben würde, wenn sie sich nicht meldete.“ Er versuchte diesen letzten Satz als Witz anzubringen und lachte. „Ja, drei Tage können schnell vergehen, wenn man mit Dingen zugange ist, die Spaß machen. Aber ich finde es trotzdem nicht okay, dass sie so einfach verschwindet, ohne eine Telefonnummer zu hinterlassen oder zu sagen, wann sie wiederkommen würde.“

„Sie hat ihr Telefon bei dir vergessen?“

„Ja, es liegt oben in meinem Apartment. Sollen wir es holen? Wirst du sie in dieser Woche noch einmal sehen?“

„Das ist eine gute Idee, lass uns Marias Telefon gemeinsam holen. Wenn ich heute Abend nach dem Strand nach Hause fahre, werde ich es ihr zuhause bei ihrer Mutter vorbeibringen! Dass sie ihr Telefon vergisst, ist wieder typisch Maria. Durch und durch vergesslich und ein Schussel. Los, komm, gehen wir!“

Sie winkte dem Barkeeper zu, zahlte, was sie bestellt hatte. Martin konnte sein Glück und seinen Erfolg kaum fassen! Die junge Frau, die von den Beobachtern als potenzielle Kandidatin auserkoren worden war, wollte direkt mit ihm in sein Apartment gehen, ohne dass er seine übliche Masche ausspielen musste. Damit war das Quartett komplett und die nächste Lieferung konnte heute Abend noch über die Bühne gehen. Das Mädchen ließ ihre Sachen stehen und wandte sich um, um zu gehen.

„Möchtest du deine Tasche nicht mitnehmen und dein Handtuch?“, fragte er.

„Nein, diese Sachen stiehlt niemand, da bin ich mir sicher.“

Martin entging völlig der misstrauische Blick, den der Barkeeper dem Paar nachsandte. Dieser griff zum Telefon und rief eine Nummer an. „Wir haben einen“, sagte er ins Telefon und legte dann auf.

Wenig später betraten sie das luxuriöse Apartment.

„Klar, jetzt weiß ich, warum Maria die letzten drei Tage nicht zu Hause war!“, sagte die junge Frau und blickte sich mit Lächeln im Gesicht und offenem Mund in dem Apartment um.

„Darf ich dir ein Glas Champagner anbieten?“, fragte er.

„Ah, das ist also deine Masche. Du verführst junge Frauen mit Luxusapartments und Champagner? Es gibt Schlimmeres, als jetzt mit dir ein Glas Champagner zu trinken!“, sagte sie, lächelte dabei und boxte ihm spielerisch auf den linken Oberarm.

Martin griff zum Kühlschrank und nahm eine Flasche heraus, die er gekonnt entkorkte. Er goss ihnen jeweils ein Glas ein.

„Lass uns die Flasche doch mit an den Strand nehmen! Ich kann mir nichts Schöneres vorstellen, als in der Sonne zu liegen und an einem Glas Champagner zu nippen. Wir können uns einen Kübel mit Eis von der Bar des Copacabana holen! Das wäre doch nett, meinst du nicht?“ Sie trat einen Schritt auf ihn zu, und fuhr lasziv mit dem Zeigefinger seine Brust entlang. Er kratzte sich am Kopf und eine leichte Röte stieg ihm ins Gesicht.

„Ich bin etwas verwirrt vom Beste-Freundinnen-Gerede vorher. Wie darf ich diese Annäherung nun verstehen?" Er trug wieder seine Gentleman-Maske und gab sich besonders unschuldig. „Klar, keine Frage, das ist eine gute Idee!"

Da klopfte es an der Türe. Erstaunt drehte sich die junge Frau um und sagte: „Erwartest du jemanden?" Er nickte und öffnete die Tür.

Drei Männer traten ein. Dann ging alles sehr schnell. Einer der drei trat auf die junge Frau zu und packte sie heftig am Oberarm. Sie versuchte sich aus seinem harten Griff zu befreien, versuchte zu schreien, aber kein Laut wollte sich ihrer Kehle entringen. Sie trat dem Mann, der sie gepackt hatte, mit aller Kraft in seine Leibesmitte. Dieser krümmte sich vor Schmerzen, ließ den Griff los und sackte vor ihr auf die Knie. Mit zwei schnellen Schritten war sie an der Türe und versuchte sich durch die beiden anderen Männer, die dort geblieben waren, zu drängen. Der kräftige, nahezu zahnlose Mann, der rechts von ihr stand, holte mit seiner massigen Faust aus und schlug ihr knapp unter die Rippen. Ein grausamer Schmerz explodierte in ihrem Unterleib, nahm ihr jede Luft. Unfähigkeit zu atmen machte sich breit und sie hatte das Gefühl zu ersticken. Mit einem einzigen lang gezogenen Ächzen sackte sie vor ihm auf die Knie. Das Nächste, was sie bemerkte, war, dass ihr ein stark riechender Stofflappen vor das Gesicht gedrückt wurde. Dann schwanden ihr die Sinne.

Andorian bog mit seinem Cadillac auf den Parkplatz der Marina ein. Das Restaurant sah geschlossen aus. Die Räumlichkeiten waren dunkel, da aber die Türe offen stand, stieg er aus und versuchte ein menschliches Wesen zu erreichen, das ihm hoffentlich Auskunft über die Gesellschaft auf dem Foto geben konnte. Ein Hausmeister oder das Putzpersonal konnte da hilfreich sein. Er ging auf die offene Türe zu, streckte seinen Kopf in das Innere des dunklen Raumes und rief: „Hallo, ist jemand da? Mein Name ist Andorian van Anders, ich habe eine Frage!"

Der Detektiv vernahm Geräusche aus dem hinteren Teil des Raumes, wo ein durch eine Schwingtür von diesem Raum getrennter anderer Raum lag, der hell erleuchtet war. Er ging auf den Raum zu und konnte nach wenigen Schritten durch die in den Schwingtüren eingebauten runden Fenster erkennen, dass es sich bei dem anderen Raum wohl um die Küche handeln musste. Er war halb durch den dunklen Raum gegangen, und rief noch einmal: „Hallo, ist hier jemand? Mein Name ist Andorian van Anders und ich habe ein paar Fragen!"

Das Klappern in der Küche erstarb, wenige Augenblicke später wurde die Türe aufgestoßen und ein großer Mann mittleren Alters trat in einer Uniform aus dem Raum heraus.

„Guten Morgen, bitte verzeihen Sie mein Eindringen, mein Name ist Andorian van Anders", wiederholte er und streckte dem Koch die rechte Hand zum Schütteln entgegen. Dieser ergriff sie mit einem herzlichen Lächeln und festem Händedruck. Fest, aber nicht schmerzhaft.

„Guten Tag, Herr van Anders. Mein Name ist Felix Fasslbinder. Wie kann ich Ihnen behilflich sein?", erwiderte der Mann.

Andorian zeigte ihm seinen Ausweis und sagte dann: „Wäre es möglich, dass wir uns kurz irgendwo hinsetzen? Ich habe eine Frage an sie bezüglich zweier Personen, die vor einiger Zeit, genauer gesagt im Mai, Gäste ihres Restaurants waren."

„Klar, wenn ich helfen kann, mach ich das sehr gerne! Hätten sie gerne ein Glas Wasser oder einen Kaffee?"

Der Detektiv beantwortete die Frage mit Ja, Fasslbinder erhob sich, ging festen Schrittes zur auf dem rückwärtigen Teil des Raums gelegenen Bar, stellte mit gekonnten Handgriffen zwei Tassen mit Kaffee her und servierte diese begleitet von jeweils einem Glas Wasser an den Tisch, wo Andorian sich niedergelassen hatte. Dann sah er van Anders mit aufforderndem Blick an, hob seine Augenbrauen und sagte: „Wie kann ich helfen?"

Andorian zückte die zwei Bilder aus der Tasche seiner Hose und legte sie auf den Tisch.

„Wir suchen Informationen über die Personen auf diesem Foto. Die Fotos wurden am 25. Mai dieses Jahres hier in Ihrem Restaurant gemacht. Der Zeitstempel auf den Fotos zeigt, dass dies gegen 20:30 Uhr passiert sein musste. Können Sie sich noch erinnern, zu welchem Anlass diese Personen, die Sie hier vor sich auf dem Foto sehen, Ihr Restaurant besucht haben?"

Fasslbinder griff nach den Bildern und murmelte: „25. Mai … 25. Mai … das haben wir gleich …" Dabei stand er auf und bewegte sich wieder zurück Richtung

Bar. Gleich neben dem Telefon, das an der Wandseite der Bar befestigt war, lag ein großes schwarzes Buch. Andorian vermutete, dass es sich dabei um einen großen Kalender handelte, als der Koch das Buch unter seinen Arm klemmte und sich wieder zu Andorian setzte. Andorian hatte recht. Es war ein großer Kalender im Format A4, der die gesamten Reservierungen des bisherigen Kalenderjahres enthielt Der Koch blätterte zurück zum 25. Mai.

„An diesem Tag gab es für den Abend nur eine einzige Reservierung. Es war eine geschlossene Gesellschaft. Die Firma ‚Cashflow und Partner'. Sie haben das gesamte Restaurant für sich gemietet. Es steht dabei, dass 62 Personen erwartet wurden. Dann steht noch da, allerdings in Klammer, dass die Gäste im Hilton übernachten würden oder vom Hilton kamen."

„Cashflow und Partner, was für ein Name", dachte Andorian bei sich und nickte stumm vor sich hin.

Der Koch meinte weiters: „Es handelte sich um eine Gruppe von etwa sechzig Personen, die hier eintrafen. Ich erinnere mich daran, dass sie fast alle paarweise kamen. Lauter junge, hübsche und erfolgreiche Menschen, wenn sie verstehen, was ich meine … Designerklamotten, Designertelefone, Designermenschen, alle gleich, keine Individualität. Schwarze Anzüge … sehr geschäftsmäßiger Auftritt. An die vier beziehungsweise zwei jungen Damen kann ich mich nicht im Speziellen erinnern, es tut mir leid, es waren zu viele davon. Aber das sind unsere Sitzgarnituren auf den Bildern, hier im Hintergrund. Also waren sie definitiv hier." Dabei tippte er mit seinen Fingern auf das Bild, um den Detektiv auf die Sessel und Tische aufmerksam zu machen. Andorian winkte ab.

„Sie haben mir definitiv schon jetzt sehr geholfen. Sie übernachteten im Hilton, sagten Sie?“, fragte er nochmals klärend nach. Fasslbinder nickte.

„Ja, gleich ums Eck, zweihundert Meter von hier.“

„Danke! Danke auch für den Kaffee!“, sagte Andorian, zückte einen Zwanziger aus seiner Geldbörse und legte ihn auf den Tisch. „Stimmt so!“, meinte er, stand auf, schüttelte dem Koch die Hand und ließ das Restaurant hinter sich. Er setzte sich ins Auto, startete und fuhr zum Hilton am Handelskai.

Kommissarin Daniela Friedmann wurde gleich nach dem Eintreffen in ihrem Büro von ihrem direkten Vorgesetzten angesprochen.

„Kollegin Friedmann, ich weiß, dass Sie eine sehr fähige Mitarbeiterin sind, aber ich muss hier ein wenig zur Eile mahnen, da auch die Öffentlichkeit – damit meine ich sowohl die Politik in Wien als auch die Bevölkerung – sich darauf verlässt, dass wir Ergebnisse zu diesem bestialischen Mord bringen können. Ich bitte Sie also alle Hebel in Bewegung zu setzen, um den Täter oder die Täterin ausfindig zu machen. Ich erwarte mir nun jeden zweiten Tag morgens einen kurzen Bericht über die Erkenntnisse und Zwischenstände im Ermittlungsprozess zu erhalten!“, sagte Doktor Hoffer. Er war ihr Mentor und hatte sie in die Abteilung geholt.

Hoffer war ein Mann mit guter Intuition und einem enormen Fachwissen, was Kriminalistik und Kriminalpsychologie anging. In der Blüte seines Lebens als Ermittler hatte er einige richtig große Fälle gelöst, die in der Öffentlichkeit auf enormes Interesse gestoßen waren und ihm auf der Karriereleiter mit Riesenschritten vorwärts geholfen hatten. Mitte fünfzig beschloss er sich von der Straße zurück an den Schreibtisch zu ziehen und übernahm die Leitung der Abteilung. Davor hatte Danny das Glück gehabt zwei Jahre lang mit ihm eng zusammenarbeiten zu dürfen. Daraus entwickelte sich ein sehr enges, beinahe väterliches Verhältnis, welches aber dennoch nie in eine Freundschaft hinüberglitt. Auch nach all den Jahren, die sie einander nun kannten, sprachen sie einander noch immer mit der höflichen Anrede an.

Kommissarin Friedmann suchte sich sechs der fähigsten Mitarbeiter ihrer Abteilung aus und bereitete für 09:00 Uhr das erste Meeting vor. Nach einem kurzen Update über den Status quo, bei dem Danny auch erwähnte, dass Andorian van Anders an dem Fall dran war, fragte sie: „Gibt es schon irgendwelche Reaktionen auf das Foto und den Aufruf in der Zeitung?"

Die Runde der Beamten und Beamtinnen, die vor ihr saßen, blickten einander an und schüttelten gemeinschaftlich den Kopf.

„Gut, ich schließe aus euren Reaktionen und eurer Stille, dass es noch keine Neuigkeiten zu dem Aufruf in der Zeitung gibt. Ich bitte euch sehr genau auf ankommende Mails und Anrufe zu achten. Bitte macht euch auf die Suche nach Verbrechen mit ähnlichen Vorgehensmustern oder mit ähnlichem Tathergang. Vielleicht gibt es diese extreme Eskalation schon in einem anderen Zusammenhang und wir haben das bisher übersehen. Lasst eure Außenkontakte spielen und sammelt jede Information, die ihr bekommen könnt, ganz egal aus welchem Milieu. Ich vermute einen Zusammenhang zum organisierten Verbrechen, Drogen oder Prostitution vornehmlich. Klopft an viele Türen, stellt Fragen. Lasst uns sehen, wen wir verunsichern können, wer da aus seinem Versteck gekrochen kommt. Alle Erkenntnisse, und wenn sie auch noch so klein erscheinen, gehen direkt an mich. Alles klar so weit? Ach ja, ich muss Hoffer alle zwei Tag berichten, strengt euch an!"

Die Mitarbeiter erhoben sich und verließen den Besprechungsraum. Danny blieb und befestigte Bilder und Erkenntnisse an einem Whiteboard. Ariane Bergmüllers Bild links und das des toten Unbekannten rechts davon. Beide verband eine rote Linie miteinander. Bei beiden stand als Todesursache „Verbluten". Ariane war gefoltert worden, der Unbekannte nicht. Beide waren gefesselt gewesen, als sie starben, beide Leichname hatte man in der Öffentlichkeit entsorgt. Ariane im Wald am Schottenhof und den Unbekannten im Donaukanal. Es war frustrierend, es gab keinen Tatverdächtigen. Vielleicht würde sich das nach dem heutigen Tage ändern, da jetzt doch mehrere Ermittler und Ermittlerinnen an dem Fall arbeiteten.

„Danny!", sagte die junge Kollegin hinter ihr und tippte ihr dabei auf die Schulter. Friedmann war so in Gedanken gewesen, dass sie zusammenfuhr und beinahe die Schachtel mit den Magneten fallen gelassen hätte.

„Was gibt's, Neela?", fragte sie schärfer als beabsichtigt.

Die junge Kollegin stutzte und sagte: „Ich habe das Wachzimmer vom Nussdorfer Platz am Ohr. Die sagen, dass ein Mitarbeiter der Magistratsabteilung 48 heute Morgen einen bulgarischen Reisepass vorbeigebracht habe und – ich zitiere: ‚Wir haben daraufhin festgestellt, dass Bulgarien im europäischen Südosten liegt, also könnte dies eine Verbindung zum Opfer sein!'" Die junge Kollegin konnte sich ob dieser Erkenntnis nur mit Mühe ein Lächeln verkneifen, und Danny rollte mit den Augen.

„Es kommt noch besser, Boss! Auf dem Pass soll Blut sein, sagte der Kollege vor Ort."

„Gut, das klingt ja das erste Mal vielversprechend. Nimm einen Dienstwagen, fahr nach Nussdorf, hol den Reisepass und bring ihn zum DNA-Abgleich zu Doktor Selimovic in die Gerichtsmedizin. Ich sage ihr, dass du kommen wirst. Lass dir auch die Personalien des Finders geben, vielleicht brauchen wir den nochmals."

Neela Meinhardt drehte sich um, schnappte sich die Autoschüssel und verließ das Präsidium.

Hedwig hatte das Gefühl, dass es Maria eindeutig besser ging. Die junge Frau aß eine große Portion des bereiteten Frühstücks, die Vermutung lag nahe, dass ihr die gestern vorgenommene Veränderung ihres Aussehens zusätzliche Sicherheit gab. Der große BMW war gestern in den Abendstunden kurzzeitig verschwunden gewesen, gegen Mitternacht war er – es war Hedwig aufgefallen – wieder am Ortsschild angekommen. Dann hatte die ältere Frau einen Plan geschmiedet, den sie nun in die Tat umsetzen wollte.

Maria räumte gerade die Spülmaschine ein, als Hedwig sagte: „Wir fahren heute in ein nahes Einkaufszentrum, um Fotos für deine Dokumente machen zu lassen. Wir kommen direkt hier aus dem Haus in die Garage. Du kannst völlig unsichtbar in das Auto einsteigen, legst dich auf die Rückbank und wir fahren los. Du wirst sehen, niemand wird dich bemerken." Maria nickte vorsichtig, doch es waren deutliche Anzeichen von Skepsis in ihrem Blick zu sehen.

Hedwig führte die junge Frau in ihr Zimmer, gab ihr eine weiße Bluse und Jeans, etwas ausgewaschen, aber noch gut brauchbar. Die zwei Frauen hatten beinahe die gleiche Statur. Schwarze Ballerinas rundeten den Look ab. Hedwig öffnete die Tür zur Garage und Maria kletterte auf den Rücksitz des schwarzen Volkswagen Polo. Die etwas in die Jahre gekommene Mechanik des elektrischen Garagentors ratterte und quietschte, als sie das Tor nach oben zog. Hedwig ging wenige Schritte aus der Garage heraus und öffnet das Gartentor. Wie üblich machte sie einen Blick nach links und nach rechts, winkte einer Nachbarin zu und kehrte dann zur Garage zurück, um das Auto auf die Straße zu setzen und nach links Richtung Auhofcenter abzubiegen. Dabei behielt sie die ganze Zeit den Rückspiegel im Auge. Der BMW machte keine Anstalten ihr zu folgen.

„Bleib noch ein wenig liegen, Darling, ich will ganz sichergehen, dass uns niemand folgt!", erklärte sie Maria mit ruhiger Stimme. Nach etwa vier Minuten Fahrzeit war klar, dass es keine Verfolger gab. Sieben Minuten später bog Hedwig in die Tiefgarage des Einkaufszentrums ab und Maria erhob sich aus ihrer liegenden Position.

Im Hilton traf Andorian van Anders auf den Concierge. Er bat um ein kurzes Gespräch unter vier Augen und der groß gewachsene Mann Anfang fünfzig sorgte für Vertretung an seinem Schalter und geleitete Andorian in die Bar. Dieser wies sich aus. Der Concierge zog die Augenbrauen hoch.

„Gleich vorweg!“, sagte er in abwehrender Körperhaltung. „Ich werde keine namentlichen Angaben über Gäste machen. Wenn das der Grund Ihres Kommens sein sollte, haben Sie den Weg umsonst gemacht! Das kann mich meinen Job kosten und mit Mitte fünfzig finde ich nicht leicht eine neue Anstellung!“

„Keine Sorge, ich werde Sie nicht gefährden! Ich benötige Informationen zu einem Datum! Am 25. Mai dieses Jahres gab es in Ihren Räumlichkeiten eine Veranstaltung der Firma Cashflow. Die Angestellten haben hier im Hotel genächtigt und in der Marina ein Fest gefeiert. Dabei waren auch einige junge Frauen anwesend, deren Identität ich klären will!“ Andorian, der seine Einleitung nicht als Frage, sondern als Feststellung aussprach, hatte die Aufmerksamkeit seines Gegenübers. Der Concierge nickte und hörte gespannt zu. Der Detektiv zog die zwei Fotos aus der Tasche seiner Jeans und legte sie auf den Tisch. Der Concierge nickte und blickte verschwörerisch nach links und rechts.

„An diesen Abenden ist immer ein wenig Diskretion gefragt!“, flüsterte er.

„Wie meinen Sie das?“, fragte van Anders nach.

„Nun, Sie wissen schon, wohlhabende Geschäftsleute, Banker, Börsenbroker, alle, die halbwegs regelmäßig auf Geschäftsreise sind, die ... na ja!“ Er versuchte sich um eine Aussage herumzudrücken, es war ihm sichtlich unangenehm darüber zu sprechen.

„Ich habe keine Ahnung, wovon Sie sprechen!“, sagte Andorian mit weit aufgerissenen Augen.

„Na ja … die holen sich alle weibliche Begleitung vor Ort!“, flüsterte er.

„Sie meinen Prostituierte?“, nannte Andorian das Kind beim Namen. Der Concierge schreckte bei diesem Wort zurück!

„Nicht so laut, bitte. Nein, keine Prostituierten, ja, vielleicht doch Prostituierte, ich weiß nicht, es gibt einen ganzen Geschäftszweig, der sich mit diesem Betätigungsfeld beschäftigt!“

„Haben Sie da Namen oder Kontakte für mich?“, fragte Andorian nach.

„Wo denken Sie hin? Wir sind ein ehrenwertes Haus!“, sagte der Concierge etwas zu laut, was doch deutliche Rückschlüsse auf den Grad seiner Entrüstung zuließ. „Woran ich mich erinnern kann, ist, dass sechs der Damen in einer riesigen weißen Limousine ankamen und von den Herren gleich im Foyer unseres Hotels empfangen wurden“, gab der Hotelangestellte zu verstehen.

„Und diese Frauen bleiben dann auch über Nacht?“

„Nun, nicht immer, manche ja, manche nein. Das ist nun wirklich eine Mutmaßung, abhängig davon, wie hoch der Preis ist.“

„Anders gefragt: Blieben diesmal alle über Nacht?“, entgegnete Andorian. Der Concierge räusperte sich und nickte stumm.

„Aber wir notieren keine Namen, wissen Sie. Diese Gäste buchen alle Superior- oder Premium-Suiten, da sind wir ein wenig nachsichtiger mit solchen … sagen wir … ‚besonderen Vorkommnissen'. Ich erinnere mich, die junge Frau mit den roten Haaren zum Ende meiner Schicht gesehen zu haben und auch am Morgen bei Dienstantritt im Speisesaal. An die Dame mit den blonden Haaren kann ich mich ebenfalls erinnern. Aber wie gesagt, Namen habe ich keine!" Er sagte dies und zog dabei seine Schultern hoch, als müsste er sich für dieses Versäumnis entschuldigen. Andorian winkte ab, erhob sich und reichte dem Concierge, der sich ebenfalls erhoben hatte, die Hand.

„Sie haben mir sehr geholfen! Wirklich! Danke sehr!" Dann schüttelten sie einander die Hände. Andorian bestieg wenige Augenblicke später sein Auto und griff zu seinem Telefon.

Martin ging aus dem Apartment, während die anderen Männer die junge Frau einen Stock tiefer trugen, um sie für den Transport vorzubereiten. Der Strand war zuvor noch nicht besonders voll gewesen. Die Chance, dass jemand ihn mit ihr gesehen hatte, war eher gering. Er fühlte sich sicher und ging zurück an den Strand, um die Tasche und das Handtuch der Frau zu holen. Das Treiben auf der Promenade war schon ein wenig dichter geworden, als er zwischen den Verkaufsläden und Restaurants wieder hinunterkam. Eine Schar von Touristen wälzte sich den Strand entlang, er anonym und versteckt unter ihnen. Wenige Minuten später hatte er die Reihe von Liegestühlen gefunden, die unweit des Copacabana aufgestellt war.

Wie selbstverständlich bückte er sich, um die Tasche und das Handtuch an sich zu nehmen.

„Kann ich Ihnen helfen?", sprach ihn ein groß gewachsener Mann mit dunklen Augen, der sich in seinen Vierzigern befinden musste, an. Er erkannte ihn als Barkeeper des Copacabana.

Martin zog die Schultern hoch und entgegnete: „Meine Verlobte hat sich hingelegt, ich bin erst heute Nacht von einer Geschäftsreise hier angekommen. Das Wiedersehen war leidenschaftlich und lange. Nun ist sie ein wenig schläfrig. Sie wissen doch, wie Frauen sind. Ich wollte ihre Sachen nicht einfach hier liegen lassen." Ganz weltgewandter Macho klopfte er dem anderen auf die Schulter.

Der Barkeeper lächelte und entgegnete in sehr gutem Englisch: „Was erzählen Sie einem Barkeeper! Mixe ihnen ein paar Drinks und schon wollen sie dir an die Wäsche. Gut, dass ich Sie sehe. Gestern hat sie hier hinter der Bar bei den Sitzplätzen ihre Smartwatch liegen lassen, als sie zu Mittag gegessen hat. Ihre Verlobte ist ein richtiger Tollpatsch. Kommen Sie schnell mit, ich gebe sie Ihnen!"

Sie gingen zur Bar des Copacabana, der Barkeeper öffnete eine Schwingtüre, die an einen Westernsaloon erinnerte, und hielt sie Martin auf, der bereitwillig in einen sehr hübschen und unerwartet großen schattigen Garten folgte.

„Ich habe sie hier ins Büro gelegt. Kommen Sie bitte", sagte der Mann und hielt Martin die Türe auf. Martin trat ins Büro.

„Wie lange sind Sie schon verlobt? Sie kümmern sich doch so rührend um sie. Frisch verliebt, oder?"

Martin lachte: „Ja, gutes Argument! Vierzehn Tage, das sollte eigentlich unsere Verlobungsreise sein, aber ich bin von meiner Geschäftsstelle auf eine Dienstreise geschickt worden. Wäre beinahe geplatzt, die Verlobung!"

„Dann gratuliere ich zur Verlobung mit meiner kleinen Schwester!", sagte der Barkeeper und Martin blickte plötzlich in den Lauf einer geradezu gigantischen Pistole, die direkt auf seine Brust gerichtet war.

Nach dem dritten Läuten nahm Kommissarin Friedmann ab.

„Hey, Danny, ich bin's!", sagte er.

„Hi, van Anders! Ich lege gleich wieder auf, ich habe extrem viel zu tun, wir hören einander abends, okay?", entgegnete sie etwas kurz angebunden.

„Stopp! Ich habe neue Erkenntnisse!", schrie er ins Telefon.

„Okay, dann schieß los, ich bin ganz Ohr!"

„Nun, beide Frauen waren an besagtem Abend in der Marina, das wurde bestätigt. Aber es kommt noch besser: Sie haben auch beide im nahen Hotel übernachtet und waren Teil einer Veranstaltung der Firma Cashflow. Der Concierge bestätigt die Anwesenheit, hat aber keine Namen, da die beiden Frauen nebst einigen anderen nur Gäste der Gäste waren! Wir sind auf der richtigen Spur! Das Stichwort ist Prostitution! Ich klopfe bei Cashflow an die Türe!"

„Und ich nehme mir alle angemeldeten Prostituierten in Wien und Wien Umgebung vor", entgegnete Danny. „Gute Arbeit, Justus McHolmes!", neckte sie ihn.

„Heute Abend, um zwanzig Uhr, auf ein Abendessen bei mir? Du, Alma, dein Mann, Isa … Okay?“, fragte er.

„Das ist in vier Stunden. Ja, sollte sich ausgehen, ich sag den anderen Bescheid!“ Dann hängten beide ein.

Er wählte die Nummer der Kanzlei. Isa hob ab.

„Hallo, Boss!!“, sagte sie in ihrem warmen Alt und Andorian musste lächeln.

„Ich komme noch schnell in die Kanzlei, ich muss etwas überprüfen. Und dann fahren wir zu mir. Abendessen mit der Familie? Okay?“

„Klasse, ich freu mich! Bist du schon weitergekommen mit dem Fall?“, fragte sie nach.

„Ich denke, ja, ich erzähle es dir gleich, okay?“

Hedwig und Maria waren die letzten Stunden durch das Auhofcenter geschlendert. Hedwig spürte, dass Maria langsam auftaute. Sie hatten sehr hübsche Passbilder gemacht und diese auch gleich, nach einem Anruf bei Marias Mutter, in ein Kuvert gesteckt und mit der Post nach Bulgarien geschickt.

„Weißt du, mein Kind, ich habe keine Enkelkinder und keine eigenen Kinder, mein Mann ist vor drei Jahren an Krebs gestorben. Ich will dich etwas verwöhnen. Vielleicht bist du meine neue Aufgabe“, sagte Hedwig lächelnd, streichelte Maria über die Wange und gab danach ein kleines Vermögen für Kleidung aus. Maria hatte ein Strahlen im Gesicht, das Eis schmelzen konnte. Sie waren in einem Restaurant im Einkaufszentrum zum Essen gewesen und hatten vor einer halben Stunde ein Stück Sachertorte gegessen und dazu eine Schale Kaffee getrunken. Maria fühlte sich geborgen wie selten zuvor. Dann waren sie in ihr Auto gestiegen und hatten sich auf den Weg gemacht. Maria diesmal auf dem Beifahrersitz, ausgestattet mit modernen Brillen, deren Rahmen gut mit der dunklen Kurzhaarfrisur harmonierte. Hedwig betrachtete Maria von der Seite. Sie war, was das Aussehen betraf, ein völlig anderer Mensch als der, der vor Tagen nachts und vollkommen in Panik aufgelöst vor ihrer Türe gestanden war.

Hedwig holte tief Luft und sagte: „Wir müssen noch herausfinden, was es mit diesen Männern auf sich hat, die seit zwei Tagen an der Einfahrt des Ortes parken. Ich weiß auch schon, wie wir das machen werden."

Schlagartig war die gute Stimmung verflogen und die Realität präsentierte sich mit der Gewalt einer heranrasenden Lokomotive. Hedwig parkte vor einer Telefonzelle, nahm den Hörer ab und wählte den Notruf der Polizei.

„Polizeinotruf, guten Tag!", sagte eine dienstbeflissene Stimme.

„Guten Tag, mein Name ist Anna Katharina Högl, ich rufe aus der Telefonzelle in Mauerbach an. An der Ortseinfahrt Richtung Tulbinger Kogel steht seit vielen Stunden ein großer BMW. Die Männer darin wirken nicht vertrauensselig. Ich habe das Gefühl, sie wollen Drogen verkaufen oder spionieren die Nachbarschaft aus, um danach einzubrechen. Könnten sie bitte eine Funkstreife vorbeischicken, um das zu überprüfen!" Nachdem ein paar weiteren Details geklärt waren, hängte der Beamte mit dem Versprechen, ein Auto zu schicken, ein. Hedwig stieg zu Maria ins Auto und fuhr an.

„Du bist meine Enkelin, die zu Besuch ist, das ist unsere Legende!“, kicherte sie. „Wie in einem Agentenfilm. Du kannst unbesorgt sein. Ich bin allein weggefahren, ich habe dafür gesorgt, dass die mich sehen bei der Abfahrt, und jetzt kommen wir zu zweit wieder. Wir werden sie dich auch sehen lassen!“, sagte sie verschwörerisch grinsend. Maria war ganz verbogen vor lauter Angst und hoffte, dass man diese nicht bemerken würde. Gemeinsam bogen sie unter dem Blick der Männer im BMW in die Einfahrt ein. Wenige Minuten später, als die Garagentüre geschlossen war, machten es sich die beiden Frauen auf der Gartensitzgarnitur mit einem Glas Limonade gemütlich und lachten und scherzten. Es war Hedwigs Vorschlag gewesen, im Garten zu sitzen.

Etwa zehn Minuten später kam ein Streifenwagen der Polizei vorbei und hielt vor dem BMW an. Beide Beamte stiegen aus und die Männer aus dem BMW öffneten ebenfalls die Tür. Hedwig blickte mit unverhohlener Neugier zu der kleinen Gruppe von Männern. Sie war damit nicht allein. Immer mehr Zaungäste lugten über Büsche oder rotteten sich auf dem Gehweg zusammen. Hedwig fragte sich wieder einmal, wieso es so schlecht um die Zivilcourage der Nachbarn bestellt sei. Offensichtlich war das Fahrzeug der ganzen Nachbarschaft aufgefallen, aber keiner hatte den Mut die Situation zu hinterfragen.

„Typisch Österreich! Keinen Mumm in den Knochen, aber jetzt gaffen!“, murmelte sie vor sich hin.

„Guten Tag, Fahrzeugpapiere, bitte, und Zulassungsschein!“

„Kein Stress, Kollegen!“, sagten die beiden aus dem BMW und zückten Ausweise, die in braunen Ledertaschen untergebracht waren. Daraufhin war das Eis gebrochen und die vier Männer sprachen ganz freundschaftlich miteinander.

„Observierungsauftrag!“, sagte der kleinere mit einem lässigen Achselzucken. „Ihr wisst ja, eine ewige Sitzerei und nichts dahinter!“ Die anderen nickten wissend. So ging es einige Minuten hin und her. Schließlich stiegen die Streifenpolizisten ins Auto, wünschten einen angenehmen Dienst und fuhren winkend davon. Die anderen beiden setzten sich ins Auto zurück. Hedwig sah, wie der eine zum Telefon griff.

„Nun sind wir schlauer!“, sagte Hedwig an Maria gewandt. „Die Polizei steckt in dieser Sache mit drin! Gut, dass du vorgestern so misstrauisch warst, als ich geraten habe, die Polizei zu rufen! Das hätte böse enden können!“, flüsterte sie. Die junge Frau nickte nur erschrocken.

Sein Telefon klingelte und er hob ab.

„Boss, wir sind aufgeflogen. Jemand aus der Nachbarschaft hat die Bullen gerufen, die waren gerade hier und haben uns kontrolliert! Wir sind sie aber losgeworden. Ich sage dir, Boss, hier ist nichts. Die Kleine ist über alle Berge, die kann sich nicht so versteckt halten, dass wir sie nicht gefunden hätten. Hier hat sich absolut nichts getan in den letzten zwei Tagen. Nichts!“

„Gut, dann haut ab“, sagte der Dämon. „Checkt nochmals die Pension und fahrt dann heim. Ich habe einen Ersatztransport organisiert. Der sollte morgen eintreffen. Übrigens: Tragunov, dieser Versager, war heute in der Zeitung. Ihr Idioten habt ihn im Donaukanal entsorgt? Warum? Damit alle ihn sehen können, wenn er als Treibgut medienwirksam, quasi als neue Attraktion Wiens, in die Innenstadt geschwemmt wird? Das hat noch ein Nachspiel, da dürft ihr sicher sein." Dann wurde aufgelegt. Die beiden Männer sahen einander an. Jeder sah die verheerende Wirkung des Wortes Nachspiel im Gesicht seines Gegenübers.

Der Barkeeper hatte eine Pistole auf ihn gerichtet. Martin war erschrocken und reagierte blitzschnell. Er drehte sich um und wollte laufen. Instinktiv rechnete er damit, dass er einen Schuss und einen scharfen Schmerz wahrnehmen würde, wenn der Mann den Abzug betätigte. Doch nach dem zweiten Schritt war seine Flucht zu Ende. Er prallte kopfüber an ein stehendes Hindernis. Der Riese, der normalerweise abends die Tür des Copacabana hütete, wenn das Lokal zur Clublounge wurde, war in der Tür erschienen.

„Wohin so eilig, mein Freund?", fragte er und gab Martin eine schallende Ohrfeige. Dieser spürte, wie sein Kopf von der Wucht des Schlages eine Rechtsdrehung einleitete, und sackte benommen in die Knie.

„Wo ist sie?", brüllte der Barkeeper.

„Wo ist wer?", brüllte der Mann, der sich heute Martin nannte, zurück. Der Barkeeper hob in einer hilflosen Geste seine Schultern und der Türsteher versetzte Martin einen Fausthieb in den Magen, dass ihm die Luft wegblieb. Er knallte auf den Boden und kippte in Embryonalstellung zur Seite.

„Wir können bis an dein Lebensende, welches mit großen Schritten näher kommt, so weitermachen, wenn du willst! Du entscheidest darüber. Roberto und ich waren früher bei der Armee. Er hier ist Spezialist für … nennen wir es … Befragungen von Personen in besonderen Situationen. Er genießt es diese Arbeit zu tun. Schau in sein Gesicht und du siehst die Lust in seinen Augen."

Martin begann zu wimmern und versuchte wegzurobben. Der Türsteher jedoch beendete den halbherzigen Fluchtversuch dadurch, dass er sich mit seiner Ferse auf Martins Finger stellte und seinen Fuß langsam nach links und rechts drehte. Martin jaulte.

„Die bringen mich um, wenn ich sie verrate!", schrie er.

„Es wird hier zu laut, Roberto, ab in den Keller mit ihm!", murmelte der Barkeeper in Richtung des Riesen. Dann versetzte er ihm einen weiteren hieb in den Magen. Wer mit Einatmen beschäftigt war, konnte nicht brüllen. Roberto packte Martin an den Haaren und schleifte ihn über den Boden in Richtung der Kellertüre des Restaurants. Martin zappelte und wand sich wie ein Aal im Netz. Vergebens. Ein Licht wurde eingeschaltet und erleuchtete einen eiskalten, kleinen und muffigen Raum. Nackte Ziegel an allen sechs begrenzenden Flächen. Vorräte und Getränkekisten.

Martin wimmerte: „Sie bringen mich um und ihr könnt die Mädchen nicht retten, die werden heute noch transportiert!"

„Die Mädchen? Es sind mehrere?", fragte Roberto, trat Martin beide Füße weg und beschleunigte den Fall und die Drehung des Körpers mit einem gewaltigen Hieb auf Martins Brust. Dieser schlug hart mit dem Rücken auf den Boden. Neuerlich detonierte Schmerz in Martins Körper wie eine Bombe. Er heulte auf. Der Barkeeper baute sich vor ihm auf.

„Okay, letzte Chance! Wo sind sie? Wenn ich jetzt keine Antwort bekomme, dann lass ich Roberto mit dir machen, was er will, und ich mache mich auf die Suche nach meiner Schwester, so weit kann sie nicht entfernt sein. Du warst keine halbe Stunde weg, bevor du wiederkamst. Es geht sicher um ein Haus mit Apartments, das ihr für eure miesen Zwecke gemietet habt. Das finde ich, verlass dich drauf. Du bist dann tot. Dann komme ich zurück und spüle deine Überreste mit dem Schlauch weg. Alles, was nicht in den Abfluss passt, entsorge ich über die nächsten Wochen mit dem Restmüll. So lange bleibst du in der Tiefkühltruhe, fein portioniert, versteht sich. Wenn du jetzt redest, und ich schwöre dies beim Leben meiner kleinen Schwester, die du entführt hast, dann sorge ich persönlich dafür, dass du hier rauskommst. Ehrenwort! Ich will nur meine Schwester. Ich organisiere persönlich das Taxi für dich." Um die Argumentation des Barkeepers zu untermauern, hatte Roberto damit begonnen allerlei Küchenutensilien wie Geflügelscheren, Messer, aber auch einen Werkzeugkasten herbeizutragen.

Martin wimmerte und sagte: „Das Apartmenthaus mit dem weißen Mercedes Sprinter im Garten, gleich hinter der Promenade, vielleicht vierhundert Meter von hier! Bitte lasst mich raus hier! Ich will nicht sterben!" Er heulte nun wie ein kleiner Junge.

„Ich habe dir mein Ehrenwort gegeben. Hast du Geld? Kannst du dir ein Flugzeug buchen?", fragte der Barkeeper. Martin nickte. „Reisepass und Geldbörse habe ich bei mir."

„Okay, Roberto, ruf Sergio an, er soll ihn rausbringen! Sag ihm, er soll ihn direkt zum Flughafen fahren, damit dieser Mistkerl noch heute unser Land verlässt!" Roberto nickte, drehte sich um und ging.

Fünfzehn Minuten später lag der Mann, der sich heute Martin nannte, auf der Rückbank eines Mercedes Benz älteren Baujahrs und verließ den Goldstrand. Er spürte ein Gefühl unsagbarer Erleichterung. Er hatte viel Geld verdient, sie würden ihn nicht finden. Niemals! Er würde in ein asiatisches Land ziehen, Thailand vielleicht, oder nach Mittelamerika, in die Karibik, oder nach Brasilien. Er hatte so viele Gedanken. Morgen um diese Zeit war er woanders, unauffindbar. Einfach weg. Irgendwo eine kleine Bar eröffnen, einen Bootsverleih vor dem Haus. Seine Gedanken machten sich auf eine lange Reise, beflügelt davon, dass es ihm gelungen war zu entkommen. Er war dankbar, so dankbar, dass der Barkeeper sein Wort gehalten hatte. Fast tat es ihm leid, dass es für die Frauen sowieso zu spät war. Das sanfte Schütteln und Rütteln des Wagens gab ihm ein Gefühl von Sicherheit. Er hatte keine Ahnung, wie viel Zeit vergangen war, als der Fahrer, der ihm als Sergio vorgestellt wurde, sich mit den Worten zu ihm umdrehte: „Wir sind da!"

Der Mann, der sich heute Martin nannte, richtete sich im Fond des Wagens auf und blinzelte in die Umgebung. Es dauerte nur wenige Sekunden, bis er begriffen hatte, dass er im Leben niemals einen Bootsverleih eröffnen würde. Bewaffnete Männer in Uniform öffneten die Tür der Limousine und bedeuteten ihm auszusteigen.

Die Mannschaft im Apartmenthaus hatte alle Hände voll zu tun damit, die jungen Frauen so schnell wie möglich zu verladen. Der Recruiter war nicht wiedergekommen. Irgendetwas war schiefgegangen. Er war nun etwa zwei Stunden weg. Die Lieferung wurde angekündigt und alle Zelte waren dabei, abgebrochen zu werden. Alle SIM-Karten waren im Kamin entsorgt und verbrannten gemeinsam mit den Laptops und den Smartphones der Gruppe.

Da klopfte es an der Tür. Der zahnlose Riese blickte durch den Spion. Der Beamte der Spezialeinheit der Polizei, die von Sergio, dem ältesten Bruder des Barkeepers, geleitet wurde, sah die Verdunklung und hämmerte seinen stählernen Rammbock gegen die Tür, die krachend aus den Angeln flog und den Riesen unter sich begrub. Mit lautem Geschrei stürmten unterschiedliche Kommandos in alle Wohnungen in dem Haus. Zwei Männer sprangen aus den Räumen und zogen ihre Waffen, nur um kurze Zeit später blutend und tot auf dem Boden zu liegen. Es war klar, dass hier keine Gefangenen gemacht wurden. Drei weitere Männer hatten sich auf dem Boden liegend ergeben. Die Operation, die die siebzehn Männer und Frauen der Spezialeinheit der Polizei geführt hatten, war ein voller Erfolg.

Vor einiger Zeit

Daria Markovas Telefon vibrierte am Nachttisch. Sie nahm ab.

„Hi, Daria, Ginger hier! Ich habe ein Problem mit dem Auftrag heute Abend. Du weißt, Xioa Deng, der chinesische Klient. Er checkt heute zu Mittag im Imperial ein, ein Besuch in der Oper ist nach dem Geschäftsmeeting angesetzt. Er hat, so hast du es mir im Mail weitergeleitet, Zusatzleistungen gebucht. Ich bin biologisch verhindert! Ich habe heute meine Periode bekommen!“

„Okay“, kam es zurück. „Das ist ärgerlich, zum einen, weil der Klient explizit dich gebucht hat, und zum anderen, weil jede Menge Administration auf mich wartet, die erledigt werden muss. Ich werde ihm einen Nachlass geben müssen.“

„Ich weiß, das ist blöd, keine Frage! Ich nehme auch die Verantwortung auf mich. Zieh mir den Nachlass von der nächsten Zahlung ab. Ich kann gerne für dich die Administration übernehmen, ich bin gut in sowas.“

Daria schnaufte hörbar und leicht genervt in den Hörer des Telefons: „Gut, was soll's. Die biologische Verhinderung ist nicht zu ändern! Aber bitte plane das nächste Mal genauer. Du bist nun lang genug dabei, um das checken zu können. Ich will, dass du jetzt vorbeikommst, damit ich dir die Dinge zeigen und erklären kann, die ich heute von dir brauche. Okay? Halbe Stunde?“ Ariane bejahte und hängte ein.

Vierzig Minuten später war sie in der Wohnung und ließ sich von Daria Markova die einzelnen Arbeitsschritte zur Beantwortung der Kundenanfragen erklären, ebenso wie das Erstellen des Plans für die nächsten Wochen und ein wenig Buchhaltung. Daria wandte sich ab, strich ihr sanft über den Kopf und verschwand in Richtung Badezimmer. Ariane sah ihr nach und war voller Bewunderung für ihre Chefin. Sie war taff, ehrlich und auch klug und wunderschön. Sie hatte es als Frau geschafft ein Unternehmen aus der Taufe zu heben, das unglaublich viel Geld abwarf. Sie spendete für karitative Zwecke und behandelte ihre Mädchen gut.

Ariane war mittlerweile mehr hier als anderswo. Nach einem Riesenkrach hatte sie sich von Christof getrennt, der ihr vorwarf, ihn hintanzustellen und zu vernachlässigen. Anfangs hatte sie diese Entscheidung schwer getroffen. Sie sah die Trauer in seinen Augen, die Verzweiflung.

„Du bist nicht mehr das Mädchen, das du noch vor kurzer Zeit warst!“, hatte er ihr entgegengeschleudert.

Sie hatte eine Augenbraue hochgezogen und schnippisch gesagt: „Ja, mein Lieber, einige von uns entwickeln sich weiter!“ Dies war der Moment, als sein Herz brach. Sie konnte es in seinen Augen sehen. Er drehte sich um und ging! Laura sprach kein Wort mehr mit ihr. Alles war vergiftet. Die Harmonie war weg. Aber das war ihr altes Leben gewesen! Nur ihr Studium war ihr noch wichtig. Noch ein paar Monate, dann war alles vorbei. Pfeif auf Laura und Christof! Nun hatte sie andere Freunde.

Sie begann ihre Arbeit zu machen und beantwortete die ersten Mails. Nachdem sie dies getan hatte, leitete sie alle Mails auf die Accounts ihrer Kolleginnen um. Jedes Secret hatte seinen eigenen Mailaccount, den Daria ihnen gegeben hatte. Sie stutzte, denn alle Accounts waren auf der linken Seite des Mailprogramm sichtbar und abrufbar. Auch ihrer, ginger@hottestsecrets.com, war da zu lesen. Daria überwachte also den Mailverkehr der Mädchen. Nun, grundsätzlich kein Thema, denn es waren nur geschäftliche Mails, aber ein klein wenig fühlte es sich dennoch falsch an.

Sie scrollte durch alle Konten und stieß auf das Konto CatMarket. Sie kannte kein Girl mit dem Namen Cat. Der Mauszeiger bewegte sich, sie klickte auf die Maus und kam in den Posteingang des Kontos. Sie öffnete die erste Nachricht. Absender war ein gewisser Catlover1. Ariane verstand nicht, was sie dort las. Catlover1 bot in einem englischsprachigen Mail 250.000 Dollar für ein blondes Mädchen, das auf einem Bild sowohl im Portrait als auch im Bikini und einmal auch unbekleidet abgebildet war. Das Mädchen strahlte nicht jene Zuversicht aus, die so typisch für die Secrets war. Es hatte Augenringe und war ängstlich. Es versuchte vor der Kamera ihre Scham zu verbergen. Es sah gequält aus. Nicht freiwillig. Unter Druck und verstört. Der Absender fragte auch nach, ob er sich um die Entsorgung der Katze selbst kümmern müsse oder ob dies eine Serviceleistung sei.

Daria war in der Zwischenzeit aus dem Badezimmer gekommen. Sie passierte auf dem Weg zum Ankleidezimmer die geöffnete Tür zum Büro und lugte hinein. Ihr stockte der Atem , als sie sah, welchen Mailaccount Ariane geöffnet hatte. Dann schloss sie ihre Augen und griff zu ihrem Telefon.

Ariane schnappte nach Luft. Was zur Hölle war das? Was ging hier ab? Was war das für ein Mädchen? Sie überlegte, ob sie es schon einmal irgendwo gesehen hatte, konnte aber keine Verbindung knüpfen. Sie öffnete ein weiteres Mail. Der Adressat hieß Blackmaster. Sein Mail war kaum zu verstehen, da sein Englisch nicht gut war. Das Mädchen war dunkelhaarig. Die gleichen Bilder, die gleiche Angst. 300.000 Dollar als Angebot. Nach zwei weiteren Mails war klar, dass hier etwas nicht mit rechten Dingen zuging. Ihr fiel dazu das Wort Menschenhandel ein. Sowas gab's ja. Aber doch nicht in Wien! Mit einem Schrei fuhr sie auf, als Daria ihr die Hand auf die Schulter legte.

Sie sprang auf und sagte: „Was ist das hier?" Ihre Stimme bebte und ihre Hände zitterten. „Was machst du hinter den Secrets?" Sie merkte, wie sie zunehmend die Kontrolle verlor.

Daria sah sie an und sagte: „Damit habe ich nichts zu tun!"

„Womit?", brüllte sie. „Was ist das? Ist das … ist das Mädchenhandel?", stotterte sie. Daria schlug die Augen nieder und Ariane hatte ihre Antwort.

„Mein Gott!"

„Ich habe damit nichts zu tun!"

„Ich habe dich bewundert! Wieso tust du das? Du hast das doch gar nicht nötig! Schau dir nur an, wie du lebst! Das ist doch nicht dein Niveau!" Daria hob abwehrend ihre Hände und schüttelte den Kopf.

„Ich habe damit nichts zu tun! Glaube mir! Ich habe damit nichts zu tun!" An Arianes Hals hatten sich rote

Flecken abgebildet, sie zitterte und hyperventilierte hysterisch.

„Wieso ist das dann auf deinem PC? Wieso? Wir müssen das der Polizei melden!“ Daria schüttelte den Kopf.

„Ich werde gezwungen!“ Plötzlich klopfte es an der Türe. Daria drehte sich um, ging und öffnete.

„Hallo, Darling!“, sagte Henry, betrat das Vorzimmer und versuchte Daria einen Kuss auf die Wange zu drücken. Sie drehte den Kopf zur Seite und er wäre beinahe ins Vorzimmer gestürzt, da er mit dieser Bewegung nicht gerechnet hatte. Sie sprach kein Wort mit ihm.

Ariane stand mit offenem Mund da. Was machte Henry hier? Wie stand das alles mit ihm in Verbindung. Wieso war die Markova so abweisend. Ariane wusste plötzlich, dass er nicht zum Kaffee eingeladen war, sondern wegen ihr kam. Henry kam auf sie zu. Wieder bemerkte sie sein leichtes Hinken.

„Hey, Ginger! Daria hier hat mich gerade angerufen und mir gesagt, dass du hinter mein kleines Geheimnis gekommen bist!“ Ariane schaute zwischen Daria und Henry hin und her. Daria war weiß wie die Wand.

„Du darfst nicht in fremden Sachen schnüffeln! Hat dir das deine Mami nicht erklärt?“, spie er herablassend aus. Dann lächelte er niederträchtig und flüsterte: „Vergiss Henry! Henry kennt niemand außer dir. Es ist nur ein nichtssagender Name, den ich mir für dich ausgedacht habe.“

„Meine Mama hat mir erklärt, was einen anständigen Menschen ausmacht!“, brüllte Ariane zurück und versuchte sich an ihm vorbeizudrängen.

Der Schlag in die Magengrube kam so plötzlich, dass sie den Schmerz erst registrierte, als der Boden sich rasend schnell ihrem Gesicht anzunähern schien. Daria schrie auf. Ariane versuchte sich aufzurichten und blickte ihn an. Er tupfte eine Flüssigkeit auf ein Taschentuch. Dann beugte er sich zu ihr hinunter. Der Raum dunkelte ab. Sie hörte noch seine Stimme: „Schade! Du warst mein süßestes Geheimnis!"

Er wandte sich an Daria: „Kleide sie um. Ich will dieses fliederfarbene Kleid an ihr sehen."

Daria trat auf ihn zu, packte ihn an der Hand, schluchzte und flehte: „Was machst du mit ihr? Michael, hör zu! Was machst du mit ihr?"

„Na, ich verkaufe sie an den Meistbietenden … vielleicht! Oder auch nicht … Vielleicht behalte ich sie noch ein Weilchen! Vielleicht verkaufe ich euch beide als Vorteilspackung, wenn du nicht sofort kooperierst! Jetzt ab mit ihr in das Ankleidegemach und dann in die Tiefgarage. Du hilfst mir! Los, beweg dich!"

Alle Kraft fiel von Daria Markova ab und sie stürzte in sich zusammen wie ein Kartenhaus. Dann gehorchte sie.

17. August

Eine Nachricht ließ Danny Friedmanns Smartphone auf dem Nachtkästchen vibrieren. Sie grunzte wohlig, drehte sich um und hob den Kopf. Doktor Robert Friedmann, Dannys Ehemann, war schon auf, ein Umstand, der durch das Rauschen der Dusche im Badezimmer bestätigt wurde. Sie strubbelte sich mit den Fingern der linken Hand durchs Haar und ergriff das Telefon. Alma hatte ihr eine Nachricht geschrieben.

„War gestern nach dem Essen nochmals im Institut. Ich habe die ganze Nacht durchgearbeitet. Erfolg auf ganzer Linie. Unser Toter heißt Dariusz Tragunov und ist bulgarischer Staatsbürger! Ich melde mich nachmittags, jetzt ab ins Bett. Ich nehme mir heute frei!"

Danny war wie elektrisiert. Sie hatten einen Namen. Sie musste heute noch mit der bulgarischen Polizei Kontakt aufnehmen und wahrscheinlich musste auch Interpol eingeschaltet werden, sollte sich herausstellen, dass Tragunov eine Kriminalakte in Bulgarien hatte. Sie hüpfte unter die Dusche und war kaum fünfzehn Minuten später im Auto und auf dem Weg ins Präsidium. Unterwegs rief sie Andorian van Anders an.

Andorian war gerade auf den Ring eingebogen, als sein Autoradio im offenen Cadillac verkündete, dass Danny Friedmann ihn erreichen wollte. Er nahm das Gespräch an.

„Hi, Justus Jonas, gut geschlafen?", flötete sie ins Telefon.

„Geht so!", antwortete er.

„Na dann hoffe ich, dass der Grund deiner Schlaflosigkeit einer leidenschaftlichen Nacht mit deiner bis über beide Ohren in dich verliebten Sekretärin war?"

„Danny, ich habe heute keinen Sinn für Humor … Diese Verkuppelungen nerven!", knurrte er ins Telefon. Sie lachte schallend.

„Ich hatte einen wunderschönen Morgen, mein Lieber! Der Tote ist identifiziert!"

„Was? Nein! Wirklich? Cool, die Zeitungsanzeige war also erfolgreich?", antwortete er sichtlich erregt.

„Nein, war sie nicht, oder zumindest habe ich da noch keine Rückmeldung. Sein Reisepass wurde gefunden und Alma hat die ganze Nacht an einem DNA-Abgleich gearbeitet. Bingo! Dariusz Tragunov hieß der Mann. Er stammte aus Bulgarien. Ich werde heute Rücksprache mit Bulgarien halten. Mal sehen was das ergibt!", erklärte die Kommissarin in geschäftsmäßigem Tonfall.

„Ich mache mich weiter auf die Suche nach dem Hintergrund zu Cashflow und versuche herauszufinden, was es mit dieser Prostitutionstheorie auf sich hat. Ich melde mich dann bei dir. Okay?", gab er zurück. Dann hängten beide ein.

Als Isa heute Früh aufgestanden war, war sie richtig guter Laune. Sie genoss die Abende im Kreise der Freunde wirklich sehr. Es waren angeregte intelligente Unterhaltungen, redegewandt und, voll mit Humor und geistreichen Seitenblicken auf die Welt. Aber das Schönste an diesen Abenden war immer der Abschluss, wenn Andorian sich erbot sie heimzubringen und sie ihn für eine halbe Stunden ganz für sich allein hatte. In seiner Gegenwart kribbelte es in ihrem Bauch. Schmetterlinge, und zwar ein ganzer Schwarm davon. Sie tat dies immer als Schwärmerei ab und es war ihr unangenehm. Manchmal, wenn van Anders sie ansah, hatte sie das Gefühl rot zu leuchten wie das Stopplicht eines Autos. Sie hatte es ihn noch nicht merken lassen, dass sie eine Schwäche für ihn hatte. Mein Gott, was für ein Klischee. Die Sekretärin, die sich in den Chef verliebte. Nein, das ging gar nicht. Auch war sie aus seinen Handlungen bis dato noch nicht schlau geworden. Manchmal hatte sie das Gefühl, dass er ihr sehr nahe war, dann wieder behandelte er sie mehr wie eine gute Freundin, neckte sie und plauderte ganz offen über viele Themen mit ihr. Sie hatte das Gefühl, ein sehr gutes Verhältnis zu ihm zu haben. Aber es war nicht einfach, die Balance zu halten zwischen der Sekretärin und der guten Freundin. Sie hatte vom ersten Moment an das Gefühl gehabt, ihn schon ewig zu kennen. Diese Vertrautheit, die ihr die Sicherheit gab, über alles mit ihm sprechen zu können. Es war sehr seltsam, wo sie ihn doch gar nicht gekannt hatte, als er sie eingestellt hatte.

Isa hatte dringend einen Job gebraucht. Er hatte eine Anzeige geschalten und sie hatte sich gemeldet. Er wusste gar nicht, was er eigentlich wollte, da er noch nie zuvor ein Unternehmen geführt hatte. Wahrscheinlich wollte er bloß nicht den ganzen Tag allein in der Weihburggasse herumsitzen, sondern ein freundliches Gesicht sehen, wenn er kam. Ehrlicherweise musste Isa zugeben, dass sie keine Aufgaben hatte. Gut, seitdem sie diesen Fall übernommen hatten, war etwas mehr los, aber sonst ... Wenn einmal pro Woche das Telefon läutete, erschrak sie so sehr, dass sie vom Sessel hochfuhr. So blieb ihr viel Zeit übrig, um sich mit Andorian zu unterhalten, ihn kennenzulernen und ihn zum Beispiel an seinem Geburtstag mit Dingen zu überraschen, die sie vor zwei Jahren aufgeschnappt und gekauft hatte.

Isa selbst hatte bis zu dieser Anstellung versucht, ein sehr regelmäßiges Leben zu führen. Sie war, nachdem sie in der schwierigsten Phase der Entwicklung, nämlich als Teenager, durch einen Autounfall beide Eltern verloren hatte, eine Zeit lang ziellos durchs Leben gestreift, von einer Pflegefamilie in die nächste gewechselt, da die meisten nicht mit ihrer Traurigkeit, ihrem Schmerz und der daraus resultierenden Wut zurechtgekommen waren. Das verband sie mit ihrem Chef. Dann, eines Tages in der richtigen Familie gelandet, hatte sie die Erfahrung von Zärtlichkeit und Geborgenheit gemacht, die ihr die ausreichende Motivation gab, sich weiterzuentwickeln. Isa schloss die Schule mit Matura ab und begann ein Studium der Rechtswissenschaften, welches sie auch abschloss. Jedoch merkte sie schon sehr früh, dass sie sich den Menschen an dieser Fakultät nicht nahe fühlte, der Materie aber schon. Nach dem Abschluss folgte eine Lehre zur Tischlerin, die sie ebenfalls mit dem Gesellenbrief beendete.

Kurz nach der Lehrabschlussprüfung hatte sie sehr impulsiv auf das in der Tageszeitung abgedruckte Jobangebot geantwortet, für die Anstellung, die sie nun seit einigen Jahren innehatte. Ihr persönlicher Freundeskreis hatte sich in dieser Zeit mit Menschen gefüllt, die sie heute als Familie bezeichnen würde und mit denen sie so oft wie möglich beisammen war. Andorian, Danny und Robert sowie Alma. Diese Menschen schätzten ihre Herzenswärme, die belegte, dass ein schlimmes Schicksal als Jugendlicher keineswegs ein verpfuschtes Leben bedeuten musste. Sie hatte sich über ihr Schicksal emanzipiert.

Isa betrat die Kanzlei, fuhr ihren und Andorians PC hoch und schaltete die Kaffeemaschine ein. Auf dem Rückweg von Andorians Büro in ihr Vorzimmer hörte sie ein Quietschen, das von der Eingangstüre zum Stiegenhaus kam. Kurz darauf knarrte die erste Leiste des Parkettbodens. Dies waren untrügliche Zeichen dafür, dass jemand die Kanzlei betreten hatte.

„Guten Morgen! Ich bin in wenigen Augenblicken bei Ihnen!“, rief sie dem Besucher entgegen. Dann trat sie aus der Türe ins Vorzimmer der Detektei. Zwei Männer in Anzügen standen vor ihr und starrten sie an.

„Guten Morgen! Wie kann ich Ihnen helfen?“, sagte sie freundlich.

„Guten Morgen, wir würden gerne zu Herrn van Anders vorgelassen werden!“, sagte der Größere der beiden Männer mit gespielter Höflichkeit. Er trug einen blonden Bürstenhaarschnitt. Sein Begleiter hatte die nahezu schwarzen Haare in einem Pferdeschwanz zusammengebunden.

„Welchen Fall betrifft Ihr Besuch, meine Herren?“

„Das klären wir mit ihm persönlich!“, sagte der Langhaarige.

„Nun, Herr van Anders ist momentan nicht zugegen, da er gerade eine Beschattung vornimmt. Daher empfiehlt es sich einen Termin auszumachen, wenn Sie ihn persönlich antreffen wollen“, sagte Isa mit einem aufrichtigen Lächeln. Sie ging um ihren Schreibtisch herum und öffnete den Kalender. Dann sah sie die Besucher an.

„Wann darf ich Ihnen einen Termin anbieten? Wäre es Ihnen morgen um 10.30 Uhr angenehm?“

Der Blonde stützte sich mit beiden Händen auf Isas Tisch. Isa wich instinktiv ein Stück zurück. Dann sah er ihr in die Augen.

„Hör mal zu, du zickiges Miststück. Du rufst jetzt deinen Boss an und sagst ihm, er hat genau dreißig Minuten, um hier anzutanzen, oder mein Freund und ich machen mit dir einen kleinen Ausflug. Möglicherweise ist's für dich einer ohne Wiederkehr. Ist das angekommen?“

Isa konnte Kaffee und Zigaretten im Atem dieses Mannes riechen. Der zweite war um ihren Schreibtisch herumgetreten, hatte seine Sakko zurückgeschlagen und gab den Blick auf eine kurzläufige Pistole frei. Isa hatte keine Zweifel daran, dass die beiden es ernst mit ihr meinten.

„Wenn Sie es wünschen, kann ich natürlich gerne anrufen!“, erwiderte sie und griff zu ihrem Telefon. Der Blonde hatte nun ebenfalls eine Waffe vor ihr auf den Tisch gelegt. Der Lauf zeigte dabei in ihre Richtung. Isa wählte. Der Blonde griff über den Tisch und betätigte den Lautsprecherknopf der Telefonanlage. Jemand nahm ab.

„Guten Morgen, Isa!“

„Guten Morgen, Boss!“ Stille.

„Ich bin schon auf dem Weg in die Kanzlei, stecke nur am Schwedenplatz in einem Stau.“

„Okay, deine Beschattung ist also schon zu Ende?“

„Ja, alles unter Dach und Fach! Du weißt ja, alles nach dem Motto ‚Don’t worry, be happy!‘.“

Isa lachte herzlich, nickte und sagte: „Du hast Recht, don‘t worry, be happy oder Tina Turner und Rod Steward ‚It takes two, baby!‘ Also dann bis gleich!“ Er lachte.

„Ja, bis gleich. Bitte mach mir einen von deinen wunderbaren Cappuccinos, ich denke, ich brauche danach eine kleine Stärkung!“

„Wird erledigt!“, sagte sie und hängte ein. Dann sah sie den Blonden trotzig an und sagte: „Sehen Sie, kein Grund unhöflich zu sein! Alles lässt sich regeln und wir sind immer um die Zufriedenheit unserer Klienten bemüht! Darf ich Sie bitten mir gegenüber Platz zu nehmen! Darf ich den Herren in der Zwischenzeit einen Kaffee anbieten oder ein Glas Wasser, Orangensaft vielleicht?“ Beide verneinten und setzten sich.

Der Mann mit den vielen Vornamen erwachte nach einem dumpfen und traumlosen Schlaf im grellen Neonlicht auf einer schmalen Pritsche und fror. Er fror aus Angst und von der Kälte in dem Raum, da die Klimaanlage auf Hochtouren lief. Der Mann, der heute keinen bestimmten Vornamen mehr trug, hatte keine Ahnung, wo er war und wie lange er geschlafen hatte. Er hatte auch keine Ahnung, wie er hierhergekommen war. Die Zelle des kleinen Gefängnisses, in die sie ihn gestern gesteckt hatten, war schmuddelig und alt gewesen. Er hatte sie sich mit einigen Männern geteilt, die ihn misstrauisch beäugt hatten. Er erinnerte sich daran, dass er sich vor der Nacht und dem Einschlafen gefürchtet hatte. Dann hatte er Abendessen bekommen. An die Zeit nach dem Essen hatte er keine Erinnerung mehr, außer dass seine Glieder schon während des Essens immer schwerer wurden. Und jetzt war er hier zu sich gekommen. Was war geschehen? Sein Kopf brummte wie ein Dieselgenerator und seine Augen wollten ihm aus den Höhlen fallen.

Er sah an sich hinab und ließ den Kopf hängen. Es hatte irgendwann so kommen müssen, irgendwann war klar, dass dies passieren musste. Irgendwann war klar, dass irgendeine Familie sich die Einschüchterungen nicht gefallen ließ. Und jetzt ... Er würde in irgendeinem bulgarischen Gefängnis versauern mit der täglichen Angst vor dem Duschen und der Nacht.

Er war kein Held. Er war ein Looser, darum hatte er diesen Job überhaupt angenommen. Viel Geld im Ausland und weit weg von Österreich. Der Untergang hatte begonnen, als er die Schule abgebrochen und mit neunzehn beschlossen hatte in seinem Leben nur noch Ferien zu machen. Er brach mit seinen Eltern, sie waren liebevolle Eltern gewesen, die immer nur das Beste für ihn wollten. Sie unterstützten ihn immer ohne Wenn und Aber. Als er aber dann ziellos umherirrte in seinem Leben, verlangten sie von ihm einen Plan. Er sagte immer, er wolle sein Leben ohne Fremdbestimmung leben! Er kehrte ihnen den Rücken, dachte, er würde sie damit strafen, dass er sich nicht mehr meldete. Sie fanden sich offensichtlich wohl damit ab, dass sie ihn verloren hatten. Dann, als es immer enger wurde um ihn herum, hatte er nicht den

Mut, nachhause zu gehen und sie um Rat und Hilfe zu bitten. Es hätte bedeutet, eine Menge falscher Entscheidungen eingestehen zu müssen. Dazu war er nicht bereit. Es hätte bedeutet, seinen Eltern, gegen die er so vehement gekämpft hatte, gestehen zu müssen, dass sie mit der Prognose seiner Entwicklung richtig gelegen waren. Seine Eltern sprachen immer davon, dass sie ihn vor einem „Hätte-ich-doch-Moment“ bewahren wollten. Jenen Moment, wo auch er erkennen würde, dass etwas irreversibel und ohne Chance auf ein Zurück kaputt gegangen war. Jener Moment, an dem er das Ende der Sackgasse sehen konnte und gleichzeitig feststellte, dass der Ausweg in einem Kreis immer wieder in die Sackgasse zurückführte. Der Moment, in dem der Mensch sagte: „Hätte ich doch damals …“

Ihm würde das nicht passieren. Er war davon überzeugt gewesen, dass er auf der Südosttangente in Wien nackt gegen die Fahrtrichtung auf dem Mittelstreifen hätte spazieren gehen können, ohne dass ihm ein Leid geschehen wäre. Es war klar, dass er Geld brauchte, arbeiten kam nicht in Frage. Kleinere Diebstähle waren der Anfang. Irgendwann dann Schulden. Sein Gläubiger vermittelte ihn dann an den Dämon, der ihm sagte, dass er nach Bulgarien übersiedeln werde. Sein Job bestehe darin einheimische Mädchen zu rekrutieren, sie zu umgarnen und sie dazu zu bringen ihn in seine Wohnung zu begleiten. Dort sollte er ihnen Champagner anbieten, welcher mit einem Barbiturat versetzt war. Dann rief er eine bestimmte Telefonnummer an, die betäubten Frauen wurden abgeholt und in einem anderen Apartment festgehalten. Irgendjemand fuhr dann immer zu den Familien, irgendeiner dieser Barbaren, die die Frauen im Apartment unter seinem zum Weitertransport vorbereiteten.

Die Familien wurden bedroht und eingeschüchtert, das hatte er einmal erfahren. Die meisten sagten nichts, beließen es dabei, dass ihre Tochter verschwunden war. Was danach mit ihnen geschah, konnte er sich nur ausdenken, wollte es sich aber keineswegs vorstellen. Es konnte hier nur um Prostitution oder Menschenhandel gehen, bestimmt wurden die Frauen in ein anderes Land gebracht, wo sie ihre Körper verkaufen mussten oder selbst verkauft wurden. Aber mit alldem hatte er nichts zu tun. Er war nur für die Rekrutierung zuständig. Für jede Frau, die er anbrachte, wurden ihm 10.000 € auf ein Konto, das auf Malta für ihn eingerichtet worden war, überwiesen. Er konnte über dieses Geld täglich verfügen. Bulgarien war auch im 21. Jahrhundert noch immer ein sehr billiges Land. Mit einem Monatsverdienst von vielen Tausend Euro lebte man wie ein König. So hatte er die vier letzten Jahre verbracht. Im Sommer an den Stränden gejagt und im Winter in den Clubs der bulgarischen Hauptstadt. Jetzt war es vorbei.

Es war seltsam, irgendwie fühlte es sich sogar wie eine Erleichterung an. Als wäre ihm ein Stein vom Herzen gefallen. Seltsam, ja, aber so war es. Er blickte sich um. Seine Zelle heute wirkte sehr neu und modern, irgendwie sah sie nach Hightech aus, ihm fielen auch zwei Kameras auf, die offensichtlich jeden Winkel des Raumes erfassen konnten. Dann wurde die Türe geöffnet. Ein Mann mittleren Alters betrat den Raum. Sergio, der Bruder des Barkeepers und der Frau, die er zuletzt entführt hatte. Gestern in Jeans und Shirt, heute im Anzug.

„Wie gefällt Ihnen Ihr zuhause?“, fragte Sergio in perfektem Englisch und machte dabei eine ausschweifende Handbewegung.

„Ich bin österreichischer Staatsbürger! Sie können mich nicht einfach festhalten. Ich verlange eine Auskunft darüber, wo ich bin!“, sagte er und wollte dabei überzeugender klingen, als es dann letztlich der Fall war.

„Ich sage Ihnen nun etwas“, sagte der Mann mit einer beindruckend ruhigen und tiefen Stimme. „Sie sind ein frauenentführendes Stück Scheiße. Sie haben drei verschiedene Pässe in ihrem Apartmenttresor gehabt. Ich denke, dass Sie niemand vermissen wird. Sie sind vielleicht jemandes Sohn oder Bruder, aber jemand wie Sie wird nicht vermisst. Sicher haben Sie seit Jahren keinen Kontakt zu Ihrer Familie. Ah, das Zucken in Ihrem Mundwinkel verrät mir, dass ich richtig liege. Dies bedeutet nichts anderes, als dass Sie niemand vermissen wird. Und ich möchte Ihnen noch etwas verraten: Diese Einrichtung, in der Sie sich gerade befinden, die gibt es nicht. Sie wurde für die modernen Bedrohungen des 21. Jahrhunderts geschaffen. Diese Bedrohung heißt Terror aller Art. Alles, was die nationale Sicherheit betrifft. Cyberterror, Bombenterror, Menschenhandel und so weiter. Nur damit wir einander verstehen. Sie haben gestern, als Sie nach dem Abendessen entschlafen sind, aufgehört zu existieren. Und wenn man mich fragt, dann bleibt das auch so. Im Laufe der Zeit wird sich herausstellen, wie viele Frauen durch Ihre Mitwirkung entführt wurden, denn gerade jetzt läuft eine der größten Ermittlungsaktionen des modernen Bulgarien an. Ich wünsche Ihnen einen angenehmen Tag, Nummer eins.“ Dann drehte er sich um und verließ die Zelle. Der Mann, der gestern Martin geheißen hatte, bemerkte, wie ihm stumme Tränen aus den Augen quollen. Er schaffte es nicht sie wegzublinzeln. Sein „Hätte-ich-doch-Moment!“ war gekommen.

Andorian war wie elektrisiert. Das Wort „Beschattung“ war ein Code, ebenso wie der Songtitel. Beschattung sagte ihm, dass Isa unter Beobachtung stand oder bedroht wurde. Der Songtitel von Rod Stewart und Tina Turner sagte ihm, dass es zwei Männer waren. Der Song von Bobby McFerrin war die Botschaft, dass sie keine Angst haben solle. Ob bewaffnet oder nicht, spielte keine Rolle, es war Gefahr im Verzug. Irgendwo hatte er Staub aufgewirbelt. Etwa in dem Studiobordell? War es dort gewesen? Er hatte an diesem Abend so unendlich viele Fragen gestellt. Es hätte überall sein können. Er wollte die Situation klären.

Er bog in die Tiefgarage ab und war wenige Augenblicke später im Aufzug, der ihn direkt in seine Detektei brachte. Er öffnete die Türe zum Vorzimmer der Kanzlei. Isa erhob sich.

„Guten Morgen, Boss! Diese beiden Herren wünschen ein Gespräch mit Ihnen!“, sagte sie und zeigte mit einer ausladenden Geste auf die beiden Männer, die auf dem breiten Ledersofa Platz genommen hatten. Sie erhoben sich und traten auf ihn zu.

„Guten Tag, meine Herren! Darf ich Sie in mein Büro bitten!“, sagte er und hielt ihnen die Türe auf.

Sie betraten das Zimmer. Andorian blieb mit dem Rücken zur Türe stehen und drehte vorsichtig und leise den innen im Schloss angebrachten Schlüssel. Er war mit den beiden Männern nun eingeschlossen. Das war das vereinbarte Prozedere. Wenn dies geschah, sollte Isa sich in Sicherheit bringen und darauf warten, dass ein Bürofenster geöffnet wurde, welches der Code für das Ende der Bedrohung war.

„Schnüffler, wir haben den Auftrag dir klarzumachen, dass du deine Nachforschungen über das tote Mädchen einstellen sollst“, sagte der Blonde deutlich hörbar, mit dem Rücken an Andorian gewandt. Dann waren beide Männer, motiviert durch das Geräusch des Schlüssels, im Begriff sich umzudrehen. In einer fließenden Bewegung griff der Blonde an seinen Hosenbund und zog seine Waffe. Andorian erkannte diese als Glock 19. In einer ebenso fließenden Bewegung war Andorian mit einem einzigen Schritt bei ihm, unterwegs trat der dem langhaarigen Mann mit einem gewaltigen Tritt seitlich vorne von außen auf das rechte Knie. Der Langhaarige faltete sich zusammen wie ein Blatt Papier, rutschte weg und schlug derart hart mit dem Gesicht am Boden auf, dass er benommen liegen blieb. Gleichzeitig zog er mit seiner linken Hand den Schlitten der Schusswaffe des Blonden zurück, was ein Abdrücken unmöglich machte, und löste mit dem linken Daumen über die entsprechende Vorrichtung das Magazin aus dem Lauf, welches scheppernd auf den Boden knallte. Eine Millisekunde später drehte Andorian die Pistole so in der Hand des Blonden, dass dessen Zeigefinger am Abzug tiefer in den Abzugsbügel rutschte. Dann drehte er die Pistole dann weiter in einen Winkel von etwa 120 Grad. Der Zeigefinger des Blonden brach am Handwurzelknochen mit einem laut vernehmbaren Knacken. Er kreischte und Andorian versetzte ihm mit seinem Ellbogen einen Schlag auf den Kehlkopf. Der Mann röchelte und brach zusammen. Der Langhaarige schrie vor Schmerzen und tastete ebenfalls nach seiner Waffe. Andorian knallte ihm den Lauf der soeben erbeuteten Glock links an die Schläfe. Eine Sekunde später war auch er verstummt.

Andorian ging zum Schreibtisch, griff in die unterste Lade und nahm mehrere Kabelbinder heraus. Nach einer

Minute hatte er beide Männer in der stabilen Seitenlage gelagert und an Händen und Beinen gefesselt. Er griff in ihre Taschen, tastet sie ab und fand Ausweistaschen, die er an sich nahm und öffnete. Seine Augenbrauen wanderten himmelwärts, als er sah, dass er zwei Polizisten ausgeknockt hatte. Inspektor Wöllinger war der Blonde, Inspektor Grubner der andere Mann. Andorian rieb sich mit den Handflächen über das Gesicht und knetete danach seine Nasenwurzel zwischen Zeigefinger und Daumen der rechten Hand. Wenn das wahr gewesen wäre, hätten sich daraus zwei Szenarien ergeben: Entweder steckten Teile der Polizei mit in dem Fall oder die Männer vor ihm waren keine Polizisten, was bedeuten würde, es müsste geklärt werden, wo diese Männer ihre Ausweise herbekommen hatten. Denn zweifelsohne waren diese Ausweise echt. Er hatte oft genug Danny Friedmanns Ausweis gesehen.

Der Langhaarige erwachte zuerst. Andorian beugte sich zu ihm hinunter und flüsterte: „Wer hat euch geschickt?“ Der Langhaarige spuckte ihn an. Andorian langte mit der rechten Hand an die Nasenwurzel des Mannes, die vom Sturz schon blau angelaufen war, und drückte zu. Dieser heulte auf, überdrehte die Augen und glitt wieder in die Bewusstlosigkeit ab. Andorian versuchte den Blonden zu wecken, dessen Lider flatterten.

Andorian öffnete das Fenster seiner Kanzlei und entriegelte die Türe. Etwa zwei Minuten später stöhnte der Blonde vernehmlich. Gleichzeitig steckte Isa ihren Kopf zur Türe herein.

„Kaffee?“, fragte sie.

„Wasser, bitte. Dreimal!“, gab Andorian zurück. Der Blonde sah ihn an.

„Von wem kommt ihr?“, fragte van Anders.

„Fick dich, Schnüffler!“, entgegnete der Blonde.

Andorian wollte nicht den gleichen Fehler wie bei dem Langhaarigen machen, daher legte er seine linke Hand unter den Kopf des Mannes. Es war beinahe eine liebevolle Geste. Dann nahm er den Daumen seiner rechten Hand, setzte ihn behutsam an den kleinen Knochenfortsatz oberhalb der Lippe, direkt unterhalb der Nase, und drückte zu. Höllischer Schmerz explodierte im Gesicht des Blonden, der sich unter ihm wie eine Schlange zu winden versuchte, die einem Raubtier entkommen wollte. Nach zwanzig Sekunden löste er den Druck.

„Das nächste Mal breche ich dir einen weiteren Finger. Wer hat euch gesagt, dass ihr hierherkommen sollt?“, wiederholte Andorian die Frage von vorher.

„Fick dich, Schnüffler!“, spie ihm der Blonde wieder entgegen.

Andorian griff an seine Hand, ertastete den Mittelfinger des Mannes. Er klemmte seinen eigenen Zeigefinger hinter das zweite Fingerglied des Mittelfingers und drückte mit seinem Daumen gegen den Hebel zu. Der Blonde quiekte und zappelte. Dann knackte es und der Mittelfinger stand in einem unnatürlichen Winkel von der Hand ab.

„Wir können den ganzen Tag so weitermachen!“, flüsterte van Anders.

Der Blonde überdrehte wieder die Augen und rettete sich in die Ohnmacht. Andorian seufzte.

„Okay, so kommen wir hier nicht weiter!", murmelte er. Dann griff er zu seinem Telefon und wählte Dannys Nummer.

Der Dämon war verunsichert. Das erste Mal in seinem Leben war er irritiert. Er konnte die Bulgaren nicht erreichen. Er wurde ständig auf den Anrufbeantworter weitergeleitet. Seit mehr als zwölf Stunden war das nun so. Keine Meldung aus Bulgarien. Da war etwas schiefgelaufen. Er durchforstete das Internet nach Meldungen, Bulgarien betreffend. Nichts! Gähnende Leere, jedenfalls nichts, was ihn betreffen würde. Er griff zum Telefon und rief die Markova an. Am anderen Ende wurde abgehoben.

„Was willst du?", sagte sie mit einer vor Abneigung triefenden Stimme.

„Hör gut zu, du Hure!", fauchte er. „Wenn du deinen minderwertigen bulgarischen Volksgenossen gesagt hast, dass sie die Lieferung abbrechen und danach verduften sollen, ich schwöre, ich verschenke dich an einen afrikanischen Warlord. Die stehen auf weißes Fleisch!"

„Reg dich ab, ich habe selbst jeden Kontakt verloren. Da ist etwas schiefgelaufen, darin besteht kein Zweifel. Anders ist diese Funkstille nicht zu erklären! Und hör auf mir ständig zu drohen. Du geisteskranker Psychopath! Du hast meinen Bruder getötet, du krankes Mistschwein, und du hast mein bestes Pferd im Stall auf dem Gewissen. Ich wünsche dir nicht mehr als einen schmerzhaften und langsamen Tod! Wenn ich du wäre, dann würde ich mein Geld nehmen und mich verziehen. Jeder Idiot kann doch sehen, dass hier alles den Bach hinuntergeht. Es ist nur eine Frage der Zeit, bis die Polizei an meine Türe klopft. Und dann, mein Lieber, beginnt der Rest deines Lebens. Hinter den Mauern eines Gefängnisses. Also nimm das Geld, das du verdient hast, und hau ab, solange du noch kannst."

Sie ging dabei in ihrem luxuriösen Wohnzimmer auf und ab wie ein Tiger in einem zu kleinen Käfig. Hinter ihr klingelte es an der Türe. Sie ging, das Telefon rechts in der Hand, links ein Glas Champagner, zu der großen Flügeltüre, die ihre Wohnung vom Stiegenhaus abgrenzte. Sie wusste, dass der Besucher vor der Türe stand und nicht auf der Straße, da sich die Klingeltöne voneinander unterschieden. Sie öffnete. Dann ein Knall. Holz splitterte, als die Sicherheitskette aus der Verankerung gerissen wurde. Sie ließ das Glas fallen. Jede Farbe war aus ihrem Gesicht gewichen.

„Von wegen hau ab! Du erklärst mir zuerst, was du in Bulgarien abgezogen hast! Warum es keinen Nachschub mehr gibt. Vom ersten Moment an wolltest du deine bulgarischen Schlampen schützen, hast beständig gegen mich gearbeitet. Ich werde dich nehmen und dann geht's ab in die Pension, wo du auf einen netten Warlord aus Afrika warten wirst, an den ich dich verschenken werde", fauchte er und besprühte dabei ihr Gesicht mit seinem Speichel. Er war außer sich, seine Augen von wildem Hass erfüllt. Mit dem Fuß warf er die Türe zu, dann drängte er sie an die Wand, griff mit seiner rechten Hand an ihre linke Brust und quetschte sie schmerzhaft. Sie entwand sich seinem Griff und ging voraus ins Wohnzimmer.

Dann drehte sie sich um und schrie: „Stopp!" Es war eine so plötzliche Bewegung, dass er tatsächlich innehielt und sie verdutzt anstarrte. „Glaubst du wirklich, ich habe das Unternehmen beendet? Sehe ich so doof aus? Glaubst du, ich bin verrückt und lasse mich von einem Psycho wie dir umbringen? Ich habe hier ein feines Leben! Du weißt so gut wie ich, dass es sein kann, dass eine kriminelle Machenschaft auffliegt. Jemand verplappert sich oder alles geht den Bach hinunter, weil jemand die Entführung selbst sieht. Das ist das Risiko. Das ist das Risiko und du kennst es. Aber, und das will ich dir in aller Klarheit sagen, ich bin vorbereitet. Ich wusste, dass der Tag kommt, an dem du hier auftauchst und versuchst mich zu verschleppen oder mir das Leben zu nehmen. Es gibt eine Absicherung. Wenn ich nicht alle 48 Stunden eine bestimmte Telefonnummer anrufe, dann findest du dich als Hauptakteur im größten Skandal der österreichischen Justizgeschichte wieder. Wenn ich diese Nummer nicht wähle, ergehen sämtliche Namen, Fotos und Beweise der letzten vier Jahre an die Behörden und parallel an die Austria Presse Agentur.“ Sie drehte sich um, öffnete eine Lade an dem Mahagonisekretär im Wohnzimmer und entnahm eine Pistole. Sie richtete die Waffe aber nicht auf ihn. Sie hielt ihm vielmehr den Griff entgegen und sagte lächelnd: „Bitte! Nur zu! Erschieß mich hier und jetzt oder verschleppe mich. Lass mich nur ein paar Sachen packen, die deinem Warlord auch gefallen werden. Ich komme freiwillig mit. Ich habe deine Drohungen so satt. Los jetzt! Oder du ergreifst die Chance und gehst! Du nimmst die ganze Kohle, besorgst dir neue Papiere, so wie du es für die Mädchen immer getan hast, und gehst. Die Karibik oder Asien böte sich an. Und alle leben glücklich und zufrieden. Also was genau willst du?“

Sie starrte ihn trotzig an und sah, dass er erkannte, dass ihre Drohungen keine leeren Worte waren. Dann holte er aus und schlug ihr mit ganzer Kraft ins Gesicht. Ihr Kopf flog zur Seite und sie stürzte auf dem Boden. Ohnmacht umfing sie und die Welt wurde schwarz.

Danny Friedmann hob ab. „Andorian, gibt es Neuigkeiten?"

„Ich bitte dich dringend hierherzukommen. Ich habe eine Überraschung für dich! Ich weiß, du hast jede Menge um die Ohren, aber ich würde dich nicht bitten, wenn es nicht dringend wäre."

„Ich bin in zehn Minuten da!", gab sie zurück und hängte ein.

„Zwei Ausweise, aber keine Kokarden! Wenn ihr zwei echte Polizisten seid, soll mich sofort der Blitz treffen", murmelte van Anders vor sich hin. Er tigerte in seinem Büro auf und ab, als er von draußen das bekannte Knarren und Quietschen der Dielen hörte. Nur Sekunden später stand Danny im Raum und riss erschrocken die Augen auf.

„Was ist hier los?", fragte sie und merkte, dass ihre Stimme etwas zu erregt klang. „Wer sind die beiden hier?"

„Nun, das ist die Frage aller Fragen! Sie kamen hierher, haben Druck gemacht wegen meiner Nachforschungen und haben Isa und mich mit ihren Waffen bedroht. Das Problem ist nur, dass sie – und ich schwöre, ich habe das vorher nicht gewusst – offensichtlich Polizisten sind. Hier sind ihre Dienstausweise. Kokarden haben sie aber keine bei sich!", meinte er und deutete auf die beiden am Boden Liegenden.

„Polizisten? Wie sind ihre Namen?" Van Anders gab ihr die Ausweise. Danny betrachtete sie.

„Wöllinger und Grubner … Wöllinger und Grubner …" Sie umfasste ihr Kinn mit der rechten Hand und massierte es. Dann riss sie die Augen auf! „Wöllinger und Grubner … na klar! Gestern kam ein Memo aus der internen Revision, wo die Namen genannt wurden. Habt ihr nicht vorgestern einen Häftling aus Nickelsdorf verschwinden lassen? Einen gewissen Tragunov!" Plötzlich klatschte sie sich mit der Hand an die Stirn! „Scheiße! Daher kam mir der Name heute Morgen so bekannt vor. Diese Arschlöcher haben den Toten, den wir gestern aus dem Kanal gezogen haben, entführt und verschwinden lassen. Interpol checkt gerade seine Daten und auch in Sofia habe ich bereits angerufen, um Einzelheiten zu klären!" Sie blickte die beiden genauer an. „Ich nehme an, die Verletzungen sind in Notwehr entstanden? Müssen sie ärztlich versorgt werden?!"

„Es kann kein Fehler sein, sie versorgen zu lassen. Wichtig wäre es, dass sie ruhiggestellt werden und unter Aufsicht bleiben."

„Das bleiben sie sowieso! Ich denke nur nicht, dass sie im Moment vernehmungsfähig sind. Gut, ich rufe die Kollegen und wir lassen diesen Abschaum hier wegtransportieren." Andorian zog sein Telefon und fotografierte die beiden Männer.

„Wozu die Fotos?", sagte Danny.

„Nun, es muss sie ja irgendwer gesehen haben, gesehen beim Mord, gesehen beim Transport, gesehen bei der Abholung von Tragunov, gesehen beim Autofahren. Ich kaufe mir heute ein paar Minuten Sendezeit am Abend. Es ist jetzt persönlich", sagte er.

„Mein Chef wird das nicht genehmigen!", entgegnete Danny.

„Muss er nicht, er ist nicht mein Chef, du musst ja offiziell davon nichts wissen. Sie sind bei mir eingedrungen und haben einen Bezug zu dem Fall, in dem ich ermittle!" Danny nickte verdrossen.

„Ist gut, aber ich würde mir überlegen, wo du deine Kontaktdaten und Visitenkarten hergegeben hast auf deiner Lokaltour durch die Rotlichtszene! Denn wo zwei sind, da sind noch mehr, Justus Jonas. Das war insgesamt betrachtet nicht besonders klug!"

Jetzt war es an ihm zu nicken und mit den Schultern zu zucken. Danny wandte sich um und zog ihr Telefon. Die Tür ging auf und Isa kam mit zwei Bechern dampfenden Kaffees herein. Sie gab eine Tasse Danny und eine Andorian. Ihr Lächeln konnte Eis zum Schmelzen bringen! Er lächelte ebenfalls. Isa verschwand genauso lautlos, wie sie gekommen war, wieder. Danny schüttelte den Kopf.

„Du bist ein blinder Idiot, van Anders!"

Die beiden Männer am Boden stöhnten und begannen sich wieder zu winden.

„Ruhe da unten!", fauchte die Kommissarin und nahm einen Schluck Kaffee. Etwa zwanzig Minuten später waren die beiden Männer in Polizeigewahrsam unterwegs in die Sanitätsabteilung der JA Josefstadt. Dort wurden sie erstversorgt und dann getrennt voneinander in den Zellen untergebracht. Wenig später war Danny zurück im

Präsidium, um den Antrag auf Untersuchungshaft wegen des dringenden Tatverdachts des vorsätzlichen Mordes und der Amtsanmaßung an die Staatsanwältin Rosemarie Dietler ergehen zu lassen. Die Kommissarin fühlte, dass sie in dieser Angelegenheit einen großen Schritt weitergekommen war. Sie würde morgen Vormittag in die Josefstadt fahren, um die Männer zu befragen. Eine Nacht im Gefängnis war normalerweise sehr heilsam, wenn es darum ging, lahme Zungen zu lösen.

Es war eine große Erleichterung, dass die beiden Polizisten nicht mehr den Ort beobachteten. Es war ein gänzlich anderes Lebensgefühl nicht die Angst haben zu müssen, beobachtet zu werden. Hedwig konnte Maria überreden den Tag mit ihr in der Innenstadt zu verbringen. Sie zeigte ihr Schönbrunn, den Stephansdom und die Hofburg. Sie aßen Sachertorte und genossen den Tag. Trotz aller Mühe lag immer eine Melancholie über der Gemeinsamkeit, die mit allen Sinnen spürbar war. Am späten Nachmittag stiegen die beiden Frauen dann ins Auto, um wieder nach Mauerbach zu fahren. Sie waren auf die Wienzeile abgebogen, als Maria meinte: „Es sind noch mehr Mädchen in dem Haus. Wie können wir sie retten? Ich will nicht, dass sie getötet oder verletzt werden, weil ich weggelaufen bin.“

Hedwig fasste Marias Hand über den Schaltknauf hinweg und gab ihr ein „Ich lasse mir etwas einfallen!“ zur Antwort. „Ich bin mir sicher, uns fällt etwas ein. Würdest du das Haus wiederfinden?“ Maria nickte. „Vielleicht sollten wir irgendwo in ein zufälliges Wachzimmer gehen und dort Anzeige erstatten. Sie müssen darauf reagieren.

Daran besteht kein Zweifel! Es kann nicht jeder Polizist mit in deren Boot sitzen!“

„Aber dort müssen wir unsere Daten hinterlassen und das wäre nicht gut!“, gab Maria ängstlich zurück und Hedwig merkte, wie ihre Stimme immer zittriger und fahriger wurde. Hedwigs Stirn legte sich in Falten. Sie wusste, dass sie rasch eine Lösung für dieses Problem brauchten. Sie konnte nicht ewig so tun, als würde es nicht existieren, sie konnte es nicht auf Dauer wegschweigen. Konnte man einen Polizeieinsatz provozieren und dabei hoffen, dass die richtigen Polizisten kamen? Wenn Maria das Haus fände, sollten sie es beobachten? Sie schüttelte gedanklich den Kopf und schalt sich eine Närrin. Sie war 72. Was sollte sie schon ausrichten. Es war wohl klar, dass die Polizei eher früher als später ein entscheidender Faktor sein würde. Sie bog in ihre Einfahrt ab. Es war still geworden im Auto und die angenehme Beschwingtheit des Tages war verflogen. Niemand sprach, beide Frauen hingen ihren düsteren Gedanken nach.

Mechanisch erledigte Hedwig ihre Arbeiten und bereitete ein kleines Abendessen vor, welches weitestgehend unangetastet blieb. Danach setzte sie sich vor den Fernseher, nahm eine Tageszeitung in die Hand und löste ein Sudoku. Maria beschäftigte sich mit dem neuen Telefon, das Hedwig ihr heute gekauft hatte, und tippte wohl ihrer Mutter eine Nachricht. Es war kurz nach 19.00 Uhr.

„Der Sender unterbricht sein Programm für einen Aufruf an die Bevölkerung von Wien!“ Ein Mann, gut gekleidet, erschien vor der Kamera und sagte: „Mein Name ist Andorian van Anders. Ich bin Privatdetektiv und bitte Sie um Ihre Mithilfe!“ Zwei Fotos wurden eingeblendet.

Hedwig schnappte nach Luft, ließ ihre Zeitung fallen und sprang aus dem Fernsehsessel hoch. Maria erschrak ob der heftigen Reaktion der älteren Frau, blickte den Bildschirm an und stieß einen leisen Schrei aus. Die zwei Polizisten, die so lange vor ihrer Türe gestanden waren, waren auf dem Bildschirm zu sehen. Der Detektiv bat alle Menschen, die möglicherwiese Kontakt mit diesen Männern hatten, sich bei ihm in der Kanzlei oder bei Kommissarin Daniela Friedmann zu melden. Alle Hinweise würden vertraulich behandelt werden, da davon auszugehen sei, dass diese Männer in schwere Verbrechen verwickelt seien. Es gelte aber die Unschuldsvermutung. Danach wurden zwei Telefonnummern eingeblendet. Einmal die des Büros von van Anders, einmal die von Daniela Friedmann. Beide Nummern waren Mobilfunknummern. Man konnte nur exklusiv die beiden Menschen erreichen, niemanden sonst. Der einminütige Beitrag war noch nicht zu Ende, als Hedwig bereits die Nummer des Büros von Andorian van Anders wählte.

Die Markova öffnete vorsichtig ihre Augen. Sie lag auf dem Boden. Sie lebte. Im Geiste ging sie ihren ganzen Körper durch und überprüfte ihn auf Verletzungen. Ihr Gesicht schmerzte höllisch. Sie versuchte sich aufzurichten. Der Raum drehte sich und sie hatte Mühe, ihr Gleichgewicht zu halten. Erst nach und nach klarte das Bild rund um sie auf und sie stellte fest, dass sie sich nach wie vor in ihrem Wohnzimmer befand. Ihr letztes Bild war ein Fausthieb ins Gesicht gewesen. Der verdammte Psychopath hatte ihr ins Gesicht geschlagen. Zur Hölle mit ihm. Tod und Verdammnis sollten über ihn kommen. Aber sie war am Leben. Ihre Drohung hatte gewirkt. Und er hatte nicht gemerkt, dass alles ein riesengroßer Bluff war. Nun, sie war eine Meisterin darin sich zu verkaufen. Warum nicht auch in dieser Situation. Der Blick auf die Eingangstüre offenbarte, dass diese angelehnt war, unverschlossen, etwas schief in den Angeln von der Wucht des Trittes, aber angelehnt.

War er von einem Nachbarn überrascht worden? Sie war sich sicher, dass der Lärm der splitternden Tür Tote hätte erwecken können. Egal, wichtig war, dass sie am Leben war und er nicht mehr bei ihr. Im besten Falle saß er bereits in einem Flugzeug nach nirgendwo. Obwohl, wenn sie es recht bedachte, war er schon ein Typ Mensch, der jede Situation bis zum Äußersten ausreizen wollte. Dies war in seiner Persönlichkeit begründet, die durch und durch narzisstisch geprägt war. Niemand außer ihm hatte recht. Niemand außer ihm konnte, was er konnte. Ja, er sah sich selbst als den Mittelpunkt der Welt, es gab nichts, was er nicht kontrollieren konnte. Dies machte Menschen wie ihn so gefährlich, da sie vor nichts zurückschreckten, um ihren eigenen Benefit zu bekommen. Sie wusste, dass sie speziell in den nächsten Tagen sehr wachsam sein musste bei dem, was um sie herum und hinter ihr geschah. Sie traute es ihm zu, dass er einen oder mehrere seiner Schergen anheuerte und ihnen den Auftrag gab sie unauffällig, mithilfe eines Unfalls, zu töten. So beschloss sie die nächsten Tage ihre Wohnung nicht zu verlassen und gleichzeitig dafür zu sorgen, dass niemand sie besuchte, außer einem Tischler und einem Schlosser, welchen sie den Auftrag geben wollte ihre Eingangstüre zu reparieren.

Sie raffte sich auf und wankte mehr schlecht als recht in ihr Badezimmer, um den Schaden in ihrem Gesicht zu begutachten und eine Handvoll Schmerztabletten einzunehmen, die es ermöglichen sollten, dass sie den restlichen Tag weitestgehend produktiv hinter sich bringen konnte. Es war erschreckend! Ein blauer Bluterguss zog sich vom Nasenrücken über beide Wangen bis zur Oberlippe. Dies konnte nur bedeuten, dass ihre Nase gebrochen war und sie zusätzlich zu den Handwerkern noch ihre Hausärztin anrufen musste, um eine Erstversorgung zu gewährleisten. Es überkam sie wieder wie ein Schauder! Sie war am Leben und er war weg. Alles andere würde die Zeit heilen und glätten. Sie öffnete den kleinen Notizblock aus Leder, der neben dem Telefon im Vorzimmer lag, und wählte drei Nummern. Die beiden Handwerker, die ihre Tür reparieren sollten, und die Nummer ihrer Ärztin, um sie um einen Hausbesuch zu bitten.

Danny Friedmann saß am frühen Abend, noch immer an ihrem Schreibtisch im Präsidium, als ihr Telefon klingelte. Sie nahm ab. Eine freundliche Stimme meldete sich in englischer Sprache und stellte sich als Kommissar der bulgarischen Kriminalpolizei vor. Nachdem die beiden einige höfliche Floskeln zur Einleitung eines Gesprächs hinter sich gebracht hatten, eröffnete der Kommissar aus Sofia das Gespräch: „Dariusz Tragunov ist bei uns kein Unbekannter. Einige kleinere Delikte sowie ein Einbruchdiebstahl waren in seiner Akte zu finden. Es überrascht mich, dass er, da all diese Delikte in seiner Jugend, also vor mehr als 20 Jahren, zu finden waren, heute als Entführer gelten soll. Die letzten Jahre hatte er eine fixe Anstellung und pendelte regelmäßig zwischen Warna und Wien hin und her.“

Danny stutzte. „Eine fixe Anstellung? Was hat er gearbeitet?"

„Er leitete einen Tanzclub in Warna. Eigentümerin des Clubs ist eine gewisse Daria Markova. Es war nicht nur eine Diskothek, sehe ich gerade in den Unterlagen. Die Räumlichkeiten waren als Nightclub gemeldet, also konnte man dort auch die eine oder andere körperliche Gefälligkeit käuflich erwerben, nehme ich an. Markova hat laut amtlichem Melderegister ihren Hauptwohnsitz in Wien, also in Ihrer Stadt." Danny schluckte.

„In Wien?"

Der Kommissar gab einen brummelnden Laut von sich. „Jawohl, sie lebt seit etwa zehn Jahren in Wien, zog mit knapp fünfundzwanzig aus Bulgarien nach Wien. So, das war alles, was es zu berichten gibt. Sie sagen, er sei tot? Ich nehme an, dass Sie Frau Markova darüber informieren werden, dass ihr Club ohne Leitung ist!"

„Ich mach das und ich danke Ihnen für die rasche Rückmeldung auf meine Anfrage!" Wieder tauschten beide ein paar höfliche Floskeln aus und hängten dann ein.

Danny Friedmann hatte das Gefühl, dass langsam Licht ins Dunkel kam. Tragunov hatte ein Leben als Nachtclubbesitzer, während die Eigentümerin des Clubs ihren Hauptwohnsitz in Wien hatte. Sie beschloss morgen in aller Früh Frau Markova einen Besuch abzustatten. Sie öffnete das zentrale Melderegister und gab den Namen ein. Nach wenigen Sekunden spuckte der Computer eine Adresse im achten Wiener Gemeindebezirk aus. Dann erstarrte sie. War das möglich? Ein Eintrag des Standesamtes vermeldete eine Namensänderung vom 26. Juni 2010 von Tragunov auf Markova. Konnte es sein, dass der Tote aus dem Kanal und die Markova miteinander verwandt waren? Morgen in der Früh, gleich auf dem Weg ins Büro, würde sie zuerst der Markova und dann der Justizanstalt Josefstadt einen Besuch abstatten. Sie fuhr den Computer hinunter und machte sich auf den Weg nachhause.

Er sah nicht richtig, er glaubte in einem Albtraum festzustecken. Das Gesicht seiner Männer war gerade über den Bildschirm geflimmert. Nun, er hatte nichts zu befürchten, sie hatten ihn niemals live gesehen. Sie konnten nur von einem großen Unbekannten berichten, einem Puppenspieler im Hintergrund. Dieses Märchen würde ihnen sowieso niemand abnehmen. Sie würden für den Mord an dem Versager Tragunov verantwortlich sein. Er hatte einen Teil der Käufer der Mädchen verständigen müssen, da es wohl so schien, als würde die Lieferung am Freitag nicht eintreffen. Aus Bulgarien war bis dato keine Rückmeldung gekommen. Bulgarien war tot. Verbrannte Erde. Er verstand all diese Dinge als Wink des Schicksals und hatte die feste Absicht den letzten Verkauf über die Bühne zu bringen und danach einen Rückzug zu starten.

Mit der Markova war es so etwas wie eine Pattsituation. Sie schien über die Jahre belastendes Material gesammelt zu haben, das ihm durchaus gefährlich werden konnte. Dies würde nur bedeuten, dass die restliche Zeit nach dem Motto „Leben und leben lassen“ funktionieren würde. Insofern war diese Frau für ihn keine wirkliche Gefahr, solange er von sich aus keine Aktion startete. Mit dem Samstag dieser Woche war alles gegessen, der Fisch war geputzt, er war reich und unbescholten, nach wie vor ein gemachter Mann. Gute Position beruflich und gleichzeitig wirtschaftlich gut gestellt aufgrund seines kleinen Nebeneinkommens. Er lächelte in sich hinein und mahnte sich zur Besonnenheit. „Scheiß auf die Markova“, dachte er sich. „Sie ist eine verdammte Nutte, soll sie doch ihr Leben lang die Beine breit machen.“ Es konnte ihm egal sein.

Die „Pension“ am Tulbinger Kogel konnte ihm auch nicht gefährlich werden, sie lief auf den Namen der Markova. Dort waren zwei weitere Posten aufgestellt und bewachten die Abläufe. Diese Woche Samstag wäre alles vorbei. Er hatte alles geschickt eingefädelt, keine noch so kleine Spur führte zu ihm. Nichts, absolut nichts. Dennoch blieb ein restliches Kribbeln, eine nervöse Anspannung, ob die Käufer alle eintrafen, ob dieses letzte Geschäft noch glattging. Die Mädchen würden saubere Papiere haben und die Käufer kamen alle mit ihrem privaten Flugzeug oder Limousinen. Keine großen Probleme beim Boarding oder der Ausreise. Ware begutachten, nehmen und abtransportieren. Der Limousinenservice wurde von den Käufern geordert, von ihm aber bezahlt. Service musste sein. Sie trafen im Abstand von jeweils drei Stunden ein. So bestand nicht die Gefahr, dass sie einander begegneten oder es in den Räumlichkeiten der Pension zu einem Stau kam. Diese Woche Samstag wäre alles vorbei. Kein Stress mehr. Er schenkte sich ein Glas Single Malt Whiskey ein und genoss das Brennen in seiner Kehle. Er trat aus seinem Wohnzimmer auf die Terrasse und erfreute sich an dem Anblick den sie bot. Ganz Wien lag ihm zu Füßen. Das tat seinem Ego gut. Es lag vor ihm, von der Abenddämmerung rotgolden beschienen.

Andorian van Anders' Telefon klingelte.

„Van Anders!“, meldete er sich. „Wer spricht?“

„Das tut vorerst nichts zur Sache!“, meldete sich eine zarte, aber energische Frauenstimme. Die Sprecherin dürfte ein wenig älter sein, erkannte er an ihrem Klang. „Sie sind der Detektiv, der die Anzeige im Fernsehen heute geschaltet hat?“

Es war nicht ganz einfach gewesen die Sendezeit zu kaufen, da die Abläufe im Fernsehen sehr strikt und meist unflexibel waren. Die Bezahlung einer horrenden Summe Geldes hatte es dann aber trotzdem möglich gemacht, 45 Sekunden zu kaufen. Das Video hatte er mit Isas Hilfe fertiggestellt und von einer Gruppe Spezialisten perfektionieren lassen. Alles in allem hatte er einen hübschen Betrag bezahlt, um sich in die Öffentlichkeit zu drängen.

„Höchstpersönlich! Wie darf ich Ihnen helfen?“, sagte er freundlich und hoffte, erfreut über die schnelle Reaktion auf den Spot, nicht allzu aufgeregt zu klingen.

„Nun, ich glaube, ich kann Ihnen helfen. Die beiden Männer, die in dem Werbespot zu sehen waren, haben in den letzten Tagen und Stunden Mauerbach überwacht!“ Ihm stockte der Atem. War es tatsächlich möglich, dass ihn nur Sekunden nach dem Spot bereits die heißeste Spur der letzten Tage erreichte?

„Wäre es möglich Sie persönlich zu treffen, gute Frau, damit Einzelheiten geklärt werden können?“ Es herrschte eine lange stille am anderen Ende der Leitung.

„Ich weiß nicht genau, ob ich Ihnen Vertrauen kann“, raunte die zierliche Stimme, „da es nicht nur um meine Sicherheit geht, sondern auch um das Leben einer anderen Person!“

„Ich kann Ihr Misstrauen verstehen, versichere Ihnen allerdings, dass ich ein persönliches Interesse an dem Gespräch mit Ihnen habe, da ich beauftragt wurde den Tod einer jungen Frau zu untersuchen, die offensichtlich in Verbindung zu den heute gezeigten Männern und einem weiteren Toten stand, der vorgestern, sie konnten es wahrscheinlich der Tageszeitung entnehmen, aus dem Donaukanal gefischt wurde. Die junge Frau wurde auf besonders abscheuliche Weise getötet. Ich kann Ihnen den Vorschlag machen, dass wir einander auf neutralem Boden treffen, wenn Ihnen das lieber wäre!“

Wieder herrschte einige Zeit Stille am anderen Ende der Leitung und man konnte beinahe körperlich fühlen, wie die ältere Frau mit sich rang zu einer Entscheidung zu kommen.

Dann sagte sie: „Pizzeria Giovanni, Hüttelbergstraße, Ecke Linzer Straße, in einer Stunde! Ich werde Sie ansprechen!“

„Ich werde in der Begleitung meiner Sekretärin sein, wenn ich das Restaurant betrete!“, gab er zurück und bedankte sich bei der Dame. Dann legten beide auf. Sein Herz klopfte ihm bis zum Hals. Er war so aufgeregt, dass seine Hände zitterten.

Daraufhin rief er Frau Bergmüller an. Zehn Minuten später saß Isa bei ihm im Auto und sie bogen von der Schweglerstraße in die Felberstraße ein, um weiter über die Linzer Straße an ihr Ziel zu kommen. Plötzlich stieg er voll in die Bremsen! Isa stützte sich auf dem Handschuhfach ab. Da war sie, die Erinnerung. In dem Club links von ihm, kurz nach der Brücke über die Bahn, hatte er seine Visitenkarte abgegeben. Sie wussten seine Adresse. Er machte ein Foto von der leuchtenden Schrift und beschloss morgen nochmals einen Besuch abzustatten, dann aber weniger höflich. *Vienna's Secrets.* Da hatte er seinen letzten Halt gemacht, bevor sie versucht hatten ihn zu verprügeln. Die Prügelei hatte alle anderen Ereignisse dieses Abends zugedeckt. Klar, eine Prügelei gegen das Hinterlegen einer Visitenkarte. Da verankerte sich das Handfeste schon eher in seinem Gedächtnis. Er lächelte. Dann trat er aufs Gas und sie waren wieder dabei ihr ursprüngliches Ziel anzusteuern.

Isa zückte ihr Smartphone. Sie hielten an der Kreuzung zur Johnstraße. Der V8 blubberte im Leerlauf. Andorian blickte im Augenwinkel zu Isa, die auf die Startseite einer Website starrte. Diese bot ihr zwei Banner als Auswahlmöglichkeiten an. Die Website war in dunklem Violett gehalten, während die Banner in zartem Rosa pulsierten. Es sah sehr professionell und ansprechend aus. Vienna's Secrets und Vienna's Hottest Secrets waren die Möglichkeiten zur Wahl. Andorian fuhr rechts nach der Kreuzung auf einen Parkplatz längs zur Straße.

„Wir haben noch zwanzig Minuten, dann müssen wir in der Pizzeria sein. Ein schneller Blick auf die Website geht sich aus." Sie tippten auf Vienna's Secrets und kamen auf die Website des Clubs in der Felberstraße, den sie gerade passiert hatten. Ein Blick auf die Galerie der vor Ort arbeitenden Mädchen ergab keine besonderen Hinweise. Über die Rückkehrfunktion der Smartphonetastatur kamen sie wieder auf die Ausgangsseite. Isas Finger tippte auf das Banner von Vienna's Hottest Secrets. Ein kleiner

Kreis begann zu zirkulieren und sie wurden auf ein Erklärungsfeld weitergeleitet.

Vienna's Hottest Secrets ist Österreichs exklusivster Escortservice für Wirtschaftstreibende aus aller Welt. Wir verstehen uns als Club, dessen Mitglieder nur handverlesenen Auserwählten den Eintritt gestatten. Bevor Sie die Möglichkeit haben, unsere Galerie einzusehen oder Kontakt mit uns aufzunehmen, ist hier am Eingang ein Mitgliedsbeitrag in der Höhe von 5000 € zu entrichten. Dieser Betrag wir Ihnen bei der ersten Begleitung anteilig gutgeschrieben!

Kommen Sie und teilen Sie Ihre Geheimnisse mit uns!

Diese Erklärung war in etwa zwanzig verschiedenen Sprachen verfasst, die durch die jeweilige Flagge erreichbar waren.

„Du meine Güte!“, sagte Isa. „Die holen sich nur die betuchtesten Klienten!“ Andorian drehte sich nach links und griff zu seiner Geldbörse.

Er legte sie Isa in den Schoß und sagte: „Los, bezahl für uns, ich will hinter dieses Geheimnis blicken! Ich habe da so eine Ahnung!“ Isa nahm eine seiner Kreditkarten und Andorian gab wieder Gas.

Wenige Sekunden später wurde die Zahlung akzeptiert und Isa wurde auf die Startseite des Unternehmens weitergeleitet. Ein Begrüßungstext mit dem Bild einer atemberaubend schönen Frau, die das Unternehmen vorstellte, öffnete sich. Isa überflog es und öffnete das Menü. Im Menüpunkt „My hottest secrets“ wurde sie fündig. Die Portraits von etwa zwanzig Frauen in stilvollem Rahmen lachten sie an. Ganz oben, an der Spitze, blickten sie auf Ginger. Ginger war ihnen mehr als bekannt. Ariane Bergmüller war Ginger. Daneben war Destiny zu sehen. Blond und verführerisch.

Destiny war Sarah. Es war also doch das schnelle Geld. Anders konnte er sich nicht vorstellen, warum eine so behütete junge Frau in dieses Milieu gelangte. Wieder waren sie der Aufklärung einen Schritt näher. Er wählte Dannys Nummer.

„Hey, Hercule Poirot, was gibt's Neues?", fragte sie mit leicht ermatteter Stimme. Der Tag war wohl sehr lang gewesen.

Seine Eingangsworte waren: „Wir haben Ariane gefunden. Sie war ein Escortmädchen!" Dann sprudelte er drauflos und erzählte ihr alles über die Erkenntnisse der letzten dreißig Minuten und wohin sie unterwegs waren. Er endete mit den Worten: „So, jetzt du!" Sie erzählte ihm über die Markova und Dariusz Tragunov, eine mögliche Verwandtschaft und Beziehungen im Rotlichtmilieu.

„Markova?", sagte Isa plötzlich laut.

„Hi, Isa, ich wusste nicht, dass du mithörst! Ja! Daria Markova! Warum?"

„Nun, die Eigentümerin der Vienna's Hottest Secrets, so steht es in ihrer Präsentation auf der Website, hat mit Daria Maria Markova unterschrieben", merkte Isa an.

„Okay, Danny", sagte van Anders, „ich denke du kannst heute noch nicht Feierabend machen. Ich denke, du solltest noch eine Festnahme vornehmen. Verdacht auf was auch immer. Steuerhinterziehung, organisierte Kriminalität, illegale Prostitution!" Die Kommissarin schnaufte hörbar in das Mirko ihres Telefons.

„Dann werde ich das wohl machen! Sagt mal, wohin seid ihr zwei Hübschen unterwegs? Ein Rendezvous bei Kerzenschein?" Stille.

Die Stille dauerte ein wenig zu lange.

Andorian räusperte sich und meinte: „Nein, Job! Wir gehen einer Spur nach, die sich aufgrund des Spots im Fernsehen ergeben hat!"

„Van Anders!", sagte Danny scharf. „Keine Heldentaten, hörst du! Isa, rede ihm das aus, wenn er übermütig sein sollte."

„Keine Sorge, du wirst über alles informiert werden, versprochen!", sagte sie und blickte dabei mit liebevollem Blick hinüber zu Andorian!

„Ciao, Danny, wir sind am Ziel!" Dann hängte er ein. Isa blickte ihn an und ihre linke Hand tastete nach seiner Rechten. Er ergriff ihre Hand und ihre Finger verschränkten sich ineinander, als wäre es das Selbstverständlichste der Welt. Sie verharrten auf diese Weise einige Sekunden.

„Komm, lass uns gehen und den Fall lösen!", sagte Isa dann. Wenige Augenblicke später betraten sie die Pizzeria.

Daria Markova saß auf ihrer Couch im Wohnzimmer und trank Champagner. Den ganzen Nachmittag über hatten die Handwerker an ihrer Türe gearbeitet und sie auch wieder instand setzen können. Die Hausärztin hatte einen Nasenbeinbruch attestiert und nach einem kurzen Besuch im AKH, wo man sie mit Schmerzmitteln versorgt hatte und mittels eines MRTs feststellen konnte, dass das Gehirn unverletzt war, wieder entlassen. Seit zwei Stunden saß sie nun auf dem Sofa und brütete vor sich hin. Bleiben, abhauen … Was waren die Optionen? Es war klar, dass, wenn der Handel mit den Mädchen aufflog, die Spur zu ihr führte. Er hatte sich abgesichert, nichts wies auf ihn hin, ihn gab es gar nicht. Er hatte sie voll in der Hand. Dann der Mord. Ariane war ihr goldenes Kalb gewesen. Die Augen, das Haar, der Körper. Ein ukrainischer Oligarch hatte Ariane fünfzehntausend Euro Trinkgeld gegeben. Nach einer einzigen Nacht. Sie musste eine Bombe sein im Bett, hingebungsvoll und natürlich. Jetzt war sie tot. Sie war tot, weil sie eine zufällige Entdeckung gemacht hatte. Und was war ihre eigene Reaktion gewesen? Sie hatte ihn angerufen. Sie hatte das Leben dieses Mädchens auf dem Gewissen. Sie war schuld, dass man ihr Grausames angetan hatte. Sie und niemand anderer. Was für eine schwache Reaktion dies von ihr gewesen war. Diesen Kerl anzurufen, den sie mehr als alles andere verabscheute. Er war ein Irrer, ein Psychopath allererster Güte, und sie hatte ihr goldenes Kalb ausgeliefert. Sie merkte, wie ihr die Tränen das Gesicht hinunterrannen.

Das Klingeln an der Türe riss sie mit der Heftigkeit eines Frontalzusammenstoßes aus ihren Gedanken. Sie ging wie ferngesteuert darauf zu und blickte auf den kleinen Bildschirm neben dem Hörer:

„Ja, bitte!“, sagte sie.

„Danny Friedmann, Kriminalpolizei! Bitte öffnen Sie die Türe, Frau Markova!“, sagte die Frau vor der Kamera und hielt dabei eine Marke in die Kamera, auf der „Bundespolizei Kriminaldienst“ zu lesen war. Ihr rechter Daumen betätigte den Türöffner, der die Türe aufspringen ließ und dem Gast erlaubte, ins Stiegenhaus einzutreten. Dann schloss sie die Augen, atmete tief durch und öffnete die Wohnungstür.

Isa und Andorian betraten die Pizzeria und wurden wenige Augenblicke später an einen Tisch gewunken, an dem eine gut aussehende ältere Dame gemeinsam mit einer jungen Frau saß, die kurze braune Haare hatte und eine hübsche Brille trug, die ihr Gesicht sehr lieblich erscheinen ließ.

Die ältere Frau stand auf und begrüßte sie in englischer Sprache: „Guten Abend, Frau …“ Dann hielt sie inne.

„Isa! Einfach nur Isa!“

Hedwig wandte sich Andorian zu. „Und Sie müssen demnach Herr van Anders sein!“

Der Detektiv nickte und stellte sich beiden Frauen vor. Die ältere von beiden erklärte, dass ihre junge Begleitung ausschließlich Englisch spreche und aufgrund der Tatsache, dass sie aus Bulgarien komme, des Deutschen nicht mächtig sei.

Isa und Andorian nickten verständnisvoll und willigten ein, das Gespräch auf Englisch zu führen. Dann wandte sich die ältere Frau, die sich als Hedwig Wadlin vorgestellt hatte, ihrer jungen Begleiterin zu, strich ihr ermutigend über die linke Wange und sagte: „Komm, mein Kind, erzähle deine Geschichte!“

Die junge Frau nippte noch einmal an dem Wasserglas, holte tief und seufzend Atem und begann zu erzählen.

In der Zwischenzeit hatte die Bedienung die bestellten Getränke serviert. Als die junge Frau geendet hatte, trat langes Schweigen ein, das hauptsächlich der Tatsache geschuldet war, dass Andorian und seine Sekretärin ihr mit offenen Mündern gegenübersaßen. Isa sprach zuerst.

„Würdest du dieses Haus wiederfinden?“, fragte sie. Maria zuckte mit den Achseln.

„Ich bin nicht ganz sicher, aber es könnte möglich sein. Ich will jedenfalls, dass Sie versuchen, die Mädchen zu retten, die noch dort sind, gleich heute Nacht!“ Andorian nickte schweigend.

„Aber ich möchte nicht, dass Maria dabei in Gefahr gebracht wird!“, sagte Hedwig deutlich und erhob dabei drohend ihren Zeigefinger.

„Das wird nicht passieren!“, sagte van Anders in aller Deutlichkeit. „Aber wie sollen wir das Haus finden?“, murmelte er vor sich hin.

„Es war in einer Sackgasse! Es war dort das letzte Haus, keine Nachbarn, rundherum war Wald. Eine kurze Straße führte dorthin. Es lag auf einem Hügel!“

Alle schwiegen und die Energie, mit der auf eine Lösung hingearbeitet wurde, war beinahe körperlich spürbar.

Wieder war es Isa, die sich zu Wort meldete: „Deine Uhr, ist das eine Smartwatch?“ Maria nickte. Hedwig sah die Sekretärin mit großen Augen an. Auch Andorian hatte keine Ahnung, worauf Isa hinauswollte.

„Okay!“, sagte sie. „Darf ich mal dein Telefon haben?“

„Mein Telefon ist neu, ich habe es erst heute von Hedwig bekommen. Es sind noch keine Apps installiert!“

„Das macht nichts, vielleicht haben wir Glück!“, sagte Isa und öffnete den Webshop des Uhrenherstellers. Von dort wurde sie auf den Download-Bereich umgeleitet.

„Kennst du deine Zugangsdaten von früher?“, fragte Isa die junge Frau.

„Klar!“, kam es prompt als Antwort. Dann schlug Maria sich mit der flachen Hand auf die Stirn! „Du bist genial!“, rief sie. „Klar, die Uhr speichert meine Bewegungsmuster, damit ich sehen kann, wie weit ich gegangen bin, wie lange ich Sport betrieben habe. Die Uhr hat einen eigenen GPS-Empfänger und kann daher auch geografische Daten speichern.“ Isa nickte stumm.

„Sobald ich nun die passende App zu dem Uhrenmodell installiert habe, kann ich sie gleich vor Ort synchronisieren und auf diese Art feststellen, wo Maria sich in den letzten Tagen aufgehalten hat beziehungsweise von welchem Ausgangspunkt ihre Flucht bei Hedwig geendet hat.“

Die Zeit, in der Isa stumm auf die Tastatur des Smartphones einwirkte, verstrich zäh wie Kaugummi. Minuten der Stille folgten. Andorian und Hedwig verfolgten alles mit Interesse, aber auch einer Spur Skepsis.

„Geschafft!“, kam es von Isa. „Maria, kannst du bitte deine Daten eingeben.“ Sie reichte Maria das Telefon und Maria tippte ihren Benutzernamen und ihr Passwort in die dafür vorgesehenen Felder ein. In einem nächsten Schritt verband sie das Telefon mit ihrer Uhr. Andorian und Hedwig starrten wie gebannt auf den kleinen sich drehenden Kreis in der Mitte des Telefons. Die Maske der App wirkte dynamisch und sportlich. Die Programmierer hatten hier ganze Arbeit geleistet und eine sehr hippe Applikation erstellt. Ein leises Signal gab den Wartenden zu verstehen, dass die Synchronisation nun abgeschlossen war. Alle starrten auf das Display des Telefons, wo in fein säuberlichen Zeilen die letzten Tage wie in einem Notizbuch untereinander aufgelistet waren.

„Maria, wann ist du geflohen?"

„Vor drei Tagen!"

Alle hielten die Luft an. Isa berührte das Register des 14. August. Ein Fenster öffnete sich, das die Aktivitäten dieses Tages anzeigte. Diese bildeten eine Linie von einem zu einem anderen Punkt.

„Die Uhr hatte kein GPS-Signal, solange du innerhalb des Hauses warst! Aber sie zeigt uns deinen Weg nach Mauerbach!", sagte Isa.

Andorian nahm das Telefon und zog die Karte groß, damit sie die Namen der Straßen und Wege offenbarte.

„Waldrandweg", sagten Isa und Andorian wie aus einem Munde. Andorian starrte vor sich hin und seine Kiefer mahlten. Die Kiefermuskulatur schien Steine zu Mehl zu verarbeiten. Isa legte ihre linke Hand auf seinen Unterarm.

„Andorian, mach jetzt nichts Unüberlegtes!"

Hedwig sprang auf. „Um Gottes willen, Sie dürfen dort keinesfalls alleine hinfahren!", schrie sie. „Die sind sicher bewaffnet!"

„Andorian, Liebster! Bitte nicht!"

Er stutzte. „Wie hast du mich genannt?", stotterte er.

„Liebster!", sagte sie und drückte ihm einen hauchzarten Kuss auf die Lippen.

Er ließ es geschehen und roch dabei ihren wunderbaren Duft. Er war wie elektrisiert. Wie hatte er dies die ganze Zeit nicht sehen können. Seine Hände schwitzten und er war von einem wohligen Schauer durchflutet, der es ihm beinahe unmöglich machte, sich zu bewegen. Dann ging ein Ruck durch seinen Körper.

„Ich bin in dich verliebt, Isa! Irgendwie weiß ich es schon sehr lange. Irgendwie …"

„Genau aus diesem Grund darfst du dort nicht alleine hinfahren!", sagte Isa.

„Genau aus diesem Grund muss ich dort hinfahren! Diese Frauen müssen Leben und glücklich sein dürfen!", antwortete er lächelnd und begann zu laufen. Im Umdrehen brüllte er: „Ruf Danny an, sie soll die Cobra verständigen. Sie soll den Beamten sagen, dass ich schon vor Ort bin. Gib ihnen eine Beschreibung von mir, damit sie mich nicht erschießen." Dann war er weg und die drei Frauen blieben mit offenem Mund stehen. Isa griff zum Telefon und verständigte Danny.

Danny hatte vorsorglich Verstärkung angefordert. Neela Meinhardt stand neben ihr im Stiegenhaus. Die große Türe wurde geöffnet und eine Frau mit einem Verband, der wohl einen Nasenbeinbruch stabilisieren sollte, stand vor ihnen.

„Frau Daria Markova“, sagte Danny und beide Frauen wiesen sich aus.

„Jawohl!“, sagte die andere.

„Dürfen wir bitte eintreten? Wir haben eine Nachricht für Sie und im Anschluss ein paar Fragen!“ Die Markova machte ihnen Platz und gebot ihnen mit einer Bewegung ihres Armes einzutreten.

„Bitte, kommen Sie!“, sagte sie und schloss die Türe hinter den Beamtinnen. Dannys Telefon vibrierte. Sie machte einen Blick darauf und gab es an Meinhardt weiter.

„Kläre bitte, was der Anrufer will!“ Neela Meinhard trat einen Schritt zurück. Sie murmelte in den Hörer.

„Frau Markova, ich habe die traurige Pflicht Ihnen zu sagen, dass Dariusz Tragunov verstorben ist. Aus unseren Unterlagen sowie den Informationen der Kollegen aus Warna und Sofia geht hervor, dass er mit Ihnen verwandt war. Ist das so korrekt?“

Markova nickte. „Ja, er war mein großer Bruder!“

„Es tut mir auch sehr leid Ihnen sagen zu müssen, dass er einem Gewaltverbrechen zum Opfer gefallen ist!“

„Frau Friedmann, lassen Sie uns nicht um den heißen Brei herumreden. Sie wollen nun wissen, ob ich in irgendeiner Weise mit diesem Verbrechen, das in Wien an ihm verübt wurde, in Verbindung stehe! Aber das ist nicht der Fall. Ich habe einen offiziellen Betrieb, zahle meine Steuern und habe mir in den letzten zehn Jahren nichts zu Schulden kommen lassen. Aber das haben Sie sicherlich schon überprüft.“

„Das ist korrekt! Sie betreiben einen Escortservice, ein Bordell im 15. Bezirk sowie ein Bordell in Warna. Habe ich das korrekt aufgezählt?“

Daria Markova nickte bestätigend.

„Aus dem Grundbuch geht hervor, dass Sie diese Wohnung, wo auch die Kontakte zu ihren Bediensteten gepflegt werden, und fünf weitere in Wien ihr Eigen nennen, sowie ein Haus im Waldrandweg 1 am Tulbinger Kogel.“

Markovas Lider flatterten leicht.

„Sagt Ihnen der Name Ariane Bergmüller etwas?“, fuhr Danny unbeirrt fort. Ein beinahe unmerkliches Zucken der Augenlider gab Danny zu verstehen, dass sie auf dem richtigen Weg war.

„Frau Bergmüller war eines Ihrer Escortgirls! Sie kam ebenfalls gewaltsam ums Leben.“ Danny sagte dies im Brustton der Überzeugung, die Markova wüsste, um was es ginge. Sie behandelte das Mitwissen der Markova als Tatsache.

Die Markova war still. Sie saß da und starrte ins Leere. Tränen liefen ihr über das Gesicht.

„Frau Markova, bitte, sprechen Sie mit mir!“

Von hinten kam: „Danny, bitte, eine Sekunde!“

Danny wandte sich um, dann wieder zu Markova, und sagte: „Bitte verzeihen Sie, es ist dienstlich!“ Neela Meinhardt gab ihr das Telefon.

„Danny, Isa hier! Alle verfügbaren Kräfte, Cobra und so weiter und was du sonst so in petto hast, in den Waldrandweg auf den Tulbinger Kogel. Andorian ist allein dorthin. Wir haben wohl ein Versteck von Menschenhändlern aus Bulgarien ausfindig gemacht, da wir gerade mit einer Frau sprechen konnten, die vorgestern von dort fliehen konnte." Sie gab der Kommissarin noch eine genaue Beschreibung der Kleider, welche der Detektiv heute Abend trug, damit diese an den kommandierenden Polizisten oder die Kommandierende des Einsatzkommandos weitergegeben werden konnte. Dann wurde eingehängt.

„Fuck! Fuck! Fuck!" Danny fluchte laut, ihr Gesicht war zu einer Maske verhärtet. Neela drehte sich zu ihr um.

Die beiden Frauen bemerkten nicht, dass sich die Markova von ihrem Sofa erhob und langsam auf den Sekretär zuging, der an der Wand im Wohnzimmer stand. Danny wählte eine Nummer.

„Friedmann hier. Ich beantrage einen Alarmeinsatz auf dem Tulbinger Kogel. Waldrandweg 1. Gefahr im Verzug, wahrscheinlich mehrere Entführungsopfer sowie bewaffnete und gefährliche Subjekte vor Ort, Anzahl unbekannt!" Dann deklarierte sie van Anders als Verbündeten und gab eine genaue Beschreibung seiner Person durch.

Ein Schluchzen erfüllte plötzlich den Raum. Beide Frauen fuhren herum. Die Markova hatte eine Lade des Sekretärs geöffnet und hielt sich einen sehr großen Revolver von unten an die weiche Stelle hinter dem Unterkieferknochen.

„Ich habe das nicht gewollt, ich wollte nur ein schönes Leben haben, ich bin eine ehrliche Person. Es war seine Idee, alles seine Idee. Er ist ein kranker Psychopath!"

Beide Frauen hatten ihre Dienstwaffen gezogen.

„Frau Markova, legen Sie um Himmels willen die Pistole weg! Man kann doch vernünftig über alles sprechen. Wen meinen Sie mit ‚er'? Wer ist der Mann, den sie als Psychopath bezeichnen?"

Die Markova schloss die Augen und drückte ab. Mit einem ohrenbetäubenden Knall explodierte die Schädeldecke. Eine Fontäne aus Blut, Hirnmasse und Knochensplittern zeichnete ein abstraktes Bild auf der mit Seidentapeten ausstaffierten Wand hinter ihr. Der Körper der Prostituierten sackte leblos in sich zusammen.

„Scheiße!", brüllte die Meinhardt und hechtete zu der Toten. Danny ließ die Waffe sinken, atmete tief ein und richtete den Blick zur Decke.

„Was war das?", schrie Neela zu ihr herüber.

„Der Einsatz, den ich gerade befohlen habe, findet in ihrem Haus statt." Meinhardt sah betreten zu Boden. Dann nahm sie ihr Telefon und rief die Rettung, die Bestattung sowie Kollegen von der Tatortsicherung an.

Zur gleichen Zeit machten sich zehn Beamte der Cobra sowie ein Hubschrauber auf den Weg zum Tulbinger Kogel.

Andorian hatte sein Auto etwa drei Straßen weit weg geparkt. Er hatte sein Sakko abgelegt und sein Hemd ausgezogen. Er war nun in Jeans, Mokassins und einem T-Shirt unterwegs zu dem Haus am Waldrandweg. Ein kleiner Pfad führte in den Wald. Es schien, als würden die Menschen in der Nachbarschaft ihre Hunde zur Erledigung des Geschäfts hierherbringen. Es roch nach Urin und Hundekot. Die Schattenlage und der feuchte Waldboden ließen ein Austrocknen der Exkremente nicht zu. Es stank fürchterlich.

Andorian war auf der Rückseite des Hauses angekommen. Er drückte sich gegen den Zaun und wartete ein paar Sekunden ab. Er hatte keine Lust einem großen Wachhund zu begegnen, der möglicherweise den Garten als sein Revier ansah. Er war davon überzeugt, dass der Hund, sofern es ihn gab, sicher schon jetzt seine Witterung aufgenommen hatte und zum Zaun geschossen kommen würde. Nach drei Minuten war er der Überzeugung, dass da kein Hund war. Er betrachtete den Zaun aus allen Blickwinkeln, um zu sehen, ob er vielleicht von einer Alarmanlage gesichert war. Auch dafür konnte Andorian keinen Hinweis finden. Vorsichtig holte er sein Kombiwerkzeug aus der Tasche und durchschnitt mit dem Saitenschneider die einzelnen Drähte des Maschendrahtzaunes, bis er durchpasste.

Er robbte quer durch den Garten an das erste Fenster heran, welches das Haus zum Wald hin öffnete. Kein Geräusch und auch keine Bewegung waren wahrnehmbar. Über ihm blinkte, in Richtung Einfahrt gerichtet, das rote Licht einer Überwachungskamera. Er konnte sie auf den Zehenspitzen erreichen und verdrehte das Objektiv so, dass es nun ein Bild vom Dachstuhl machte. Wieder wartete er. Sollte jemand vor einem Bildschirm sitzen, dann würde dieser wohl gleich den Sitz der Kamera überprüfen, so seine Hypothese. In drei weiteren Minuten war nichts zuhören. Von der Ferne nahm er das Schlagen von Rotorblättern eines Hubschraubers wahr. War das schon die Unterstützung? Er schlich weiter und spähte beim nächsten Fenster hinein, das sich ums Eck befand. Zwei Köpfe waren von hinten im Schein eines Fernsehers zu sehen. Er atmete tief durch. Zwei Männer. Er kam um ein weiteres Eck an die Haustüre, die das Ende einer etwa zehn Meter langen Einfahrt bildete. Er robbte zur Einfahrt und sah, dass es ein elektrisches Tor war. Es musste dazu eine Fernbedienung geben. Es war ihm wichtig diese zu finden, damit die Einsatzkräfte, die jederzeit hier eintreffen konnten, eine offene Türe vorfinden würden.

Die Eingangstüre war abgeschlossen. Sie hatte einen linken Anschlag und ging nach innen auf. Die verwahrlosten Blumenbeete vor ihm waren mit großen Flusssteinen begrenzt. Er schnappte sich zwei Steine, ging zurück zum beleuchteten Fenster, hielt in einem Abstand von etwa vier Metern. Dann holte er aus und schmetterte mit aller Kraft den Stein durch das Fenster. Er konnte den erschrockenen Schrei der Männer über das Klopfen seines eigenen Herzens hinweg hören. Gleichzeitig hechtete er in Richtung Eingangstüre. Er presste sich rechts an die Wand. Seine Hypothese war, dass mindestens einer das Fenster sichern würde, während der andere sich durch die Eingangstür in den Garten bewegen würde, um dem Angreifer in den Rücken zu fallen. Er hörte zuerst aufgeregtes Rufen, das wenige Sekunden später erstarb. Dann wurde die Eingangstür aufgemacht. Er hielt die Luft an. Schwer atmend, geradezu keuchend schob sich langsam eine langläufige Waffe aus der Tür. Eine Schrotflinte. Er packte mit seiner linken Hand den Lauf der Pumpgun, riss ihn in die Höhe und schmetterte gleichzeitig seinen Ellbogen an die Schläfe des Mannes. Dieser gab ein ersticktes Stöhnen von sich und sackte zusammen. Die Flinte glitt dabei in van Anders' Hand.

„Siehst du was, Harry?“, kam ein aufgeregtes Flüstern aus dem Zimmer zu seiner Linken. Keine Antwort. Harry schlief tief und fest auf den Waschbetonplatten vor dem Hauseingang.

„Harry, Harry! Scheiße … Was ist da los?“ Zur gleichen Zeit donnerte der Hubschrauber des Innenministeriums über das Grundstück hinweg, drehte sich ein und ging in einen Schwebeflug über, der das Grundstück und das Haus in einen Strudel aus Wind, Lärm und Licht tauchte. Jetzt waren auch Sirenen zu hören und das Blitzen von Lichtern sich durch den Wald nähernder Autos war wahrnehmbar. Der Mann am Fenster schmiss die Nerven und die Pistole gleichzeitig weg. Er lief quer durch das Wohnzimmer, direkt in Andorians Arme. Mit einem perfekt ausgeführten Koshi Nage, einem Hüftwurf, beförderte er den Mann zu Boden und fixierte dessen Arme mit der Ikkyo-Hebeltechnik auf dem Rücken. Wenige Augenblicke später hatte Andorian dessen Arme und Beine mit robusten Kabelbindern verschnürt.

„Die Mädchen! Wo sind sie?“, brüllte er den jungen Mann an. Dieser blickte unwillkürlich zur Kellertüre, was Andorian als Antwort genügte. Er sah, dass der Mann einen Schlüsselbund an der Hose trug. Mit einem Ruck riss er ihn von der Gürtelschlaufe und stürzte in den Keller: Von draußen wurden Stimmen und Geschrei laut. Blaulichter zuckten durch die Nacht und tauchten alles in eine surreale Atmosphäre aus Licht und Lärm. Stimmen schrien durcheinander.

Andorian war im Keller. Vor ihm lag ein Gang, etwa acht Meter lang, links und rechts in regelmäßigen Abständen von Türen unterbrochen. Er stellte sich vor eine Türe, nahm den Schlüsselbund und probierte einen Schlüssel nach dem anderen aus. Der vierte passte. Der Detektiv riss die Türe auf. Der Raum war leer. Er hetzte zur zweiten Türe. Testete einen neuen Schlüssel. Der zweite passte. Die aufgerissene Tür offenbarte den Blick auf eine Frau, die total verängstigt auf ihrem Bett saß, zitterte und mit geweiteten Augen den Mann anstarrte, der gerade die Türe geöffnet hatte. So war es noch zwei weitere Male.

Beamte der Cobra stürmten in den Keller. Es war furchteinflößend. Van Anders riss die Hände in die Höhe. Der erste Beamte schrie in sein Headset: „Objekt gesichtet. Van Anders ist da!“ Zu Andorian: „Raus hier!“ Dann ins Headset: „Subjekt kommt nach oben! Keller gesichert!“

Die Frauen schrien. Diese Szenerie trug wahrlich nicht zu ihrer Entspannung bei. Sanitäter drängten sich an Andorian vorbei. Andorian erlebte die ganze Szene, als wäre er außerhalb seines Körpers. Jeder schrie, alle waren hektisch. Er gab Anweisungen und schickte die Menschen hin und her. Alles geschah wie in Zeitlupe. Nach wenigen Minuten beruhigte sich alles wieder und der Eintritt in die Realität erfolgte.

Die Luft war erfüllt von Blaulichtern, die von den unzähligen Einsatzfahrzeugen der Rettung und der Polizei kamen. Der Hubschrauber hatte einen riesigen Scheinwerfer genau auf das Haus gerichtet und schwebte wie ein unheilbringendes Insekt über der Szenerie. Staub wurde aufgewirbelt und der Wind war unerträglich stark. Dann trat ein Mann auf van Anders zu.

„Drei Frauen im Haus und zwei überwältigte Subjekte. Ist das eine korrekte Einschätzung?“ Andorian hob den Daumen seiner rechten Hand.

„Ich habe auch nicht mehr gefunden!“, rief er über das Rattern der Rotorblätter hinweg. Der andere sprach etwas in sein Headset, worauf der Helikopter in die Höhe stieg, abdrehte und davonflog. Die Sanitäter führten drei Frauen aus dem Haus, jede in eine dicke Decke gewickelt. Sie starrten ängstlich auf das Szenario, das sich ihnen bot. Jeweils zwei Beamte der Spezialeinheit führten die Männer ab, deren Hände auf dem Rücken mit Handschellen gefesselt waren. Die Polizisten drückten ihre Köpfe nach unten und verfrachteten sie in ein Einsatzfahrzeug der Polizei. Andorian wurde ebenfalls zu einem Krankenwagen gebracht.

„Fehlt Ihnen etwas, Herr van Anders?“, fragte der Notfallmediziner. Andorian schüttelte den Kopf.

Ein weiteres Fahrzeug erreichte das Spektakel. Danny und Isa kamen gerade an. Andorian ging ihnen entgegen und sagte: „Geschafft! Wir haben alle gerettet!“ Sie umarmten einander. „Ich muss noch in die Kanzlei. Ich muss Frau Bergmüller verständigen.“

„Es gibt noch eine wichtige Information!“, sagte die Kommissarin. „Die Markova hat mit einem Kopfschuss Suizid begangen, während wir sie festnehmen wollten.“ Isa und Andorian starrten Danny an. „Und sie sprach von einem Mann, der das ganze Ding mit dem Menschenhandel leitet und dafür verantwortlich ist! Ich denke, wir werden die vier Männer dazu befragen, gleich morgen Früh. Lasst uns jetzt nachhause fahren.“

Einige Minuten später saßen Isa und Andorian im Auto.

„Weißt du, ich habe mich sehr geschmeichelt gefühlt bei dem, was du in der Pizzeria gesagt hast!“, sagte sie.

Dann griff sie wie vorher zu seiner rechten Hand und wieder verschränkten sich ihre Finger ineinander, als hätten sie darin tägliche Übung.

Um kurz vor 23:30 Uhr reichte Danny zum zweiten Mal an diesem Tag einen Antrag auf Untersuchungshaft ein. Diesmal erreichte sie den ob er späten Stunde schon etwas mürrischen und höchst gelangweilten Journalstaatsanwalt Dr. Johann Seeliger, der den Erfolg der Aktion mit den Worten „Heute scheint Ihr Glückstag zu sein, Frau Kommissarin" quittierte. Der sarkastische Unterton war dabei nicht zu überhören, was Danny allerdings egal war. Sie wusste, dass sie heute einen großen Erfolg erzielt hatte. Das war es, was zählte, nicht die Worte eines frustrierten Mannes in Machtposition.

In den Spätnachrichten wurde von einem großen Polizeieinsatz auf dem Tulbinger Kogel berichtet, bei dem zwei Männer festgenommen und drei Frauen aus einem als Gefängnis angelegten Keller befreit worden waren. Der Dämon sah es und erstarrte. Keine Spur führte zu ihm, keine Spur. So unauffällig wie möglich weitermachen und aus dem nächsten Urlaub nicht mehr heimkommen. Die neue Identität hatte er schon im Tresor. Er würde als Waldemar Pachinger wiedergeboren werden.

18. August

„Action speaks louder than words
Don't be deceived by all those fancy talkers…"

(Action speaks louder than Words – Jimmy Cliff; © Jimmy Cliff, 1974)

Es war wieder einmal Jimmy Cliff, der durch die Räume von Andorians Villa in Hietzing dröhnte. Es war halb acht Uhr morgens und er hatte eine schlaflose Nacht hinter sich. Die letzten Worte der Markova, die ihm Danny gestern mitgeteilt hatte, waren ihm im Kopf herumgespukt. Er hatte schon immer das Gefühl gehabt, dass es den Unbekannten im Hintergrund gab, den, der den Kontakt hatte und die Möglichkeiten, so ein Unternehmen um die Behörden herum zu administrieren. Es nagte an ihm wie Fäule an einem Apfel, drohte ihn von innen heraus aufzufressen. Er hatte einen Erfolg vorzuweisen, jawohl, aber er konnte Arianes Mutter heute keinen Mörder servieren. Damit war der Fall, was ihn persönlich anging, noch keineswegs abgeschlossen. Er hatte sich geschworen den Scheißkerl zu finden, der Ariane Bergmüller das angetan hatte. Er stieg aus der Dusche und schlüpfte in die Kleidung. Der Lift brachte ihn direkt in die Tiefgarage seiner Villa, wo er sich für die große Avalanche entschied. Ihm war nach brachialer Gewalt. Andorian hatte das Gefühl, heute nicht zartfühlend zu sein. Der große Pick-up entließ sein Wummern und Blubbern in die Garage, dann öffnete sich das Tor und van Anders gab Gas. Er bog auf die

Speisinger Straße ab und fuhr Richtung Hietzinger Platz. Sein Telefon klingelte: Isa war dran. Er hob ab.

„Guten Morgen, Boss!“, sagte sie. „Ich wollte vermelden, dass auch Pöllinger und Neubauer eingeladen wurden an dem Gespräch heute um zehn Uhr teilzunehmen.“

„Danke, Isa“, sagte er und war ein wenig von der förmlichen Anrede seiner Sekretärin irritiert. Sollten all die Worte und Berührungen gestern nur ein Traum gewesen sein? Dann räusperte er sich und sagte: „Bist du bitte so lieb und fragst auch Danny, ob sie an der Besprechung teilnehmen kann? Das wäre mir eine große Hilfe. Ich bin schon auf dem Weg und werde in etwa 25 Minuten in der Kanzlei eintreffen!“

„Dann bis gleich!“, kam es zurück und beide hängten ein. Nun stellte er fest, dass er heute doch zartfühlend war. Er war gerade sehr berührt, da die Vertraulichkeiten von gestern heute nicht wiederholt wurden. Isa konnte wohl offensichtlich perfekt zwischen Beruf und Privatleben unterscheiden. Dennoch brachte es die unangenehme Situation mit sich, dass er keine Ahnung hatte, wie er sich bei dem ersten Kontakt heute verhalten sollte. Gestern, als er sie im Auto nach Hause gebracht hatte, hatten sie sich lange in die Augen gesehen und mit einem eher unbeholfenen Kuss voneinander verabschiedet. Andorian war klopfenden Herzens nach Hause gefahren und hatte sich viele Stunden im Bett hin- und hergewälzt. Zu viele Gedanken auf einmal waren in seinem Kopf, ließen ihn nicht schlafen und hielten seinen Blutdruck auf dem Niveau eines Teilnehmers der Tour de France, kurz vor dem Ende der Pyrenäenetappe. Er hatte das Gefühl gehabt, die Schädeldecke würde ihm vom Kopf gesprengt.

Nun brauste Andorian auf der Wienzeile stadteinwärts und fürchtete sich vor der Ankunft in der Kanzlei und dem Gespräch um zehn Uhr.

Danny hatte gestern noch erfahren, dass im Garten die Überreste einer männlichen Leiche gefunden worden waren. Wahrscheinlich war dies jener Mann, den die junge Bulgarin Maria im Zuge ihrer Flucht getötet hatte. Die jungen Frauen waren medizinisch gecheckt worden und hatten die Nacht in der Webgasse im Frauenhaus verbracht. Dort sollte es heute Morgen eine Zusammenführung mit den anderen Frauen geben, die direkt aus dem LKW gerettet worden waren.

Dann hatte sie sich schon um sieben Uhr in der JA Josefstadt eingefunden. Ihr gegenüber saß Grubner. Die eine Nacht im Gefängnis hatte nicht die erwartete Wirkung gehabt, wohl aber der Ausschnitt aus der Tageszeitung. Dort waren die Entwicklungen des gestrigen Abends auf einen Satz reduziert auf der Titelseite festgehalten. Inklusive Fotos versteht sich. Danny hatte die Zeitung vor ihn hingelegt. Grubner starrte die Zeitung an.

„Guten Morgen. Ich will nicht lange um den heißen Brei herumreden. Sie und Ihre drei Kameraden, die gestern festgenommen wurden, verfügen über polizeiliche Akten von beträchtlicher Dicke und von enormem Umfang. Ich bin eigentlich nur gekommen, um Ihnen mitzuteilen, dass Sie und Ihre drei Kameraden des zweifachen Mordes und der vierfachen Entführung und Freiheitsberaubung, der gefährlichen Drohung und des Mitführens von Schusswaffen ohne passende Genehmigung, in Tateinheit mit Amtsanmaßung, und des Besitzes gefälschter Dokumente beschuldigt werden. Ich werde in etwa einer Stunde bei dem zuständigen Richter und Staatsanwalt eine Untersuchungshaft beantragen, die bis zur Urteilsverkündung aufrechterhalten wird. Ich werde ebenfalls beantragen, dass es nicht möglich sein wird, Kaution zu stellen. Herr Grubner, sehen Sie sich um!", sagte Danny und machte dabei eine ausladende Bewegung mit ihrem rechten Arm. „Dies ist Ihre Zukunft. Sie werden wahrscheinlich hier als alter Mann sterben, diese Mauern nie wieder verlassen, dafür werde ich sorgen. Besorgen Sie sich bitte einen Anwalt. Und noch was: Wer war der Tote im Garten?" Grubner starrte mit leerem Blick vor sich hin.

Danny stand auf, drehte sich um und wollte den Raum verlassen. Von hinten ertönte eine nun nicht mehr arrogante Stimme: „Frau Kommissarin! Ich möchte Sie darüber in Kenntnis setzen, dass keiner von uns vieren je einen Mord begangen hat, dass keiner von uns vieren je eine junge Frau entführt hat. Das war alles seine Idee."

„Wie meinen Sie?", fragte Danny im Umdrehen. „Wer ist ‚er'? Ich höre schon ein zweites Mal von ihm." Grubner starrte sie an.

„Bevor Sie fragen … Nein, ich habe keine Ahnung, wer er ist, niemand von uns kennt ihn. Wir haben ihn scherzhaft Dämon genannt, weil er immer eine schwarze Maske trug, die nicht einmal die Augen zeigte, und weil er immer einen Stimmenverzerrer um den Hals trug, der seine Stimme veränderte, als wäre er ein Roboter."

„Wie hat er mit Ihnen Kontakt aufgenommen?", wollte die Kommissarin wissen.

„Er hat uns alle vier rekrutiert, als wir auf Bewährung draußen waren. Eines Tages lag bei jedem von uns ein neues Telefon im Postkasten. Kurz darauf kam der erste Anruf. Es schien so zu sein, als hätte er einen Blick in all unsere Unterlagen. Er kannte jedes schmutzige Geheimnis über uns und drohte uns damit, dass wir, würden wir ihn nicht unterstützen, einen Prozess als Kinderschänder und Vergewaltiger zu erwarten hätten. Diese Menschen sind selbst im Gefängnis der letzte Abschaum. Wissen Sie, was mit solchen Menschen im Knast passiert? Über kurz oder lang haben wir alle eingewilligt. Niemand will in einer Justizanstalt als Pädophiler oder Vergewaltiger gelten. Wir hatten keine andere Chance. Er schien uns in- und auswendig zu kennen, wir aber haben ihn tatsächlich nie ohne die Maske gesehen. Er zahlte uns hohe Summen Geldes für kleinere Aufträge!"

„Was für Aufträge?"

„Nun, wir sollten in einem Haus am Tulbinger Kogel junge Frauen bewachen. Ein paar Tage später sollten wir dafür sorgen, dass diese jungen Frauen sich pflegten und hübsch gekleidet abreisebereit wären."

„Was bedeutet abreisebereit? Wohin verreisten die jungen Frauen?"

„Es kamen Männer aus aller Herren Länder in das Haus und sie fuhren in Limousinen mit diesen Frauen weg. Die Frauen wurden verkauft. Sie waren Ware. Der Dämon ließ die Frauen in Bulgarien entführen, hierher verschleppen und hat sie wohl an den Meistbietenden verkauft. Es gibt dazu eine Art Verkaufsplattform im Darkweb. Also jenem Teil des Internets, welcher sich aufgrund der Anonymität und der Tatsache, dass er nur mit speziellen Suchmaschinen und Webbrowsern erreichbar ist, perfekt für kriminelle Machenschaften eignet. Ich will einen Deal, wenn ich hier auspacke. Ich will Kronzeuge werden, hören Sie, ich gehe nicht mehr ins Gefängnis!", kam es aus Grubners Mund.

„Nun, erst reden Sie, dann verhandeln wir", gab Danny kalt zurück.

„Ich wollte Ihnen nur sagen, dass auch diese Woche wieder eine Übergabe stattfinden soll. Allerdings kann ich Ihnen nicht helfen, was Zeitpunkt und Ort betrifft. Ich habe auch keine Ahnung, wer die Käufer sein werden, denn über diese Informationen verfügen ausschließlich der Dämon und die Markova."

„Wer hat den Tod Ariane Bergmüllers zu verantworten?", fragte Danny.

„Nun, der Dämon kam dahinter, dass sie im Zuge des Beantwortens von E-Mails – sie war Markovas Liebling und unterstützte sie auch in den Administrationstätigkeiten im Unternehmen – in einem versteckten Ordner hinter die Korrespondenz zwischen ihnen und den Käufern gestoßen war. Sie hat daraufhin das Gespräch mit Markova gesucht. Alles dürfte dabei ein wenig eskaliert sein. Daraufhin bekamen wir den Auftrag, uns die Kleine zu schnappen. Wir haben sie in die Pension gebracht und dort in einen Sarg eingesperrt, den dieser Irre in einem Zimmer stehen hatte. ‚Pension', so nennen wir das Haus am Tulbinger Kogel! Wir dachten ursprünglich alle vier, dass er sie nur ein bisschen erschrecken wolle, damit sie die Klappe hält. Aber dieser Psycho ist gleich völlig ausgerastet. Hat sie zwei Tage lang in diesem Sarg eingeschlossen. Dann haben wir sie rausgeholt, angebunden und er hat, na ja … den Rest kennen Sie! Der Dämon war sogar einige Male als Kunde bei ihr, hatte einen Narren an ihr gefressen. Können Sie sich das vorstellen? Und dann tut er das. Wir anderen vier haben gekotzt wie die Reiher und er hat immer weitergemacht! Gott sei Dank war sie bald tot. Aber selbst da hat er nicht aufgehört sie zu verstümmeln. Wir waren dann nur dafür verantwortlich, dass der Kadaver möglichst weit wegkommt. Da hatte Harry die Idee mit dem Schottenhof." Er fuhr sich mit der Hand über das Gesicht, schwitzte davon, dass er sich in Fahrt geredete hatte. Dannys Telefon vermeldete den Eingang einer Nachricht. Isa.

„Hey, Danny, zehn Uhr Meeting in der Sache Bergmüller. Andorian fragt, ob es dir möglich wäre zu kommen. Küsschen, Isa."

Die Kommissarin tippte ein schlichtes „Ja!".

„Herr Grubner! Sie glauben wirklich, ich nehme Ihnen die Geschichte ab? Der mysteriöse Unbekannte!"

„Frau Kommissarin, ich sage die Wahrheit. Den Beweis werden Sie haben, wenn wir alle vier das Wochenende nicht mehr erleben. Sein Einfluss reicht weit. Ich versichere Ihnen, dass er versuchen wird, sich unserer zu entledigen! Bitte glauben Sie mir. Sehen Sie nicht, dass ich bereit bin Licht in die Angelegenheit zu bringen?" Danny erhob sich wortlos und verließ den Raum.

Er tigerte in seinem Arbeitszimmer auf und ab. Es gab keine Verbindung zu ihm, nichts deutete auf ihn hin. Was ihm Sorgen bereitete, war, dass er von dem Selbstmord der Markova erfahren hatte. Es war in der Zeitung, die

Zeitung war heute voll mit besorgniserregenden Schlagzeilen. Sein Leben ging den Bach hinunter und die Zeitungen berichteten geradezu live davon. Dann fuhr er wie jeden Tag ins Büro. Vielleicht zum letzten Mal.

Um zehn Uhr betrat eine kleine Gruppe von Menschen die Kanzlei des Privatdetektivs Andorian van Anders in der Weihburggasse. Ariane Bergmüllers Mutter wurde von ihrem Bruder begleitet, der die gebeugte und gebrochene Frau stützte. Danach trafen Christof Neubauer und Laura Pöllinger ein. Wenige Minuten später hatten sie alle in Andorians Büro Platz genommen, wo ein kleiner Kreis aus Sesseln aufgestellt worden war, und lauschten seinen Ausführungen. Links und rechts von ihm saßen Isa und Danny.

„Ich danke Ihnen sehr, dass Sie heute alle gekommen sind. Wir haben viele Neuigkeiten für Sie. Von einigen erhoffen wir uns, dass sie Ihnen ein wenig die Ungewissheit über die letzte Zeit nehmen werden und auch erklären, wieso sich Arianes Verhalten verändert hatte. Es fällt mir nicht leicht diese Erkenntnisse mit Ihnen zu teilen.“ Die Stille im Raum und die Anspannung konnte man beinahe als Materie fühlen. „Ich werde alles so sachlich wie möglich schildern, obgleich ich Ihnen versichern darf, dass ich persönlich stark von den Ereignissen berührt bin. Arianes Vermögen baute sich dadurch auf, dass sie Teil eines sehr exklusiven Escortservices war und in den letzten Monaten dadurch extrem viel Geld verdienen konnte. Sie war offiziell als Gesellschafterin bei der Firma ‚Vienna’s Secrets‘ angestellt.“

„Gesellschafterin?“, fragten die Anwesenden beinah im gleichen Moment.

„Nun, dies ist eine Organisation, die gut betuchten Klienten während ihres Aufenthaltes in Wien die Möglichkeit attraktiver weiblicher Begleitung gibt!“, sagte Andorian.

„Sie meinen, meine Tochter war eine Prostituierte?“, fragte Frau Bergmüller und schlug sich die Hände vors Gesicht.

„Nun, wir wissen nicht, ob es zu sexuellen Handlungen gekommen ist, gehen aber davon aus, da diese extra und großzügig bezahlt werden. Diesen Rückschluss lässt der Geldbetrag unter ihrem Bett vermuten, da sie ja insgesamt eher kurz dort beschäftigt war.“ Allen Ariane nahestehenden Menschen liefen nun Tränen über die Wangen. Sie waren stumm vor Entsetzen.

„Sind Sie sich da ganz sicher!?“, fragte Laura Pöllinger nach.

„Jawohl, ihr Foto ist im Angebotsportfolio des Unternehmens eindeutig abgebildet“, sagte Isa.

Es trat Stille ein, dann fuhr Andorian fort: „Diese Organisation steht im Verdacht im Bereich des Menschenhandels tätig zu sein. Die Polizei und ich haben gestern drei Frauen aus einer Art Gefängnis in Niederösterreich befreien können. Eine weitere Frau konnte sich selbst vor vier Tagen befreien. Alle sind in Sicherheit.“

Dann ergriff Danny das Wort. Sie erklärte den Anwesenden den letzten Stand der Ermittlungen. Auch dass bereits vor fünf Tagen ebenfalls vier junge Frauen aus einem Kastenwagen gerettet werden konnten, wurde erwähnt. Danny erklärte, dass ein anderer Kollege diese Causa bearbeitete und es daher nicht zu einer bereits früher bemerkten Verbindung geführt hatte. Dass Ariane wohl auf eine Mailkorrespondenz gestoßen war, die ein Kaufangebot für ein Mädchen inklusive deren Verbringung in einen anderen Staat zum Inhalt hatte.

„Es ist uns ein Anliegen, dass Sie wissen, dass alles Menschenmögliche getan wird, um den Fall restlos aufzuklären."

Im Vorzimmer klingelte das Telefon. Isa erhob sich und verließ das Zimmer. Danny stand auf und verteilte Visitenkarten.

„Dies ist die Nummer unserer Psychologin, die bestens geschult ist, Menschen in traumatischen Situationen zu begleiten und sie zu unterstützen. Es würde definitiv Sinn machen, dieses Angebot wahrzunehmen, denn was wir Ihnen gerade mitgeteilt haben und auch die Erlebnisse der letzten Tage sprechen dafür. Bitte überlegen Sie sich diese Maßnahme." Alle nickten und starrten betreten auf die Visitenkarte.

Isa kam zurück und verkündete: „Der Sekretär des Innenministers, ein gewisser Michael Steiner, hat gerade angerufen und – die Einladung wird auch noch schriftlich ergehen – darum gebeten, dass alle an dem Fall beteiligten Personen übermorgen, also am 20. August, in der Hofburg an einer Pressekonferenz teilnehmen sollen. Es ist dem Innenminister ein Anliegen, dass die Polizeikräfte geehrt werden, sowie Andorian, aber auch die Geretteten sichtbar werden, damit diese armen Frauen in der Öffentlichkeit ein Gesicht bekommen. Er will ebenfalls öffentlich seine Anteilnahme aussprechen. Die Pressekonferenz soll in der Hofburg stattfinden.

„Ich bin nicht sicher, ob ich das machen will!“, sagte Arianes Mutter leise.

Christof Neubauer nahm sie in den Arm und sagte: „Niemand zwingt dich zu irgendwas!“

Arianes Mutter schluchzte: „Ach, Christof, was hat sie nur gemacht, wie hat sie das tun können? Wir hatten doch genug Geld und das Studium wäre auch bald abgeschlossen gewesen.“

Laura meinte: „Ich kann mir nur vorstellen, dass sie das für eine gemeinsame Zukunft mit dir getan hat, Chris, denn auf das hat sie sich immer gefreut. Ein Haus mit Garten, die Anzahlung für eine eigene Kanzlei nach den Zulassungsprüfungen, so etwas halt.“

„Wir werden es wohl nie erfahren!“, sagte Neubauer.

Die Anwesenden erhoben sich.

„Ich danke Ihnen, Frau Bergmüller, für das in mich gesetzte Vertrauen. Ich verspreche, nicht eher zu ruhen, bis auch das letzte Rätsel in dieser Situation für diesen Fall geklärt ist. Sobald ich Neuigkeiten habe, verspreche ich, mich bei Ihnen zu melden.“

Bergmüller umarmte Andorian und dankte ihm für seine bisherige Arbeit. Dann verließen die Besucher die Kanzlei. Danny verabschiedete sich ebenfalls und fuhr zurück ins Präsidium. Isa und Andorian blieben allein zurück. Andorian stand am Fenster und sah auf die Weihburggasse hinunter. So viele Menschen lebten in Wien, wie sollte er je diesen Irren finden, der das getan hatte? Isa kam von hinten und ihre Hand berührte seinen Rücken, dann schlang sie ihre Arme um ihn und hielt ihn fest. Stumm und verschlungen standen sie eine Zeit lang da. Dann sah sie ihn an und küsste ihn hauchzart auf die Unterlippe. Er strich ihr dabei über den Rücken. Es war ein stummes Versprechen einander zu unterstützen.

Plötzlich schob er Isa auf Armeslänge weg.

„Jetzt weiß ich auch, was die Abkürzungen im Kalender zu bedeuten haben. Wo ist er? Gib ihn mir mal!"

Isa drehte sich um und reichte ihm den Kalender.

„Sie war bei einem Escortservice angestellt. Mein Gott, das könnten Initialen und Hotels sein. Das hier zum Beispiel am 15. Februar, *‚20 R. S. Mar.'*, könnte bedeuten: 20 Uhr Randy Sawyer, oder Rudy Smith oder Rudolf Schmidt, oder was weiß ich noch alles. Und *‚Mar.'* könnte Marriott sein. Schau, hier am 22. Februar, *‚1830 R. W. K. Imp.'* 18.30 Uhr Rainer Wilhelm Korn oder sonst was und ‚Imp.' steht für Hotel Imperial. Wir können das überprüfen, einerseits mit den Gästelisten der Hotels, andererseits mit den Aufzeichnungen im Laptop der Markova."

Isa lächelte ihn an. Sie liebte diesen Enthusiasmus für seinen Beruf. Er liebte, was er tat, obwohl er keinen Tag im Leben hätte arbeiten müssen.

„Das machen wir, aber das läuft uns nicht davon. Jetzt haben wir eine soziale Aufgabe", flüsterte sie lächelnd. Andorian zog die Stirn in Falten. „Lass uns ins Frauenhaus fahren und sehen, wie es den Mädchen geht", sagte Isa. „Wir bringen ihnen Pizza und verwöhnen sie ein bisschen. Vielleicht erfahren wir noch mehr über die Hintergründe", meinte sie und zog ihn mit sich. Kurz danach machten sie sich auf den Weg nach Mariahilf.

Danny hatte ihrerseits, als sie im Präsidium ankam, eine kurze Rücksprache mit Chefinspektor Adam, dem sie versichern musste, dass es keineswegs die Inkompetenz seiner Mitarbeiter war, die dazu geführt hatte, dass der Häftling mit dem Namen Tragunov verschwunden war. Sie legte klar, dass die beiden Personen, die sich als Polizisten ausgegeben hatten, über echte Dienstausweise verfügten. Wie sie zu diesen gekommen waren, welche Quellen sie nutzten, war man gerade dabei herauszufinden. Adam sprach daraufhin höflichen und verbindlichsten Dank aus und merkte an, dass er sehr glücklich darüber sei, kein – wie er es nannte – Idiotenwachzimmer zu führen. Dann fuhr Danny zurück in die Justizanstalt Josefstadt, um Grubners Komplizen zu befragen. Nach insgesamt 5 Stunden intensiver Befragung aller Beteiligten war klar, dass alle einen mysteriösen Unbekannten als Drahtzieher nannten. Sie behaupteten einstimmig von seiner Identität und seinem Aussehen oder gar seinem Namen keine Ahnung zu haben. Hier war klar, dass einzig und allein das Auffinden der Tatwaffe oder ein Geständnis zu einer Festnahme führen würde. Genau genommen waren sie keinen Schritt weiter.

Der, von dem alle behaupteten, er sei der Drahtzieher in dieser Angelegenheit, lief gerade jetzt in Wien frei herum, trank Kaffee, joggte durch einen Park oder hüpfte in das kühle Wasser eines Schwimmbades. Oder er war ob der jüngsten Ereignisse längst über alle Berge. Dieser Gedanke schnürte Kommissarin Friedmann beinahe den Hals zu. Die Kolleginnen und Kollegen der Spurensicherung hatten gemeldet, dass es jede Menge Fingerabdrücke an dem Haus, speziell an den Türen und Türschnallen gebe. Viele davon waren den inhaftierten Männern und gefangenen Frauen zuzuordnen, einige davon, speziell die im Erdgeschoss des Hauses, waren nicht immer eindeutig zuordenbar. Es gab noch mindestens zwei weitere Personen, die hier aus und ein gingen. Das Team der Spurensicherung konnte ebenfalls Blut in den Ritzen des Holzbodens im Erdgeschoss finden, welches genetisch sowohl Tragunov als auch Ariane Bergmüller zugeordnet werden konnte. Alma konnte mit beinahe hundertprozentiger Sicherheit sagen – und bekräftigte dies mehrfach auf Dannys Nachfrage hin –, dass allen beiden Opfern der Kehlschnitt mit der gleichen Tatwaffe zugefügt worden war. Waffen und Täter waren bis jetzt nicht auffindbar.

Müde und frustriert von dieser Tatsache fuhr sie nachhause, aber sie erhoffte sich neue Erkenntnisse von der Untersuchung des Laptops von Frau Markova, die morgen im Laufe des Vormittags abgeschlossen sein sollte.

Isa und van Anders verbrachten den restlichen Tag im Frauenhaus und lernten dabei insgesamt sechs Frauen kennen, die alle das gleiche Schicksal teilten. Sie waren angesprochen, betäubt, erniedrigt und entführt worden. Alle nach dem gleichen Muster. „Gott allein weiß, wie viele schon vor diesen jungen Frauen“, dachte van Anders still bei sich. Die drei aus dem Haus geretteten berichteten von der Stimme aus dem Laptop, einer erniedrigenden Begutachtung, im Zuge dieser sie sich nackt vor dem Bildschirm präsentieren mussten, während eine unheimliche Stimme aus den Lautsprechern mit ihnen sprach. Es gab ihn also wirklich. Den Mann im Hintergrund, den Puppenspieler, der sie alle zum Narren hielt. Andorian unterrichtete die jungen Frauen von der Pressekonferenz und einem anschließenden Essen in seinem Haus. Alle sagten zaghaft zu. Sie waren schwer traumatisiert und er hoffte mit ein wenig liebenswürdiger Aufmerksamkeit ihre Erlebnisse ein wenig abmildern zu können.

19. August

Nummer eins war nach zwei Tagen am Rande des Wahnsinns. Vier Kameras beobachteten den kleinen Raum, in dem ohne Unterbrechung das Licht aus grellen Neonleuchten an der Decke floss. Er hatte geschrien, geweint, geflucht, randaliert. Alles ohne Ergebnis. Die Türen waren zu, niemand kam. Zweimal am Tag wurde halbwegs essbare Nahrung durch eine Luke geschoben. Er versuchte mit den maskierten Männern vor der Türe zu sprechen. Sie gaben keine Antwort. Er lag da, hatte seinen Körper in die Embryonalstellung gebracht und starrte dumpf vor sich hin. Mit einem Summen öffnete sich die Tür hinter ihm. Er sprang auf. Er war wieder da.

„Guten Morgen, Nummer eins. Ich wollte Sie darüber in Kenntnis setzen, dass Nummer zwei, drei, vier und fünf beteuern, dass Sie alleine der Drahtzieher dieser Entführungen waren. Sie behaupten weiters, dass ausländisches Kapital dazu genützt wurde, um sie selbst und ihre Familien zu bedrohen sowie die Polizei vor Ort zu korrumpieren."

Der Mann mit den vielen Vornamen sank in sich zusammen, Tränen rannen über sein Gesicht. Er schluchzte und weinte, wie er es in seinem ganzen Leben zuvor noch nie getan hatte.

„Ich kenne keine Namen, die ich verraten könnte. Aber Sie haben recht. Die Polizei ist korrumpiert. Die sollte den Familien Angst machen. Zweck war es, dass sie keine Anzeigen erstatteten, obwohl ihre Töchter nicht heimkamen. Aber ich bin mir sicher, dass ich die Polizisten wiedererkennen kann, wenn ich Fotos sehe. Wenn ich hier herauskomme und die Chance auf ein faires Verfahren habe, dann bin ich absolut bereit mit Ihnen zusammenzuarbeiten!"

„Herauskommen? Wohin wollen Sie? In den normalen Vollzug? Nun, dass lässt sich einrichten Ich stecke Sie in den normalen Vollzug. Die Insassen werden schon vorab wissen, dass ein Neuer ankommt, ein Ausländer, der bulgarische Frauen, ihre Schwestern, Cousinen, Nichten, Töchter entführt und zur Prostitution gezwungen hat. Ich bin gespannt, ob Sie länger als eine halbe Stunde überleben! Ich werde im Laufe der nächsten Tage über Ihr Angebot nachdenken. Ihre Verlegung ordne ich in den nächsten Minuten an. Machen Sie sich bereit zur Abreise", sagte der Mann.

„Nein! Nein! Nein! Bitte nicht!", schrie der Mann mit den vielen Namen. Dann schloss sich mit einem Zischen die Türe vor ihm. Bleich wie die Wand und allein sank er auf seine Pritsche zurück und weinte, bis keine Tränen mehr in ihm waren und seine Augen sich anfühlten wie ausgetrocknete Rosinen.

20. August

Pressekonferenzen waren nicht sein Ding. Er liebte zwar seinen von ihm designten, purpurfarbenen Anzug aus Satin und ebenso das Hemd mit dem auffälligen Paisleymuster, aber er stand nicht gerne im Vordergrund. Er hatte nach der gestrigen Zustellung des Briefes des Bundespräsidenten und des Innenministers sowie des Außenmisters einige Zeit lang mit dem Gedanken geliebäugelt, Isa an seiner Stelle zu diesem Spektakel zu schicken. Sie hatte es ihm schnell wieder ausgeredet und gemeint, er sei ohnehin nicht alleine da. Sie versprach in der ersten Reihe zu sitzen, ihm viel Kraft zu schicken, dann seien da auch noch Danny und ihr Team sowie die sieben Mädchen aus Bulgarien, die dank der Aufklärungsarbeit seiner selbst und der von Danny Friedmann aus den Fängen der Menschenhändler befreit waren.

Der Sekretär des Innenministers trat auf die Gruppe zu und bat sie im Anschluss an die Pressekonferenz noch zu bleiben, um im Saal nebenan einer kleinen Feierlichkeit beizuwohnen. Alle willigten ein. Die drei jungen Frauen, denen der Schock der Erlebnisse der letzten Tage noch in den Knochen saß, nickten nur stumm, richteten aber vor ihrem Nicken und in jeder anderen Situation ihre Augen auf Andorian, gewissermaßen um zu prüfen, was er davon hielt. Die letzten Tage waren für die jungen Frauen nicht einfach gewesen. Punkt! Dies musste von jedermann bedingungslos akzeptiert werden. Und Andorian würde dafür sorgen, dass dies auch so war. Andorian, Kommissarin Friedmann und Alma Selimovic ließen es sich nicht nehmen, die sieben überlebenden Frauen täglich zu besuchen, in der Absicht ihnen das Leben hier in Wien für die Zeit ihres Aufenthalts so angenehm wie möglich zu machen. Lange Spaziergänge in der Natur, häufige visuelle Kontakte mit ihren Familien gehörten ebenso dazu wie von Andorian organisiertes ausgezeichnetes Essen und Entspannung. Kommissarin Friedmann hatte sich dafür eingesetzt, dass die besten Polizeipsychologen die Frauen rund um die Uhr betreuten. Jedoch hatten alle den verständlichen Wunsch, so schnell wie möglich zu ihren Familien zurückkehren zu können.

Die Anwesenden wurden nun gebeten sich auf ihre Plätze zu begeben. Andorian, Danny, Alma und den Mädchen wurden Sitzplätze auf der kleinen Bühne angeboten, die man kurz zuvor auf Rollen in den Saal geschoben hatte. Sie wurden auf die Bühne geführt. Andorian lächelte den Mädchen zu, nickte und sprach ihnen auf Englisch Mut zu. Unter Blitzlichtgewitter betrat Innenminister Dr. Schlögel-Hofer das Podium, lächelte gekonnt in die Kamera, verneigte sich nach allen Seiten leicht und wartete mit aufmerksamem Blick darauf, dass Ruhe eintrat.

Mit betretener Miene kondolierte er der Mutter von Ariane Bergmüller ebenso wie den abwesenden Eltern von Gloria Michailov, die im Zuge des Transports ums Leben gekommen war. Es herrschte betretenes Schweigen im Raum. Man konnte fühlen, wie sehr die Anwesenden Mitleid mit den jungen Frauen hatten. Er lobte in seiner Rede die vorbildliche Arbeit der Polizei, hob dabei auch die Verdienste der Gerichtsmedizin insgesamt und im speziellen die Kompetenzen von Dr. Alma Selimovic hervor. Dann verharrte er einige Sätze lang bei der Notwendigkeit guter internationaler Beziehungen, um derartige Verbrechen aufzuklären, und bat eindringlich darum, dass die Bevölkerung wachsam und aufmerksam bleiben solle.

„Diese Verbrechen geschehen mitten unter uns! Geben wir ihnen keine Chance!", rief er. „Nun wollen wir gemeinsam die Menschen feiern, die zur Aufklärung der Verbrechen maßgeblich beigetragen haben!", sagte er feierlich. Sein Sekretär betrat die Bühne und hatte Orden in dunklen Kassetten mitgebacht, auf schwarzem Samt liegend.

Isa strahlte aus der ersten Reihe zu Andorian auf die Bühne. Sie saß direkt neben Robert, der nur Augen für Danny hatte. „Isa, die um ein Haar nicht hier gewesen wäre, wenn es nach den Schergen der Organisation ging", dachte er bei sich. Dann hörte er seinen Namen und stand auf.

Zwanzig Minuten später standen sie im Saal nebenan. Jeder hielt ein Glas Sekt in der Hand. Die jungen Bulgarinnen waren noch immer überwältigt. Eine Übersetzerin hatte dafür gesorgt, dass sie alles verstanden und der Zeremonie und der Feierlichkeit hier inhaltlich folgen konnten. Dann trat der Minister auf sie zu, im Gefolge sein Sekretär.

„Lieber Herr van Anders, schade, dass Sie kein Polizist sind, jemanden wie Sie könnten wir gut in unserer Exekutive gebrauchen", scherzte er. „Das ist Herr Magister Steiner, mein Sekretär." Er deutete dabei auf den gutaussehenden Mittdreißiger zu seiner Rechten. „Er hat mich auf eine Idee gebracht. Aber bitte, Herr Steiner, sagen Sie selbst!“

Steiner bedankte sich, lächelte charmant und sagte: „Herr van Anders, im Laufe dieses Aufklärungsprozesses bin ich ein Bewunderer ihrer e-x-z-e-l-l-e-n-t-e-n Arbeit geworden. Früher wollte ich auch zur Polizei, habe mich aber anders entschieden. Nun handle ich gewissermaßen aus der dritten Reihe heraus im Sinne der Verbrechensbekämpfung. Ich habe ehrlicherweise kein anderes Wort als e-x-z-e-l-l-e-n-t für diesen Erfolg, obgleich ich mir natürlich nicht anmaße, ein Profi im Bereich der Aufklärung zu sein.“ Er betonte jede Silbe des Wortes „exzellent“ nicht nur mit der Stimme, sondern auch mit der rechten Hand, mit der er Zeigefinger und Daumen zu einem Ring formte und dadurch seine Begeisterung unterstrich.

„Ich würde Ihnen gern ein Angebot machen. Ich hätte Sie gerne als unabhängigen Berater mit im Boot, auf den wir zurückgreifen können, sollten wir, in einzelnen Situationen möglicherweise, mit unserer Arbeit als Polizei auf der Stelle treten. Auf Werkvertragsbasis gewissermaßen!“ Dann breitete er seine Hände aus und lächelte gewinnend.

Aus zwei Gesichtern der jungen Frauen, die die Rede des Sekretärs neben diesem stehend verfolgten und deren Inhalt ihnen übersetzt wurde, war jede Farbe gewichen. Danny sah es zuerst, dann legte sich Andorians Stirn in Falten. Er lächelte und sagte: „Lieber Herr Steiner! Ich danke Ihnen für das großzügige Angebot und werde mich in den nächsten Tagen telefonisch bei Ihnen melden, um Ihnen meine Antwort bekannt zu geben.“

Steiner und der Minister wirkten, als wären sie etwas enttäuscht. Sie hatten wohl erwartet, dass Andorian sofort begeistert auf dieses Angebot reagieren und sich in die offenen Arme des Innenministeriums werfen würde. Eine Minute später entschuldigten sich die beiden unter dem Vorschub von dringend wartenden Pflichten, drehten sich um und verließen den Saal.

Wenn der Gastgeber ging, war dies wohl das Zeichen zum allgemeinen Aufbruch. Die Gäste stellten ihre Gläser auf die Beistelltische und verließen murmelnd, nicht ohne nochmals einen Blick auf die Gruppe rund um Andorian zu werfen, den Saal.

Auf dem Weg in Andorians Villa in Hietzing, wo ein Mittagessen geplant war, wurde kein Wort gesprochen. Zu schwer lasteten die Gedanken an die zwei toten Frauen und die Erinnerung an die vergangenen Ereignisse auf allen Beteiligten. Andorian war besonders schweigsam. Bei Tisch wurde über Belanglosigkeiten gesprochen, wann die Frauen zurück in ihre Heimat konnten, was die Pläne für die Zukunft wären. Am Nachmittag zerstreute sich die Gruppe. Die Frauen wollten zurück ins Frauenhaus, um wie so oft Kontakt mit ihren Liebsten aufzunehmen. Danny, Robert und Alma verließen die Villa, um ihren Verpflichtungen nachzugehen. Isa blieb zurück.

„Du bist so still, Andorian“, sagte sie und streichelte seine linke Wange. Er küsste sie auf die Stirn und zog sie zu sich aufs Sofa.

„Mir ist nicht wohl“, sagte er nachdenklich und bedeckte ihre Stirn und ihre Wange mit zärtlichen, ganz sanften Küssen. „Mir fehlt etwas!“, sagte er. „Ich kann es nicht festmachen, aber ich habe da eine Idee“, meinte er versonnen.

„Willst du sie mir erzählen?“, fragte Isa und legte ihre Stirn in Falten.

„Noch nicht. Sie ist noch nicht reif genug. Ich muss unbedingt noch einmal eine Minute lang mit den Mädchen sprechen, am besten gleich jetzt“, sagte er. „Bleibst du heute hier oder fährst du in deine Wohnung?“, fragte er und schämte sich gleich darauf für seinen frechen Vorstoß, die Nacht mit ihr verbringen zu wollen.

„Ich fahre nochmals heim, hole mir ein paar Sachen und bleibe dann das Wochenende über bei dir. Okay?“, gab sie zurück.

Er nickte nur stumm. Seit dem Vorfall im Büro tat er sich sehr schwer, Isa allein zu lassen. Er hatte das Gefühl sie andauernd beschützen, bewachen zu müssen. Sein Kopf sagte ihm, dass dies für die knospenden Gefühle, die beide füreinander hatten, nicht nahrhaft war. Dieser Zwang für sie da zu sein konnte die junge Liebe genauso schnell ersticken, wie sie entflammt war. Daher nickte er nur stumm und sah zu Boden. Sie legte ihren rechten Zeigefinger unter sein Kinn, hob es an, lächelte und sagte: „Ich rufe dich an, wenn ich da bin, ich verspreche es. Aber mir passiert schon nichts. Wir haben dafür gesorgt, dass die bösen Menschen im Gefängnis sitzen, schon vergessen?“ Dann stand sie auf und begab sich zur Fahrstuhltüre. Er folgte ihr. Gott, wie er sie begehrte! Gott, wie lange er sich dieses Gefühl verwehrt hatte! Wie viel gemeinsame Zeit war verloren? „Nein!“, ermahnte er sich gedanklich. „Du sollst in der Gegenwart leben.“ Dann packte er sie an der Schulter, drehte sie zu sich um und küsste sie, als gäbe es keinen nächsten Tag. Sie erwiderte seine Leidenschaft in der Sekunde. Ineinander verschlungen stolperten sie zurück zum Sofa und ließen sich in die Kissen fallen.

„The truth in right and wrong
The boundaries of the law
You seem to miss the point…"

(Fucking Hostile – Pantera; © Dimebag Darrell, Philip Hansen Anselmo, Rex Rocker, Vinnie Paul, 1992)

Der Pantera-Song „Fucking hostile" dröhnte durch die Villa. Nachdem sie sich den halben Nachmittag immer und immer wieder geliebt hatten, ließ er Isa schweren Herzens gehen. Sie versprach bis zum Abend wieder da zu sein. Er hörte diesen Song, nachdem Isa gegangen war, den ganzen restlichen Nachmittag, um sich von der rauen Stimme von Phil Anselmo und der Aggressivität der Musik in jene Stimmung versetzen lassen, die er nun benötigte, um die Sache ein für alle Male abzuschließen. Ihm war ein Licht aufgegangen.

Nun stand er im Wohnzimmer des Hauses in der Kaasgrabenstraße, dunkel und allein, blickte hinüber auf den Kahlenberg, auf dem der Sendemast periodisch wiederkehrend sein rotes Positionslicht in die nächtliche Schwärze sandte. Es warnte Flugzeuge und Hubschrauber einerseits vor der Höhe des Berges, andererseits vor der Existenz des Mastes. Das Licht sagte zu ihnen: „Ihr dürft nicht unter einer bestimmten Höhe fliegen, keinesfalls diese Grenze übertreten!" Er war heute ein Positionslicht. Jemand hatte die Grenze übertreten. Er stand und sah aus dem Fenster.

Hinter ihm wurde ein Schlüssel in die Wohnungstüre gesteckt. Die Türe öffnete sich leise quietschend, der Schlüssel wurde wieder angesteckt und von innen umgedreht. Etwas Metallisches wurde daraufhin in ein Behältnis geworfen, wahrscheinlich Autoschlüssel. Dann Schritte, unregelmäßige Schritte, nur ganz leicht, aber hörbar, kein rhythmisches Aufsetzen der Absätze, ein leichtes Hinken. Ein Wasserhahn wurde aufgedreht und offensichtlich ein Glas Wasser gefüllt. Er trat in den Schatten der Mauer zurück wie eine Spinne, die eine Fliege bereits entdeckt hatte, bevor diese das Netz ausmachen konnte, welches ihr gleich den Tod bringen würde.

Die Person trat ins Wohnzimmer. Schaltete Licht ein! Erstarrte! Aber nur kurz, dann wich der Schreck professioneller Gelassenheit.

„Guten Abend, Herr Steiner!“, sagte Andorian van Anders.

„Ich habe mich gefragt, wann Sie hier auftauchen würden!“, bemerkte Steiner mit vor Verachtung triefender Stimme. „Sie sind ein zäher Bastard, van Anders, das muss ich Ihnen lassen! Ich bemerkte, dass Ihnen die Reaktion nicht entgangen ist. Diese blöde Schlampe, diese billige Nutte, dieses Stück Fleisch … Ich hätte sie töten sollen, als ich die Chance dazu hatte.“

Van Anders hörte dem Wutausbruch gelassen zu. Dann sagte er: „Ich freue mich, dass Sie nicht überrascht sind, das ehrt mich. Tatsächlich haben mich die drei jungen Frauen aus dem Haus am Tulbinger Kogel nach der Feier im Auto auf ihre Wahrnehmung angesprochen. Sie erzählten von einer schwarzen Gestalt, die sie per Videokonferenz gleich nach ihrer Ankunft begutachtet habe.

Dieses Phantom hatte mehrfach das Wort ‚exzellent' genauso betont, wie Sie es heute getan haben. Die Damen haben Sie erkannt, obwohl Sie damals einen Stimmmodulator verwendeten und eine Maske trugen. Dieses Wort und seine Betonung hat heute die Panikreaktion ausgelöst. Ich habe diese nur wahrgenommen, ohne mir einen Reim darauf zu machen, bis zu der Erklärung. Und dann habe ich eins und eins zusammengezählt und plötzlich waren alle meine Fragen beantwortet. Wer hatte genug Macht und Kontakte, um im Hintergrund die Fäden zu ziehen? Wer hat genug Einfluss und Macht gültige Ausweispapiere anzufordern? Wer könnte die Akten von straffälligen Menschen sehen, anfordern, um Kontakte im Zuge der Bewährung aufzunehmen? Wem ist nichts verschlossen, was das Polizeisystem und seine Strukturen angeht? Wer könnte im Notfall Ermittlungen sabotieren? Jemand aus dem Büro des Ministers. Ich muss sagen, ich hatte kurz den Minister selbst im Verdacht, aber es hat nicht gepasst. Ich habe mir überlegt, welche Person die kompletten Kontakte des Ministers haben könnte, offiziell agieren kann, dabei unsichtbar bleibt. Sie waren der einzige logische Schluss. Sie haben auch die Kontakte nach unten. Zu den Polizeiakten, die Sie herangezogen haben, wenn Sie Mitarbeiter gesucht haben. Dann die Markova. Sie hat gemerkt, wie korrupt Sie waren und beeindruckt vom Geld und auf der Suche nach einer Einnahmequelle. Was verdienen Sie als Sekretär? Fünftausend netto? Oder mehr? Geldgier fliegt einem irgendwann um die Ohren, Herr Steiner. In den Unterlagen der Markova, die das Finanzministerium an die Polizei weitergab, waren Rechnungen, ausgestellt auf den englischen Namen Stoner. Da hat die Markova gut mitgedacht, ebenfalls bei der Leistung. Coachinggespräche und Beratung. Ich gehe davon aus, dass

Sie damals noch von der Chefin selbst bedient wurden, als sie noch ein ‚Ein-Frau-Unternehmen' war. Ich wette, Sie hatten wahrscheinlich sogar die Eier den Versuch zu starten dies steuerlich absetzbar zu machen. Klar, wer fragt nach bei ‚Angel Consulting' mit Sitz auf Malta?"

Steiner sah zu Boden.

„Heute Nachmittag erfuhr ich von Kommissarin Friedmann, dass es auffällig war, dass ein gewisser Stoner auch mehrfach Kunde bei Ginger war. Waren Sie in diese Frau verliebt, Herr Steiner? Man muss der Markova zugutehalten, dass sie eine perfekte Buchhaltung hatte. Diese Frau war von sich aus durch und durch ehrlich. Im Gegensatz zu Ihnen und noch vielen anderen Namen Sie waren nicht der Einzige mit diesen Absetzposten. Es wird noch herauszufinden sein, wer aus der Politik der Republik noch das Coaching von Markova und ihren Secrets in Anspruch genommen hat. Die internationalen Kontakte sind mir egal, darum kümmert sich die Interpol. An der Anzahl der Konsultationen bei Markova und den immer tiefer fallenden Preisen der Coachingsitzungen vor etwa acht Jahren ist ablesbar, dass sich die Markova in Ihren Charme verliebt hat. Liege ich damit richtig?"

Steiner sah ihn mit unbewegter Miene an.

„Dann haben Sie eins und eins zusammengezählt und sie gezwungen, Ihr Kontakt nach Bulgarien zu sein. Eine bezaubernde Frau, alleinstehend, mitteilungsbedürftig und mit offensichtlicher Intelligenz. Und ehe sie es begreifen konnte, war sie Teil eines Unternehmens mit Handel von Waren aller Art. Hinter der Fassade eines Escortservices. Aber auch Sie brauchten Helfer. Helfer, die nach Ihrer Pfeife tanzten, Männer fürs Grobe. Und da kamen die auf Bewährung befindlichen Ex-Knackis ins Spiel. Sie haben sie kontaktiert und bedroht. Die Administration und die Staatsdruckerei, das konnten Sie alles selbst managen. Direkt aus dem Büro. Purer Luxus sozusagen. Wie richtig liege ich mit meinen Schlussfolgerungen?"

Steiner zuckte mit den Schultern.

„Ich gehe davon aus, dass Sie sich Sicherheiten geben ließen."

„Sie können nichts beweisen, aber schon gar nichts", blaffte er Andorian an.

„Nun, ich denke, ich habe im Laufe der letzten Stunde so einiges hier gefunden, Herr Steiner. Das Besondere an Psychopathen mit einer narzisstischen Störung ist, dass sie sich immer wieder an ihren Erfolgen aufgeilen müssen. Verstehen Sie, was ich meine? Das ist eine wissenschaftliche Tatsache. Und Sie entsprechen exakt diesen Mustern, wenn ich das so sagen darf!"

Steiners Augen zuckten eine Hundertstelsekunde in die Richtung des Regals.

„Ah, dort drüben!", sagte Andorian, stand auf und ging zu dem Regal. Dabei ließ er Steiner nicht aus den Augen. Sachbuch reihte sich an Sachbuch. Politische Fachliteratur, Fachliteratur aus der Wirtschaft und aus dem Steuerrecht.

„Schulbücher, oder nicht?", sagte er zu Steiner, mit Blick auf den Mann. „Alle hilfreich bei der Frage: Wie lasse ich ein Vermögen verschwinden, ohne dass es mir verloren geht? Richtig, Herr Steiner?", sagte Andorian. Dann erblickten seine Augen ein Buch, das nicht in die

Reihe zu passen schien. „Engel der Nacht“ war auf dem Rücken des Buches zu lesen. Er zog es aus dem Regal. Es fühlte sich leicht an. Van Anders öffnete es und traute seinen Augen nicht.

„Wirklich, Herr Steiner! Ist das Ihr Ernst? Eine Strähne von Ariane Bergmüllers Haaren gemeinsam mit dem Teppichmesser, das sie tötete? Also jetzt, muss sich sagen, setzt es bei mir aus. Da hätte ich Sie für klüger gehalten. Was haben Sie damit getan? Haben Sie sich jeden Abend davor einen runtergeholt oder wie darf ich das verstehen?“

Steiner malte mit den Zähnen. Ein Druckkochtopf direkt vor der Explosion! Aber er blieb stumm.

„Dann kam der verhängnisvolle Tag, als Frau Bergmüller dem Nebenerwerb von Vienna’s Secrets auf die Schliche kam, weil sie Markovas Bitte nachkam, auf dem Computer die Mails zu beantworten. So ein Pech aber auch, da stieg das Dummchen auf dem falschen Mailkonto ein. Und statt Datinganfragen für die Engel waren plötzlich Verkaufsangebote zu lesen. Sie wollte Juristin werden, sah diese Tätigkeit als Möglichkeit für schnelles Geld. Sie stellte Markova zur Rede. Was immer dabei auch gesprochen wurde. Wahrscheinlich hat sie gesagt, zur Polizei gehen zu wollen. Die Markova bekam Panik, hat Sie angerufen und Sie Stück Scheiße haben das Problem am Schottenhof abgelegt, nachdem Sie sie am Tulbinger Kogel zu Tode gefoltert hatten. Wir haben die Aussagen von vier Ihrer Komplizen und hier vermutlich die Tatwaffe, die auch im Mordfall Tragunov verwendet wurde. Wie klingt das?“

Steiner schüttelte den Kopf; es war eine Mischung aus Resignation und Wut, die langsam hochkochte.

„WAR ES ETWA SO!“, brüllte van Anders ihn an. Steiner zuckte kurz zusammen.

Andorian ging langsam auf ihn zu. Steiner wich zurück, ging rückwärts im eigenen Wohnzimmer, bis seine Beine an den Rand des Sofas stießen und er mehr unbeholfen als gewollt auf die Sitzfläche plumpste.

„Sie mussten es der Verräterin zeigen und gleichzeitig Ihren bulgarischen Mitwissern demonstrieren, wozu Sie fähig sind, wenn jemand dem Geschäft und Ihnen in die Quere kommt. Was sind Sie doch für ein harter Hund! Ich habe mich, als die Gerichtsmedizinerin erzählte, welche Verletzungen Sie den Opfern beigebracht hätten, gefragt, wie es um Ihre Potenz steht. Sind Sie ein Schlappschwanz, Herr Steiner? Deshalb die Eskalation? Machen Sie Ihre Mutter dafür verantwortlich oder war dies eine spontane Entscheidung? Ihren Käufern, denen wird Interpol auf die Schliche kommen, da dürfen Sie sich sicher sein!“

Steiner hatte sich zurückgelehnt und sah Andorian an. Er klappte zusammen, fing an zu jammern wie ein kleines Kind.

„Ich wollte aufhören, den ganzen Scheiß lassen. Ich habe genug Geld auf der Seite, um irgendwo in Thailand oder in der Karibik für den Rest meines Lebens leben zu können wie ein König. Von den verdammten Kanaken drohte mir keine Gefahr. Keiner außer der Markova hat mich je live gesehen. Ich trug immer eine Sturmhaube, ich war ja nicht irre, diesen Barbaren zu trauen. Nein, niemals!“, sagte er. „Mein Flug wäre am Sonntag gegangen. Erst mal nach Amsterdam, dann weiter! Ich hatte mich noch nicht entschieden, wohin!“, flennte er. Während er sprach, glitt seine rechte Hand Millimeter für Millimeter näher an die Armlehne des Sofas heran. Andorian lächelte innerlich.

„Ich hätte das alles hinter mir lassen können!“, sagte Steiner. Seine Finger waren vorsichtig wie kleine Kakerlaken in die Spalte zwischen Sitzpolster und Lehne eingedrungen.

„Winner takes it all“, sagte er, plötzlich ganz der alte arrogante Steiner. Blitzschnell steckte er die ganze Hand in den Spalt und erstarrte.

„Suchen Sie die da?“, sagte Andorian van Anders und hielt eine Pistole vom Typ SIG Sauer P 220 in seinen behandschuhten Händen, die er nur kurz zuvor aus seinem hinteren Hosenbund gezogen hatte. Steiner kreischte und wollte einen Satz vorwärts machen, wollte es diesem Schweinehund zeigen, der ihn so kurz vor dem Ziel alles vermasselte. Er stoppte nur eine Millisekunde später, da er direkt in die Mündung seiner eigenen Waffe mit dem Kaliber 45 blickte.

Verzweiflung sprach aus jeder Faser seines Körpers und seines Gesichtsausdrucks. Dieser Mann war zu allem bereit.

„Okay, van Anders“, sagte er. „Ich mache Ihnen ein Angebot. Ich habe knapp zehn Millionen Euro auf einem Konto auf Malta. Ich gebe Ihnen die Hälfte davon ab. Na, wie wäre das?“ Andorian schwieg. Dies motivierte Steiner, weiterzureden. „Sie könnten damit die Opfer entschädigen, ich weiß, dass *Sie* es nicht nötig haben!“ Andorian schwieg, starrte ihn nur an. Pure Verzweiflung. Steiner schwitzte.

„O…o...ookay, sagen wir fünfundsiebzig Prozent für die Opfer, der Rest für mich! Kommen Sie, das ist mehr als fair!“, stammelte Steiner.

„Ich sage Ihnen, was wir jetzt machen werden“, sagte Andorian. „Sie stehen auf und holen Papier und Stift.“

Steiner stand auf, ging zu einer Kommode und holte einen Collegeblock sowie einen Kugelschreiber.

„Was soll ich damit?“, fragte er.

„Sie schreiben Ihr Geständnis nieder, Herr Steiner. Hier und jetzt.“

„Sie glauben doch wohl nicht, dass Sie damit durchkommen. Sie mach ich fertig! Einbruch, Nötigung, gefährliche Drohung. Ich freu mich schon drauf!“, zischte er in Andorians Richtung und packte den Stift.

„Sie irren, Herr Steiner, ich bin gerade in meiner Villa und veranstalte dort eine große Party, wie so oft. Ich weiß, ich muss dieses Problem unter Kontrolle bekommen, ich feiere zu viel. Vor etwa drei Stunden habe ich mich, beobachtet von etwa zwanzig Personen, mit meiner neuen Liebe in mein Schlafgemach zurückgezogen. Sie wissen, Herr Steiner, oder Sie wissen es vielleicht leider nicht, auch egal, wenn man frisch verliebt ist, kann der Liebesakt mehrere Stunden in Anspruch nehmen. Irgendwann im Laufe der Nacht werden wir uns wieder unters Partyvolk mischen! Und jetzt … schreiben Sie!“, flüsterte Andorian.

Fünfundvierzig Minuten später war alles, alle Verbrechen, der Menschenhandel, die Steuerhinterziehung und zwei Morde auf Papier festgehalten. Van Anders nahm sein Smartphone und fotografierte alles säuberlich.

„Jetzt reden wir davon, wie es mit Ihnen weitergeht, Herr Steiner. Sie werden sich stellen, heute etwa gegen zwei Uhr morgens werden Sie die Polizei anrufen und sich hier zuhause festnehmen lassen. Sie werden gestehen und der Polizei dieses Papier als Geständnis vorlegen. Ich werde die Möglichkeit haben, Ihren Akt einzusehen, und hoffe, dieses Papier als Beweismittel dort vorzufinden. Versuchen Sie nicht zu flüchten. Ich werde Sie beobachten. Sollte ich meine Wünsche nicht erfüllt sehen, dann komme ich zurück und breche Ihnen das Rückgrat irgendwo im Bereich der oberen Brustwirbelsäule. Vom Hals abwärts gelähmt. Beim Blumengießen vom Balkon gestürzt. So etwas kommt schon mal vor. Das wäre meine Art von Gefängnis für Abschaum wie Sie. Habe ich mich klar ausgedrückt? Können Sie sich vorstellen, wie es sein muss, wenn einen das Ohr juckt und man kann sich nicht kratzen? Schrecklicher Gedanke. Also, zeigen Sie ein bisschen Mumm und Anstand, tun Sie, was ich Ihnen gesagt habe. Auf Wiedersehen, Herr Steiner!"

Dann löste er das Magazin aus der Pistole, nahm alle Patronen heraus, gab sie in seine Hosentasche, legte das Magazin auf den Wohnzimmertisch, betätigte den Schlitten, sodass die in der Kammer befindliche Patrone mit hellem Klang auf den Parkettboden fiel. Sie kullerte durch die Türe ins Vorzimmer. Die Waffe selbst warf er auf dem Weg zur Wohnungstüre in die Küche. Er drehte sich noch einmal um und blickte stumm auf den Sekretär des Innenministers. Dann verließ er das Haus.

Als er etwa dreihundert Meter weiter den Hügel aufwärts auf die Himmelwiese zustrebte, zerriss ein lauter Knall die Nacht. Andorian blieb stehen, ohne sich umzudrehen, und murmelte zu sich selbst: „Bedauerlich, aber ich habe eigentlich nicht erwartet, dass Sie Mumm und Anstand in den Knochen haben, Herr Steiner."

Epilog

Die Nachbarn von Michael Steiner waren in der Nacht von einem lauten Knall aufgeschreckt worden. Sie riefen die Polizei. Nachdem er der Einzige war, der seine Türe nicht öffnete, obwohl Licht unter dem Türspalt hervorschien, öffneten die Beamten, da sie Gefahr im Verzug vermuteten, gewaltsam die Eingangstür zur Wohnung des höflichen und charmanten Ministersekretärs. Als sie diesen mit abgesprengtem Hinterhaupt auf seinem Sofa vorfanden und das Blatt Papier auf dem Wohnzimmertisch entdeckten, war klar, dass es hier der Anwesenheit des Kriminaldienstes bedurfte. Danny wurde gerufen. Danny kam.

Andorian und Isa verließen das ganze Wochenende das Bett nur, um sich zu duschen und zu essen. Dann fielen sie gleich vor Ort wieder in wilder Leidenschaft übereinander her.

Die jungen Frauen würden in der Mitte der nächsten Woche in ihre Heimat überführt werden und freuten sich darauf, ihre Familien wiederzusehen.

Danny war nun, da alles auf der Hand lag, mit jeder Menge Papierkram eingedeckt. Auch die Zusammenarbeit mit Interpol und den bulgarischen Behörden verlief äußerst zufriedenstellend. Interpol teilte mit, dass ein österreichischer Häftling, sein Name war Mike Wunders, bereitwillig über einen weit verzweigten Ring von Mädchenhändlern Auskunft gebe, wenn man ihn nur wieder in den Einzelvollzug zurückverlegen würde. In einer einzigartigen Aktion in Zusammenarbeit mit der Polizei und dem bulgarischen Geheimdienst waren zeitgleich die Häuser und Wohnungen der Menschen gestürmt worden, die Wunders nach seiner Festnahme preisgegeben hatte. Darunter waren vier Männer und Frauen in Bulgarien, die, wie es sich herausstellte, verantwortlich waren für die Einschüchterungen der Familien, sollte es zu Komplikationen bei den Verschiebungen der Opfer kommen oder zum Auftauchen eventueller Vermisstenanzeigen, aber auch für die Logistik und die Online-Kontakte zu den Käufern. Eine junge Frau, sie hatte einen technischen Hochschulabschluss, war allein verantwortlich für die Sicherung der Online-Kommunikationsplattformen. Sie schrieb die Verschlüsselungs- und Sicherungsprogramme, die gewährleisteten, dass das Unternehmen mehr als acht ganze Jahre unentdeckt geblieben war.

Hedwig und Maria verabschiedeten sich tränenreich voneinander und gelobten sich mehrmals jährlich zu besuchen und so oft zu telefonieren, wie es möglich war.

Nach einigen Monaten der Trauer, die Christof Neubauer und Laura Pöllinger gemeinsam versuchten zu bewältigen, entwickelte sich aus der Freundschaft eine Liebesbeziehung.

Mike Wunders saß eine unbedingte Haftstrafe von 28 Jahren in einem Hochsicherheitsgefängnis in der Nähe von Sofia ab, da einer Auslieferung nach Österreich nicht zugestimmt worden war. Er hatte in den letzten Monaten einige „Hätte-ich-doch-Momente“.

Schlusswort des Autors

Ich hatte schon lange den Wunsch, ein Buch für Liebhaber:innen der Kriminalliteratur zu schreiben. Ob es ein gutes und unterhaltsames Werk ist, werden Sie mir, geschätzte Leserinnen und Leser, sagen, daran habe ich keine Zweifel.

Ungeachtet Ihres Urteils bin ich aber stolz auf mein Buch, welches über einen Zeitraum von sechs Schulferien entstand. Seinen Anfang nahm das Buch, inspiriert durch das Bereisen des Internets und das Landen auf der Website von Interpol, während des ersten Lockdowns im März 2020. Während der Sommerferien des Jahres 2020 begann ich zu schreiben. Einen Abschluss fand es heute, am 2. Jänner des Jahres 2022. Ich schrieb immer nur in den Ferien, da mein Engagement als Lehrer eine Weiterarbeit während des laufenden Schuljahres nicht zuließ, generell und in dieser Zeit speziell, da die Unterrichtsbedingungen während der Coronapandemie nicht einfach waren und mir jede Kraft raubten.

Ich hoffe sehr, dass ich Ihnen ein wenig Spannung und Abwechslung bieten konnte, mit einem Thema, das mich als Vater von drei Kindern, zwei davon Mädchen, sehr beschäftigt hat.

Ich möchte mich bei meinen Töchtern Sophie und Neela für den Namen Andorian van Anders bedanken, bei meinem Sohn Timo für gute Gespräche, die mich immer wieder auf Ideen brachten. Es ist wunderschön euch zu haben. Danke dafür!

Bei meiner Frau Daniela für ihre kritischen Anmerkungen und ihre bedingungslose Unterstützung meiner verschiedenen Tätigkeiten, und für ihre Liebe, die mich jeden Tag neu beflügelt.

Ich danke Susi Müller für ihr gutes und kritisches Ohr beim Erzählen und Entwickeln der Ideen auf unseren gemeinsamen Spaziergängen mit den Hunden.

Weiters schulde ich den beiden Inspektoren Thomas Adam und Christian Herzan Dank für die professionelle Sichtweise des Polizisten, sowie Frau Mag. Barbara Bach-Kresbach und ihrem Mann Dr. Elmar Kresbach für ihre Expertise als Rechtsgelehrte.

Die biologisch-forensische Expertise stammt von einem meiner ältesten Freunde, meinem Bruder im Herzen, Dr. Rene Köffel, der trotz seiner unterrichtenden Tätigkeit an der Universität Bern Zeit fand, um mich zu unterstützen.

Die kritischen Anmerkungen meines Freundes und Journalisten Max Grill aus Salzburg haben mich weitergebracht und mich motiviert, viele Dinge noch einmal zu überdenken.

Meine Mama und mein Papa sollen auch nicht unerwähnt bleiben, sie haben mir wertvolle Rückmeldungen zum Inhalt gegeben und mich zu dem Menschen gemacht, der ich heute bin.

Und zum Schluss, aber nicht zuletzt danke ich meiner Lektorin Frau Mag. Nora Paul für ihre geschulten Augen, ihre kritischen Anmerkungen und ihre Arbeit. Danke Nora, du bist großartig!

Ich danke Ihnen, geschätzte Leserin und geschätzter Leser, für den Erwerb meines Buches.

Herzlichst, Ihr

Roland Werner Tschische

Über den Autor

Roland Werner Tschische wurde 1974 in Klagenfurt am Wörthersee geboren. Er lebt seit fast dreißig Jahren in Wien, ist Volksschullehrer und Vater von drei Kindern.

Er schreibt seit seiner Kindheit. Aus seiner Feder stammen die vierteilige Bilderbuchreihe „Keitaros Abenteuer" und diverse Schulbücher im Bereich der mehrsprachigen Alphabetisierung.

Mit der Publikation seines Thrillers erfüllt er sich einen Lebenstraum.